일본문화총서 9 - 일본학

일본의 이해 : 체험과 분석

한국일어일문학회 지음

제이앤씨
Publishing Company

발
간
사

우리 학회가 학술지와는 별도로 『일본문화총서』 3권을 간행하게 되어 기쁘게 생각합니다. 이번의 총서는 2003년의 총서에 이어서 간행되는데, 내용과 분량, 체제는 많이 다르지만 전체적으로 일본문화와 관련한 인문학의 읽을거리를 일반 독자들에게 제공하는 것을 목표로 했습니다.

우리 한국일어일문학회는 지난 해 이립의 나이인 30주년을 맞이했습니다. 1979년 12월에 학술지 『日語日文學硏究』 제1집이 나온 이래 올해 71집까지 나왔습니다. 창간호의 권두언에는 당시 학회장이셨던 고 전기정 교수님께서 '학문연구의 결과는 논문으로 표현되며 논문집은 그 표현의 없지 못할 수단인 바, 이번 학회지 발간은 우리의 발전에 매우 유익하며 뜻있는 일이라 생각합니다.'라고 그 의의를 밝히고 있습니다. 학회의 임무는 연구와 논문집의 발간이 무엇보다 중요하다는 것을 강조하신 것으로 생각됩니다.

그간 우리 학회가 학술지 이외에 간행한 문헌으로는 『한국의 일본 어교육 실태』(1998)와 『일본문화총서』 6권(2003) 등이 있습니다. 1998 년 일본의 대중문화 개방 이래로 많은 일본문화가 유입되고 있으나, 이를 올바로 이해할 수 있는 정보를 제공해 주는 문헌은 많지 않습니 다. 이에 학술적인 논문집뿐만 아니라 쉬운 표현으로 일본어의 기원 을 설명하고, 기층문화의 원천을 밝히고, 대중문화의 뿌리를 확인해 주는 인문서야말로 우리 학회가 순차적으로 해야 할 가장 중요한 일 이 아닐까 생각합니다.

이번에 발행하게 된 일본문화총서 3권은 크게 일본어학·일본어교육 과 일본문학, 그리고 일본학으로 나누어 다음과 같이 편집하였습니다.

1. 언어표현을 통해서 본 한일문화(20편)
2. 세계속의 일본문학(16편)
3. 일본의 이해 - 체험과 분석(20편)

이러한 일본문화를 일반 독자에게 체계적으로 알리는 작업은 학회 가 장기적인 계획을 갖고 기획을 할 필요가 있다고 생각합니다. 그러 나 학회 임원진의 임기가 1년인 관계로 기획에서부터 원고 수집, 출 판을 한 해 안에 모두 완료해야하는 부담이 있었습니다. 같은 일본어 문학과 일본학이라 해도 수많은 전공분야를 일관된 편집방침에 따라 맞추는 일은 보통 어려운 일이 아닌데 대표 편집위원님들이 너무나 수고를 해 주셨습니다. 그리고 짧은 편집 기간임에도 불구하고 출판을 가능하게 해 준 것은 도서출판 제이앤씨였습니다. 아무 조건 없이 출판을 허락해 주신 윤석원 사장님과 세세한 부분을 면밀히 교정해 주신 편집부 여러분에게 진심으로 감사드립니다. 마지막으로 무엇보다도 학기 중의 바쁜 일정 가운데 규정에 맞추어 옥고를 보내주신 56분의 회원 여러분께도 감사의 뜻을 전합니다.

2009년 12월 17일
한국일어일문학회 회장

김종덕

일본에 대한 새로운 접근

한국일어일문학회 일본문화총서 『일본의 이해 - 체험과 분석 -』
은 지금까지의 일본관련 서적과는 다른 관점에서 기획된 도서이다.
즉, 일본에 대한 전문적 지식을 전달하는 학술적 도서라기보다는 독
자들의 일본에 대한 이해를 돕고, 일본에 대한 호기심을 자극할 수
있도록 한 새로운 형태의 일본학 입문서라는 것이다. 위와 같은 의도
를 충족시키기 위해 다양한 분야의 집필자들이 참여하였으며, 자신의
체험과 변화하는 현대 일본에 초점을 맞추어 1부와 2부로 구성하였
다. 1부는 '체험으로 본 일본'이고, 2부는 '현대 일본 속의 변화와 연
속'이다.

1부 '체험으로 본 일본'은 '한국인이 본 일본'과 '일본인이 본 일본'
의 비교를 통해 살아있는 일본을 이해하자라는 의도 하에 구성되었다.
한국인 연구자가 유학기간 중 또는 일본에 거주하면서 체험했던 일본

을 이야기함으로써 독자는 지금까지 잘 알 수 없었던 새로운 모습의 일본을 발견할 수 있을 것이다. 이상훈의 "1995년 1월 17일 새벽 5시 46분"은 한신대지진의 체험을, 이시준의 "일본인의 설날은 신도가, 그리고 추석은 불교가 책임진다"는 일본인의 종교관을, 김양선의 "교토京都-가와바타 야스나리川端康成의『고토(古都)』를 찾아서-"는 교토 테마여행체험기를, 장원재의 "라면과 일본인"은 국민식國民食이라고 할 수 있는 '라멘'을 다루고 있다. 이효경의 "일본어 학습과 일본의 공민관公民館제도"는 일본어 학습 체험을, 송미령의 "일본 생활문화의 총체 - 다도"는 다도의 체험을, 조수진의 "일본의 결혼식"은 결혼식의 체험을 각각 흥미롭게 다루고 있다.

또한 일본인 연구자가 한국에 살면서 바라 본 일본에 대한 이야기 속에는 일본인이 한국이라는 프리즘을 통해 일본을 바라봄으로써 지금까지와는 다른 신선하고 흥미로운 내용이 포함되어 있다. 겐코 히로아키의 "일본의 온천과 목욕"은 온천과 목욕문화를, 나라 유리에의 "일본의 현재를 알 수 있는 신조어"는 최근 시민권을 얻어 가고 있는 신조어를, 이시카와 요시카즈의 "40년 전의 '한일 친선대사'"는 프로레슬러 김일과의 인연을 흥미롭게 소개하고 있다.

마쓰모토 신스케의 "일본 애니메이션・만화와 '종말 사상 '과학 그리고 '끝이 없는 일상'"은 만화와 애니메이션을 통해 일본사회를, 와카쓰키 사치코의 "일본의 기독교"는 기독교에 대한 한일 비교를, 온즈카 치요의 "일본인과 술"은 술과 술자리에서의 매너를 각각 신선하고 재미있고 그리고 있다.

2부는 1부와는 달리 조금은 학술적이다. 그러나 그리 어려운 내용은 아니다. 정치, 경제, 사회, 문화로 나누어 현대일본 속에서 변화하면서도 연속되고 있는 측면을 분석하고 있다. 정치분야에서는 최장 근의 "일본의 정당"이 일본정당의 변화를, 경제분야에서는 김현성의 "일본적 종신고용제는 붕괴되고 있는가?"가 장기고용관행의 연속과 변화를, 최우영의 "일본 하청시스템과 중소기업의 전개와 변화"는 하 청시스템과 중소기업의 관계를 각각 흥미롭게 다루고 있다. 사회분야 에서는 정기룡의 "인구구조의 변화와 일본형 복지사회"가 저출산· 고령화에 대한 정책의 변화를, 박진우의 "일본의 상징천황제를 어떻 게 볼 것인가?"는 천황제의 역할과 기능의 변화를 분석하고 있으며, 문화분야에서는 김영심의 "일본문화콘텐츠와 '전통'"이 애니메이션 속 의 전통의 재생을 분석하고 있고, 허곤의 "일본의 음식문화와 예절" 이 일본의 음식을 소개하고 있다.

전체적으로 보면 독자들이 "구성이 산만한 것은 아닌가?" 또는 "기 획의도를 충실히 반영하지 않은 내용의 글이 있는 것은 아닌가?"라고 생각할 수 있으리라는 느낌이 들기도 한다. 부족한 부분, 다루지 못한 테마에 대해서는 다음의 기획도서를 기대해주기 바란다. 부족하지만 본서를 통해 독자들이 일본에 대해 새로운 지식을 얻고, 일본에 대한 흥미를 갖게 되었으면 하는 바람이다. 마지막으로 교정의 수고를 마 다하지 않은 김현성 박사, 양익모 박사, 한국외대 박사과정생 김미정 씨에게 이 자리를 빌려 감사의 마음을 전한다.

일본학 분과 이사 이상훈 · 최장근

목 차

제1부 | 체험으로 보는 일본

제2부 **현대일본 속의 변화와 연속**

제1부
체험으로 보는 일본

제1부 체험으로 보는 일본

이상훈

1995년 1월 17일 새벽 5시 46분

일본의 국립오사카대학으로 유학을 간 것이 1992년 4월이었다. 그 이후로 작은 규모의 지진을 느껴보긴 했지만, 그 지진을 자신의 일로 진지하게 생각해 본 적은 없었다. 내가 알고 있던 지진에 대한 지식은 일본 열도가 환태평양지진대에 속하여 지반이 대단히 불안정하기 때문에 일본 부근에서 일어나는 지진은 연간 1,200회 정도이며, 그것은 전 세계에서 발생하는 지진의 약 1/3이 일본 부근에서 발생하고 있다는 정도였다. 또한 지구상에서 발생하는 진도 6.0이상의 지진 중 20%가 일본에서 발생하고 있으며, 몸으로 느낄 수 없는 지진(무감지진)까지 포함하면 무수한 지진이 발생하고 있다는 것이었다. 그것은 단순한 지식이었기 때문에 TV나 신문을 통해 일본에서 발생한 많은 지진의 피해를 보면서도 그것은 나와는 상관없는 남의 일이었다. 내가 1995년 1월 17일 새벽에 지진을 체험하기 전까지는……

1. 문화주택에서 죽음을 떠올리다

　내가 유학 초기에 살던 곳은 허름한 서민용 문화주택 2DK였다. 문화
주택이란 간사이關西지방에서 주로 1950-60년대 고도경제성장기에 건설
된 집합주택을 말한다. 집합주택이라고 해도 한국의 아파트처럼 대형 단
지를 이루고 있는 것은 아니며 한국의 연립주택 한 개 동棟을 연상하면
된다. '문화'란 그 이전의 집합주택에서는 화장실이나 부엌을 공동으로
사용하고 있던 것에 비해 이들 설비가 집 안에 독립적으로 배치됨으로써
종래의 집합주택보다 '문화적'이 되었다고 하는 의미이다. 2DK란 방 2개
와 식당 겸 부엌(Dining Kitchen)이 있는 집이라는 의미이다. 일본의 부동
산 광고에서 쉽게 발견할 수 있다. 참고로 2LDK란 방 2개와 거실 겸 식
당 겸 부엌(Living Dining Kitchen)이 있다는 의미이다. DK와 LDK의 차이
는 넓이가 다른 것이며, 명확하게 정해진 것은 아니지만, 8-10첩疊(다다
미)이상이면 LDK라고 하고, 그 미만은 DK라고 한다. 일본에서는 다다미
의 장수로 방의 넓이를 나타낸다.

　어찌 되었든 나무로 지어진 문화주택 2층에서 신혼생활 겸 유학생활을
시작했다. 유학생활 4년째 겨울방학 중인 1995년 1월 17일 새벽 5시 46
분. 잠결에 밑에서부터 몸을 들어 올리는 듯한 느낌이 들어 눈을 떴다.
집 전체가 좌우로 심하게 흔들리기 시작했다. 부엌에 있던 식기는 다 바
닥에 떨어져 깨지기 시작했다. 일단은 일어나려고 했다. 그러나 심한 흔
들림 때문에 일어설 수가 없었다. 그 때 눈에 들어온 것은 지진의 진동에
의해 부엌의 냉장고가 스스로 열렸다 닫혔다하는 너무도 신기한 처음 보
는 광경이었다. 옆방의 책장은 다 쓰러졌고, 책상 위의 컴퓨터는 밑으로
떨어졌다. 만약 그 방에서 자고 있었다면 우리는 압사를 당했음에 틀림
없다. 나는 아내를 한 손으로 안고 한 손으로는 기둥을 잡고 지진이 멈추

길 기다렸다. 1분여의 짧은 순간이었지만, 그것은 너무도 길게 느껴졌다. 그 때 아 일본까지 와서 죽는구나 하는 생각이 머리를 스쳐갔다.

지진이 멈추었다. 옷을 대강 걸치고 우리는 뛰쳐나갔다. 한 번 큰 지진이 온 다음 또 여진이 오기 때문에 집이 위험하다면 나가는 것이 낫다. 나와서 본 허름한 문화주택은 옆으로 기울어져 있었고, 2층으로 올라가는 계단 옆에서는 수도관이 파열되어 물이 솟구쳐 올라오고 있었다. 집이 기울어져 문이 열리지 않아 나오지 못하는 1층 주민을 도와 문을 열어주었다. 여진이 지나간 후 집으로 들어갔다. 집은 아수라장 그 자체였다. 모든 가재도구는 넘어져 있었고, 금이 간 벽 사이로 밖이 보였다. 살아 있다는 것을 하나님께 감사했다. 유학 가기 전 읽었던 책이 우리 부부의 목숨을 살렸다고 할 수 있다. 그 책 속에는 일본에서는 지진이 자주 일어나기 때문에 잠을 자는 방에 쓰러질 수 있는 가구는 배치하지 말라는 이야기가 적혀 있었던 것이다.

2. TV를 켜 지진의 전모를 파악하다.

집으로 들어오자마자 TV를 켰다. 일본에서는 지진이 일어나면 자동적으로 지진속보를 미디어를 통해 전달하는 시스템이 확립되어 있기 때문이다. 즉 일본 기상청은 지진파를 감지하면 자동으로 방송사 시스템에 전달되도록 하는 지진속보시스템을 가동하고 있다. 보통 지진 발생 후 4초가 지나지 않아 NHK 화면에 지진속보 자막이 뜬다.

방송에서 전하는 지진속보의 내용을 들으면서 '아! 이건 아닌데…'라는 생각이 들었다. 별 피해가 없다는 내용이었기 때문이다. 지진으로 인해 떨어진 낙하물에 의해 지나가던 노인이 머리를 약간 다쳤다는 내용이 전

부였다. 그러나 점차 지진의 전모가 밝혀지기 시작했다. 진앙지震央地는 아
와지시마淡路島, 진원震源의 깊이는 16km, 지진의 규모를 나타내는 매그니
튜드(M으로 표시)는 7.3이라고 했다. 지진이 일어난 특정지역의 진동의 세
기를 진도震度라고 하는데 진도 7을 기록한 곳은 고베시 스마구神戸市須磨区,
나가타구長田区, 효고구兵庫区, 쥬오구中央区, 나다구灘区, 아시야시芦屋市, 니시
노미야시西宮市, 다카라즈카시宝塚市, 아와지시마淡路島 등이었다. 내가 살고
있던 오사카의 진도가 4정도였음에도 엄청난 진동을 느꼈으니 이 지역의
지진이 얼마나 큰 것인가를 알 수 있을 것이다. 보통 진도 1의 에너지의
차이는 32배라고 한다.

사진 1 불타오르는 고베시내

출처 : 産経新聞

TV가 전하는 고베神戸시의 모습은 전쟁터를 방불케 했다. 사진 1에서

볼 수 있는 것처럼 지진 초기를 전하는 화면은 화염에 휩싸인 고베시의 모습이었다. 날이 밝아 오면서 시시각각으로 전해지는 지진 피해의 영상은 상상을 초월했다.

날이 밝아 오면서 동네를 걸어 보았다. 많은 집들이 파손되어 있었고, 더 이상 살 수 없을 정도로 피해를 입은 오래된 목조가옥도 있었다. 일단 한국에 무사한 사실을 알렸다. 가족들은 처음에는 뭔 소리인가 했다. 그래서 자초지종을 설명하고, 한국에도 이제 뉴스가 나갈텐데 걱정하지 말라고 했다. 그러나 상황은 말처럼 그리 쉽지 않았다. 지진이 언제 다시 일어날지도 모르는데 지금 살고 있는 집은 위험에서 생활할 수 없으니 다른 곳을 알아보라는 연락이 한국으로부터 끊임없이 날라들었다. 어쩔 수 없었다. 그 날 이후 안전한 집을 구하기까지 우리 부부는 자전거를 끌고 호텔방에서 자기도 하고, 친구 집에 신세를 지기도 하고, 아는 목사님댁에 머물기도 했다. 결국 캠퍼스 안의 유학생회관에 들어감으로써 거주문제는 해결되었다.

문제는 나의 안전이 아니었다. 나의 안전보다 지도교수님의 안전 확인이 중요했다. 왜냐하면 지도교수님은 진도 7을 기록한 니시노미야시西宮市 슈쿠가와夙川에 살고 계셨기 때문이다. 부모님을 일찍 여읜 나에게 지도교수님은 아버지 같은 분이셨고, 지도교수님도 나를 아들처럼 생각해주셨다. 아내는 지금도 참 보기 힘든 관계라고 말하곤 한다. 또 한 가지 이유가 있었다. 일본 유학 경험이 있는 분들은 잘 아시겠지만, 지도교수와 박사과정생의 관계는 과장을 섞어 말하자면 지도교수가 유학생의 생사여탈권을 가지고 있다고 말할 수 있다. 다시 말하면 박사학위를 받고 못 받고는 지도교수와 깊은 관련이 있다는 것이다. 물론 전공에 따라 학교에 따라 다르겠지만, 내가 속해 있던 법학부에서는 당시 도제제도와 같은 분위기였기 때문에 지도교수가 학교를 옮긴다거나, 불의의 사고로 유명幽

明을 달리하거나 하면 거의 박사학위는 포기해야만 했다. 지도교수를 바꾸어 박사학위를 취득한다는 것은 당시 분위기로 보아 무척 힘이 들었기 때문이다. 문제는 거기에 있었다. 지도교수님은 살아 계셔야만 했다. 그러나 전화는 불통이었다. 자전거를 타고 학교로 달려가 교무과에 지도교수님의 안부를 물었다. 그 대답은 "다른 교수님들 하고는 다 연락이 되었는데, OO교수님과는 연락이 안 됩니다"였다. 자! 어떻게 할 것인가? 답은 이미 나와 있었다. 교수님의 생사를 확인하러 가자!

일단 모든 교통수단은 사용이 불가능했다. 방법은 자전거를 타고 가는 길 밖에 없었다. 생수와 오니기리(삼각 김밥)를 살 수 있는 만큼 사 자전거에 실었다. 왜 물과 오니기리인가? 지진에 의해 단수가 되고, 유통시스템이 마비되어 각 슈퍼나 편의점에 생수와 오니기리가 동이 났다는 뉴스를 접했기 때문이다. 그리고는 지도로 대강의 길을 머리에 입력시킨 후 이정표에 의지하여 무조건 니시노미야시로 향했다.

3. 지진 현장을 목격하다

지금 생각해보면 참 무모한 일이었다. 가까운 거리도 아니다. 그러나 출발했다. 가면서 본 눈앞에 펼쳐진 광경은 참혹함 그 자체였다. 자전거를 타고 때로는 끌면서 니시노미야로 향하는 길에서 목격한 참상은 지금도 나의 뇌리에 선명하게 각인되어 있다. 도로나 철도는 가는 곳 마다 분단되어 있었고, 전철역은 붕괴되었으며, 빌딩이 기울어져 있거나, 넘어져 대로를 막고 있었다. 5층짜리 시민병원은 한 층이 무너져 내려 4층이 되어 있었다. 거리는 사람들도 흘러 넘쳤다. 사람들은 가족의 안부를 확인하기 위해 고베로 니시노미야로 향하고 있었다. 아직도 타다 남은 건물 이쪽저쪽에서 연기가 나고 있었으며, 다 타버린 집을 바라보며 오열하는 피해자, 무너져버린 집을 망연자실하게 바라보는 피해자…… 지진이라는 자연현상에 너무도 약한 근대도시의 취약성을 그대로 보여주고 있었다.

이렇게 화재 피해가 많았던 배경에는 상수도가 단수되었기 때문에 적은 수의 방화저수조를 이용하여 화재진압을 할 수 밖에 없었기 때문이라고들 말한다. 소방대원이 단수에 의해 물이 나오지 않는 호스를 들고 타오르는 불을 바라보고만 있는 TV영상이 당시의 상황을 여실히 보여주고 있다는 것이다. 그러나 한 연구자에 따르면 소화전에서 물이 나왔거나 소방대원이나 소방차가 신속하게 진압했다면 피해를 줄일 수도 있었다는 전제는 한신대지진에는 적용되지 않는다고 한다. 즉 인구 150만 명의 고베시의 경우 평상시에는 1일 평균 2건 전후의 화재가 발생하고 있으며, 고베시의 공적인 소방능력은 화재의 규모에 따라 다르긴 하지만, 동시에 4-5건의 화재에 대응이 가능하다고 한다. 그러나 한신대지진의 경우, 첫날 100건의 화재, 게다가 지진 직후인 15분간에 50건 이상의 화재가 발생했기 때문에 도저히 공적인 소방능력만으로는 대처가 불가능했다고 한다. 따라서 화재 피해가 확대될 수밖에 없었다는 것이다.

사진 2는 지진과 관련하여 가장 기억에 남아 있는 사진이다. 이 사진은 한신阪神고속도로 고베선神戶線의 붕괴현장을 담은 사진으로 한신대지진의 심각한 피해를 상징하는 것으로 여러 나라의 신문 1면에 크게 게재되었다. 사진에서 볼 수 있는 것처럼 한신고속도로는 고가高架도로이다. 당시의 보도에 따르면 고속도로가 붕괴되기 직전 파도처럼 물결쳤다고 하니 얼마나 지진의 에너지가 거대했던가를 알 수 있을 것이다. 그 현장을 직접 보지는 못했지만, 내가 가는 길 도중에도 고속도로는 많은 피해

사진 2 붕괴된 한신고속도로 고베선

출처 : 産経新聞

를 입고 있었다. 지나가면서 인간은 자연의 힘 앞에서는 너무도 무력한 존재임을 다시 한 번 깨달았다. 물론 고속도로만 피해를 입은 것은 아니었다. 산요신칸센山陽新幹線도 교각이 붕괴되어 운전이 중지되었다. 전철의 피해도 극심했다. 한큐阪急전철 산노미야三宮역, 이타미伊丹역, JR 고베선 롯코미치六甲道역 등의 역사가 붕괴되었고, 그 영상은 한신고속도로 붕괴 영상과 함께 한신대지진의 상징이 되었다. 내가 목격한 산노미야역도 많은 피해를 입고 있었다.

겨우 슈쿠가와역에 도착했다. 그러나 거기서 부터가 문제였다. 지금까지는 평지였으나, 거기서부터 지도교수님 댁까지는 오르막길이었기 때문이다. 나는 자전거를 타고 있었고, 짐까지 있었다. 자전거를 끌고 올라갈수밖에 없었다. 올라가는 도중에 나는 자위대의 급수 차량을 목격했다. 역시 부자 동네는 다르구나 싶었다. 내가 괜한 고생을 하고 있음을 순간적으로 깨달았다. 겨울임에도 땀을 흘리며 올라가 지도교수님 댁에 도착했다. 전통 일본식 집은 붕괴되지 않고 서있었다. 일단 안심했다. 그러나 벽에 금이 가 있었고, 2층의 무게를 지탱하던 기둥이 부러져 있었다. 교수님 가족은 모두 무사했다. 물도 있었고, 식사도 하셨다고 했다. 그래도 힘들게 가져간 생수와 오니기리는 고맙게 받아 주셨다. 같이 오니기리를 먹으며 지진 직후의 상황을 들려주셨다. 살아있다는 것에 감사한다고 말씀하셨다. 전화가 불통이라 연락할 수 없었다고 오히려 미안해 하셨다. 이렇게 하여 일단 긴 자전거 여정은 막을 내렸다. 그 후 교수님 댁은 기와가 무겁지 않은 현대식 2층 건물로 새롭게 건축되었다.

4. 한신대지진의 참혹한 결과

한신대지진은 1923년에 발생한 관동대지진과 비교된다. 관동대지진 이래 최대 피해를 가져왔기 때문이다. 관동대지진은 매그니튜드 7.9의 대지진으로 일본 재해사상 최대 피해를 가져왔다. 행방불명자를 포함한 사망자 103,733명, 주택 전파 128,266채, 주택 반파, 126,233채, 주택 소실燒失 447,128채 등이 관동대지진의 피해 기록이다.

내가 경험한 지진은 한신대지진의 일부에 지나지 않는다. 따라서 일본 역사에 남는 참사로 기록될 한신대지진의 피해 상황을 간략하게나마 전체적으로 정리해 보면 다음과 같다. 한신대지진은 사망자 6,434명, 중상자 10,683명을 포함한 부상자 43,792명, 전파全破 104,906채를 포함한 주택피해 512,882채, 전소全燒 6,148채를 포함한 화재피해 6,558채, 건축물 피해액 5조 8,000억엔, 고속도로 피해액 5,500억엔, 철도피해액 3,439억엔, 도로파손 7,245개소, 교량파손 330개소, 하천파손 774개소, 정전 260만호, 가스정지 85만 7천호, 단수 127만호, 하수도 피해 260km, 전화불통 28만 5천 회선, 동시다발적 화재 290건이라는 대참사였다.

사망자의 80%에 해당하는 약 5,000명은 무너진 목조 가옥에 깔려 즉사했다. 일본의 경우 한국과는 달리 아파트보다는 개인주택을 선호한다. 샐러리맨의 꿈은 작은 정원과 차고를 가진 2층 개인주택이라고 한다. 그런데 개인주택의 1층에서 자고 있던 사람 중에 압사자가 많았다. 2층 목조주택의 경우 지붕의 중량 때문에 1층의 기둥이 부러진 경우가 많았던 것이다. 2층의 경우에는 생존할 수 있는 공간이 1층에 비해 상대적으로 많았고 그것이 사망자가 적게나온 이유라는 분석이었다. 또한 야마구치山口대학 연구그룹에 의하면 지진 희생자 6,434명 중 대략 10%에 해당하는 약 600명이 실내 가구가 넘어져 발생한 압사에 의해 사망했다고 한다.

많은 연구자나 전문가 사이에는 이 정도의 엄청난 피해에도 불구하고, 사망자가 6,400여명에 그친 것은 지진이 겨울 이른 아침에 발생하여 교통량이나 불의 사용이 적었기 때문이라고 분석하고 있다. 만약 통근시간 내지는 오후 6시경에 지진이 발생했다면 희생자 수는 20,000명을 넘었을 것이라고 추정한다.

5. 지진 후의 에피소드

지진의 경험은 나에게 많은 변화를 가져왔다. 자신이 직접 체험해 보지 않고서는 그것이 무엇이든 쉽게 판단하거나 말하지 않게 되었다. 지금은 거의 없어졌지만, 지진 후 상당기간 동안 전철역에 서 있다가 전차가 들어오는 순간에 느끼는 진동에 지진이 아닌가라고 깜짝 놀라곤 했다. 허망하게 무너진 주택을 목격한 후 집에 대한 집착도 거의 없어졌다. 지진은 인간에게 있어서 집이란 무엇인가를 생각하게 한 계기를 나에게 마련해 주었다.

여기서 한 가지 수수께끼를 내보자. 지진이 어느 정도 진정되고 난 후 고베시나 그 주변 지역에서 갑자기 이혼율이 급증했다. 그 이유는 무엇일까? 힌트는 내가 앞에서 "나는 아내를 한 손으로 안고 한 손으로는 기둥을 잡고 지진이 멈추길 기다렸다"는 문장에 들어있다. 이미 독자들은 눈치를 챘으리라. 일반적으로 여성이 남성과 결혼을 하여 남편에게 기대하는 것 중의 하나가 자신을 위험으로부터 보호해 주는 것이라고들 말한다. 갑자기 예상하지 못했던 지진이 일어났다. 그런데 남편이 자신과 아이들을 돌보지 않고 자기만 살겠다고 집을 뛰쳐나갔다. 지진이 일어났을 당시에는 아무 생각 없이 아이들을 데리고 남편을 뒤따라 나갔던 부인들이 어느 정도 안정이 되자 곰곰이 생각하게 되었다. 지진이 났다고 자기만 살겠다고 뛰쳐나가는 남편을 믿고 평생 살 수 있을 것인가? 가정에서 많은 부부싸움이 일어났고, 그 결과 이혼율이 급증했다고 한다. 미디어에서는 이러한 현상을 '지진이혼'이라고 보도했다.

한신대지진을 경험한 나는 매학기 수업시간에 꼭 한 번은 지진 이야기를 한다. 그리고 마지막에는 유학은 간사이지방으로 가라는 이야기를 덧붙이곤 한다. 그 배경에는 도쿄에 명문대학이 많고, 또 수도라는 이점 때문에 학생들의 유학이 도쿄에 집중되고 있다는 것에 대한 오사카출신으로서 약간의 질투가 있을지도 모른다. 그러나 그것보다도 도쿄에서 언제 일어나도 이상하지 않은 지진에 대한 염려가 더 크게 작용하고 있었다. 즉 커다란 지진이 한 번 발생하면 그 지역에서 다시 지진이 발생하기까지 약 50년 이상 에너지가 축적되어야만 하기 때문에 오사카, 교토, 고베지역에는 앞으로 50년 이상은 큰 지진은 오지 않을 것이다. 그러나 도쿄는 관동대지진 이후 75년 이상이 흘렀다. 언제 지진이 일어날지 모른다. 그러니 도쿄로 유학을 가지 말고 오사카나 교토, 고베로 가거라. 그러면 학생들은 크게 웃고 만다. 수업 분위기 전환용으로는 대단히 쓸모 있는 소재이다. 정말로 그렇게 생각해 왔다. 그런데 이 글을 준비하면서 그렇지도 않다는 것을 알게 되었다. 한 지진전문가의 말에 의하면, 관서지방에서는 지진의 에너지가 해방되었기 때문에 앞으로 일정기간은 안전하다고 말하는 사람이 있지만, 그것은 커다란 착각이다. 앞으로 관서지방 내륙의 활단층活斷層에서 점점 지진이 일어날 가능성이 높아질 것이며, 실제로 도토리鳥取서부에서도 지진이 일어났다. 앞으로 관서지방에는 M7 정도의 지진이 수차례 일어날 것으로 예상되며, 지역적으로는 시가滋賀, 교토京都, 오사카大阪, 나라奈良 등을 염려하고 있다는 것이다.

6. 한반도는 지진이 일어나지 않는다?

마지막으로 일본에서 지진을 경험한 사람으로서 한국에서의 지진에 대해 잠시 이야기하고자 한다. 한국인은 일본에서 워낙 지진이 많이 일어나다 보니 한반도에는 지진이 일어나지 않는 것으로 착각하며 사는 경우가 많다. 물론 상대적으로는 그렇다. 그러나 한반도도 지진의 안전지대가 아니라고 한다. 한국의 기상청이 2009년 8월 27일에 발표한 자료에 따르면 1월부터 8월까지 한반도에 발생한 규모 2.0 이상의 지진은 47회로 이미 지난해 한 해 동안 발생한 지진 횟수(46회)를 넘어섰다. 이중 사람이 진동을 느낄 수 있는 '유감지진'(규모 2.5 이상)역시 9회로 지난해 7회보다 많았다. 최근 한반도에서 발생한 지진은 2005년 37회, 2006년 50회, 2007년 42회였고, 이중 유감지진은 각각 6회, 7회, 5회였다. 우리나라의 지진 발생은 1978년 지진 관측이 시작된 이후 90년대 초반까지는 15~20회 수준이었으나 93년을 기점으로 지속적으로 증가하는 추세다. 특히 78년 이후 대략 5년에 한 번 꼴로 규모 5.0 이상의 큰 지진이 발생하고 있다. 기상청 관계자는 "규모 3.0 이상의 지진과 유감지진은 예년과 비슷한 수준"이라면서도 "지진 관측 장비가 현대화된 93년 이후 지진 발생이 꾸준히 늘고 있어 한반도가 지진의 안전지대라고 단정하기 어렵다"고 말했다. 한 신문이 전하고 있는 내용이다.

2009년 8월 초 일본에서는 한 주간에 무려 세 차례나 지진이 발생했다. 모두 규모 6.5 이상으로 도쿄 등 일본 수도권에서 건물이 흔들리는 것을 몸으로 감지할 수 있을 만큼 강했다. 특히 11일 시즈오카靜岡현에서 일어난 지진은 새벽 5시7분쯤 발생했는데 곤하게 새벽잠을 자던 사람들이 모두 깨어나 책상이나 탁자 밑으로 대피하는 소동을 벌였을 정도였다. 다행히 9일과 13일 발생한 지진은 진앙이 먼 바다였지만 시즈오카 지진은 도쿄에서 가까운 내륙 연안에서 일어났기 때문에 피해가 상당히 클 것으로 생각했다. 그러나 의외로 지진 규모에 비해 피해는 크지 않았다. 세 번의 지진으로 사망자 1명에 부상자 120여명이 발생하는 선에서 마무리됐다.

이처럼 피해가 적었던 것은 일본 정부와 국민의 철저한 사전 대비 때문이다. 일본에선 한신대지진의 경험을 교훈으로 1996년부터 건물과 집이 규모 7.0의 지진에도 견딜 수 있도록 내진설계가 의무화돼 있다. 고층빌딩은 건물과 지면 사이에 적층고무를 끼워 지진충격을 최소화하고 있고 일반 가옥도 정부와 지방자치단체의 지원을 받아 보강공사 등을 통해 지진에 대비하고 있는 것이다.

만약 한국에서 이번과 비슷한 규모의 지진이 난다면 어떻게 되었을까. 소방방재청이 충북 보은군에서 규모 6.8의 지진이 발생한 것으로 가정하고 예상 피해를 시뮬레이션해 2008년 10월 발표한 결과는 매우 충격적이다. 경기도에서 6285명, 충북 4443명, 서울 4108명 등 전국적으로 2만2465명이 사망하는 것으로 나왔다. 부상자도 100만명 이상이나 발생

하고 가옥과 건물도 전국적으로 100만채 이상이 전파 또는 반파되는 것
으로 예측됐다. 예상이기는 하지만 피해가 이렇게 큰 것은 일본과 달리
한국의 건물들은 대부분 내진설계가 돼 있지 않은 데다 정부의 지진 대
비 시스템과 예산도 턱없이 부족하기 때문이라고 한다.

일본에서 이 정도 피해가 나려면 적어도 8.0 이상의 초대형 지진이 일
어나야 한다. 일본방재시스템연구소는 8.0 이상의 도카이 대지진이 날
경우 2만4700여명이 사망하고 가옥과 건물 96만채가 파괴될 것으로 예
상하고 있다. 정부와 국민의 지진 대비 수준에 따라 일본에선 평범하게
끝날 지진도 한국에선 끔찍한 대재앙으로 바뀔 수 있는 셈이다.

일본에는 "지진, 천둥, 화재, 아버지"라는 속담이 있다. 이것은 무서운
것을 순서대로 나열한 것이지만, 지진을 첫 번째로 들고 있다는 것을 볼
때 얼마나 일본인이 지진을 무서워하고 있는지를 알 수 있다. 그러나 무
서워하는 만큼 그에 대해 대비도 철저하게 하고 있다고 볼 수도 있다. 지
진의 정확한 예측은 불가능하지만, 그래도 세계에서 가장 지진 예측시스
템이 발달되어 있고, 최첨단의 지진속보시스템을 가동하고 있으며, 빌딩
의 내진耐震설계도 엄격하게 규정하고 있을 뿐만 아니라, 국민의 지진에
대한 대처훈련도 철저하게 이루어지고 있다. 한국에서도 소 잃고 외양간
고치는 일이 없도록 지진에 대한 공적·제도적으로 준비를 진행함과 동
시에 국민의 지진에 대한 준비의식도 높아져야만 하지 않을까?

참고문헌

『아사히신문 오사카본사판 지면집성─한신대지진』 아사히신문사, 1995(원서)
산케이신문 「한신대지진」 취재반 『시대를 넘어서·한신대지진10년』 산케이신문뉴스서비
스, 2005(원서)
메구로 키미로 「한신아와지대지진의 진실」 http://www.toyotahome.co.jp/toyoie/meguro/
『세계일보』 2009년 8월 16일자.
『한국일보』 2009년 8월 28일자.

이시준

 **02 일본인의 설날은 신도가, 그리고 추석은 불교가 책임진다**

설날에 해당하는 일본의 오쇼가쓰お正月와 추석에 해당하는 오본お盆은 1년의 생활 중에서 한해의 시작과 중간에 해당하며, 우리와 마찬가지로 일본 최대의 명절이라고 할 수 있다. 일본의 마쓰리祭り라고 하면 일반적으로 축제가 연상되기 쉬우나, 마쓰리는 본래 제사로서의 마쓰리祭り의 성격도 함께 지닌다. 즉 일본 최대의 명절 오쇼가쓰와 오본을 통해서 우리와는 다른 일본인의 독특한 종교관 및 제사방식 등을 확인할 수 있다.

농경생활을 기반으로 삼았던 전통사회에서 오쇼가쓰는 새해에 도시가미年神라는 설날 신을 맞이하여 모시는 날로, 1년의 풍작을 기원하는 제사이다. 또한 이날은 집안의 신사 제단인 가미다나神棚의 장식을 새롭게 하고 도시가미를 맞이하기 위한 준비를 한다. 한편, 오본은 조상의 영혼을 공양하는 날로 불교식 제사佛事의 성격이 강하다.

오쇼가쓰와 오본을 둘러싼 신도, 불교의 역할 및 구체적인 의례내용 등을 살펴보면 일본인의 종교와 연중행사의 관계에 대한 이해의 폭을 넓힐 수 있다.

1. 일본의 설날 오쇼가쓰お正月

1-1. 도시가미年神를 맞이해야 새해가 온다

일본의 설날은 도시가미를 맞이하여 한 해의 건강과 행운을 기원하는 날이다. 그렇다면 이 도시가미는 어떠한 존재이고 어떻게 맞이하고 있는 것일까? 농경사회를 기반으로 했던 과거에 이 도시가미는 풍년 기원을 위한 농경의 신이었다. 하지만 현대 일본사회에서는 도시가미의 성격도 변해서, 농경의 신이라기보다는, 새해를 맞이해 개개인이 하고 있는 일이 잘되고, 가족이 모두 건강하기를 기원하고자 맞이한다고 볼 수 있다. 도시가미는 설날에 맞이하기 때문에 설날신=도시가미인 것일 뿐이고, 시대에 따라, 개개인이 기원하는 목적에 따라 도시가미의 성격은 바뀔 수 있다.

그런데 사람들은 어떻게 도시가미를 맞이하고 있는 것일까? 도시가미는 설날의 다양한 장식물과 관련이 있다. 일본의 설날 풍경으로 인상적인 것은 집이나 상점, 백화점 등에서 마치 크리스마스트리와 같은 나무를 문 앞에 내어 두는 일이다. 대나무와 소나무를 조합해서 만든 이것을 가도마쓰門松라고 한다. 일본설날의 대표적인 장식물인 가도마쓰를 설치하는 장소에는 일정한 규칙성이 있다. 모두 문 앞이다. 즉 가도마쓰는 단순한 장식물로써의 나무가 아니라, 집 앞에 도시가미가 강림하기를 바라는 빙의목憑依木인 것이다.

또한 오쇼가쓰에는 우리나라의 금줄과 유사한 형태를 가진 시메나와注連縄라는 것을 볼 수 있다. 한국도 마찬가지이지만 부정한 것의 침입을 막기 위한 액막이의 성격을 갖는다. 이것 역시 단순한 액막이가 아니라 여기에 신이 강림하여 부정한 것을 막아준다고 하는 믿음에 의한 것이다. 이 시메나와라는 줄에 여러 장식을 한 것을 시메카자리注連飾り라고 한다. 시메카자리는 가도마쓰보다 휴대성이 간편하다는 점도 있어 다양한 장소

에서 볼 수 있다. 대문 앞은 물론, 교통사고 등이 없기를 기원하는 마음
에서 자동차에 장식해 두기도 한다.

사진 1 가도마쓰

사진 2 카가미모치

이와 같이 가도마쓰와 시메카자리는 집 안이 아니라 집 밖에서 주로
볼 수 있는 것들인데, 당연히 복을 가져다주는 도시가미가 집 밖에서만
모셔질 리 없다. 복신福神이라고 할 수 있는 도시가미는 집 안에까지 모시
고 싶은 존재이기도 하다. 일본 설날의 집안풍경을 들여다보면 우리나라
에서는 볼 수 없는 떡이 눈길을 끈다. 둥글 넙적한 두 개의 떡을 겹쳐놓
은 형상을 한 이것을 가가미모치鏡餠라고 한다. 가가미모치는 우리말로
바꾸면 거울 떡이 된다. 메이지明治시대 초기 천황이 전국순행을 할 때,
신격화된 천황의 권위를 민중에게 알리기 위해 지니고 다녔던 삼종三種의
신기神器중의 하나인 구슬과 닮았다고 하여 가가미모치로 불리게 되었다

고 한다. 가가미모치는 주로 집 안의 도코노마床の間에 두고 그 밖에 집 안 여기저기에 둔다. 집 안 곳곳에 도시가미를 강림하게 하고 떡을 공물로서 바치고 있는 형상이다.

과거와 달리 현대에는 농경신앙이 옅어졌다고는 하지만, 매년 설날에 집집마다 가도마쓰, 시메카자리, 카가미모치를 거르지 않고 있다는 것은 도시가미가 강림해야 새해가 온다고 느끼는 일본인만의 정서를 잘 나타내 주고 있다. 일본의 설날은 도시가미를 맞이하는 마쓰리祀リ인 것이다.

1-2. 설날에는 새해 첫 신사참배를 한다

일본의 가정에는 가미다나神棚라는 신사의 신전이 있다. 이날은 가미다나에 술, 떡, 생선, 야채 등의 명절음식을 올리고 그 앞에서 온 가족이 식사를 하기도 한다. 가미다나의 중앙에 신사에서 받아온 오후다お札라는 부적을 두는 곳이 있는데 설날에는 이 오후다를 새롭게 교체한다. 일본인들의 생활세계에서 신도는 보통 '복' 혹은 '생生'의 종교라고 말한다. 이처럼 한 해의 복을 기원하는 설날도 당연히 신도와 연결된다.

신년이 되면 메이지신궁, 이세신궁, 아사쿠사의 센소사 등 유명 한 신사나 사찰은 엄청난 인파로 발 디딜 틈 없이 붐빈다. 특히 12월 31일 저녁이 되면 피크가 되어 신사와 사찰의 문 앞에 길게 줄이 늘어선다. 자정이 되어 새해가 시작되면 모두들 환호성을 외치며 가족과 연인과 함께 새해 첫 신사참배를 한다. 대부분의 일본인은 늦어도 1월 7일까지는 인근 신사 등에 가서 참배를 한다. 최고 인기의 메이지 신궁은 1월 1일부터 3일까지 3일동안에만 300만 명 이상이 찾아올 정도이다. 이러한 새해 첫 신사참배를 하쓰모데初詣라고 한다.

신사의 경내에 들어가면, 에마絵馬라는 작은 나무판에 자신이 올해 이

루고 싶은 것을 적는다. 이 에마를 유심히 보면 다양한 소원이 적혀있는 것을 알 수 있다. 수험생은 합격을 기원하고, 임산부는 순산을 기원한다. 외로운 사람은 "빨리 애인이 생기게 해주세요"라고 쓰기도 한다. 정치에 관심이 많은 사람이라면 올해는 좋은 대통령(수상)이 뽑히기를 기원하기도 한다. 그리고 이날 신사에서는 한 해의 운세를 점치는 오미쿠지ぉ みくじ라는 복점을 판매한다. 오미쿠지에는 상세히 올해의 운세가 적혀 있고, 크게 대길大吉, 길吉, 중길中吉, 소길小吉, 흉凶등으로 구분된다. 아마도 우리나라 사람이라면 '흉'이 나올까 조마조마 하며 복점을 열어 보지 않을까? 아마도 일본에서 오미쿠지를 뽑아본 사람이라면 '길'이 나온 것에 안도의 한숨을 쉰 사람이 있을지도 모른다. 그런데 일본사람들은 결코 '길'에 만족하지 않는다. 사람에 따라서는 '대길'이 나올 때 까지 뽑는 사람이 있기도 하다. 일본 신사의 경내를 유심히 보면 나뭇가지에 오미쿠리를 묶어두는 것이 일반적이다. 이것은 자신이 원하지 않는 운세가 나온 사람이 이를 신사에 버려두고 가는 것이다. 신사에 참배하러 가면서 나쁜 것은 필요 없다는 것이다. 사소한 것처럼 보이지만 우리와는 다른 일본의 독특한 종교관을 극명하게 나타내주는 한 단면이다.

1-3. 우리 고향의 떡국은 무슨 맛 일까?

일본의 설날을 대표하는 음식으로는 오세치요리ぉ節料理와 조니雜煮라고 하는 일본식 떡국이 있다. 현재 오세치요리는 '오세치'ぉ節라고도 부르며 설날에 먹는 보통 3단이나 4단의 찬합에 담긴 조림요리를 지칭한다. 원래는 조정의 연회인 '세치에'節会에서 천황이 신하들에게 베푼 요리에서 유래되었다고 전해진다. 찬합에 담는 음식과 방식 등은 지방과 가정에 따라 각양각색이긴 하지만 경사스러운 의미가 담긴 음식을 찬합에 가득 채운다는 점에서는 동일하다. 가령 청어 알은 다산多産, 자손 번영을 의미한다. 연근은 눈이 많으므로 미래의 길이 잘 보여 운수대통하기를 기원한다. 새우는 허리를 구부리고 있는 모습이 노인처럼 보인다고 하여 장수 기원의 의미를 담고 있다. 다시마는 일본어로 곤부昆布라고 하는데 이것이 기쁘다의 요로코부喜ぶ와 발음이 유사하기 때문에 다시마를 먹으면 올 한해 기쁜 일이 많다고 말한다. 검은 콩은, 콩이 일본어로 마메이므로 같은 발음의 마메(まめ:근면)한 생활을 기원한다.

일본사람도 한국과 마찬가지로 설날에 떡국을 먹는다. 일본식 떡국인 조니는 보통 맑은 장국이나 된장국에 떡을 넣어 만든다. 한 가지 흥미로운 것은 동/서의 지역차가 확연히 나타난다는 점이다. 도쿄가 있는 동일본東日本에서는 네모 모양의 굽거나 삶은 떡을 넣는 반면 교토 및 오사카 등이 있는 서일본西日本에서는 둥근 모양의 떡을 넣는다. 또한 국물과 재료에서는 동/서의 지역차 뿐 아니라 향토색이 보다 뚜렷하다. 동일본에서는 간장을 사용해 맑은 국물을 내는 것이 일반적이다. 일본 본토의 북단에 위치하는 아키타현에서는 토종닭, 죽순, 토란 등을 넣는다. 일본 알프스가 있고 산간지역이 많은 나가노현은 지쿠와라는 일본식 오뎅과 당근을 많이 넣는다. 교토와 나라현은 흰 된장으로 국물을 내는 것이 특징적인데 특히 나라현에서는 조니의 떡을 콩가루에 찍어먹는 곳이 많다. 가가와현 등 시코쿠四国지방은 조니에 반드시 팥을 넣어먹는다. 바다에 인접하고 있는 나가사키현은 간장국물에 연근, 새우, 말린 해삼 등을 넣는다. 이렇듯 뚜렷한 향토색 때문에 설날에 사람들이 모이면 종종 '우리 고향의 조니는…'이라는 이야기를 나누는 것을 들을 수 있다.

일본의 설날음식으로 빼놓을 수 없는 것이 12월 31일에 먹는 토시코시소바年越しそば라는 메밀국수이다. 이 소바에도 여러 가지 기원의 의미를

부여한다. 국수의 길이처럼 길게 장수하길 바라고, 한편으로는 면이 가
늘어 쉽게 끊어지는 것처럼 소바를 먹고 올 해의 액운을 끊고 새해를 맞
이한다는 것이다.

이러한 떡국이나 소바와 같은 음식을 먹는다는 것이 근본적으로 농경
문화와 관련이 있다는 점을 고려하면, 벼농사와 밭농사를 함께 해온 일
본 농경문화의 특징이 설날 음식으로 구현화되고 있다고도 볼 수 있다.
또한 일본은 한국에 비해 압도적으로 찹쌀을 많이 사용한다. 한국의 떡
국이나 송편이 모두 멥쌀을 사용하는 반면 일본 명절에 사용하는 떡은
모두 찹쌀이다. 일본이 한국에 비해 찹쌀 사용도가 높은 것은 동남아시
아의 찰벼문화권의 영향을 받았기 때문이다. 이렇듯 명절음식은 단순히
음식으로서만이 아니라 그 나라 농경문화의 특징을 밝히는 중요한 기준
이 될 수 있는 것이다.

1-4. 감사와 정성의 마음은 띠를 둘러 나타낸다

설날을 맞이하기에 앞서 한 해 동안 신세 진 분들께 감사의 마음을 담
아 선물을 보내는 것을 오세이보ぉ歳暮라고 한다. 연말에 백화점의 오세이
보 코너에 오세이보 음식을 사려는 사람들로 길게 줄을 늘어서고 있는
모습을 쉽게 볼 수 있다. 원래는 설날에 바치는 음식을 연말에 본가 등에
보내던 풍습으로 과거에는 자반연어, 말린 오징어, 청어알 등을 보냈다
고 한다. 혹은 상업을 하는 사람이 자신과 거래한 사람에게 선물을 보내
는 관습이 오세이보로 발전했다고 보는 사람도 있다.

오세이보의 품목은 과거와 같이 반드시 설날에 바치는 음식만은 아니
지만, 음식을 보내는 것이 아직도 일반적이다. 일본에서 축의금이나 부
의금 봉투 등에 정성을 담는다는 표현을 오비라는 띠를 두르는 것으로

나타내는 경우가 많다. 오세이보의 음식 하나 하나에 오비帶를 두르는 것도 감사와 정성을 담는다는 의미로 이해할 수 있다.

과거에 오세이보는 보자기로 싼 선물을 직접 방문하여 인사말과 함께 드리는 것이 일반적이었다. 지금은 백화점 등의 택배를 이용하는 경우가 많기 때문에 별도로 엽서를 보내기도 한다. 연하장과 마찬가지로 오세이보를 받는 쪽은 감사의 엽서를 반드시 보내는 것이 관례화되어 있다.

1-5. 연하장은 1월 1일에 도착하는 것이 중요하다

일본사람들은 연말이 되면 연하장을 준비하느라 분주해진다. 사람에 따라서는 수십 장에서 수백 장까지 써야 하기 때문에 최근에는 컴퓨터를 이용해 새해 인사말과 그림 및 사진을 만들어 놓고 보내는 사람의 이름만 바꾸어 출력한다. 연말에 연하장에 사용할 그림을 인터넷에서 검색하는 사람도 많을 것이다.

한국도 연하장을 보내기는 하지만 일본의 연하장 문화가 한국과 가장 다른 점은 1월 1일 설날 아침에 도착하도록 하는 것에 있다. 연말이 되면 연하특별 우편물을 따로 분류하기 위해 우체통에 연하장을 따로 넣는 공간을 만들 정도이다. 이 시기는 연하장 때문에 우편물이 급증하므로 우체국에서 아르바이트를 모집하는 광고지가 집집마다 배부되기까지 한다. 매해 설날 아침에는 텔레비전에서 오토바이를 탄 수백 명의 우체부원들이 일제히 출발하는 모습이 연례행사처럼 방송된다. 설날에 우편함을 열어보면 고무밴드로 묶여 있는 한 묶음의 연하장이 도착해 있다. 이 연하장의 수로 그 사람의 인간관계와 인지도를 알 수 있을지도 모르겠다.

1970년대 후반 '프린트곳코'라는 소형인쇄기, 컴퓨터 등이 나오기 전에는 연하장을 인쇄소에 주문하거나 판화를 직접 만들어 찍어내거나 하

였다. 서민들 사이에서의 연하장의 시발점은 에도江戸시대로 거슬러 올라
간다. 에도시대 초기에는 친척이나 웃어른의 집을 도는 풍속이 있었는데,
에도시대 후반에는 현관에 명찰을 두고 돌아가는 것으로 바뀌었다. 이
명찰을 두고 오는 습관이 메이지시대에 들어와 우편으로 보내는 것이 되
어, 1899년에는 설날에 일괄적으로 배달하는 제도가 생기게 되었다. 흥
미로운 점은 일본의 관제엽서에는 복권번호가 인쇄되어 있어 당첨이 되
면 해외여행, 컴퓨터, 텔레비젼 등의 상품을 받을 수 있게 되어 있다.

2. 일본의 추석 오본お盆

2-1. 오본의 유래

오본은 양력으로는 8월 15일, 음력으로는 7월 15일을 전후하여 조상
을 위해 제사를 지내는 기간을 말한다. 현재는 대체로 8월 13일에서 16
일까지를 오본 기간으로 본다. 오본이라는 용어는 우란분盂蘭盆이라고도
하는데 이것은 심한 고통을 의미하는 범어梵語의 우란바나에서 온 말이다.
석가의 십대 제자 중의 한명인 목련目蓮은 죽은 어머니가 아귀도에 떨어
져 고통 받고 있는 것을 보고 괴로워했는데, 이것을 본 석가모니는 7월
15일 하안거夏安居가 끝나는 날에 공양하면 어머니가 고통에서 벗어날 수
있다고 알려주었고, 이에 목련은 7월 15일에 백 가지 음식을 그릇에 담
아 차리고, 많은 승려들을 모아 공양을 드리자 어머니는 지옥에서 구원
을 받고 성불할 수 있게 되었다는 것이다. 이처럼 오본은 죽은 조상이 극
락에 가기를 기원하는 불교식 조상제사와 관련이 깊다.

하지만 오본을 이러한 불교적 성격보다 민간신앙에 근거하여 보는 견
해도 있다. 오본이 불교의 영향으로 생겨난 것이 아니라, 설날과 오본을

기준으로 1년을 2등분 하는 일본인의 고유적인 신앙에서 비롯된 것이라고 한다. 조상에게 음식을 공양할 때의 그릇盆이 오본과 같은 한자를 쓰는 것이 본래의 모습이고, 여기에 불교의 우란분이 결합하여 민간에 정착된 것이 오늘날의 오본이라는 것이다. 오본의 정확한 유래를 확인하기는 매우 어렵지만 적어도 불교와 민간신앙의 양자가 결합한 불교민속이라는 것은 확실한 듯하다.

2-2. 조상을 맞이하고 보내기위해 불을 피운다

지금은 많이 없어졌다고는 하나, 조상의 영혼을 맞이하기 위해 집의 입구, 묘소, 강가 등에서 관솔불을 피운다. 대체로 8월 13일은 조상을 맞이하기 위해 불을 피우고 16일을 조상을 다시 보내기 위해 불을 피운다. 이를 무카에비(迎え火:맞이하는 불)·오쿠리비(送り火:보내는 불)라고 한다.

무카에비를 하는 사람들은 13일에 맞이하는 조상이 길을 헤매지 않게 하기 위해서 불을 피운다고 한다. 현대 사회의 주택사정상 현관에서 불을 피우는 것이 불가능해진 탓에 요즘은 불꽃 모양의 전구를 사용하는 곳이 많아졌다. 16일의 오쿠리비는 집에서 만이 아니라 마을 공동으로 불을 피우는 경우가 많다. 교토의 대문자 태우기大文字焼き가 대표적인 공동체 오쿠리비이다. 산 중턱에서 '大'라는 자가 일제히 점화되는데, '大' 자의 일획이 80m, 이획이 164m, 삼획이 120m이다. 대문자 태우기는 그 장대함을 보러오는 관광객까지 생겨 지금은 유명한 관광 상품이 되었다.

2-3. 조상을 모시는 본다나盆棚

오본에는 본바나盆花라고 하는 조상에게 바치는 꽃을 준비한다. 이는 무카에비와도 유사한 성격을 지녀 조상의 영혼이 이 본바나를 타고 온다고 한다. 이렇게 맞이한 조상의 영혼은 본다나盆棚라고 하는 제물 선반을 설치하여 제사를 지내게 된다.

사진 3 　본다나

본다나는 대개 13일 아침에 만들어 오본 기간 동안인 8월 13일에서 16일까지 집안에 설치되어 조상을 모시게 된다. 만드는 방법은 일정하지 않으나 대개 토란줄기나 대나무 등으로 작은 제단을 만들고, 특별히 마련한 꽃으로 장식한 후 방 안쪽 처마 밑이나 바깥기둥에 매달아 놓고 그 위에는 조상의 위패를 모셔 두고 공물을 바친다. 그리고 나서 승려를 불러 독경을 한다.

조상에게 바치는 공물이 오본 기간 동안 반드시 정해져 있지는 않지만, 되도록 똑같은 공물은 피한다. 따라서 13일에는 경단, 14일에는 팥떡, 15일에는 소면 국수, 16일에는 경단 등 하루하루 품목을 달리하며 바치는 집도 있다. 그러나 매일 필수적으로 바쳐야 하는 공물은 물이다.

일본의 본다나는 반드시 자신의 조상만을 모시는 것이 아니다. 자기 조상과 함께 오는 임자 없는 영혼을 위해 별도로 제단을 만들어 모시는 풍습이 있었다. 이를 가키다나餓鬼棚라고 하는데 보통 집 밖에 설치한다. 부득이한 경우 조상의 영혼을 모신 제단 옆이나 한 칸 낮은 곳에 설치하기도 한다. 이런 영혼들은 살아 있는 인간에게 해코지하는 원귀들이기 때문에 잘 위로해야 뒤탈이 없다는 인식에서 나온 습속이다.

2-4. 오본에는 성묘를 한다

당연한 것이지만 오본은 조상이 오시는 날이므로 성묘를 한다. 일본의 묘는 보통 절 안에 있는 경우가 많다. 오본 일주일 전에 묘소에가서 청소를 하는 곳이 많으며, 묘소에 가서 무카에비와 오쿠리비를 하는 지방도 있다.

우리의 추석이 가을에 있는 것과는 달리 일본의 오본은 한여름인 양력 8월 15일이기 때문에 뙤약볕아래에서 성묘를 하는 모습이 우리와는 사뭇 다르다. 또한 지방에 따라서는 음력을 지키려는 마음에서 7월 15일경에 성묘를 가기도 한다.

2-5. 마을과 도시의 축제로서 본오도리

오본의 행사에서 빼놓을 수 없는 것이 본오도리이다. '본'은 오본이며 '오도리'는 '춤'이라는 뜻이다. 원래 본오도리는 저승에서 찾아온 조상의 영혼들이 이승에 있는 후손들과 함께 즐겁게 춤추고 다시 저승으로 돌아갈 수 있도록 하는데서 유래되었다고 한다. 지금은 일본에서는 남녀노소 누구나 할 수 있는 쉽고 재미있는 춤으로 인식되었다. 광장의 한 가운데에는 북과 피리 등의 악기를 연주하기 위한 높은 단상이 설치되고, 사람들은 이것을 중심으로 원을 그리며 노래를 하며 춤을 춘다.

보통 신사나 절 경내에서 거행되는데 지방에 따라 조금씩 차이는 있다. 장단을 맞추고 흥을 돋우기 위해 쓰이는 하야시囃子도 큰북, 목탁 등 다양하며, 손뼉만으로 흥을 돋우는 고장도 있지만, 최근에는 커다란 스피커를 사용하여 민요나 가요 등을 틀어놓고 시끌벅적하게 하는 곳이 많아졌다.

각 지방마다 마을마다 고유한 춤의 방식을 가지고 있다. 설날에 '우리

고향의 조니는…'이
라고 이야기꽃을 피
우듯이 오본에는 '우
리 고향의 본오도리
는…'이라는 말이 나
올 정도로 향토색이
뚜렷하다. 본오도리

사진 4 아와오도리

중에 특히 유명한 것이 도쿠시마德島의 아와오도리阿波踊り이다. 이 본오도
리는 매스게임과 같이 일정한 음악에 맞추어 일제히 한 동작으로 표현하
는 것을 원칙으로 한다. 이러한 점에서는 집단성을 전제로 하는 춤사위라
고 하겠다. 본오도리 대회의 심사에서도 참가자가 얼마나 동일하게 춤을
추고 있는가가 중요한 평가기준이 된다.

오본에 귀향하여 고향의 본오도리 대회에 참가하는 것이 우리에게는
없는 일본의 독특한 축제문화를 나타내준다고도 할 수 있다. 지금은 본
오도리 대회는 마을과 도시 뿐 아니라 상점가 등 지역사회의 축제로 자
주 활용되고 있다.

지금까지 일본 최대의 명절인 설날과 오본을 살펴보았다. 설날과 오본
은 신을 모시는 마쓰리祀り라는 점에서 유사성을 지닌다. 한편, 일본의 종
교가 신불습합神佛習合을 기반으로 한다 하더라도 설날과 오본은 상당부분
분업 체제를 갖추고 있는 것을 알 수 있었다. 설날이 도시가미를 모시는
제사인 반면, 오본은 불교식 조상제사의 성격이 확연이 드러나고 있기
때문이다. 도시가미와 조상을 동일하게 볼 수 있는가에 대해서는 일본학
계에서도 여러 가지 견해가 있다. 일본민속학계의 통설로는 설날의 도시

가미도 조상신으로 파악해야 한다는 견해가 일반적이다. 원래 6개월마다 조상의 영을 맞아들여 친족이 모여 화해를 돈독히 했던 것이, 설날의 경우 풍작을 기원하는 제사적 성격이 강해져간 반면, 오본은 조상의 영靈을 공양하는 성격이 강해진 연중행사라는 것이다.

일본의 명절이 한국과 가장 다른 점은, 조상제사를 기반으로 하면서도 '효'를 근간으로 하는 조상숭배의 모습까지는 볼 수 없다는 점이다. 일본의 명절 풍경이 우리와 다르게 존재하고 있다는 점을 통해 우리와 기본적으로 다른 일본인의 종교관도 확인하게 된다.

참고문헌

히로 사치야 『불교 쉬운 이해 백과』 슈후토 세이카쓰샤, 1999(원서)
히로 사치야 『일본을 위한 불교 행사』 다이와출판, 2007(원서)
『일본의 생활·구력입문』 요센샤, 2007(원서)
미야타 노보루 『연중행사사전』 산세이도, 2007(원서)
가토 도모야스 『연중행사대사전』 요시카와코분칸, 2009(원서)

김양선

쿄토京都 - 가와바타 야스나리川端康成의 『고토(古都)』를 찾아서 -

1. 『고토(古都)』와의 재회

천년 고도 경주를 연상케 하는 교토의 3월은 생각보다 훨씬 더 추웠다. 이미 한 번의 교토 생활 경험이 있음에도 불구하고 따뜻한 대구에 길들여진 내 몸이 적응하기에는 만만치 않은 추위였다. 1997년에 유학 생활은 보낸 후 안식년을 맞아 10여년 만에 다시 찾은 교토와의 재회는 추위 때문에 한동안 내 기억을 얼게 만들었다.

빌린 방은 온돌시설이 안 되어 있어 바닥에서는 냉기가 올라왔다. 동향 베란다로 난 하나 뿐인 창문은, 그마저도 2층으로 된 옆집에 가려 아침 햇살만 겨우 조각보만큼 비칠 뿐이어서 낮에도 전기를 켜야 할 정도이다. 엔고를 생각하면 과분한 방이지만 워낙 어둡고 추운 방인지라 집에 있기보다는 밖에 나가는 있는 편이 훨씬 더 따뜻하고 쾌적할 정도였다. 일본대학은 4월부터 신학기가 시작되기 때문에 시간적으로 여유도 있었을 뿐만 아니라 난방 시설이 잘 되어 있어서 추위도 피할 겸 지역 도서관을 자주 찾았다. 그 도서관은 네 정거장쯤 떨어져 있었는데 늘 걸어

다녔다. 달리 운동을 할 수 없는 내게는 안성맞춤의 거리였다.

그동안 자주 읽지 못했던 일본 고전과 현대 소설 작품을 빌려 읽었다. 그러던 중 어느 날 문득 서재 한 편에 꽂혀 있던 가와바타 야스나리川端康成의 『고토(古都)』[1]가 내 눈에 띄었다. 노벨상 수장 작가의 작품임에도 불구하고 한국인에게는 그다지 잘 알려지지 않은 작품이었다. 그 것을 보자 이내 머릿속에서는 아련한 추억이 떠올랐다. 유학시절 청강한 프랑스어 수업 시간에 불어로 번역된 『고토(古都)』를 교재로 사용하였는데(학위논문이 통과되려면 외국어 2개 이수가 필수였다), 너무 어려워서 일본어로 된 문고판만 사두고 읽지 않았던 아쉬움이 되살아났던 것이다.

그러고 보니 필자가 마치 문학을 전공한 사람 같은 인상을 준 것 같다. 가끔 학생들로부터 왜 일본문학을 전공하지 않고 딱딱한 어학을 전공했냐는 질문을 받는다. 대답은 간단하다. 문학은 즐기고 싶을 뿐이다. 안식년으로 가족들과 떨어져서 생애 처음으로 독신생활을 하게 되니, 시간적으로 정신적으로 상당히 여유가 생겼다. 전공과 관련된 연구는 4월부터 시작되는 일본 대학 스케줄에 맞추면 되니, 3월 한 달은 보너스로 하루 24시간 마음대로 하고 싶은 일을 하고 싶어졌다.

책은 술술 읽혔다. 신문에 연재한 소설[2]이라서 그런지 스토리 전개가 다음 내용을 궁금하게 만든다. 빨리 다음 페이지를 읽고 싶어진다. 특히 교토 특유의 방언으로 쓰인 등장인물들의 말투는 교토 방언의 우아함과 섬세함을 그대로 느끼게 하였고, 교토의 다양한 연중행사, 관광명소, 지명(산, 강 등), 오랜 전통을 지닌 가게의 음식 등이 실명으로 등장하여 픽션의 세계가 아닌 것 같은 착각마저 들게 할 정도였다. 그 정겨움은 문득

---

1) 1980년 신쵸샤(新潮社)에서 출판된 『가와바타 야스나리전집(川端康成全集)』 18권.
2) 1961년 10월 8일부터 1962년 1월 23일 아사히신문(朝日新聞)에 연재되었다.

내게 『고토』 속의 교토를 하나하나 오감으로 느껴보고 싶은 충동을 일게 하였다. 앞으로 펼쳐질 1년간의 교토 생활의 방향이 결정되는 순간이었다. 『고토(古都)』에 등장하는 연중행사, 관광명소, 지명, 가게 등을 모두 내 눈으로 확인해 보고 싶어졌다. 마침 교토에 도착한 시기가 3월이다. 가와바타 야스나리川端康成자신도 『고토(古都)』는 스토리보다 교토의 풍물이 주가 될는지 모르겠다[3]고 언급할 정도인 『고토(古都)』 교토의 봄, 여름, 가을, 겨울의 아름다움을 직접 보고 느끼고 싶어진 것이다.

잠시 가와바타 야스나리川端康成의 약력과 『고토(古都)』의 스토리를 간단히 소개하고, 지면이 한정되었기 때문에 4계절 중 봄과 여름의 『고토(古都)』에 등장한 연중행사, 명소, 지명, 유명음식점, 지금은 볼 수 없는 옛 직업 등을 소개하고자 한다. 혹시 일본 여행을 계획 중이라면 반드시 한 번 발길을 옮겨보기 바란다. 참고로 이하 일본어 표기는 원음을 중시하고자 탁음과 청음을 구별하고, 장음은 표기가 길어지므로 생략하고, 한국인에게 이미 익숙한 지명이나 인명(예 : 교토, 가와바타 야스나리)은 그대로 사용하기로 하겠다.

2. 가와바타 야스나리川端康成와 『고토(古都)』

우선, 가와바타 야스나리川端康成의 약력을 간단히 소개고자 한다. 가와바타 야스나리川端康成는 1899년 오사카大阪에서 태어났다. 비록 오사카와 교토 방언은 세밀하게 따지자면 다소 다르겠지만, 같은 칸사이関西지방 출신이라는 이점이 있었기에(물론 집필도 교토에서 했다고 한다), 『고토(古都)』

---

3) 신쵸샤(新潮社)에서 1968년에 출판한 『고토(古都)』 「해설(解説)」에 의거.

의 교토방언 회화체 문장이 자연스럽게 표현될 수 있었던 것 같다.

1968년 노벨문학상을 수상하고, 『유키구니(雪国 : 설국)』『이즈노 오도리코(伊豆の踊り子 : 이즈의 무희)』『네무레루 비죠(眠れる美女 : 잠자는 미녀)』『야마노 오토(山の音 : 산의 소리)』등 다수의 명작을 남겼으나, 1972년 가스 자살로 생을 마감한다. 『고토(古都)』를 집필하기 전부터도 수면제 남용 등으로 정신적으로 불안정한 상태였다고 한다.

다음은, 『고토(古都)』의 주요 등장인물과 줄거리를 간략하게 소개하겠다. 『고토(古都)』의 주요 등장인물은 다음과 같은 3집안사람들과 어릴 때 헤어진 치에코千惠子의 쌍둥이 여동생인 나에코苗子이다.

> 사다 치에코佐田千惠子 : 교토 시내에 대대로 내려오는 기모노가게를 경영하는 아버지 사다 타이키치로佐田太吉郎와 어머니 시게(しげ)가 소중히 키운 무남독녀이지만, 사실은 친 딸이 아니고 주어다 기른 딸로 재색을 겸비한 아가씨.
>
> 사다 타이키치로佐田太吉郎 : 교토 시내의 대대로 내려오는 기모노 도매상을 하지만 세태가 바뀌면서 현대적인 주식회사 형식을 취하게 되어 대표이사가 되었다. 그러나 실질적인 모든 일은 반토番頭에게 맡기고 유유자적하며 본인의 취미생활(기모노 도안 등)에 몰두하는 소위 한량.
>
> 사다 시게佐田しげ : 치에코의 어머니로 친딸이 아니지만 늘 따뜻하게 딸을 감싸주는 교토의 전형적인 교양 있는 중년부인.
>
> 미즈키 신이치水木真一 : 사다 집안보다 교토에서 더 유서 깊고 규모도 큰 기모노가게의 차남으로 기온마츠리祇園祭り 때 치고稚児 역할을 할 정도로 외모가 출중하며 섬세한 성격의 대학생으로, 치에코와 어릴 적부터의 소꿉친구.

미즈키 류스케水木龍介 : 미즈키 집안의 장남으로 기온마츠리 때 치에코와의 만
　　　　　　　　　남 이후 치에코네 경영상 문제점까지 지적하며 미즈키 가문을
　　　　　　　　　버리고 치에코 집으로 양자로 들어가고자 하는 대학원생.

오토모 소수케大友宗助 : 규모는 그리 크지 않지만 온 가족이 합심하여 직물을
　　　　　　　　　짜는 집안의 가장.

오토모 히데오大友英男 : 오토모 집안의 장남으로 우직하고 성실한 성격의 직
　　　　　　　　　물 짜는 장인으로 처음에는 치에코에게 연정을 품지만, 기온
　　　　　　　　　마츠리 때 치에코의 쌍둥이 여동생인 나에코苗子를 치에코로
　　　　　　　　　오인하여 만난 이후 나에코와 결혼.

나에코苗子 : 치에코의 쌍둥이 동생으로 원래 키타야마北山의 삼나무 벌목공의
　　　　　　딸로, 부모가 모두 죽고 혼자 삼나무 토막을 씻고 정리하는
　　　　　　일을 성실하게 하면서 쌍둥이 언니 만나기를 기원하다가 마
　　　　　　침내 기온마츠리 때 언니를 만나게 되는 순박한 시골 아가씨.
　　　　　　자신에 대한 오토모 히데오의 사랑이 치에코에 대한 환상일
　　　　　　수도 있다고 생각할 정도로 사려 깊은 성격.

위의 등장인물에 대한 간략한 설명으로도 줄거리가 어느 정도 파악되
겠지만 간단히 요약하자면, 아름다운 교토의 사계를 배경으로 어릴 때 헤
어지게 된 쌍둥이 자매인 치에코와 나에코의 재회와 두 자매를 둘러싼 히
데오와 신이치, 류스케 형제의 미묘한 사랑이야기가 주를 이룬다. 물론 『고
토(古都)』는 사랑이야기만은 아니다. 대문호가 쓴 만큼 다양한 측면에서 해
석할 수 있는 요소를 많이 갖추고 있는 것 같다. 예를 들면 시기적으로 현
대로의 전환점에서 일본에서도 가장 보수성 짙은 지역으로 알려진 교토라
는 지역 자체가 겪는 과도기적 상황과, 그 지역에서 살아가는 인물들의
가치관의 동요, 미군의 관리하4)에서 벗어나 시민에게 개방된 식물원이

갖는 사회적 배경 등 다양한 요소를 독자는 읽어낼 수 있을 것이다.

그러나 그 무엇보다도 『고토(古都)』의 특색은 스토리 전개보다도 교토의 연중행사나 풍물, 명소, 음식소개 등에 더 치중한 느낌이 들 정도로 교토를 상세하게 설명하고 있다는 점이다. 이렇게 교토 관광 안내책자처럼 스토리의 배경에 불과한 교토에 대해 지나칠 정도로 상세하게 설명한 것이 『고토(古都)』가 가와바타 야스나리의 다른 작품보다 문학적으로 높은 평가를 받지 못한 원인인 것 같기도 하다. 그러나 대중의 인기는 대단했던 것 같다. 2차례(1963년, 1980년)영화화되었고, 6번(1964년, 1966년, 1980년, 1988년, 1994년, 2005년)이나 드라마화 되었다. 특히 최근에 방영된 2005년의 드라마에는 인기 절정의 우에토 아야上戸彩와 오쿠리 슌小栗旬이 공연하기도 하였다.[5] 한편 1963년 이와시타 시마岩下志麻가 주연한 영화가 가장 원작과 유사하며 그 당시 교토의 풍물이 그대로 남아 있어서 좋았다는 평도 있다.

3. 『고토(古都)』의 봄

『고토(古都)』에서의 교토의 봄은 "봄꽃春の花" "비구니절과 격자尼寺と格子" "기모노 거리きものの町"란 소제목이 달린 부분에서 느낄 수 있다. "봄꽃春の花"에서는 교토의 가장 유명한 명소가 많이 등장한다. 주인공인 치에코와 어릴 때부터의 소꿉친구인 신이치와 만나는 헤안진구平安新宮의 신엔神苑을 비롯하여 히가시야마東山주변 일대인 키요미즈데라清水寺, 마루야마円山

4) 오키나와(沖縄)가 미국의 통치에서 일본에 귀환된 것이 1972년이라고 한다. 1945년 패전 후 27년간 일본은 미국식으로 우측 통행(핸들)이었으나 그 해의 완전한 독립을 기념하여 불편함을 감수하면서까지 다시 좌측통행(핸들)으로 바꾸었다고 한다.
5) 우에토 아야가 주연한 드라마는 http://www.tv-asahi.co.jp/koto/index.html에서 볼 수 있다.

공원, 치온인知恩院, 난젠지南禅寺등이 등장한다. 주로 벚꽃구경으로 유명한
곳들이다. 이들 명소는 지리적으로 교토역에서 그리 멀지 않아서 일본의
수학여행 학생들을 가장 많이 볼 수 있는 곳이기도 하다.

특히 헤안진구平安新宮는 1895년 헤안平安천도 1100년을 기념하여 중국
의 건축양식을 따서 색체의 대비(주황과 초록)와 건축물의 대칭효과를 살려
화려하고 웅장하게 건축하였다고 한다. 헤안진구의 창건과 더불어 교토
3대 마츠리6) 중 하나인 지다이마츠리時代祭7)가 생기게 되었다고 한다. 신
전의 왼쪽에 입구가 있는 신엔神苑은 넓은 연못에 중국풍 다리인 타이헤
카쿠泰平閣를 드리워 중국의 풍경을 연상케 하면서 또 동시에 일본의 대표
적 고전인『겐지모노가타리源氏物語』등에 등장하는 다양한 일본 화초를
심은 오밀조밀한 정원도 갖추고 있다. 입장료 600엔이 아깝지는 않을 것
이다. 혹시 9월에 교토를 방문할 기회가 있다면 19일(8 : 30~16 : 30)을 이
용하면 좋을 듯하다. 입장료가 무료이다.

기요미즈데라清水寺는 "기요미즈 무대에서 뛰어내다清水の舞台から飛び降り
る"8)라는 은유적 표현도 있듯이 높은 산위에 나무기둥으로 받침을 세워
지은 절이다. 나무 기둥에 못을 하나도 사용하지 않고 홈을 만들어 끼워
맞추는 기법을 사용해서 더 특색이 있다고 한다. 필자가 10여년 전에 방
문했을 때에는 기요미즈의 무대가 상당히 넓어 시원스러웠는데, 현재는
상당 부분을 기념품인 오미야게お土産 파는 가게가 잠식하고 있어서 무대
라고 하기에는 비좁고 답답한 느낌마저 들었다. 격세지감을 느끼지 않을

---

6) 아오이마츠리(葵祭), 기온마츠리(祇園祭), 지다이마츠리(時代祭)
7) 교토의 1100년간의 대표적 인물과 풍속을 약 2000명의 행렬로 표현하며 황궁인 고쇼(御
所)를 출발하여 헤안진구에 도착한다.
8) 높은 곳에서 뛰어내리기에는 큰 결심이 필요하기 때문에 "굳은 결심을 하다"라는 의미로
해석된다.

수 없었다. 격세지감을 느끼게 한 것은 또 있었다. 예전에는 기요미즈데라가 중심이었다면 지금은 좋은 짝을 만나게 해주는 효험이 있다는 절 뒤편에 자리 잡은 작은 지슈진쟈地主神社 주변, 즉 사랑을 점치는 돌恋占いの石이나 수십 종류의 다양한 오마모리お守り, 다양한 효험을 내세운 기원소 등이 중심이 된 것 같다. 또 기요미즈데라 밑에 있는 3줄기의 물줄기가 시원스럽게 떨어지는 오토와노타키音羽の滝에도 많은 관광객이 줄을 서 있다. 관광객이 많아서 인지 3줄기의 물은 각각 건강과 출세와 돈 등을 상징하지만 욕심내서 모두 마시면 오히려 아무 효과가 없다는 설명과 함께 물통을 파는 곳이 새로 자리잡고 있었다. 예전에 필자는 3곳의 물을 모두 욕심껏 마셨었는데… 참, 기요미스데라에서 가까운 고죠五条역 근처에서는 8월 7일부터 10일까지 도자기 축제가 있다. 다양한 기요미즈도자기를 구경할 수 있으며 다소 가격도 할인된다고는 하나, 엔화로 환산하는 습성이 있는 필자에게는 그리 싸게 느껴지지는 않았다.

마루야마円山공원은 거대한 시다레자쿠라枝垂れ桜로 유명하기도 하다. 한국에서는 보기 드문, 버드나무가지처럼 늘어진 가지에 피는 벚꽃이다. 수명이 오래되어 중간 중간 가지가 많이 없어져 머리숱이 빠진 것처럼 볼품없이 보이기도 하지만 밤에 라이트업으로 조명을 받으며 환상의 세계를 연출한다. 마루야마공원 안쪽으로 가면 메이지유신의 중심인물이었던 사카모토 료마坂本竜馬의 동상도 볼 수 있다.

치온인知恩院은 거대한 나무로 만들어진 입구의 산몬三門9)에 압도되고,

---

9) 절 입구에 세워진 정문으로 단순히 문이라기보다는 아래층에는 절로 들어가는 통로문이 3개 이상은 갖추어져 있어야 하며 이층으로 사람이 올라갈 수 있는 계단이 있는 상당히 큰 2층 건물이라야 산몬이라 불릴 수 있다고 한다. 규모가 큰 절에서만 볼 수 있으며 화려한 장식 등으로 위풍당당한 모습을 갖추고 있다. 특히 치온인의 산몬은 일본 최대의 산몬으로 나라(奈良)의 토다이지(東大寺) 것보다 크다고 한다. 치온인은 "三門"으로 표기하지만 난젠지(南禅寺)나 닌나지(仁和寺) 등에서는 "山門"으로 표기하기도 한다. 『고토

가파른 긴 계단에 또 한 번 압도된다. 처음에는 교토京都대학 근처에 있는 지온지知恩寺와 이름이 유사해서 혼동되었지만, 그 규모와 유명도로는 오히려 치온인이 훨씬 우월하다.

난젠지南禅寺는 그 이름처럼 참선과 관련된 절로, 벚꽃으로도 유명하지만 유명한 것이 하나 더 있다. 수도교水道橋이다. 일본 드라마에서 교토를 상징하는 것으로 가장 많이 화면을 장식하는 아이템은 교토역 근처의 세계문화유산으로 지정된 토지東寺와 이 수도교이다. 유럽 각지에도 로마시대의 유물로 남아 관광지 역할을 톡톡히 해주는 것이 물을 운반하는 다리라고 한다는데 이 수도교가 거기에 버금가는 관광 명소 역할을 한다. 교토 근처 시가滋賀현에는 일본 최대 호수인 비와코琵琶湖가 있는데, 예전에 그곳에서 식수를 공급하기 위해 만들어진 것이라 한다. 또 하나 난젠지에서 빼놓을 수 없는 것은 "철학의 길"이다. 긴카쿠지銀閣寺에서 교토京都대학 뒤쪽을 지나 난젠지까지 이어지는 벚꽃길이다. 산책을 좋아했다는 서양의 유명한 철학자 칸트에 견주어 교토대학의 유명한 철학자가 자주 애용하였다고 하여 명명되었다고 한다. 다만 벚꽃이 한창일 무렵에는 수많은 상춘객의 소란스러움으로 철학적 사고는 그림의 떡이겠지만, 흐드러진 벚꽃과 세련된 찻집, 호화로운 정원을 갖춘 저택 등을 감상할 수 있어 미학적 감수성을 자극하기에 충분하다.

이처럼 "봄꽃春の花"에서는 교토 동쪽지역의 명소가 소개되고 있는데 비해 "비구니절과 격자尼寺と格子"에서는 자연풍광이 그대로 살아 있는 교토의 서쪽지역이 소개된다. 아라시야마嵐山의 사가노嵯峨野와 아다시노仇野 일대10) 및 가와바타 야스나리가 절찬하여 즐겨 찾았다는, 1854년에 창

(古都)』에는 "山門"으로 표기되었다.
10) 이곳에는 대나무 숲인 치쿠린(竹林), 아다시노(仇野)의 넨부츠지(念仏寺), 노노미야(野々

업된 유서 깊은 두부집 모리카森嘉, 또 현재는 사라진 추억의 직업이 된 시라카와메白川女가 눈길을 끈다. 시라카와메白川女란 머리에 꽃을 이고 다니면서 파는 여자인데, 시라카와白川란 원래 히에잔比叡山자락에서 발원하여 치온인知恩院이나 기온祇園을 흐르는 강으로, 강의 원류 부근에서 꽃을 팔러 나왔다고 하여 붙여진 이름이라고 한다. 10월 22일 개최되는 지다이마츠리時代祭에서 그 모습을 실제로 볼 수 있다.

아라시야마嵐山까지는 노면전차를 이용하면 주변 풍경도 볼 수 있어 더 좋은 것 같다. 『고토(古都)』에도 언급되었듯이 노면전차는 거의 사라지고 유일하게 남은 노선이 란덴嵐電전차이다. 2, 3개의 차량으로 운행되는 란덴전차의 내·외부에 겐지모노가타리源氏物語의 그림이 화려하게 그려져 있어 외국인 관광객의 눈을 즐겁게 해줄 뿐만 아니라 봄에는 기찻길 옆의 벚꽃을 감상하도록 천천히 주행하는 서비스를 발휘하기도 한다. 주로 무인역으로 경영되며 어쨌든 서민의 편의를 위해 생존하려는 노력들이 애틋하면서도 고맙게 느껴졌다. 경영의 이유로 승객수가 적은 시골역들을 주민의 편의는 아랑곳없이 폐쇄해버리는 한국의 실정과 견주어보면 부럽기도 하였다.

"기모노 거리きものの町"에서는 절이 2천여 개가 된다고 하는 교토의 동북쪽에 위치한 천태종의 본산지 에이잔(叡山=히에잔(比叡山))11)과, 황실과 관련된 슈가쿠인리큐修学院離宮, 고쇼御所, 오무로御室의 닌나지仁和寺를 비롯하여, 교토의 대표적인 유흥가인 키야마치木屋町, 본토쵸先斗町, 기온祇園일대

宮)의 노노미야진쟈(野々宮神社), 니손인(二尊院)등 봄보다 가을 단풍으로 더 유명한 곳이 많다. 금후 교토의 가을을 소개할 기회가 있을 때 구체적으로 소개하고 싶다.
11) 히에잔(比叡山)의 다른 이름으로 시가(滋賀)현 오츠(大津)시의 서부와 교토시의 북동부에 걸쳐있는 산이다. 『고지키(古事記)』에도 언급될 정도로 와카야마(和歌山)현의 코야산(高野山)과 더불어 고대부터 신앙의 대상이기도 하였으며, 유명한 엔료쿠지(延暦寺)나 히요시타이샤(日吉大社)가 있다.

와, 교토를 흐르는 카모가와鴨川와 타카세가와高瀬川, 기모노 생산지인 니시진西陣이 등장한다. 어쩌면 교토하면 가장 먼저 떠오르는 상징적인 아이템이 소개된 것 같다. 물론 주인공 치에코 식구들과 치에코에게 연정을 품은 오토모 부자가 우연히 만나게 되는, 일본에서 최초로 만들어진 식물원도 빠질 수 없을 것이다.

슈가쿠엔리큐修学院離宮와 고쇼御所는 일본 황실을 관장하는 궁내청宮内庁 홈페이지 http://sankan.kunaicho.go.jp에서 미리 예약을 하지 않으면 구경할 수가 없다.12) 필자의 경험한 바에 따르면 고쇼는 3일전에도 예약이 가능했다. 여름이어서 그런지 오후 1시 반에 시작되는 투어에 마침 자리가 있었다. 무료인데다 상세한 설명을 해주는 안내자가 있고『겐지모노가타리源氏物語』의 건물구조 등을 눈으로 확인할 수 있어서 뿌듯했지만, 섭씨 35도의 작렬하는 태양 아래서의 2시간여 강의는 인내심의 한계를 시험하는 듯했다. 여기서 주의 하나! 기념품으로 전화카드만은 사지 말기를 바란다.(보통 전화카드는 천엔에 사면 1050엔 정도 사용할 수 있는데, 이곳에서 산 카드는 비록 포장은 그럴 듯 했지만 천엔에 500엔어치만 사용할 수 있을 뿐이다.)

반면 슈가키엔리큐는 빨리 예약을 하지 않으면 입장을 못한다. 필자가 7월말에 검색했을 때는 이미 올해의 예약은 모두 마감된 상태였다. 단 고쇼는 예약을 못했더라도 반드시 한 번 가보기를 권한다. 고쇼는 일반적으로 고쇼고엔御所御苑으로 불리듯이 정원화되어 있고, 5월15일 아오마츠리葵祭와 10월22일 지다이마츠리時代祭의 행렬이 출발하는 곳이기도 하며, 나에코와 히데오의 약속 장소인 하마구리고몬蛤御門13)이 있고, 근처

12) 물론 봄과 가을에 5일간 일반 공개를 한다고는 하지만 여행자에게는 시간 맞추기가 힘들 것이다.
13) 고쇼의 서쪽 편 카라수마토오리(烏丸通り)에 면해 있는 북쪽에서 3번째 문이다. 이름이 하마구리(蛤 : 조개)라서 이 문만은 하마구리 모양일 것으로 상상했는데 고쇼의 모든 문 모양은

에 윤동주 시인과 정지용 시인의 시비가 있는 도시샤同志社대학도 있기 때문이다. 특히 피곤한 다리와 목을 축여줄 전망 좋은 공짜 커피숍이 있어서 더 더욱 권하고 싶다. 하마구리고몬을 지나 2번째 문인 시모다치우리고몬下立売御門맞은 편에 있는 일본의 대표적인 센베회사 하리마야播磨屋가 선전과 서비스 차원에서 운영하는 후리카페 하리마야 스테션(フリーカフェ 播磨屋ステーション=FREE CAFE HARIMAYA STATION : 10시-19시, 무휴)이 바로 그곳이다. 이곳에서는 커피는 물론 다양한 음료수와 여러 종류의 일본 전통 센베14)를 맛볼 수 있으며, 입맛에 맞는 것을 구입할 수도 있다. 센베는 오직 1접시에 1번만 가능하지만, 음료는 리필이 가능하다. 남의 체면을 중시하는 일본인들도 공짜에는 약한지 센베를 담는 카운터에는 조금씩만 담으라는 주의 방송이 계속 흘러나온다.

오무로御室의 닌나지仁和寺는 황실과 밀접한 관련을 맺고 있는 몬제키門跡 사원15)으로 세계문화유산이기도 하다. 오무로는 닌나지가 있는 지역의 지명으로, 경내의 오무로자쿠라御室桜라 불리는 200여 그루의 벚꽃의 화사함과 우뚝 솟은 5층탑이 대비를 이루는 4월 하순이 가장 아름답다고 한다. 타카세가와高瀬川와 카모가와加茂川=鴨川는 교토를 흐르는 대표적인 강이다. 타카세가와는 니죠二条에서 키야마치木屋町의 서쪽으로 흘러 쥬죠十条에서 카모가와와 합류되는 강으로, 모리 오가이森鴎外의 소설인『타카세부네高瀬舟』로도 유명하다. 카모가와는 우선 그 표기법이 다양하여 혼란스럽

똑 같았다. 단지 위치에 따라 이름만 다를 뿐이었다. 하마구리몬은 예전에는 문을 열어둔 적이 없었는데 궁에 불이 나서 문을 열게 된 것에서 유래되었다고 한다. 마치 조개를 구우면 조개가 벌어지는 형상을 하듯이 문이 열렸다고 해서 붙여진 이름이었던 것이다.

14) 한국에서 센베라면 제과점의 부드러운 전병이 연상되겠지만, 일본의 전통 센베는 딱딱한 쌀 과자가 주를 이룬다.

15) 몬제키사원은 황족이 출가하는 절로 절 바깥 쪽 벽에도 노란 줄을 그어서 몬제키임을 표시한다고 한다.

다. 1964년 공포된 하천법에 의해 "鴨川"로 표기되게 되었지만,16) 타카
노가와高野川와 합류하는 기점보다 하류는 "賀茂川"나 "加茂川"로 표기하는
것이다.

키야마치木屋町와 폰토쵸先斗町17)는 교토의 대표적인 유흥가로 키야마치
는 타카세가와의 동쪽에 있고 본토쵸는 바로 그 동쪽 옆, 즉 카모가와와
키야마쵸의 사이에 있다.

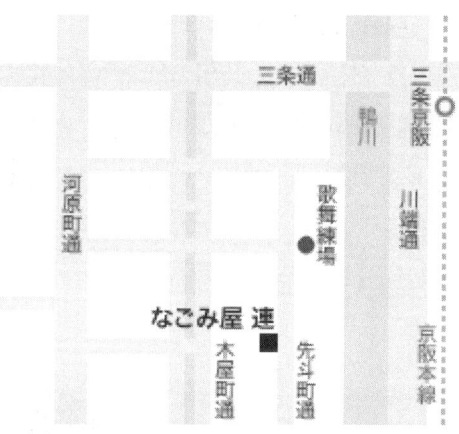

식물원은 튜립으로 유명하지만 치에코 아버지 타이키치로가 서양정원
이라서 싫다고 했듯이 한국에서도 볼 수 있는 전형적인 식물원이다. 오
히려 식물원 근처에 있는 도판명화의 정원陶版名画の庭을 권하고 싶다. 입장
료 100엔으로 세계적으로 유명한 미켈란젤로의 「최후의 심판」, 모네의
「수련」 등 명화 8점을 일본이 자랑하는 세계적인 건축자 안도 타다오安藤

---

16) 당연히 1964년 이전 작품인『고토(古都)』에는 "加茂川"로 표기되었다.
17) "先斗"를 일본어로는 독특하게 "폰토"라고 발음한다. 일설에 의하면 "先斗"라는 지명의
   어원이 포르투갈어의 "ponto(「先」의 의미)"에서 유래되었다고 한다.

忠雄18)가 설계한 건축물에서 그림과 건축의 조화미를 감상할 수 있는 기회를 가져보기를 바란다.

 마지막으로 교토의 3대 축제 중 하나로 5월 15일에 실시되는 아오이마츠리葵祭를 빼고 교토의 봄을 이야기할 수는 없을 것이다. 교토의 여름을 나타내는 "키타야마의 삼나무北山の杉"의 첫머리에 이미 지나간 아오이마츠리葵祭에 대한 언급이 있지만, 시기적으로 봄 행사이므로 아오이마츠리를 먼저 소개하겠다. 아오이마츠리는 아오이(葵 : 아욱과 식물)잎으로 행렬을 장식하였다고 해서 명명되었다고 한다. 원래 카미가모진쟈上賀茂神社가 주간하는 행사이기 때문에 5월 15일 고쇼御所에서 출발하여 카미가모진쟈로 되돌아가는데, 특히 사이오齋王로 누가 뽑히는가가 화제이다. 올해 2009년에는 일본의 대표적인 전통차도가문인 우라센케裏千家가문의 영애인 여대생이 뽑혔다.

18) 오사카(大阪)출신으로, 고등학교를 졸업하고 대학에 가는 대신 그 당시로는 감히 상상도 못했던 세계배낭여행을 통하여 예술적 감각을 키운 후 독학으로 세계적 건축가가 되었고, 동경대학 교수까지 역임하여 화제가 된 인물이다.

4. 『고토(古都)』의 여름

『고토(古都)』의 여름은 "키타야마의 삼나무北山の杉" "기온마츠리祇園祭"에서 느낄 수 있다. 우선 "키타야마의 삼나무北山の杉"에서는 교토의 서북쪽 키타야마北山의 때 묻지 않은 자연을 배경으로 한 삼오三尾의 명찰名刹이 불리는 타카오高雄의 진고지神護寺, 마키노오槙尾의 사이묘지西明寺, 토가노오栂尾의 코잔지高山寺,19) 키요타키가와淸滝川 등과, 교토의 동북쪽 쿠라마데라鞍馬寺의 연중행사 중 하나인 타케기리카이竹切り会 등이 등장한다.

특히 키타야마北山 일대는 요즈음은 단풍으로 유명한 지역지만, 『고토(古都)』에서는 나에코가 태어나서 살고 있는 소박한 산촌으로, 치에코가 친구와 단풍나무의 초록잎을 구경하려고 가서 얼핏 본인과 닮은 나에코와 스쳐 지나가면서 보게 되는 곳이다. 교토 시내에도 교토역에서 지하철로 북쪽으로 조금 올라가면 "키타야마北山"가 있어서 혹시나 하고 가보았지만, 삼나무 숲은커녕 노트르담여자대학의 세련된 여대생과 분위기 있는 카페와 고급 레스토랑, 콘서트홀 등 교토의 대표적 고급패션과 문화의 거리였다. 고산오쿠리비五山送り火를 위해 설치된, 불이 지펴지지 않은 "法"자와 "妙"자를 볼 수 있어서 그나마 위로가 되었다. 고산오쿠리비란 8월 15일 선조를 기리며 산에 불을 피우는 행사로, 교토 주변의 5개의 산 위에 동쪽부터 서쪽으로 큰 "大"자(大文字)와 "法"자, "妙"자, 돛단배 모양, 작은 "大"자(左大文字), 신사 앞의 토리이鳥居20) 모양을 만들어 밤 8시에 교토시 전체가 전기를 끄고 동쪽의 큰 "大"자를 필두로 차례로 불

---

19) 타카오(高雄), 마키노오(槙尾), 토가노오(栂尾)는 사호(山号), 즉 불교의 절 이름 앞에 붙이는 일종의 수식어이다. 따라서 모든 절에 산호가 반드시 있는 것도 아니고, 또 때로는 불교용어를 쓰기도 하여 반드시 그 절이 있는 산의 이름을 붙이는 것도 아니다. 타카오, 마키노오, 토가노오는 지명이다.
20) 토리이(鳥居)는 신사 앞에 세워져 신성한 지역임을 표시하는 건축물.

을 지펴 밤하늘을 수놓는 불교적 행사이다. 이 6개의 불을 모두 감상하는 투어가 있을 정도로 교토의 유명한 연중행사이기도 하다.

키요타키가와淸滝川는 타카노高野와 키요타키淸滝지역을 지나는 강으로 아라시야마嵐山와 사가嵯峨의 카츠라가와桂川와 합류되는 강으로 가을 단풍으로 유명한 곳이기도 하다.

쿠라마데라鞍馬寺는 교토 동북쪽에 위치한 쿠라마야마鞍馬山에 있으며, 근처 쿠라마온천도 유명하다. 여름에는 교토시내와 기온이 5도 정도 차이가 날 정도로 시원하며 경치 또한 수려하다. 『고토(古都)』에서 두 페이지에 걸쳐 아주 상세하게 설명하고 있는, 6월 20일의 타케기리에시키(竹伐り会式 : 오후 2시)는 텔레비전을 통해서만 보았기에 꼭 한번 보고 싶다. 그런데 언제 다시 그 시간에 맞추어 교토에 올 수 있을까? 유학을 마치며 교토를 떠날 때 다시 교토에 올 수 있으리라고는 상상도 못했는데 이렇게 또 오게 되었으니, 기회는 또 있으리라 기대해 본다.

『고토(古都)』의 배경이 여름인 "기온마츠리祇園祭"에서는 치에코와 나에

코가 상봉하게 되는 오타비쇼御旅所, 클라이막스인 7월 16일의 요이야마宵
山와 17일의 야마보코山鉾21)의 순행 등 7월 한 달에 걸쳐 일본 3대 축제
중 하나인 기온마츠리에 대해 상세하게 소개하고 있다. 또 두유를 데우
면 위에 생기는 얇은 막인 유바湯葉를 활용한 요리로 유명한 음식점 유바
한湯波半, 8월 15일의 다이몬지大文字고산오쿠리 비五山送り火점화 등이 등장한
다. 다이몬지의 고산 오쿠리비는 이미 앞에서 설명하였으므로 생략하고
기온마츠리와 유바한에 관해서만 간략히 소개하겠다.

기온마츠리祇園祭り는 원래 869년 야사카진쟈八坂神社의 전염병을 막으려
는 기원에서 시작되었으며 현재의 형태처럼 각 지역민이 스스로 야마보
코를 장식하여 순행하게 된 것은 1500년부터라고 한다. 특히 "움직이는
미술관"이라 불릴 정도인 야마보코는 유네스코무형문화유산으로 등록될
예정이며 교토시민의 자랑이기도 하다. 7월1일부터 시작되는 1달간의 축
제로, 시간적으로 여유가 있다면 16일 교토의 중심가인 시죠四条의 여기
저기에서 불을 밝히고 있는 요이야마宵山, 17일 활기찬 기합소리와 함께
거대한 야마보코가 회전하며 행렬하는 야마보코의 순행22)(巡行 : 오전 9시),
24일 야사카진쟈에서 오타비쇼御旅所23)라 불리는 임시숙소로 모셔왔던

---

21) 야마호코로도 불리는 축제 때 사용하는 장식한 수레인 다시(山車)로, 야마(山)는 바퀴가
없이 어깨에 둘러메는 형태를 취한다. 예를 들어 코이야마(鯉山)라면 코이(잉어)가 장식
되었다. 호코(鉾)는 높은 장대를 장식하고 바퀴가 달려있다. 예를 들어 나기나타보코(長
刀鉾)라면 긴 장대 위에 큰 칼이 장식되어 있다. 특히 나가타나보코는 순서를 정하는 뽑
기도 하지 않고 치고(稚児 : 땅을 밟지 않는 등 몸가짐을 신성하게 하며 타이헤노마이太平
の舞라는 춤을 추며 평화를 기원하는 역할을 한다. 『고토古都』의 신이치真一가 어릴 때
치고로 뽑혔다.)를 태우고 행렬 제일 앞에 서는 특권을 갖는다고 한다.
22) 특히 호코의 경우, 순행시 무게 때문에 쉽게 회전할 수 가 없어서 바퀴 밑에 얇은 대나
무 판을 펼쳐 깔고, 또 마찰로 인해 불이 나지 않도록 대나무에 물을 뿌리면서 여러 사
람이 호흡을 맞춰 회전하는 모습이 장관을 이룬다.
23) 7월 15일 야사카진쟈에서 시죠(四条)에 있는 신의 임시숙소인 오타비쇼에 7일간 신을
모신다. 그곳에서 소원을 빌고 집에 도착할 때까지 아무하고도 말을 하지 않으면 소원
이 이루어진다고도 한다.

신을 다시 야사카진쟈로 되돌아가는 환행(還幸 : 오후 6시)을 모두 관람해 보는 것도 좋을 것 같다. 다만 분지인 교토의 후덥지근한 한여름 날씨와 거리를 메운 인파와의 전쟁은 피할 수 없겠다.

기온마츠리의 주관 신사인 야사카진쟈八坂神社는 우선 그 위치부터가 관광객이 많이 몰리는 기온祇園에 자리하여 화려한 주황색으로 칠해진 누각 때문에 쉽게 눈에 뜨일 것이다. 기온의 마이코舞妓나 게이코芸子24)들이 자주 참배하는 신사로도 유명하고, 『고토(古都)』에서도 치에코가 자신의 출생에 대해 궁금해 하자 어머니 시게가 얼버무리며 "기온상"에서 훔쳐왔다고 하는 대목이 있듯이, 교토시민에게는 사람 이름 뒤에 붙이는 상さん을 붙여서 "기온상祇園さん"으로 불릴 정도로 친근한 곳이기도 하다.25) 일본드라마에 자주 등장하는 명소로, 특히 경내를 지나 안쪽에 있는 말사末社인 작은 우츠쿠시고젠美御前社을 꼭 소개하고 싶다. 우츠쿠시고젠은 "미인기원美人祈願"의 신사로 아름다워지기를 기원하는 마이코와 게이코는 자주 참배하지만, 아직 일반인들에게는 많이 알려져 있지 않다고 한다. 필자도 그곳의 아름다워진다는 물로 손과 얼굴을 닦았다. 효험을 기대하며……

유바한湯波半의 보탄유바牡丹ゆば나 야하타마키やはた巻에 대해서는 『고토(古都)』 "기온마츠리祇園祭り"의 첫머리에 상세히 설명되어 있다. 다만 왜 우엉을 의미하는 "고보"라는 단어가 있는데, 굳이 야하타라고 하는지가

---

24) 마이코는 예능(芸能)을 수련하는 단계에 있는 아가씨이고, 게이코는 예능수련을 다 마쳐서 접객할 수 있는 수준에 달한 아가씨이다. 이들은 기온의 마이코와 게이코를 만나고자 아침부터 사진기를 들고 기다리는 파파라치가 많아 괴롭다는 보도가 있을 정도로 외국인에게는 흥미의 대상이다. 그러나 최근에는 마이코 모습으로 꾸며주는 업체가 생겨 일반인들도 재미삼아 마이코 모습을 하고 거리를 활보하기 때문에, 대낮에 돌아다니는 마이코는 대부분 가짜 마이코일 가능성이 높다.
25) 교토 시민은 오이의 단면모양이 야사카진쟈의 문향과 유사하기 때문에, 기온마츠리 기간 중에 특히 오이를 먹지 않는다고 할 정도라 한다.

궁금했다. 조사 결과 교토의 야하타쵸(八幡町=京都市伏見区八幡町)가 옛날부터 우엉 명산지로 유명하여 우엉요리에는 야하타가 사용되게 되었다는 사실을 알아냈다. 교토에 있는 동안 꼭 한 번 먹어봐야겠다.

치에코, 신이치, 류스케, 나에코, 히데오 등 젊은이들의 순수함과 미래에 대한 열정으로 가득 찬 교토. 사다, 미즈키 등 기성세대의 고민과 과감한 결단력이 어우러진 교토. 오랜 세월 수많은 사람들의 삶의 층이 켜켜이 새겨져 있다. 이 추억의 층들이 소중하게 보존되어 아름다운 문화를 수놓고 있다. 부럽다. 우리나라의 아름다운 문화도 찬란히 수놓아지기를 기대하며 이 글을 마친다.

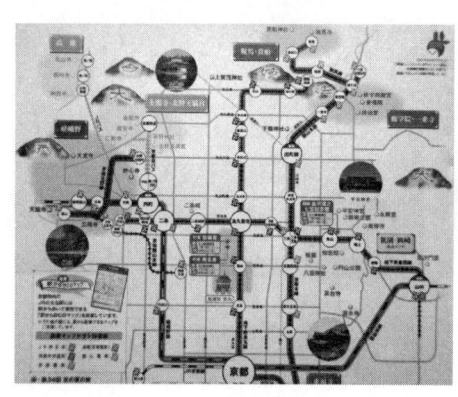

참고문헌

오쿠보 타카키『가와바타 야스나리』미네르바서방, 2004(원서)
코노 히토아키『가와바타 야스나리 : 우리 고도』교토신문사, 1995(원서)
하토리 테츠야『『고도』에 대해서』가와바타문학연구회편『세계속의 가와바타문학』수록,
    오후, 1991(원서)
호쇼 마사오『신쵸일본문학앨범16 가와바타 야스나리』신쵸사, 1984(원서)
리츠메칸대학문학부교토문화강좌위원회『리츠메칸대학교토문화강좌 교토에게 배우다1』,
    시라카와서원, 2009(원서)

장원재

04 라면과 일본인

1. 일본에 가면 라멘도 있고~

최근 모 통신사의 광고가 "일본에 가면 초밥도 있고, 초밥도 있고, 초밥도 있고……(일본여행정보 서비스를 휴대폰으로 검색하여)일본에 가면 라멘도 있고"라는 기발하고 재미있는 카피로 인기를 얻은 적이 있다. 내용인 즉 일본에 여행을 가서 초밥을 먹으며 본토의 맛은 다르다면서 첫째 날은 맛있게 먹는다. 그러나 딱히 일본음식과 정보에 대해 아는 바가 없는 그녀는 둘째 날도 셋째 날도… 계속해서 6일 동안 같은 음식점에서 초밥을 먹게 된다. 초밥이 아무리 맛있어도 몇 날 몇 일을 먹으면 질리는 법, 이 때 휴대폰의 일본여행정보 서비스를 이용하여 라면집 정보를 검색하게 된다. 그 정보 덕분에 그녀는 일본에서 처음으로 초밥이 아닌 라면을 먹을 수 있게 되는데, 그러나 라면 서비스로 또 초밥이 나오는 것을 보고 경악하는 내용이다. 물론 일본에서 서비스로 초밥이 나오는 경우는 없다. 그러나 여기서 알 수 있는 것은 라면이 초밥 다음으로 일본의 대표음식으로 인식되고 있다는 사실이다.

그림 1 도쿄라면

위의 사실을 방증이라도 하듯이 서울에서는 물론 현재 필자가 거주하고 있는 대구에서도 전통 일본 라면을 맛볼 수 있는 전문점들이 우후죽순 생겨나고 있고 웹상에서도 일본 라면 체인점들을 모집하는 광고들을 자주 접할 수 있다. 이제 일본 라면이 한국에서도 상당히 자리를 잡아가고 있는 듯하다.

자~ 그럼, 일본 라면을 매우 좋아하는 한 사람으로서 라면에 대해 알고 있는 소소한 지식과 직접 체험한 경험을 바탕으로 일본 라면에 대해 이야기해 보도록 하겠다.

2. 일본 라면은 중화면에서

일본 라면은 100여년전 차이나타운으로 잘 알려진 요코하마에서 유래되었다고 한다. 당시 요코하마에는 중국인만이 거주하고 있는 곳이 있었

는데 일본인에게는 독특한 거리이었으며 중국 코스요리 중에 하나인 중화면 또한 그러했을 것이다. 그러나 맛을 소금에서 간장 맛으로, 육수를 일본인이 좋아하는 다시마나 가다랑이포로 바꾸면서부터 일본인들에게 인기를 얻었다고 한다. 에도시대부터 서민들이 즐겨먹었던 소바(메밀국수) 맛인 것이다. 그래서 지금도 라면을 주카소바中華そば라고 하기도 하고 아직까지 라면집 메뉴에도 건재하게 남아 있다. 즉 중국풍의 일본소바인 것이다.

1910년 도쿄 아사쿠사에 라이라이켄来々軒이란 중국 음식점이 개점을 하고 고급음식이었던 중국음식을 서민상대로 값싸게 팔면서 순식간에 유명해졌다. 현재 각 지역의 향토라면ご当地ラーメン 중에 하나인 도쿄라면의 원조가 된다. 향토라면은 이렇게 시작된 라면이 각 지역의 환경이나 특산물에 맞게 진화했다고 생각하면 된다. 일본의 향토라면은 상당수 있으며 이를 지도로 나타낸 것이 아래와 같다. 각 향토라면의 특색은 신요코하마 라면박물관 홈페이지(http://www.raumen.co.jp/home/study_japan.html)에 자세하게 소개되어 있으니 이를 참조하길 바라며 여기서는 여러분들이 잘 알고 있는 삿포로 미소 라면(된장라면), 규슈 돈코쓰 라면(돼지 뼈를 우려낸 국물이 기본)을 소개하기로 한다.

그림 2 일본 전국 향토라면 지도(오쿠야마 다다마사 2000에서 발췌)

日本全国ご当地ラーメンマップ

新横浜ラーメン博物館提供

旭川ラーメン
札幌ラーメン
函館ラーメン

米沢ラーメン
喜多方ラーメン
白河ラーメン
佐野ラーメン

高山ラーメン

東京ラーメン
横浜ラーメン
京都ラーメン
和歌山ラーメン

尾道ラーメン
広島ラーメン

徳島ラーメン

博多ラーメン
久留米ラーメン
熊本ラーメン
鹿児島ラーメン

삿포로 미소 라면은 극한지역의 환경에 의해 만들어진 라면이다. 홋카이도의 삿포로하면 미소 라면이라는 등식이 있지만 1922년에 삿포로에

처음 생긴 라면집인 다케야식당竹屋食堂의 라면은 도쿄라면과 유사했다고 한다. 추위를 견디기 위해 맛이 진한 국물에 굵은 면발 그리고 다량의 기름을 넣는 특징은 2차대전 패전후라고 한다.(1961년 아지노산페昧の三平에서 처음으로 미소 라면을 판매.) 미소 라면으로 유명한 스미레すみれ라는 가게의 라면을 먹어 본 적이 있는데 아마도 국물 표면에 1.5센티 정도의 기름이 떠 있던 기억이 난다. 이렇게 기름을 많이 넣는 이유는 라면을 다 먹을 때까지 식지 않게 하기 위해서이다. 홋카이도 추운지역의 특색이 반영된 라면이라 할 수 있겠다.

한국 사람이 일본라면을 처음 먹었을 때 맛이 없다고 하거나 느끼하다고 하는데 아마 간장 맛이 익숙하지 않은데다가 기름이 많기 때문일 것이다. 규슈라면인 돈코쓰 또한 돼지 뼈로 우려된 육수가 특징으로 느끼한데 의외로 한국인들의 입맛에 비교적 잘 맞는 라면이다. 뼈다귀 해장국 국물과 비슷하기 때문일까. 규슈의 돈코쓰 라면도 원래는 현대와는 달랐다고 하나 언제부터인가 현재의 국물이 특징으로 자라 잡았다. 일설에는 돈코쓰 국물의 시초인 구루메久留米에는 하카타博多와 같이 라면 포장마차가 많은데 돼지고기 산지로 유명한 가고시마鹿児島 정육업자로부터 손쉽게 돼지 뼈를 구입할 수 있었기 때문이라 한다. 이렇게 향토라면은 국물, 면, 고명 등 그 지역의 환경과 특산물에 따라 다르다. 중국음식을 일본음식화하고 이를 다양화시킨 라면에서도 일본인의 특징을 엿볼 수 있다.

3. 일본 라면은 국민식

일본 라면은 3대 요소인 국물(육수), 면, 고명이 3위 일체가 되어야 훌륭한 라면이라고 한다. 육수는 보통 돼지 뼈, 닭 뼈, 다시마, 가다랑이

포, 야채 등으로 낸 맑은 육수계열과 돈코쓰의 탁한 육수계열로 나누며, 맛은 미소(된장), 쇼유(간장), 시오(소금), 그리고 면은 꼬불꼬불한 면과 직면, 면 굵기도 굵은 면에서 가는 면까지 매우 다양하다. 이에 이들을 조합할 수 있는 방법도 다양하며 맛도 천차만별이다. 그렇다고 이들을 모두 조합할 수 있는 만큼 라면 종류가 있는 것은 아니다. 즉 궁합이 잘 맞는 조합이 있다는 것이다. 예를 들어 시오 맛은 소금 자체가 심플한 맛이기 때문에 맑은 육수와 가는 면이, 반대로 미소 맛은 미소 자체가 진하고 여러 맛이 혼합되어 있기 때문에 탁한 육수와 굵은 면이 잘 어울린다. 단, 규슈의 돈코쓰 라면은 탁한 육수임에도 의외로 가는 직면을 사용한다. 라면 포장마차에서 빨리 삶아 낼 수 있는 가는 면이 잘 맞아 떨어진 것일까? 이에 규슈 돈코쓰 라면은 사리를 계속해서 시킬 수 있다.

이렇게 다양하게 맛볼 수 있는 라면은 남녀노소 불문하고 전 국민이 좋아하는 국민식이 되었다. 우리나라의 자장면과 같은 존재이다. 필자의 일본친구는 라면 국물에서 헤엄을 치고 싶을 정도라니 더 이상 무슨 할 말이 필요하겠는가.

라면이 일본의 국민식인 만큼 라면을 매우 좋아하는 사람이 많다. 즉 마니아가 많다는 이야기이다. 필자가 일본 라면 맛을 조금이나마 알게 된 것은 귀국하기 1년전부터이다. 우연히 일본친구와 이야기하다가 그 친구가 라면 마니아라는 것을 알았고 필자도 라면을 좋아했었던 터라 시간을 내어 그 친구와 함께 유명하다는 라면집을 돌아다니곤 했었다. 그 친구의 경우는 주 4~5그릇 정도 라면을 먹는 친구이었다. 점심으로 매일 라면을 먹는 것이다. 그것도 매일 가게를 바꿔가며… 그러나 라면에 관심을 두고 있자니 주 4~5그릇 정도로는 라면 마니아축에 끼지도 못하는 것을 알았다.

하나의 일례를 들어보자. 일본 TV프로그램 중에 각 분야(화과자, 스낵, 빵…)의 마니아들이 출연해 그 분야의 마니아왕을 뽑는 'TV챔피언'이란 것이 있다. 매년 한번은 라면을 대상으로 전국에서 내 놓으라 하는 마니아들이 경쟁을 하는데 결승전의 문제가 정말 어렵다. 한번은 2-3센티 크기의 면이나 국물 몇 방울을 먹어보고 라면집 이름을 맞춘다거나 그 가게와 가까운 지하철역의 바닥만을 보여주고 가게 이름을 알아 맞추는 문제들이다. 도쿄지역에만도 셀 수 없을 정도의 라면 가게에다 위의 문제는 각 라면의 모든 특징과 몇 번이고 방문해야 알 수 있는 고난이도 문제이다. 이런 고난이도의 문제들을 맞추고 'TV챔피언'의 라면왕이 된 사람들을 보면 라면을 연간 900그릇 이상을 먹는 사람들도 있고, 직업도 도쿄대 교수, 천문학자 등 다양하다. 라면왕이 되면 일약 스타가 되어 유명하다는 라면집에는 라면왕의 사인들이 걸려 있곤 한다. 왠지 모르게 라면왕의 사인이 있으면 제대로 맛집을 찾아온 것 같은 그런 느낌마저 든다. 라면 마니아 중에는 원 직업을 포기하고 자신만의 이상적인 라면을 만들기 위해 라면집을 차리는 사람도 상당수 있다. 샐러리맨에서 벗어나 라면집을 창업하는 것이 꿈인 사람들이 많으며 라면 주제의 만화에서도 이들이 주인공으로 종종 등장한다. 한국에서는 조금 상상하기 어려운 상황이다. 우리가 자장면을 아무리 좋아한들 중국요리집을 차리는 사람이 과연 몇 명이나 있겠는가?

4. 라멘(라면)의 어원

중화면의 국물과 맛을 일본식으로 바꾸고 인기를 얻기 시작한 라면은 중국 국수의 의미인 '시나소바支那そば'나 요코하마 중국인 거류지인 난킨

南京거리의 이름을 따서 '난킨소바南京そば'라고 불렀다. 그러나 중국의 의미인 '시나'가 옛말에다 좋지 않은 어감이 생기면서 '주카소바中華そば'로 명칭이 바뀌게 되고 패전후에는 '라멘'과 같이 사용하게 된다. 그럼 '라멘'이란 말은 어디에서 유래하고 언제부터 사용하기 시작했을까? '라멘'의 어원은 여러 가지 설이 존재하는데 첫째로 중국 북방지역의 전통적인 제면법인 라미엔拉麵(손으로 길게 늘려 만든 면)에서 왔다는 설, 둘째 칼국수와 같이 홍두깨로 반죽을 밀어 칼로 써는 제면법인 리우미엔柳麵의 발음이 변화했다는 설(라면도 같은 제면법)등 여러 가지 설이 존재한다. '라멘'의 용례는『일본국어대사전日本国語大辞典』에 의하면 1930년 간행의『모던사전モダン辞典』을 첫 용례로 들고 있으나 그 이전부터 사용했을 것이다. 시작은 명확하지 않지만 이 음식명이 널리 알려진 계기는 인스턴트 라면이 판매되고 나서부터이다.

5. 인스턴트 라면의 발명

여러분들이 야식 혹은 간식으로 즐겨먹는 봉지 라면은 1958년 일본 닛신식품 회장인 고故 안도모모후쿠安藤百福씨에 의해 발명되었다. 안도 회장은 오사카에서 몇 차례 사업 실패 후 새로운 사업을 구상하던 중 2차대전 패전 직후 한 그릇의 라면을 먹기 위해 길게 줄을 서서 기다리고 있는 광경을 보고, 집에서 빨리 간편하게 위생적으로 먹을 수 있는 라면을 만들기로 결심한다. 부인이 내온

그림 3 발매당시의 치킨라면

튀김요리에서 아이디어를 얻어 면을 튀기면 수분이 없어지면서 면에 작은

구멍이 생기고 여기에 뜨거운 물을 부으면 빨리 익은 원리를 이용한 것이다. 1958년 8월 25일 세계 최초로 인스턴트 라면인 '닛신 치킨라면'이 발매된다. 1962년에는 묘조明星식품에서 면을 양념하여 튀긴 아지츠케면味付け麺인 '닛신 치킨라면'의 단점을 보안하여 유탕면에 스프가 별첨된 라면을 개발하여 현재 인스턴트 라면의 원조가 된다. 훗날 세계라면협회가 생기고 협회에서는 8월 25일을 기념하여 '인스턴트 라면의 날'로 제정한다.

1971년에는 안도 회장이 컵라면도 발명하게 된다. 치킨라면이 미국에서도 주문이 들어오자 라면의 세계화를 위해 유럽을 시찰하게 되는데, 바이어가 컵에 치킨라면을 부수어 넣고 뜨거운 물을 부어 먹는 것을 보고 아이디어를 얻었다고 한다. 인스턴트 라면의 편리함, 신속함, 보전성은 현대적 시대 상황과 잘 맞아 떨어져 폭발적인 인기를 얻게 되고 2009년도 현재 세계에서 연간 약 940억개를 소비하고 있다. 아래는 주요 인스턴트 라면 소비국이다. 한국은 6번째로 랭크되어 있으나 인구수를 감안한다면 1, 2위를 다투지 않을까 생각된다.

표 1 세계 인스턴트 라면 소비량

	국명	2004년	2005년	2006년	2007년	2008년
1	중국/홍콩	390	442.6	467.9	501.1	451.7
2	인도네시아	120.1	124	140.9	149.9	137
3	일본	55.4	54.3	54.4	54.6	51
4	미국	38	39	40.4	42.4	43.2
5	베트남	24.8	26	34	39.1	39.1
6	한국	36.5	34	33.7	32.2	33.4
7	필리핀	25	24.8	25	24.8	25
8	타이	17.8	19.2	20.5	22.2	21.7
9	러시아	15.2	16	18	19	20
10	인도	4.3	5.8	8	12	15.6
11	브라질	11.5	12.6	13.8	14.3	14.9
12	나이지리아	6	6.5	7	10.8	14
13	말레이시아	8.7	8.9	10.6	11.8	12.1
14	멕시코	10	10	9	9	8.6
15	타이완	9.5	8.9	8.7	8.8	8.4
:	:	:	:	:	:	:
:	:	:	:	:	:	:
34	네덜란드	0.3	0.2	0.2	0.2	0.2
35	페루	0.2	0.2	0.2	0.2	0.2
36	벨기에	0.1	0.1	0.1	0.1	0.1
37	그외	2	2	2	2	2
	합계	799.8	860	920.8	984.2	936

2009년 5월 12일 현재, 세계라면협회 통계 단위 : 억개

　　우리나라는 한국전쟁후 식량난에 허덕이고 있었던 시기에 주식인 쌀 대신에 간편하게 먹을 수 있는 식품으로서 삼양공업주식회사의 전중윤 회장이 일본에서 보았던 인스턴트 라면을 국내 생산하기로 생각한다. 일본 묘조식품에서 기계와 기술을 이전 받아 1963년 9월 15일 봉지라면을 100그램 10원에 판매하기 시작한다. 당시 커피가 35원이었던 것을 감안

하면 매우 싼 가격이었으나 처음에는 듣고 보지 못 했던 라면의 '면'이 섬
유나 실의 의미로 오인하여 구입하지 않았다고 한다. 처음에는 맛도 묘
조식품의 스프 그대로를 사용했으나 3년간의 노력 끝에 한국인에 맞는
매콤하고 담백한 스프를 개발한다. 무료시식과 홍보를 통해 출시 6년 만
에 초창기의 300배에 달하는 판매량을 기록하게 된다. 컵라면은 1981년
에 농심에서 국내 처음으로 출시된다.

6. 라면 탐미耽味법

아래의 라면 탐미법은 어디까지나 필자 개인적인 방법이며 여러분들도
본인만의 맛있는 탐미법을 찾아보길 바란다.

6-1. 일본 생라면편

생라면은 국물, 면, 고명의 수많은 조합이 가능하고 각 지역의 라면
특징이 매우 다양하며 라면이 일본 국민식인 만큼 길거리에 보이는 게
라면집이다. 따라서 라면 맛의 레벨도 천차만별이다. 일본에서는 아주
맛있는 집과 아주 맛없는 집뿐이며 중간이 없다고 하니 실패하지 않기
위해서는 충분한 정보를 얻고 라면을 먹으러 가야 한다.

1) 정보를 수집해라.

우선 먹고 싶은 라면 종류(국물이나 맛 등)와 본인이 체재하고 있는 혹은
가려고 하는 지역의 라면 정보를 라면 잡지나 인터넷으로 찾아본다. 인터
넷에는 라면가게의 순위와 그 가게 라면의 특징들을 자세하게 소개하고
있는 사이트가 상당수 많다. 이 이외에도 라면에 대한 평가, 점장의 이력,

가격, 쉬는 날, 가는 방법 등이 있다. 정보와 지식을 얻고 가는 것과 그렇
지 않은 것과는 그 라면에 대한 맛, 감동이 전혀 다르다. 꽤나 유명한 라
면가게는 1시간 이상 기다릴 수도 있으니 마음을 굳게 먹어야 한다.

2) 가게 분위기와 라면 만드는 과정을 살펴본다.

가게에 들어가 분위기를 살피고 자리에 앉는다. 물로 가볍게 입을 가신 다
음 라면이 나올 때까지 라면을 어떻게 만드는지 관찰한다. 일본 라면가게
는 대부분 주방을 가운데에 두고 (칵테일 바처럼)바 앞에 자리가 있기 때문
에 라면이 나오기까지의 과정을 볼 수 있다.

3) 주문한 라면이 나오면 냄새를 맡은 다음 고명의 종류와 양을 본다. 일본은
반찬이 따로 나오지 않기 때문에 고명을 반찬 삼아 먹어야 하기 때문이다.
면을 다 먹을 때까지 고명이 떨어지지 않게 양을 조절하면서 먹는다. 국물
도 고명과 함께 먹으면 반찬을 대신할 수 있으니 잘 조합하여 먹는다. 면
은 젓가락으로 한 번에 서너 가닥 정도로 한다. 면에 국물이 충분히 묻도
록 하기 위함과 면의 식감을 음미할 수 있도록 하기 위함이다.

4) 라면은 늦어도 10분 이내에 다 먹도록 한다. 시간이 지나면 면이 불기 때
문에.

5) 남은 국물은 다 마신다. 남기는 것은 라면을 만든 사람에게 실례이며 어떤
음식도 일본에서는 양도 적을 뿐더러 음식을 남기지 않는다.

6) 상당히 맛있는 라면이었다면 마지막에 물을 먹지 않고 가게를 나온다. 라
면 맛을 몇 분이라도 더 맛보기 위해서.

6-2. 인스턴트 라면편

인스턴트 라면을 맛있게 먹는 절대적인 조건은 어디까지나 강한 화력으
로 빨리 끓여내는 것이다. 인스턴트 라면은 유탕면이므로 면을 튀길 때 생
긴 무수한 구멍으로 뜨거운 물이 빨리 들어가야 쫄깃하게 되기 때문이다.

그래서 라면 전문점에서는 중국집에서 사용하는 강력한 가스 불에 열 전도율이 높은 양은냄비를 사용하는 이유가 거기에 있는 것이다. 집에서는 가장 화력이 좋은 가스렌지에 양은 냄비로 라면을 끓이되, 물이 끓으면 스프를 먼저 넣어 비등점을 더욱 높인다. 그리고 면을 넣고 신속히 풀어 끓는 물이 골고루 접할 수 있도록 하고, 면을 수차례 들었다 났다를 반복한다. 이는 면을 들어올리면 공기와 접하여 식게 되고 이 과정을 반복하면 더욱 더 면이 쫄깃해지기 때문이다.

한국과 일본의 인스턴트 라면은 조리법에 차이점이 보이는데 한국은 끓은 물에 면과 스프를 동시에 넣고 끓이지만 일본 인스턴트 라면은 대부분 면을 익히고 난 뒤 불을 끄고 스프를 넣어 저어먹는 점이다. 스프를 면과 같이 넣고 끓이면 풍미가 없어진다고 한다. 이 방법은 생라면 만드는 방법과도 같다. 한일 음식 조리법이 인스턴트 라면에도 적용된 것일까.

라면의 역사는 비록 짧지만 중국의 것을 일본의 맛으로 바꿔 에도시대의 소바 맛을 계승하면서도 다른 한편으로는 이와는 다른 새로운 요리로 발전시켜 일본 대표음식의 하나로 자리매김하고 있다. 이는 한자와 한자어, 그리고 외래어를 타국에서 수입하면서도 이를 새롭게 일본어로 만드는 것과도 별반 다른지 않다. 요리에서도 모방의 달인인 일본, 일본인의 문화적 특성이 잘 나타난다. 필자의 짧은 지식과 충분치 않은 경험만으로는 아직 라면은 연구대상이며 그 깊이를 헤아릴 수 없다. 여러분들도 라면을 통해 일본과 일본인에 대해 관심을 가져 보는 것은 어떨까. 맛있고 재미있는 지식과 정보들을 얻을 수 있을 것이다.

참고문헌

오쿠야마 다다마사『라면 문화 경제학』후요쇼모슛판, 2000(원서)
가와타 쓰요시『라면 경제학』가도카와쇼텐, 2001(원서)
레토로 상품 연구소『첫 일본상품 이야기 part2 <1950-70년대편>』나나ㆍ고포레이토ㆍ
　　커뮤니케이션, 2004(원서)
정지애『잘 먹고 잘 사는 법 라면』김영사, 2005(원서)
신요코하마 라면박물관 : http : //www.raumen.co.jp/home/
세계라면협회 : http : //instantnoodles.org/jp/noodles/expanding-market.html
삼양식품 : http : //www.samyangfood.co.kr/cyber/brand01.asp
농심 : http : //www.nongshim.com/non/non/musm_pr01_idx.jsp

이효경

05 일본어 학습과 일본의 공민관公民館 제도

1. 일본 유학의 첫 관문

나의 전공분야는 법학이다. 우리나라 법은 일본법의 영향을 많이 받고 있고, 일본법은 대륙법(독일, 프랑스 등을 중심으로 한 유럽대륙 국가들의 법 : 영미법(英美法)에 대응하는 용어)을 한 발 앞서 받아들이면서 자국의 법을 만들어 왔다. 우리나라는 일본의 식민지지배기간을 겪으면서 대륙법의 영향을 받은 일본법을 받아들였으나, 오늘날은 여기에 머무르지 않고 영미법의 영향을 받아서 제정되는 다양한 법들이 크게 증가하고 있다.

대학을 졸업하고 일본으로 유학을 가려고 생각한 이유는 전문분야인 법학 중에서도 일본의 회사경영의 틀이 되는 회사법을 전공해서 그 당시 세계를 무대로 활약하고 있는 일본의 회사들이 어떠한 법률적인 기반을 가지고 발전하는가를 연구하고 그것을 한국에 소개하고 싶은 목적이 있었다.

하지만 유학을 가고 싶었던 당시에 우리나라는 IMF(국제통화기금)의 관리 하에서 금융위기를 겪었고 우리 가정형편이 넉넉하지 못하였기 때문에 일본에서의 학비와 생활비를 전액 부담하는 것은 큰 부담이었다. 일본에서 아르바이트를 해서 생활비 등을 벌어도 물가가 비싸다고 소문난 일본에서 아르바이트를 하면서 학업에 전념할 수 있을지 걱정이 컸다. 사비私費로 유학을 하면 부모님을 비롯한 가족에게 큰 부담과 짐이 될 것이 분명했다.

무엇보다도 우선 유학을 갈려면 어학이라는 첫 관문을 넘어야 하는데 일본어를 배우기 위해서는 거의 필수 코스인 일본어학교 등 어학연수기관에 들어가는 길을 선택하는 방법이 일반적이었고 그 비용 또한 만만치 않았다. 유학의 첫 단추인 일본어학습을 어떤 방법으로 시작할 것인가 하는 막연히 다양한 선택의 길들을 고민하면서 비행기에 올라탔고, 그렇게 유학의 첫 걸음을 내딛었다.

일본에서 일단 친척집에 머물렀지만 일본어 초급회화조차도 할 수 없었던 탓에 아르바이트도 못하고 매일 집 근처의 도서관을 다니면서 일본어공부에 열중하는 바쁜 생활을 보냈다. 유학한다고 가져간 초기비용은 일본어학교에 다닐 수업료에는 턱없이 모자랐기 때문에 한국에서 가져간 일본어학습교재를 이용하면서 공부를 시작했다. 그러나 대부분 일본에 온 외국인들이 일본어학습을 위해서 일본어학교와 같은 어학기관에서 연수를 받는 방법을 선택하고 있었기 때문에, 최소한 일본인들과 직접 만나서 어학학습을 해야 한다는 우려섞인 충고를 받았다. 혼자서 매일 집과 근처 도서관을 왕래하면서 주위의 풍경들을 바라보며 외국에 왔다는 사실을 실감하지만, 여전히 의사소통이 되지 않는 가운데 번번이 아르바이트를 소개받아도 거절당하고, 그로 인해 서럽고 답답한 마음과 가족에 대한 그리움이 밀려와서 매일 눈물을 쏟았던 기억이 난다.

　어느덧 그렇게 생활한지 한 달이 흘러갈 즈음에 친척 분께서 일본어를 읽고 쓰는 교실이 집 근처에 몇 군데 있다는 정보를 알려주셨다. 더구나 그 일본어교실은 무료로 수업을 받을 수 있었다. 공짜로 일본어공부를 할 수 있고 또 일본인에게 직접 배울 수 있다니 귀가 솔깃했다. 우리가 살고 있는 지역 안에 일본어교실이 몇 군데 운영되고 있다는 사실을 알았고, 친척 분께서 전화로 문의해주신 결과 각 지역의 일본어교실 스케줄과 위치에 관한 지도를 팩스로 받았다. 한 달여간의 나만의 외롭고 힘든 시간을 벗어나 새로운 것을 경험할 수 있다는 생각에 기쁘고 들뜬 마음으로 기대하였다.

　한편, 일본생활에서 여기저기 이동하는 수단으로서 자전거 타기는 필수다. 나도 한국에서 자전거를 놀이삼아 배우긴 했지만 잘 타지는 못했다. 일본에 와서 열심히 연습한 결과 그럭저럭 자전거를 타게 되었고 점차 행동영역을 넓히면서 일본어교실이 있는 날은 자전거로 20~30분 거리를 다니며 집에서 왕래했다. 또 한 곳의 일본어교실에 만족하지 않고 이곳저곳을 돌아다니며 매일 일본어학습을 할 수 있도록 스케줄관리를 한 결과 그 지역의 지리도 많이 알게 되었고 심지어는 전철까지 타고 다른 지역의 일본어교실을 가기도 했다. 각 지역마다 일본어교실 분위기라든가 프로그램의 특성이 달랐기 때문에 가능한한 여러 가지를 접하고 경험해보는 것이 중요하다고 생각했다.

　내가 다닌 일본어교실들은 대부분 '공민관'이라는 이름을 가진 시설 속에 속해있다. 처음에 방문했을 때 눈에 띄는 것은 유럽이나 아시아 등지에서 온 외국인들이 1~2명씩 조를 이루어서 각자 선생님들로부터 수업을 받고 있는 장면이었다. 그 선생님들이란 소위 '볼란티어'라고 불리는 지역의 자원봉사자들이었고 그들에게서 일본어학습을 받으며 열심히 배

우는 모습들이 인상적이었다. 나도 어느덧 그들과 함께 공민관의 일본어
교실을 다니면서 본격적인 일본어공부의 발판을 마련했고 각국에서 온
외국인에 대한 자원봉사자선생님들의 친근함과 상냥함에 긴장을 풀고 배
움에 몰두했다.

사진 1 2008년에 새롭게 단장한 오사카의 센리츄오공민관(千里中央公民館)

사진자료 : 도요나카시(豊中市)HP
(http : //www.city.toyonaka.osaka.jp/top/jinken_gakushu/kouminkan/senri/gaiyou.html)

2. 공민관과 일본어 학습의 추억

일본의 공민관은 지역에서 행해지는 학습, 문화 활동이나 스포츠, 레
크리에이션활동을 돕고 있다. 지금 우리나라로 말하면 각 시에서 운영하
는 시민교육센터나 각 지역의 문화센터 정도에 해당된다.

이러한 사회교육시설로서 국제적으로 보편화되어 있는 것은 도서관과
박물관이지만 일본에서는 제2차세계대전후에 공민관이라는 일본의 토착

적인 이미지가 강한 시설을 법제도적으로 보장하여 발족시켰다. 일본의 공민관을 보면 전국적인 규모를 가지고 있는 일본형 지역사회교육시설로서 독자성을 가지고 있다. 도서관과 박물관은 일본교육기본법 제7조와 제9조에 법적인 근거를 둔 단순한 사회교육기관뿐만이 아니라 '학술연구 기관'적인 성격을 지닌 시설로서 인식되고 있다. 그러나 공민관은 일본사회교육법 제5장에 법적인 근거를 두고 제2차세계대전후 일본의 사회교육의 모든 시설 중에서도 중심적이고 총합적인 성격을 지닌 시설로서 일본 내에서 자리를 잡았다. 당시의 공민관의 설치 취지를 요약하면 국민의 교양을 높이고, 도덕적 지식 및 정치적인 수준도 높이고 또한 기초자치단체에서 민주주의의 실체적인 훈련을 하면서 과학사상을 보급하며 평화산업을 진흥시키는 것에 그 중점을 두고 있다.

각 공민관에서는 다양한 교실이나 강좌, 학급을 개설하고 있고 그 밖에 모두가 자신들의 그룹을 만들어서 무엇인가 배우려고 할 때 지도자를 소개시켜준다든가, 프로그램 만들기 등의 상담도 해주고 있다. 학급이나 강좌의 내용은 각 지역의 공민관마다 그 특징을 가지고 있다고 할 수 있다. 또 지역사회를 위한 지역자원봉사자 활동추진사업을 통해 지역사회로부터 격리되기 쉬운 고교생이나 대학생, 정년퇴임을 맞이한 중·노년층을 겨냥한 지역자원봉사활동에 참가하도록 재촉하여 지역주민과 교류를 함으로써 상호 자극을 주고받으며 배울 수 있는 장을 마련하기도 한다.

특히 이러한 지역자원봉사자들은 외국인 등을 위해 개설되어 있는 일본어강좌를 통해 생활에 필요한 기본적인 일상 회화의 학습을 지도하는 한편, 일본의 문화와 행사 등을 화제로 하는 방식을 도입한 학습도 행하고 있다. 수업방식은 기본적으로 일대일형식의 학습으로 하고 인원이 많

아지거나 프로그램이 인기가 있는 경우는 그룹학습으로도 이루어진다. 일본에서 일반적인 어학연수기관들은 학생 수 십 명당 선생님이 한 명 배정되어 일본어를 배우는 경우가 대부분인데, 공민관의 일본어교실에서는 일대일로 할 수 있고 정해진 시간에 각 개인의 능력에 초점을 맞추어서 회화나 발음 학습을 지도받을 수 있는 점이 제일 큰 장점으로 생각된다. 물론 문법이나 작문연습을 하거나 자유롭게 일대일로 회화학습이 진행되다 보면 수다おしゃべり로 금방 시간이 흘러가버리는 점도 있지만 일본생활을 하면 외국인으로서 각자 겪는 어렵고 힘든 점이나 결혼한 경우에 자녀양육에 관한 정보 등 사회생활에 필요한 정보를 제공받고 도움을 얻을 수 있는 교류의 장으로 활용할 수 있다.

나의 경우 일본어를 접할 때 가장 힘들었던 점 중 하나가 바로 발음으로 생각된다. 특히 내가 살았던 오사카지역은 표준어를 쓰는 지방이 아니라 오사카사투리大阪弁가 있는 지역이라서 오사카사투리에 대한 학습프로그램이 따로 개설되기도 한다. 하지만 사투리문제 이전에 우리말에 없는 발음이 일본어에 몇 가지 있어서 그 소리를 발음할 때마다 일본어선생님께 지적을 받거나 고치도록 훈련을 받았다. 예를 들면, 오사카에 있는 JR(Japan Railways)역 지명중에 '츠루하시鶴橋'라는 동네가 있는데 오사카 재일동포들이 가장 많이 사는 곳으로 한인 타운이 형성되어 시장과 음식점 등이 밀집해 있는 곳이었다. 전철역 지명인 '츠루하시'의 '츠ㄱ' 발음을 할 때마다 내가 아는 지인인 일본인 여성분은 틀리다고 몇 번이나 같은 발음을 해보도록 시켰던 기억이 난다. 우리말의 '쯔'도 아니고 '츠'도 아닌 혀를 앞니 바로 뒤에 있는 천장에 살짝 갖다 대는 발음과 비슷한데 이 발음을 낼 때마다 긴장하고 소극적으로 되는 나만이 아는 고충이 따랐다. 그래도 내가 내는 발음이 정확한지 잘 모를 때는 답답하기도 하고 현지인들의 발음에 조금이라도 비슷하게 내보려는 노력을 했다. 그런 세세한 문제들에 부딪힐 때마다 도움이 되어 주셨던 분들이 바로 공민관의 지역 자원봉사자 분이었다. 언제나 외국인에게 친절하고 상냥하게 어떠한 어려움도 외국인이라는 전제하에 자세히 꼼꼼하게 알려주셨을 뿐 아니라 부끄럽거나 까다로운 문제에 직면하더라도 해결할 수 있도록 용기와 격려를 해 주셨다.

지금 생각해보면 일주일에 몇 번 혹은 한 번이지만 공민관을 찾아가서 일본인과 직접 일본어로 대화도 하고 읽기 쓰기를 배우는 기회를 가졌던 것이 일본어실력에 큰 도움을 준 것은 분명하다. 더 나아가 어느 정도 일본생활에 적응도 하고 자리를 잡아서 일본어를 잘 하게 되었을 때도 빠지지 않고 일주일에 정기적으로 일본어교실을 찾아가서 수다를 떨거나 어려운 점을 상담하거나 하면 대부분의 고민과 문제들이 술술 해결되는 그런 느낌을 가졌다. 일대일 학습을 하다보면 한 분의 선생님과 마음이 맞으면 쭉 몇 년 동안의 친분이 쌓여져가는 것을 볼 수 있다. 나의 경우도 마찬가지였다. 때로는 부모님같이, 때로는 친구같이 때로는 상담치료사 같은 역할을 해주셨기에 정신적으로 힘든 유학생활을 버텨나가는데 큰 힘이 되지 않았나 생각된다. 또 일본어교실을 벗어나서 바깥에서 만남을 가지며 함께 미술전시회나 음악연주회, 그리고 식사 등을 함께 하면서 내가 경험해보지 못했던 일본 사회 속으로 들어가서 일본인의 문화나 관습을 접해볼 수 있는 좋은 기회도 얻을 수 있었다.

유학생활을 끝내고 현재 귀국을 해서도 매년 연하장이나 편지를 통해 안부를 주고받으면서 추억의 정을 나누고 좋은 이웃사촌으로서 한국과 일본의 문화를 계속 알아가고 이해하려는 노력을 지속하고 있다.

사진 2 일본의 연하장과 손편지

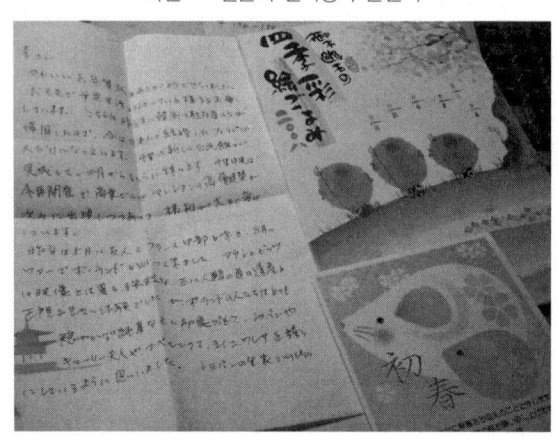

사진자료 : 일본인 지인으로부터 받은 연하장과 편지

한편, 공민관에서 일본어를 배울 때 자원봉사자선생님으로부터 가장
큰 도움을 받은 것 중의 하나가 바로 일본어로 글을 쓰는 작문이었다.

오늘날 전자메일과 팩스가 발달되고 보급되었다고 하지만 일본에서는
아직도 손으로 쓴 편지를 많이 주고받는 것을 경험할 수 있다. 일본인들
은 편지를 주고받는 것을 매우 중요하게 생각한다. 특히 편지형식도 나
름대로 격식을 갖추어서 우선 계절이나 날씨에 대한 인사나 편지의 맨
앞부분과 마지막부분에 쓰는 '拝啓', '敬具'는 '삼가 아룁니다', '존경하는
마음으로 썼습니다'라는 의미의 정중한 표현 등으로 일본의 편지에는 이
러한 전통적인 몇 가지 약속들이 있다. 그러나 이것들은 본래 결코 딱딱
한 형식적인 약속이라기보다는 일본인들만의 세심한 마음씀씀이가 스며
들어있다고 할 수 있다. 특히 예의를 중시하는 일본인들에게 있어서 편
지는 서식부터 문체, 단어사용 등에도 세심한 배려를 하며 글을 쓴다.

또 일본에서는 연하장을 보내는 관습이 내려오고 있어서 한 해가 시작

되는 연초에는 새해인사를 편지로 써서 보낸다. 이때 '賀正', '謹賀新年', 등을 써넣고, 마지막부분에 날짜는 '元旦', 즉 1월 1일을 이러한 표현으로 쓴다. 그리고 여름에는 간단한 문안인사를 묻는 엽서를 보내기도 하는데 바로 '暑中見舞い'라고 하는 '여름문안인사'가 그것이다. 여름문안인사는 24절기의 '小夏(7월 7일경)'에서 '立秋(8월 8일경)'에 걸쳐서 보내는 것이 통례이고 입추를 지나면 '残暑見舞い'로 즉 '늦더위 문안'이 된다. 또하나 덧붙이자면 일본의 추석이라고 불리는 'お盆'때에는 'お中元'이라는 '일본의 추석선물'을 보내는 관습이 내려오고 있다. 이와 같이 일본생활에서는 계절과 절기마다 신세를 입거나 인사를 치러야 하는 사람들에게 간단하게 엽서나 편지를 손으로 직접 써서 보내야하는 경우가 많아서 일본어 학습을 통해 편지에서 사용할 수 있는 말이나 표현들을 따로 공부해두어야 했다.

따라서 일본에서 유학생활을 보낼 때 매우 힘들지만 직접 부딪혀보고 잘 할 수 있도록 실력을 쌓아야하는 것이 바로 글쓰기다. 우리글로 쓰는 작업도 힘든데 하물며 외국어는 두말할 필요가 없을 듯하다. 외국어를 배울 때 회화는 현지에서 살면서 그럭저럭 극복해나갈 수 있지만 글쓰기는 형식과 격식을 갖추고 문장력을 길러서 많이 써보기도 하고 틀려보기도 해야 자유롭게 쓸 수 있게 되는 것 같다. 특히 자신이 틀린 부분을 일본인으로부터 끊임없이 지적받고 공부할 수 있는 환경이 갖추어진다면 생활에서 더욱 현지인들과 교류를 깊고 풍성하게 만들어 갈 수 있을 것이다.

나 또한 가장 고생했던 부분이 글쓰기작업이었다. 물론 전공이 법학이기 때문에 전문용어를 그 나라말로 공부를 하는 것은 당연하고 더 나아가 자신의 생각과 주장을 논문으로 적어서 제출해야하는 상황이기 때문

에 더욱 글쓰기 작업에 매진할 수밖에 없었다. 누군가 옆에서 틀린 표현
을 바로 잡아주고 함께 고민해준다면 더할 나위 없이 큰 도움이 된다. 개
인적으로 운이 참 좋았던 것은 매주 공민관 일본어교실에서 만난 자원봉
사자선생님과 그동안 친분을 쌓고 몇 년간 같은 장소, 같은 시간에 일본
어학습을 해왔기 때문에 생활에 필요한 글쓰기라든가, 학교에 제출할 과
제물, 심지어 지도교수님께 써야 할 편지와 같은 문서도 어떻게 하면 더
정확하고 공손하며 품위 있는 일본어표현으로 글을 쓸 수 있을까에 대해
함께 고민하면서 수도 없이 수정을 해주시면서 많은 가르침과 도움을 받
았다.

물론 공민관에서의 일본어교실이 나의 일본어학습의 전부는 아니었지
만 정말 도움이 절실하고 필요한 부분을 확실히 지원해주는 든든한 아군
이 되어 준 것에는 틀림없다. 이러한 제도가 없었더라면 마음껏 하소연
하면서 언어나 생활습관의 벽을 넘어 우리나라와 다른 문화 속에서 어떻
게 적응해나갈 수 있을까, 과연 일본인들을 더욱 이해하며 그들에게 다
가갈 수 있었을까 하는 생각을 해본다.

3. 다문화사회와 외국인을 위한 일본어교실

일본에서 접해본 공민관은 외국인을 위한 일본어교실이었지만 각국에
서 온 다양한 문화적 배경을 가진 외국인들과 교류할 수 있는 기회를 가
진 것은 값진 경험이었고 또 외국인들이 함께 만들어나가는 일본어교실
이라는 느낌을 갖게 했다. 공민관의 지역자원봉사자들은 유학생이나 회
사의 주재원, 노동자로 일하러 온 외국인들을 통해 각국의 다른 문화와
풍습을 공부하거나 동시에 그 나라의 언어를 함께 접해볼 수 있는 교류

의 기회를 가진다.

앞에서 말한 것처럼 일본의 공민관은 지역의 사회교육시설이다. 또 지역주민들이 스스로 자주적이고 자발적으로 참여하도록 지적 학습을 보장하는 시설이다. 각 지역에서는 다양한 사업이나 강좌를 통해 지역문화의 형성이나 지역 활성화를 지원하고 있다. 지역에는 아이, 아동, 학생, 청년, 노인, 남성, 여성, 장애인, 외국인들이나 또한 농업, 어업, 공업, 상업, 공무원, 교원, 전문직 등에 종사하는 다양한 종류의 문화적 배경을 가진 주민들이 생활하고 있다. 각 지역 주민들이 서로 지적 재산을 공유하고 지역 활성화를 하기 위한 거점은 공민관이 담당하고 있다고 하겠다. 또 재주 외국인들은 생활양식 자체가 다르므로 다문화 이해를 할 수 있는 교제의 장이 될 수 있다. 즉 가까운 곳의 다문화를 이해하여 폭 넓고 정서가 있는 인간성을 회복시키고 지역주민 모두가 서로를 이해하는 공생사회를 목표로 한다면 앞으로도 일본의 공민관제도의 과제는 크다고 할 수 있다.

며칠 전 라디오에서 다문화가정 자녀만으로 구성된 초·중·고교 대상의 다문화국제학교가 필요한지에 대한 논쟁을 하는 토론프로그램을 접한 적이 있다. 우리나라도 다문화사회에 진입하면서 다문화가정 자녀들의 많은 수가 부모의 이혼과 사회적 편견 등으로 사실상 사각지대에 놓여 있고 다문화가정의 아이 중 상당수가 학교에 부적응하며 돌봄을 받지 못하고 있는 상황이라고 한다. 따라서 다문화가정 자녀들의 학교 부적응과 이탈이 계속되는 현실에서 대안교육 기관이 필요하다는 것이었다. 그러나 반대의견도 만만치 않은데, 일반학교 학생과 통합보다 그들만의 울타리를 쳐서 이질감이 커지면 영원한 이방인이 될 수 있다는 우려의 목소리도 나왔다. 또 언어소통이 안 되는 아이들을 지금과 같이 일반학급에 직접 투입시키는 것이 교육 효과 면이나 성장측면에서 많은 문제가 있기 때문에 학교 입학 전에 별도의 전문기관에서 언어와 문화교육을 시키자는 대안도 나왔다.

사실 일본의 공민관에서는 일본어강좌를 개설하고 학습자의 일본어 학습을 도울 뿐 아니라 공민관에 오는 외국인 참가자를 상대하는 중에 자녀양육에 대한 상담을 받거나 자녀가 다니는 학교에서 받아오는 연락 등을 읽어주고, 학부모회에 참가하기도 하는 등 자녀양육이나 생활 상담에 나서고 있고 이러한 활동들에 대한 문제점과 과제도 많지만 적극적인 노력들을 보여주고 있다.

몇 해 전 우리는 TV뉴스를 통해 외국인 또는 외국에 관련되어 있는 자를 지역사회에서 고립시켜서 발생한 런던의 테러사건이나 이민자 자녀들에 의한 대규모 폭동과 데모가 프랑스에서 일어난 사건을 접했다. 프랑스의 경우 이민자수는 프랑스 인구의 약 10%정도이며 그 대부분이 예전에 프랑스 식민지였던 북아프리카에 위치한 아랍제국(알제리, 모로코, 튀니지)의 출신자였는데 그들의 실업률이 매우 심각했다. 따라서 당연히 그들의 자녀들은 고등교육을 시킬 돈이 없기 때문에 아이들에게는 학력이 없고 취업도 찾기 힘들다. 이런 악순환 속에서는 미래에 대한 희망도 갖기 어려운 상황이다. 게다가 또 문제가 된 것은 설령 고등교육을 받았다고 하더라도 아랍계라는 것이 알려지는 시점에서 취업이 어려워지는 것이 현실이며, 누구나 놀랄 정도의 차별이 뻔히 이루어지고 있었다. 자유와 평등, 박애라는 이념을 가진 프랑스에서 이러한 이념은 이민자에게 동등하게 적용되어야 하지만 그러기 위해서는 프랑스에 동화되어야 한다는 전제조건이 필요하다. 즉 프랑스어를 말하고 프랑스가치관을 받아들여야 한다는 것이다. 하지만 이슬람교도들이 프랑스라는 국가보다 종교나 민족적인 공동체의 이익을 최우선시 했다는 것에 대한 경계감이 특히 미국에서 일어난 9·11테러사건 이후 강해지고 있다.

현재 국제결혼을 통해 많은 외국인들이 우리나라에 들어와 있고, 우리의 학교나 직장, 생활권에도 다른 나라의 사람들이 속속 들어와 앞으로 우리나라도 외국으로부터 사람을 받아들여야 할 상황이 될 것이다. 유럽과 같은 전철을 밟지 않기 위해서는 외국인이 우리 사회에 뿌리를 내리고 동화되어 가기 위한 시스템을 마련하는 것이 필요하다. 안정된 노동시장이나 사회보장을 어디까지 만들어 갈 것인가, 또한 외국인이라고 울타리를 치는 것이 아닌 지역전체가 받아들이려는 시스템을 갖추는 것이 장기적으로 볼 때 중요하고 필요하다고 생각한다.

참고문헌

야마다 노리히로 「일본의 공민관 행정의 과제와 전망」 한국지방자치학회 하계학술대회, 2004년(원서)
임승빈 「지방정치 참여와 지역공민관의 역할에 관한 고찰」 『지방행정』 3월호, 2005년(원서)
강상중 『일본 서바이벌 - 불확실한 시대를 꿋꿋하게 살아가는 10가지 힌트』 슈에이샤, 2007년(원서)
이이쿠라 하루타케 『일본인의 관습』 세이슌슛판샤, 2007년(원서)

송미령

06 일본 생활문화의 총체 - 다도

1. 들어가기

일본의 차문화는 12세기 경에 중국에서 들여온 가루 형태의 맛차抹茶를 마시면서 본격적으로 시작되었는데, 그 형태는 중국과는 다른 독자적인 형태로 변화하면서, 단순히 차만 마시는 것이 아니라 전용 공간인 다실茶室에서 예술을 감상하기도 하고 음식을 먹기도 하는 '차노유茶の湯'라는 일본의 독특한 차문화로 발전하였다.

일본에서 다도라는 말을 일반적으로 사용하기 시작한 것은 근대 이후로, 차노유의 풍류적인 유희에서 다테마에点前라는 행다行茶의 예법을 몸에 익히고, 나아가 정신수양에 힘쓰는 도덕적인 측면이 강조되면서 정착되기 시작했다고 할 수 있다. 지금도 차노유라는 말과 다도가 함께 쓰이고 있다. 본고에서는 차문화의 성립 및 발전과정에서 나오는 차노유 이외에는 다도라는 말을 쓰기로 한다.

그러면 일본의 전통 문화인 다도는 어떻게 성립되고 발전되었는지 그 과정과 형태를 알아보고, 기본 예법과 정신을 통해 일본 다도 문화의 특징을 고찰하고자 한다. 현재 계승되고 있는 다도에는 여러 유파가 있는데, 기본 예법에 대한 것은, 짧은 기간이었지만 직접 체험한 우라센케裏千家의 작법作法을 중심으로 소개한다. 본론에 앞서 용어의 번역이 용이하지 않아 원어 중심의 소개가 된 점 양해를 구한다.

2. 일본 다도의 성립과 발전과정

중국의 차가 처음 일본에 전해진 것은 헤이안平安 시대 초기(9세기 초)로 추정되고 있다. 당나라로 유학 갔던 승려들에 의해 전해진 차는 도입 당시에는 중국과 거의 같은 형태로 마신 것으로 짐작되는데, 헤이안 시대 후반에 일어난 국풍國風문화의 여파로 쇠퇴되었다고 한다. 그 후 가마쿠라鎌倉 시대 초기(12세기 말)에 송나라에 갔던 선승禪僧 에사이榮西에 의해 다시 들여오게 된 차는 가루 형태의 맛차였다. 맛차를 찻잔에 넣고 물을 부은 후 차센(차를 만들 때 쓰는 도구)으로 저어 거품을 내서 마시는 새로운 방식의 것이었는데 이 방식은 현재까지 이어지고 있다. 헤이안 시대에 들어온 차와 마찬가지로 맛차 역시 처음에는 선승들이 좌선을 할 때 졸음을 쫓는 약으로 쓰여, 선종의 사찰에서 주로 마시다가 차의 약효와 각성작용을 인정받으면서 고위 무사계급으로 확산되었다.

한편, 남북조南北朝 시대의 차문화는 도박 형태의 투차鬪茶가 잠시 유행하다가 무로마치室町 시대가 되면서 중국의 미술품 애호가였던 아시카가足

利막부를 중심으로, 중국의 문물을 감상하면서 차를 마시는 형태가 생겨났으나 정신적인 면은 중요시되지 않았다. 그 후, 중국의 문물만이 아니라 일본의 다구도 함께 사용하며 좁은 다실에서 이루어지는 일본 고유의 차노유의 형태로 발전하였는데, 이것은 무라타주코村田珠光(1423-1502)가 고안한 것이었다. 주코는 자기 아집과 독단을 버리고 자연의 움직임과 사계절의 변화에 마음을 의지하여 살아가는 고독한 정신세계를 추구하였다.

주코의 차노유를 계승한 것이 다도의 창시자인 다케노조오武野紹鷗(1502-1555)이고, 조오의 제자로서 다도의 철학적 사고와 깊은 미적 정신세계를 구현하여 다도로서 대성시킨 것이 센노리큐千利休(1522-1591)였다. 다도하면 센노리큐라고 할 만큼 그의 영향은 대단한 것이었다. 센노리큐의 다도는 현대 일본 다도의 근원으로서 그 예법과 정신에 대해서는 다음 장에서 구체적으로 소개한다.

서두에서도 언급하였지만, 차노유와 다도는 차를 마신다는 점에서는 같지만, 차노유에는 풍류적인 유희라는 뉘앙스가 있는 반면, 다도에는 차를 마시는 것을 통해 그 예법을 몸에 익히고, 나아가 정신수양에 힘쓴다는 도덕적인 측면이 강하다고 할 수 있다.

에도江戶시대에 막부정권이 안정되자, 고위 무사들 사이에서는 생활의 기본 예법과 교양을 쌓고자 하는 경향이 생기기 시작했다. 당시의 도쿠가와德川장군 집안에서는 이미 차노유를 기본 교양으로 했기 때문에 무사들에게도 장려되었다. 그 무렵에는 풍류적인 멋을 즐기기보다는 예법으로써 또한 정신 수양을 강조하는 의미로 다도라는 호칭을 정식으로 도입한 것으로 짐작하고 있다.

이후 센노리큐의 다도는 자손들과 제자들에 의해 일본 특유의 예능 계승 체계인 이에모토家元 제도(일본 예능에서 각 유파의 시조를 이에모토라고 하는데 문하생에게 예능을 전수하는 일종의 계승체계)에 의해 유지 발전되었다. 센노리큐의 세 명의 손자와 그의 제자들은 새로운 유파를 형성 발전시키면서 왕실이나 귀족은 물론 신흥 도시민들에게도 널리 보급시켰다.

메이지明治 시대 이전의 다도는 무사 및 상인과 승려 등 부유한 지식계급의 남성들이 즐기는 우아한 취미생활이었으나, 메이지시대에 들어와서는 여학교의 예절교육으로 도입되면서 여성들 사이에도 급속히 보급되기 시작했다. 또한, 태평양전쟁 이후, 힘들었던 경제적 상황이 서서히 회복되고 물질적인 여유가 생기기 시작하면서 사람들은 정신적 풍요로움을 찾기 시작하고, 1960년대 들어서면서 다도를 비롯한 전통문화의 대중화 시대가 도래, 다도는 전성기를 맞게 되었다.

3. 다도의 형태와 기본 정신

3-1. 다회의 형태와 기본 예법

본래 정식正式형태의 다회茶會는 다사茶事라고 하여 약 4시간에 걸쳐 이루어지는데, 손님을 부른 주인은 물론 초대받은 손님도 보통 일본의 전통의상인 기모노를 입으며, 차를 마시는 전용 공간인 다실에 서예와 같은 미술품과 함께 꽃이 장식되고, 차를 마시기 전에 회석요리會席料理(허기를 달랠 정도의 가벼운 식사)라고 하는 음식을 먹으며, 식사 후에는 주로 일본의 전통과자인 화과자和菓子와 차가 나온다. 차를 내는 데 필요한 다구 및 다기들은 감상의 목적도 있기 때문에 대부분 예술성이 있는 것을 사용한다. 이와 같이 다도는 차 뿐만이 아니라, 기모노, 음식, 주거적 공간인 다실과, 꽃꽂이, 서도 등, 의식주의 생활 문화적인 요소와 함께 예술성이 가미된 독특한 성격을 가지고 있다.

다회에서는 다테마에 즉 차를 만들어 손님에게 대접하고 그것을 정리하기까지의 일련의 동작이 중요한 역할을 한다. 특히 리큐 시대의 다실이 다타미 세 장(약 5평방미터)이하의 극도로 좁은 공간을 지향하게 되면서 차를 준비하고 내는 일련의 동작 전체가 주목을 받게 되어 손님의 눈을 즐겁게 하는 일종의 퍼포먼스로서 예술성을 인정받게 된다. 그럼, 다도의 기본 예법은 어떠한 것이며, 또한 다도에서 지켜야 할 매너는 무엇인지 다회의 흐름을 통해 살펴보자.

정식 다회에서는 가벼운 식사를 대접한 후에 차를 준비하기 위한 중간 휴식이 있다. 휴식이 끝나면 화과자와 함께 진한 맛차인 농차濃茶, 옅은 맛차인 박차薄茶의 순서로 차를 낸다. 진한 맛차는 여러명이 함께 나눠 마시는 게 특징이다. 차를 마시면서 다실과 다기 등의 감상도 함께 이루어지는데, 차 접대가 끝나면 주객이 함께 담소를 나누며 시를 짓기도 한다. 이에 비해 약식略式 다회에서는 보통 화과자와 옅은 맛차만 내는데, 현재의 다회는 약식의 다회가 많아지고 있다고 한다.

다회에서 손님을 청한 주인은 기본적으로 기모노를 잘 갖춰 입고 손님을 맞지만, 손님은 반드시 기모노를 입어야 하는 것은 아니다. 특별한 옷을 입는 것보다는 다도를 하는데 어울리지 않는 것을 삼가해야 하는 것이 중요하다. 청바지류는 다타미를 상하게 한다고 해서 금지되어 있으며 다실에 어울리지 않는 화려한 옷, 노출이 심한 민소매 등은 물론, 맨발 복장이나 스타킹도 되도록 삼가해야 한다. 만일 그럴 경우에는 다실에 들어가기 전에 갈아 입을 옷이나 양말(되도록 흰색)을 준비하는 것이 예의 이다. 또한, 다기 등의 다구를 감상할 때 흠집이 생기는 것을 방지하기 위해 반지, 목걸이, 시계 등의 액세서리도 되도록 하지 않는 것이 좋다.

주인이 손님을 다실로 안내하면 손님은 도코노마(床の間 : 일본식 주택에 마련되어 있는 독특한 공간)에 장식되어 있는 족자와 꽃을 감상하고 이어 물을 끓이는 가마도 본다. 보통 족자는 다회의 목적에 맞춰서, 꽃은 계절을 고려하여 준비한다. 역사적으로 차노유와 동시에 꽃꽂이도 성행하게 되었는데, 차노유가 정착되면서 꽃병을 감상하기 위해서 꽃꽂이를 하는 풍조도 생겨났다. 다실의 꽃은 화려한 미를 추구하는 것이 아니고, 간결하고 단순함을 표현하여 자연의 깊이를 추구하였다.

손님이 정해진 자리에 앉으면 주인의 본격적인 다테마에의 동작들이 시작된다. 제일 처음에 손님에게 차를 내기 위한 다구를 가지고 들어와서 깨끗이 씻은 찻잔에 가마의 물을 부어 다기를 따뜻하게 한다. 이어 맛차를 찻잔에 넣기 직전에 손님을 향해 미리 내어놓은 과자를 권하는 말을 건넨다. 그 말을 들은 손님은 주인에게는 잘 먹겠다는 응답의 인사를 하고 옆 손님에게는 먼저 먹겠다는 인사를 한 후에 먹기 시작한다. 쓴맛이 있는 차와 달리 과자의 단맛은 차를 보다 맛있게 마시기 위해서 없어서는 안되는 것이다. 또한 소재와 모양으로 계절을 담아 눈을 즐겁게 하는 것도 그 역할의 하나이다.

다실의 풍경 : 녹수암(綠水庵:일본 요코하마 소재)사진 오른쪽에 족자와 꽃이 놓여 있는
곳이 '도코노마'이다

  주인은 이러한 흐름을 헤아리면서 맛차를 만들어 손님에게 낸다. 손님
은 자기 앞에 놓여진 차를 옆 손님과의 사이에 놓고 이번에도 역시 먼저
마시겠다는 인사를 하고, 또한 자기를 위해 차를 정성껏 차를 만들어 준
주인에게 잘 마시겠다는 인사를 건넨 후, 다기를 왼손에 올려 놓고 오른
손을 가볍게 대고 다기의 정면이 바깥쪽으로 향하도록 오른 손으로 두번
돌려서 맛을 음미하며 마신다. 마지막 한 모금은 보통 소리를 내어 마시
며, 다 마신 후에는 엄지와 검지 손가락으로 마신 부분을 닦아내고 그 손
가락은 가이시라는 종이로 닦은 후, 다기를 다시 바깥 쪽으로 두번 돌려
서 다타미에 내려 놓고 전체 형태를 감상한다. 감상이 끝나면 처음에 주
인이 놓았던 자리에 되돌려준다.

이것으로 다테마에의 일련의 동작이 끝나고 다음 사람을 위해 같은 동작이 반복된다. 이처럼 차를 대접하는 준비 단계에서 완성된 차를 내기까지 조용한 가운데 차를 준비하고 내는 일련의 동작 속에서 손님에게 차가 전해질 때의 온도와 맛을 배려하는 다인茶人의 마음이 전해지며 마시는 손님과 마음의 교류가 이루어진다.

손님을 위해 행해지는 이러한 예법은 일종의 퍼포먼스라고 할 수 있는데, 어찌보면 형식의 틀에 치우쳐 있는 인상을 받기도 한다. 이러한 형식의 틀에 대해 다도 선생님께 여쭤보았다. 선생님께서는 무엇인가를 배울 때 형식과 그 내면이 함께 충실한 것이 최선이겠지만, 처음 배우는 시작점에서 그것은 매우 어려운 일이므로, 우선 형식 즉 동작 예법을 배우면서 그 기본틀을 익히고 그 틀 안에 있는 내면의 정신을 깨달아가는 것이 이상적인 과정이라고 했다.

다도의 내면적인 정신을 깨닫기까지는 인내와 노력의 시간이 필요하며, 그 인내하고 노력하는 과정 자체로 정신적 수양을 꾀하는 것이 다인이 추구하는 다도의 모습이라면, 맛있는 다과를 대접받고 마음의 휴식을 얻는 손님의 모습 역시 다도를 즐기는 한 모습이라고 생각된다.

3-2. 다도의 기본 정신

앞에서 보았듯이 일본의 다도는 단순히 차를 즐겨 마시는 것이 아니라 손님을 청하여 차를 대접하는 것인데, 손님을 청하는 단계에서부터 차를 내는 예법과 마음가짐을 익히면서 인격 수양도 함께 꾀한다. 현대 일본 다도의 기본 정신은 앞서 말한 센노리큐의 사상이 근원이 되고 있

는데, 그의 일화를 통해 리큐가 추구하는 다도의 근본 정신을 엿볼 수
있다.

어떤 사람이 센노리큐에게 다도란 무엇인가 라는 질문을 했다고 한다.
리큐는 그 질문에 대해 1)차는 맛있게 타야 하고, 2)차를 탈 물이 잘 끓
도록 준비할 것, 3)여름에는 시원하게, 겨울에는 따뜻하게, 4)꽃은 들에
있는 듯이 자연 그대로의 모습으로, 5)정한 시간은 늦지 않도록 잘 지키
고, 6)비가 안 와도 비 올 때를 준비할 것, 7)손님끼리는 서로 배려의 마
음으로 대할 것 등, 위의 일곱 가지를 들어 답했다고 한다. 그러자 대답
을 들은 그 사람은 화를 내며 "그런 것쯤은 세 살 먹은 애도 압니다" 라
고 하자, 리큐는 "알면서도 못하는 게 사람 아닙니까? 당신이 정말로 다
할 수 있다면, 제가 제자가 되지요" 라고 말했다고 한다.

이 일화를 읽고나서 직접 다도를 가르치고 있는 선생님께 규칙 하나하
나의 의미를 여쭤 보았다. 선생님께서는 이 규칙들은 다도에 한정된 얘
기가 아니라 일상생활의 모든 것을 행할 때에 이러한 마음가짐으로 하라
는 가르침이 들어 있다고 하셨다. 특히 두 번째의 차를 탈 물이 잘 끓도
록 준비하는 것은 차를 준비하는 기본적인 일이므로 당연히 해야 할 일
이고 쉬워 보이지만, 그 말은 다도에는 '미와 실(美와 實)이 함께 있어야
한다'는 뜻이 있다고 한다. 즉, 다실에 미술품을 장식하고 꽃을 꽂고 좋
은 다구들로 아름답게 하는 것만 생각해서는 안되며, 그러한 미와 함께
맛있는 차를 준비하는 실용의 면도 소홀히 해서는 안된다는 가르침이 있
다고 한다. 또, 세번 째의 '여름에는 시원하게, 겨울에는 따뜻하게'는 주
인은 손님을 위해서 항상 덥지도 춥지도 않은 쾌적한 다실을 만듦과 동

시에, 다기와 다구들을 통해서도 눈과 귀를 시원하게 혹은 따뜻하게 할 수 있는 배려의 마음가짐이 필요함을 의미한다고 한다. 지금같은 냉난방 시설은 생각지도 못한 시대였으므로 쉬운 일이 아니었을 것이다. 여섯 번째의 '비가 안 와도 비 올 때를 준비할 것'이라는 말은 단순히 비가 오는 날을 대비하라는 말이 아니라 무슨 일에서든지 늘 언제 일어날지 모르는 일을 대비하여 준비해야 한다는 뜻이 담겨 있다고 한다. 다도가 인격 수양으로 이어지는 이유와 리큐가 정말로 다 할 수 있다면 제자가 되겠다고 한 까닭을 알 것 같다.

위의 일곱가지 규칙과 맥을 같이 하며, 리큐의 다도가 추구하는 정신세계와 미의식이 잘 나타나 있는 사상으로서 화경청적和敬清寂의 사상이 있다. 먼저, 화和의 정신은 서로 사이좋게 지내며 나아가 서로가 하나로 어우러지는 상태, 각자가 개성을 지닌 사람임과 동시에 모두가 공통적으로 불심을 가지고 화합되는 상태를 말하며, 경敬의 정신은 상호 존중의 마음가짐을 말한다. 늘 서로 합장하는 자세로 서로 공경하는 마음으로 다도에 임하는 것이다. 실제로 다도를 하면서 차를 내고 받는 주인과 손님은 늘 함께 인사하며, 손님끼리도 마찬가지이다. 청淸은 감각적, 물질적인 청정무구의 상태를 말하며, 적寂은 공간적으로 조용하고 고요함 속에 있는 동시에 마음의 정적을 추구하는 것이다. 이러한 사상을 바탕으로 한 리큐의 다도는 극단적으로 좁고 조용한 공간을 지향했다. (사진참조)

니콘앙(而今庵) : 고마자와대학교 후카사와 캠퍼스 - 동경 세타가야구 후카사와 소재

　그러므로 다실은 산 속의 암자와 같은 조용하고 한적한 분위기를 자아내는 곳이 많으며, 다실로 가는 입구는 세속을 떠나 비일상의 공간으로 들어가는 마음의 준비를 위해 좁게 만든 것이 특징이다.

　사람과 사람의 화합, 소박하고 정적이며 내성적인 미를 추구하는 리큐는 화려한 것을 좋아하는 주군 히데요시豊臣秀吉와 미의식 뿐만 아니라 인생관의 면에서도 대립하게 되어 결국 할복을 명령받고 죽게 된다. 그러나 리큐의 다도는 전국시대戰國時代라는 살벌한 시대를 넘어 보편적인 다도 문화로서 또한 예술로서 현대에까지 이어지고 있다.

4. 생활 문화로서의 다도의 특징

다도의 형태와 예법을 통해 보았듯이 다도는 차 뿐만이 아니라, 기모노, 음식, 주거적 공간인 다실과, 꽃꽂이, 서도 등, 의식주의 생활 문화적인 요소와 함께 예술성이 가미된 독특한 성격을 가지고 있다. 이러한 생활 문화로서의 다도는 일상 생활에 어떤 영향을 주었는지 의식주 문화를 중심으로 살펴보고자 한다.

먼저 의생활면에서, 최근 들어 일본의 전통 의상인 기모노를 입을 기회가 줄어들고 있는데, 다도가 대중화 되면서 계절과 장소에 맞는 기모노를 입게 된 것이 다도의 영향을 가장 많이 받은 분야라고 할 수 있다. 식생활 면에서는, 일본음식을 먹는 예절은 다도의 회석요리 예법 그대로라고 할 수 있다. 한편 주거의 구조도 근대 이후 완전히 변화하여 단독주택에서도 다타미가 있는 방이 줄어드는 경향이 있는데, 의외로 도코노마와 같은 공간은 부활되고 있다고 한다. 거기에 꽃과 함께 그림이나 서예 작품을 함께 장식하여 즐기는 등, 일본 전통의 자연관이 많이 반영되고 있는데, 다도의 큰 부분을 차지하고 있는 사상이라고 할 수 있다. 그러므로 다도는 일본 생활 문화의 총체라고 할 수 있다.

현대 일본인들은 생활 문화인 다도를 통해 무엇을 추구하고 있는지 다도를 배우고 즐기고 있는 사람들을 통해 조사해 보았는데, 전통 문화로서의 다도를 배우고자 하는 사람, 다도의 예법을 통해 예의범절을 익히는 사람, 분주한 일상에서 일을 잊고 무엇인가에 집중하고자 하는 사람, 같은 취미를 가진 사람과의 교류를 목적으로 하는 사람 등, 그 목적과 이유는 다양했다. 또 여성인구의 확산으로도 짐작할 수 있듯이 한때 신부

수업의 하나로써 다도가 유행이었던 때가 있었다. 다도 선생님께도 다도를 하시는 이유를 여쭤보았다. 선생님은 한마디로 지적 욕구를 무한히 채워준다고 하셨다. 선생님은 17살에 처음 다도를 배우기 시작했는데 하면 할수록 심취되고, 다도를 구성하고 있는 하나 하나의 요소에 관심을 가지면서 미술품부터 꽃꽂이, 다구와 다기에 이르기까지 지적 욕구가 생긴다고 하셨다.

나 개인적으로는 호기심에서 다도를 시작했고, 아직은 그 틀을 익히는 초보 단계지만, 차를 준비하고 내는 과정을 배우면서 정성껏 만든 차를 맛있게 마시는 손님을 보면 기쁨도 느낄 뿐만 아니라, 서로를 배려하는 마음과 다도에 집중할 수 있는 정신력이 생활면에서도 도움이 되었다.

2008년의 한 통계 자료에 의하면 현재 일본에서의 다도 인구는 약 190만으로, 10년전의 420만에 비하면 많이 줄었다고 한다. 복잡하고 다양한 현대 사회는 취미 생활도 다양해졌기 때문에 전통 문화인 다도를 취미로 하는 사람들이 줄어드는 것은 당연한 것일지도 모른다. 또한 역사적으로도 다도가 주로 부유한 상류 계층에서 행해진 것을 보면 알 수 있듯이, 다도를 하는데는 고가의 다기와 다구들이 필요하므로 혼자 다도를 즐기기에는 경제적으로 부담이 되는 것도 인구가 줄어드는 요인 중의 하나일 것이다.

이러한 변화와 함께 다도의 성격도 초대한 손님을 대접하는 문화로서의 성격이 옅어지고 있는 것이 현실이다. 특히 대규모의 다회가 일반화되면서 사람과 사람과의 마음의 교류를 소중히 하는 다도의 의미가 없어지지 않을까하는 우려도 있지만, 다도의 형태가 계속 이어지고 있는 한 그 정신을 살리려는 노력도 함께 될 것이다.

5. 마무리

지금까지 일본의 전통적인 생활 문화인 다도에 대해서 알아보았다. 세계에서 보기 드물게 차를 마시는 것을 근저에 두고 문화 체계를 이루어 낸 다도는 일본의 여러 문화와 밀접한 관계를 맺으며 오랜 세월의 역사와 환경 속에서 일본의 정서를 담고 사상으로서 발전해 왔다. 특히 생활 문화로서 일본인들의 실생활 여러면에서 도움이 되는 지혜를 제공해 왔다. 그리고 그 이상으로 다도는 사람과 사람과의 만남, 즉 인간관계를 가장 소중히 생각하는 사상을 일본사람들에게 심어주었다. 그것은 다도의 근본이념으로써 앞으로도 변하지 않을 것이다.

날로 복잡하고 다양해지고 있는 현대 사회, 자기중심적인 개인주의가 만연되어 있는 지금의 우리 사회에서는 사람과 사람 사이의 마음의 교류란 결코 쉽지 않은 것 같다. 일본의 다도를 이해하는 시간을 통해 그 기본 이념과 정신세계를 한번 되새겨보는 것도 오늘을 살고 있는 우리에게 마음의 지혜가 되지 않을까 생각해 본다.

끝으로 다실의 견학을 허락해 주시고 많은 조언을 주신 녹수암綠水庵의 다카야마 마유미高山眞弓 선생님께 감사를 드린다.

참
고
문
헌

구와타 타다치카 『다도의 역사』 고단샤, 1987(원서)
고보리 소지쓰 『차노유의 불가사의』 일본방송출판사, 2003(원서)
슈후노토모샤 편 『차노유 이해사전』 슈후노토모샤, 1996(원서)
스즈키 코시 『차노유의 말』 단코샤, 2007(원서)
다니 아키라 『차노유란 무엇인가』 단코샤, 2008(원서)
http : //www.urasenke.or.jp/textb/beginer/nomu.html
http : //www.sadoukaikan.com/tea/main.html l

조수진

07 일본의 결혼식

어느 일요일 아침 8시 반, 남편은 부랴부랴 양복을 챙겨 입고 집을 나섰다. 10시부터 직장 선배의 결혼식이 시작된다는 것이었다. 아니, 무슨 결혼식을 그렇게 일찍 하나? 몇 시쯤 끝나느냐고 물었더니 2시쯤이란다. 아니, 무슨 결혼식이 4시간이나 걸리나?

내 남편은 일본인이고 우리가 사는 곳은 일본이다. 어느 나라에서건 결혼식은 인생의 가장 중요한 행사 중 하나일 터이며 일본도 예외가 아니다. 정성을 다해 준비하고 성심을 다해 손님을 대접한다. 그 풍경이 한국과 어떻게 다른지 사뭇 궁금하지 않은가? 대체 뭘 하길래 4시간이나 걸리는 걸까? 지금부터 일본의 결혼식장으로 여러분을 안내하겠다. 아, 그 전에 예물을 주고 받는 절차부터 살펴보자.

1. 약혼

결혼을 3개월 앞둔 어느 날, 신랑측으로부터 예물이 도착했다. 얼마나 귀한 물건이 들어있을까, 두근거리며 포장을 뜯어보니…… 마른 오징어, 마른 전복, 가다랭이포, 다시마……?! 아니 이게 뭐야? 흔해 빠진 건어물이 아닌가! 대체 우리 집안을 뭘로 보는 거야! 라고 흥분하시기 전에 잠깐. 우리나라 얘기가 아니라 일본 얘기다. 한국에서라면 황당한 예물이겠지만 일본에서는 전통과 격식을 갖춘 예물이다.

일본에는 '유이노結納'라는 약혼 풍습이 있다. 결혼을 3-6개월 정도 앞두고 결혼을 약속하는 증표로써 양가에서 금품과 예물을 교환하는 것이다. 이 금품과 예물을 '유이노힌結納品'이라고 한다. 그 품목은 지방에 따라 차이가 있는데 여기서는 도쿄東京를 중심으로 한 간토関東 지방의 유이노힌을 소개하겠다.

재미있는 것은 유이노힌의 명칭을 표기할 때 원래 한자와 다른 한자를 사용한다는 것이다. 발음은 같지만 의미가 좋은 한자를 사용함으로써 복을 기원하는 마음을 담는 것이다. 그 의미도 파악할 겸 ②~⑨번까지는 원어 발음대로 표기하겠다.

① 목록目錄 : 유이노힌의 품목과 갯수를 기록한 용지
② 김포金包 : 결혼준비금. 100만엔 정도(지방과 가문에 따라 다르다)
③ 나가노시長熨斗 : 전복의 살을 얇게 펴서 말린 것. 장수의 상징
④ 도모시라가友白髮 : 흰색 마사麻糸. 흰색 마사가 백발과 비슷하다는 점에서 부부가 함께 백발이 될 때까지 해로할 것을 기원
⑤ 스에히로末広 : 순백색의 부채. 순백색은 순수, 순결, 무구의 상징. 넓게 펼쳐지는 부채는 일가의 번영을 의미

⑥ 스루메寿留女 : 마른 오징어. 장기보존이 가능하므로 오래도록 행복한 가정을 이룬다는 의미. '寿'는 '장수와 행복', '留'는 '시집간 가문에 평생 머무르다', '女'는 '좋은 아내'라는 뜻. 원래 한자는 '鯣'

⑦ 곰부子生婦 : 다시마. 생명력이 강하고 무성하게 자라기 때문에 자손번영을 의미. '곰부'라는 발음은 '요로코부(기뻐하다)의 '코부'와도 통한다. 원래 한자는 '昆布'

⑧ 가쓰오부시勝男武士 : 가다랭이포. 남성의 강함을 상징. '전투에서 이기는 무사'라는 의미. 원래 한자는 '鰹節'

⑨ 야나기다루家内喜多留 : 축하주를 담아둔 붉은색 술통. 가내에 즐거운 일이 많이 머물기를 기원. 최근에는 현금을 넣는 경우가 많음. 원래 한자는 '柳樽'

이와 같이 유이노힌에는 행복과 장수, 번영 등을 바라는 염원이 담겨 있는 것이다.

그렇다면 유이노힌을 받았을 때는 어떻게 해야 할까? 출출한데 잘 됐네. 오징어 한 마리 꺼내서 맥주 한 잔 걸쳐? 아니 될 말씀. 결혼식을 할 때까지는 집안에 장식해 두어야 한다. 결혼식이 끝난 후에는 잘 보관해 두었다가 명절과 같은 때에 다시 꺼내 장식을 하곤 한다. 보관할 장소가 여의치 않으면 신사神社에 바치기도 한다. 또한 오징어나 다시마와 같은 식자재는 집에서 먹어도 괜찮다고 하니 군침이 돌아도 몇 달만 참자.

이러한 유이노힌은 신랑신부 중 어느 쪽이 마련하는 것일까? 이 또한 지방에 따라 차이가 있는데, 도쿄를 중심으로 하는 간토関東 지방에서는 양가가 각자 마련하여 서로 교환을 한다. 하지만 오사카大阪를 중심으로 하는 간사이関西 지방에서는 신랑측이 전부 다 마련하여 신부측에 증정한다. 신부측은 받기만 하는 경우도 있고 받은 금액의 10퍼센트 정도를 반환하는 경우도 있다. 유이노힌만 따지면 도쿄 남자보다 오사카 남자를 고르는 것이 이득이라는 말씀?

추가로 다른 예물도 주고 받곤 한다. 가장 보편적인 것은 한국과 마찬가지로 역시 반지와 시계. 신랑은 주로 반지를, 신부는 주로 시계나 양복 등을 선물한다.

결혼반지라고 하면 다이아반지를 떠올리시겠지만 일본에서는 보석이 박히지 않은 수수한 은색 반지가 주류이다. 잘 몰랐을 때는 '일본여성들이 검소하다더니, 결혼반지로 은반지를 끼는구나!'라고 생각했었다. 그러나 그것이 아니었다. 일본에서는 결혼반지와는 별도로 약혼반지라는 명목으로 다이아반지를 선물한다는 것이었다. 가격대는 30~50만엔 수준. 수수해 보이는 결혼반지도 은반지가 아니라 대개 플래티늄 골드인지라 15~20만엔 정도는 예상해야 한다. 이 쯤 되면 한국의 예물 비용을 웃도는 수준이다. 물론 이와 같은 유행을 따르지 않고 정말 검소하게 예물을 주고 받는 커플도 있다.

유이노를 치르는 데에도 적절한 격식이 있다. 과거에는 중개인이 양가를 오가며 유이노힌을 전달했었다. 이 중개인을 나코도仲人라고 하는데 신망이 높고 존경할 만한 사람에게 부탁을 하곤 했었다. 그러나 나코도가 양가를 오가는 것이 현실적으로 매우 번거롭기 때문에 최근에는 양가가 직접 만나서 유이노를 치르는 것이 보통이다. 장소는 호텔이나 레스토랑, 신부의 집 등이다. 더욱 간소화하여 유이노힌을 생략하고 양가가 만나 식사만 함께 하는 경우도 있고 식사마저 생략하고 약혼했다는 사실을 알리는 엽서만을 발송하는 경우도 있다.

유이노를 마치면 본격적으로 결혼준비가 시작된다. 결혼식에도 종류가 있어 어떤 결혼식을 할 것이냐에 따라 준비하는 내용도 달라진다. 자, 그럼 3개월의 시간을 뛰어넘어 결혼식장으로 달려가 보자.

2. 결혼식

일본의 결혼식은 형식에 따라 4가지로 구분한다. 신전식神前式, 크리스트교식, 불전식仏前式, 인전식人前式이 그것이다.

(가) 신전식神前式

신전식이란 신神 앞前에서 식式을 올린다는 의미이다. 과연 어떤 신 앞에서 식을 올린다는 것일까?

① 하느님 ② 알라신 ③ 로마신 ④ 일본신

문제가 너무 쉬웠나. 정답은 ④번의 일본신

좀 더 정확히 말하자면 '신도神道의 신'이다. 신도는 다신교多神教로 아마테라스 오미카미天照大神를 비롯한 무수한 신이 있다. 그 신을 모시는 곳을 신사神社라고 한다. 신전식은 신사 또는 호텔에 마련된 신전神殿에서 치뤄진다. 신사라는 엄숙한 분위기에 맞게 신전식은 다른 세 가지 결혼식에 비해 매우 엄숙하고 조용하다. 하객도 극소수로, 대부분 가까운 친족만이 초대된다.

그렇다면 신전식의 역사는 얼마나 되었을까?

① 100년 남짓 ② 300년 남짓 ③ 400년 가량 ④ 1000년 이상

100년은 너무 짧지 않은가? 생각하는 분이 많았을지 모르겠다. 그러나 정답은 의외로 ①번 100년 남짓. 처음 치러진 것은 1900년이며 널리 퍼지게 된 것은 1945년 이후라고 한다. 그럼 그 전에는 어디서 식을 올렸었냐고? 한국도 마찬가지지만 집이 곧 예식장이었다.

예식장에서 가장 주목을 받는 존재는 바로 신부. 세상의 모든 신부들이 평생에 가장 아름다운 옷으로 치장을 한다. 서양식 결혼식이라면 순백의 웨딩드레스를, 한국식 전통혼례라면 붉은색 활옷을 입는다. 그렇다면 신전식에서는 무슨 색 옷을 입을까?

① 흰색 ② 붉은색 ③ 검은색 ④ ①②③번 모두

객관식에 강한 분이라면 ④번이 뭔가 수상하다는 것을 느끼셨을 것이다. 맞다. 정답은 ④번이다. 어? 이상하다, ①번 아닌가? 라고 생각하셨는가? 그렇다면 당신은 아마도 일본 문화를 상당히 많이 접해 본 분일 것이다. 대개는 ①번의 흰색 의상을 입는 경우가 많다. 이 흰색 의상을 '시로무쿠白無垢'라고 한다. 머리에는 와타보시綿帽子라는 두건이나 쓰노카쿠시角隠し라는 장식을 쓰는데 이 또한 흰색이다. 「사진 1」의 신부가 시로무쿠에 와타보시를 쓴 모습이다.

사진 1

시로무쿠 이외에 붉은색이나 검은색 기모노를 입기도 하는데 금색실, 은색실로 수를 놓아 매우 화려하다. 머리에는 쓰노카쿠시를 쓰는데 이 경우에는 흰색이 아니라 색상이 있는 것을 사용한다. 한편 신랑은 가문의 문장紋章이 새겨진 기모노를 입는다.

신부의 의상 중에 쥬니히토에十二単라는 것도 있다. 일본 황실의 결혼의상이지만 최근에는 일반인도 빌려입을 수 있다. '열 두 겹의 옷'이라는 의미로 각양각색의 옷을 열 두 겹 겹쳐입은 것처럼 보이지만 실제로 빌려입는 쥬니히토에는 목 부분만 열 두 겹이라고 한다. 「사진 2」를 참고하기 바란다.

이와 같은 결혼의상을 곱게 차려입은 신 랑신부가 식장에 등장한다. 이 때 무녀가 선두에 서고 그 뒤로 신랑신부, 나코도仲人 부부, 친족들이 따라 입장한다. 신사의 신 관神官이 개식을 선언하고 심신의 부정을 씻 는 의식을 치른다. 이어서 신에게 두 사람 의 혼인이 성립하였음을 고하고 축사를 읽 는다.

사진 2

그 다음에 이어지는 절차가 독특한데 '삼 헌의 의三献の儀'라는 것이다. 신주神酒를 번갈 아 마시며 부부의 인연을 다지는 의식으로 그 횟수가 3×3 합계 9회가 되는 데서 '산산쿠도三三九度'라고도 불린다. 우선 무녀가 대중소 크기의 잔 을 겹쳐서 들고 와서 가장 작은 잔을 신랑에게 권하고 신주를 따른다. 그 잔을 받은 신랑은 옳다구나, 하고 벌컥벌컥 들이켜서는 안된다. 첫 번째 와 두 번째는 입을 갖다대기만 하고 세 번째에 전부 다 마신다. 그 잔을 신부가 받아 역시 같은 방법으로 마신다. 그 다음 중간 크기의 잔은 신부 가 먼저 마시고 신랑에게 건넨다. 마지막으로 가장 큰 잔은 신랑이 마시 고 신부에게 건넨다. 이와 같이 두 사람은 하나의 술잔을 나눔으로써 부 부의 인연을 다지는 것이다.

그런데 만약 알콜이 조금만 들어가도 인사불성이 되는 사람이면 어떡 할까? 신성한 결혼식이니 꼭 참고 마셔야 할까? 아니다. 술을 마시지 못하는 사람이라면 미리 그 사실을 알리고 마시는 시늉만 해도 된다고 한다.

삼헌의 의를 마치면 서약서를 낭독한다. 그 다음에 이어지는 절차도 독특한데 '다마구시 봉헌玉串奉奠'이라는 것이다. '다마구시'란 비쭈기나무 가지에 직사각형으로 접은 종이를 묶은 것. '비쭈기나무'란 차나뭇과의 작은 상록 활엽 교목으로 일본에서는 신목神木으로 여겨져 신께 바칠 때 사용된다.

다마구시 봉헌을 전후하여 반지 교환을 하기도 한다. 마지막으로 친족들이 모두 기립하여 신주를 마신다. 양가가 인연을 맺었다는 의미이다. 이 때도 원샷으로 들이키는 것이 아니라 삼헌의 의와 마찬가지로 두 번 입을 갖다대고 세 번째에 모두 마신다.

이것으로 모든 절차가 끝났다. 모두 신에게 머리를 숙이고 퇴장한다. 그 다음에 남은 것은? 그렇다. 밥 먹으러 가야지. 그런데 신사에 피로연장이 있을까? 안타깝게도 웬만큼 큰 신사가 아니면 피로연장은 마련되어 있지 않다. 하객들은 인근 식당으로 발걸음을 옮겨 식사를 하게 된다.

어떠신지? 일본의 독특한 결혼식 분위기를 조금이나마 느끼실 수 있었는지 모르겠다. 다음은 크리스트교식 결혼식으로 넘어가겠다.

(나) 크리스트교식

2006년도의 결혼트랜드 조사에 따르면 네 가지 형식의 결혼식 중 가장 많은 비율을 차지한 것이 바로 크리스트교식이었다. 무려 64%로 압도적 1위. 그 다음으로 신전식이 18%, 인전식이 16%였다.

여러분도 성당이나 교회에서 치루는 결혼식에 참석해 본 적이 있을 것이다. 그러나 한국에서도 그 비율이 64%나 될까? 아무래도 그리 높지는 않을 것 같다. 한국에서는 신랑신부 중 한 쪽이라도 신자인 경우라면 모를까, 양쪽 다 신자가 아니라면 굳이 크리스트교식을 택하지 않는다.

그럼 일본에는 크리스트교 신자가 엄청나게 많은 것일까? 아니, 정반대다. 한국에서는 사람 사는 곳이면 어디든 쉽게 찾아볼 수 있는 교회 십자가가 일본에서는 거의 찾아보기 힘들다. 그럼에도 불구하고 크리스트교식을 올리는 커플이 64%나 된다. 뭔가 이상하지 않은가?

이유는 간단하다. 종교와 상관이 없는 것이다. 크리스트교 신자가 아니어도 크리스트교식을 올리는 것이다. 장소 또한 성당이나 교회에 국한되지 않고 호텔이나 예식장, 레스토랑, 게스트 하우스, 리조트 등 다양하다. 게다가 주례를 맡은 목사나 신부 중에는 진짜가 아닌 아르바이트도 있다고 하니, 이 쯤 되면 거의 종교를 초월했다고 보는 게 좋을 것 같다.

식의 흐름은 한국과 대동소이하다. 신랑신부가 입장하면 찬송가를 부르고 성서낭독, 기도, 설교 등이 이어진다. 두 사람의 서약서를 읽고 '맹세합니까?'라고 질문하면 '네, 맹세합니다'라고 답변한다. 그런 다음 신랑은 신부의 면사포를 얼굴 위로 걷어올린다. 한국에서는 신부가 입장할 때부터 얼굴을 드러내고 있는 경우가 많은데 일본에서는 이 때까지 면사포로 얼굴을 가리고 있다. 면사포를 걷은 후에는 키스와 반지 교환. 성혼선언, 찬송가 합창, 축도로 이어진다. 마지막으로 신랑신부 퇴장.

놀랐던 점은 신부가 입장할 때 연주되는 곡이 '결혼행진곡'이 아니라 '어메이징 그레이스'였다는 점! 예전에는 결혼행진곡을 많이 연주했으나 최근에는 자신이 좋아하는 곡을 연주하는 경향이 많고 어메이징 그레이스도 자주 연주되는 곡 중 하나라고 한다.

그리고 당연한 것이겠지만 부케를 받고 6개월 안에 시집을 못 가면 6년 동안 시집을 못 간다는 등의 무시무시한 저주(?)는 일본에는 존재하지 않았다. 부케의 저주에 관해 일본친구들에게 얘기해 주었더니 모두들 깔깔 웃으며 재미있어했다. 일본에서는 원래대로 아가씨들이 여럿 서 있는 상태에서 부케 토스를 한다. 부케를 받으러 뛰어가는 것이 민망하다고 생각되면 부케 풀스(Pulls)로 바꿔서 진행하기도 한다. 부케에 여러 개의 줄을 묶고 아가씨들에게 잡아당기게 한다. 그 중 한 개의 줄만이 당첨된다고 한다.

(다) 불전식仏前式

불전식仏前式이란 누구 앞에서 식을 올린다는 것일까?

'불仏'이니 부처님이 아닌가?'라고 생각하실 거다. 맞다. 부처님이다. 그런데 몇 분 더 계신다. 조상님들이다. 불전식은 부처님과 조상님들의 가호에 감사드리며 그 앞에서 식을 올리는 것이다.

장소는 어디일까? 해당되는 것을 모두 고르시오.

① 사원 ② 호텔 ③ 우리집

정답은 ①②③ 모두. 다만 호텔의 경우는 불당이 마련되어 있는 곳이 매우 드물다. ③번의 우리집은 뭐냐? 라고 당황하는 분도 계실지 모르지만 스님을 집으로 모셔 식을 올리는 것도 가능하다고 하니 매우 이색적이다.

의상은 무엇을 입으면 좋을까? 대개 시로무쿠와 같은 일본 전통의상을 입지만 웨딩드레스도 가능하다고 한다.

먼저 스님이 부처님과 조상님께 결혼을 고하는 글을 낭독한다. 다음에 이어지는 절차가 독특한데 염주를 수여하는 절차이다. 흰색 술이 달린 염주는 신랑에게, 붉은색 술이 달린 염주는 신부에게 수여된다. 신랑신부는 염주를 받고 합장을 한다. 그러면 스님은 두 사람에게 혼인의 맹세를 물으며, 그 대답을 듣고 결혼이 성립했음을 선언한다. 이어서 신랑신부가 불전에서 맹세의 글을 읽고 분향을 한다. 다음으로 신전식과 마찬

가지로 술을 마시는 절차가 있다. 대중소 세 잔이 겹쳐져 있는 것은 같으
나 마시는 것은 맨 위의 작은 잔뿐이다. 신부-신랑-신부의 순으로 마시
되 역시 세 번째에 잔을 비운다. 이어서 전원이 기립하여 축배를 들고 불
전에 합장한다. 마지막으로 스님의 법화를 들으면 식은 종료된다.

　불전식은 종교적인 색채가 강하기 때문에 양가의 종교가 다른 경우에
는 진행하기가 힘들다. 그런 이유로 차지하는 그 비율도 크지 않고 최근
점점 감소 추세에 있다.

(라) 인전식人前式

　인전식人前式이라는 단어에는 뭔가 어패가 있어 보인다. 사람 앞에서 식
을 올린다는 의미인데 지금까지 보아온 다른 결혼식에도 모두 사람들이
있지 않았는가? 그렇다. 다른 결혼식에도 분명 사람들은 있었다. 다만
차이점이 있다면 다른 결혼식에서는 신불神佛에 맹세를 한다는 것에 반해
인전식은 사람을 증인으로 한다는 점이다. 종교적인 색채도 없으며 틀에
박힌 절차도 없다. 따라서 본인들의 뜻대로 얼마든지 자유롭게 연출할
수 있다.

　일반적인 흐름은 맹세의 글 낭독, 반지 교환, 결혼 신고서 서명, 성혼
선언, 건배 순이다. 장소도 예식장이나 호텔은 물론이고 레스토랑, 유람
선, 게스트 하우스, 공원 등 다양하다. 의상 또한 자유롭다. 나이 드신
분들은 다소 거부감을 느끼기도 하지만 점차 인기가 높이지고 있는 추
세이다.

　위의 4가지 결혼식 외에 '해외결혼'이라는 것도 있다. 말 그대로 해외
에서 결혼식을 올리는 것인데 그 형식은 크리스트교식이거나 인전식인

경우가 많다. 인기가 높은 곳으로는 하와이, 괌, 사이판, 호주, 뉴질랜드, 유럽 등을 들 수 있다. 교통비와 숙박비가 많이 들기 때문에 축의금은 받지 않는 경우가 많고 초대하는 하객의 수도 매우 제한적이다. 손님이 많은 것을 선호하는 한국인으로서는 왜 그렇게 썰렁한 결혼식을 하는 걸까, 생각할 수도 있지만 해외여행을 겸해 오붓한 분위기를 즐기고자 하는 사람들에게는 매력적인 스타일이라고 할 수 있다.

지금까지 일본의 결혼식에 대해 살펴보았다. 그럼 이 결혼식들이 모두 4시간씩이나 걸린단 말인가? 아앗... 지겨워...! 하지만 너무 걱정하지 마시길. 예식은 대개 30분 남짓이면 마무리되며 기념촬영과 대기시간을 포함해도 1시간 정도다. 시간이 걸리는 것은 피로연인데 피로연은 식사와 여흥을 곁들여 진행되기 때문에 즐겁게 3시간을 보낼 수 있다. 그럼 지금부터 재미난 피로연장으로 옮겨가 보자.

3. 피로연

식권을 내고 피로연장으로 들어가보니 어느 새 미리 와서 식사 중인 많은 하객들. 대충 자리잡고 주위를 둘러보니 하객의 수가 어림잡아 수백은 된다. 왁짜지껄 요란한 분위기 속에 '어머, 오랜만이다!' 반갑게 인사를 나누는 친척들도 있고 '여기 갈비탕 좀 빨리 갖다 주세요!' 외치는 어르신도 계시다. 내가 상상하는 한국의 피로연장의 모습은 이러하다.

그런데 일본의 경우는 다르다. 피로연장에 미리 들어가 있을 수도 없고 바쁘다고 먼저 밥을 먹고 있을 수도 없다. 하객들은 모두 예식이 끝나기를 기다렸다가 신랑신부와 그 부모의 인사를 받으며 한 명씩 차례로 피로연장에 입장한다.

하객의 수도 한국에 비해 매우 적다. 양가를 합해 60~70명 정도. 가까운 친척과 중요한 상사, 절친한 친구만이 초대를 받는다. 초대 받은 사람은 참석여부를 미리 회답해 주어야 한다. 인원수에 맞게 음식과 선물을 준비하기 때문이다. 좌석도 지정되어 있으므로 초대받지 않은 사람을 데리고 가는 것은 당연히 금물. 반갑다고 큰 소리로 떠들기도 미안한 조용한 분위기이다.

좌석에는 선물꾸러미가 놓여있는데 그 안을 들여다 보면 2~3가지 정도의 선물이 들어있다. 종류는 식기, 음식, 잡화, 생활용품 등 다양하며 최근에는 카달로그 기프트라는 것이 있어 인기가 높다. 카달로그에 수록된 상품 중 하나를 골라 엽서를 보내면 며칠 후 택배로 받을 수 있는 것이다.

하객들이 모두 자리에 앉으면 드디어 신랑신부가 입장하고 피로연이 시작된다. 첫 번째 순서는 신랑신부 소개로 두 사람의 약력, 직업, 사귀게 된 계기와 과정 등이 소개된다. 다음은 주빈의 축사로 대개 직장 상사가 맡는다. 이어서 건배와 케익 컷팅, 식사의 순이다.

식사는 무엇이 나올까? 양식, 일식, 중식 등의 풀코스인 경우도 있고 뷔페인 경우도 있다. 참고로 그 날 우리 남편이 먹고 온 메뉴는 다음과 같았다. 전채요리 → 다섯 가지 생선회 → 왕새우구이 → 거위간찜 → 비프 스테이크와 거위 로스트 → 세 가지 초밥 → 상어지느러미탕 → 쵸콜릿과 퐁듀. 듣기만 해도 군침이 도는 거창한 식단이다. 식비가 1인당 만엔 정도라고 하니 한국에 비해 매우 비싼 편이다.

얼핏 봐도 식사와 선물에 드는 비용이 상당히 많을 것으로 예상된다. 그렇다면 하객들도 그에 상응하는 축의금을 내야할 텐데 과연 어느 정도

내야 할까? 친구라면 3만엔이 기본이란다. 환율에 따라 다르지만 우리돈 40만원이나 되는 거액이다. 친척이라면 더욱 상향되어 5만엔이 기본. 그럼 5만엔 들고 가서 온가족이 점심 한 끼 해결하고 오면 되지 않나? 아니다. 인원이 한 명 늘면 축의금도 5만엔씩 뛴다.

하객들이 맛난 식사를 즐길 무렵 신랑신부는 의상을 갈아입기 위해 잠시 퇴장한다. 이를 이로나오시色直し라고 한다. 웨딩드레스를 입었던 신부는 색깔있는 드레스로, 기모노를 입었던 신부는 흰색 웨딩드레스로 갈아입곤 한다. 신랑 또한 신부와 걸맞게 의상을 갈아입는다.

다시 등장한 두 사람은 각 테이블을 돌며 하객들에게 인사를 하는데 이 때 한 사람 한 사람에게 모두 한 마디씩 나누기 때문에 족히 1시간 정도는 소요된다. 동시에 각 테이블에 놓인 양초에 불을 밝히는 캔들서비스를 하기도 한다. 모든 테이블의 불을 밝힌 후 마지막으로 단상의 양초에 불을 밝힌다. 한국에서는 예식이 시작되기 전 양가의 어머니들이 화촉을 밝히곤 하는데 이 모습이 일본인들에게는 특이한 모양이었다.

다음은 하객들의 스피치가 이어진다. 신랑신부가 어떤 성격이고 어떤 장점이 있으며 우리는 이러한 재미있는 에피소드가 있었다는 등의 내용이다. 여흥도 빠지지 않는데 노래나 연주, 콩트, 퀴즈 등 다양하다. 축전을 읽는 순서가 있다는 점도 특이하다. 그 다음에 이어지는 순서가 감동적인데 신부가 부모님께 드리는 감사의 편지를 낭독하는 것이다. 아버지, 어머니, 그 동안 잘 키워주셔서 감사합니다, 앞으로 행복하게 잘 살겠습니다, 라는 것이 주된 내용으로 이 때 신부를 비롯한 하객들은 눈물이 글썽...... 감동의 분위기가 연출된다. 이어서 신랑신부가 각자의 부모님께 꽃다발이나 선물을 증정하는 것으로 감동이 이어진다. 끝으로 양가의 대표로서 신랑의 아버지가 하객들에게 감사의 인사를 드린다.

　이것으로 피로연도 마무리된다. 하객들은 신랑신부와 그 부모의 배웅을 받으며 한 사람씩 퇴장한다. 이 때 신랑신부가 쿠키나 사탕 등을 나눠주곤 한다.

　지금까지 일본의 결혼식을 감상하셨다. 즐겁게 즐기셨는지 모르겠다. 물론 앞서 소개한 것은 일반적인 것일 뿐, 개인에 따라 얼마든지 차이가 있다. 이로나오시를 여러 번 하거나 신랑신부가 곤돌라를 타고 등장하는 등 화려한 연출을 하는 경우도 있다. 이렇게 화려한 결혼식을 '하데콘派手婚'이라고 한다. 반대로 친적만을 초대하여 조용히 식을 올리는 경우도 있는데 이를 '지미콘地味婚'이라고 한다. 한편 최근에는 일정한 틀에 매이지 않고 나만의 스타일을 중시하는 경향이 늘고 있는데 이를 일컬어 '고다와리콘こだわり婚'이라고 하기도 한다.

　결혼식이 끝난 후 친구들에게는 뒷풀이가 기다리고 있는데 신랑신부가 한턱 내주는 것이 아니라 1인당 몇 천엔씩 회비를 내야한다. 뒷풀이에서도 그저 마시고 떠드는 게 아니라 빙고게임, 퀴즈, 노래 등 다양한 프로그램에 따라 진행된다. 우리 남편도 뒷풀이에 참석한다며 전화가 오더니 결국 귀가한 것은 밤 9시였다. 일본의 결혼식은 길고도 긴 것 같다.

참고문헌

가와시마 기쿠에다 편『약혼・결혼 관례 사전』일본문예사, 2008(원서)
마쓰다 마사코 편『약혼과 결혼 관습을 알 수 있는 책』일본문예사, 2000(원서)
사카이 가오루 편『결혼이 정해지면 부모가 읽는 책』오이즈미서점, 2008(원서)
이케우치 아키라 편『결혼의 순서 & 관례의 모든 것을 알 수 있는 대사전』나가오카서
　　　점, 2007(원서)
이토 레이코 편『결혼식에 참석할 때 초대할 때는 이렇게 합니다』소학관, 2008(원서)

겐코 히로아키

08 일본의 온천과 목욕

일본이라고 하면 '온천'이 떠오른다고 하는 소리를 흔히 듣는다. 그 만큼 일본엔 많은 온천들이 있고 일본인들은 온천을 즐겨 찾는다. 일본은 목욕문화에 발달과 더불어 온천과 유사한 목욕시설을 여러 곳에 개발해 왔다. 이 글에서는 온천과 더불어 일본 목욕문화를 소개하며 그 외 일본 온천과 유사한 목욕시설들에 대해서 알아보려고 한다.

일본 온천시설과 더불어 그러한 목욕시설들을 공중탕公衆浴場이라고 부른다. 쉽게 말하면 공중탕은 일반 대중이 목욕을 하는 곳이다. 일본 공중탕을 제도적으로 분류해 보면 다음과 같다.

일본 공중탕은 일반적으로 「보통 공중탕」과 「특수 공중탕」으로 나누어져 있다. 「보통 공중탕」은 각 지방의 물가 통제 령에 의해 목욕비가 정해지며 「온천」과 「대중목욕탕(센토)」으로 구분한다. 「특수 공중탕」은 물가 통제 령에 목욕비를 규제 받지 않는 「건강 랜드」와 「슈퍼 목욕탕」 등으로 구분되어 있다.

그러면 온천과 더불어 그 외 시설에 대해서 좀 더 이야기해 보겠다.

1. 온천

일본은 화산이 많은 나라이기 때문에 화산성 온천이 많았다. 옛날부터 온천은 병이나 상처치료에 놀랄 만한 효능이 있는 장소로 각 온천지의 기원 전설에는 사슴이나 학, 백로 등의 동물이 상처를 치유한 전설이나, 코우보우대사弘法大師 등 고명한 승려가 처음 온천을 발견했다고 하는 전설도 있다.

또한 문헌에서도 보면「일본서기日本書紀(720년 완성)」,「속일본기續日本紀 (797년 완성)」,「만엽집万葉集(7세기 후반에서 8세기 후반 경 편찬)」에 다마쓰쿠리 온천, 도우고 온천, 시라하마 온천, 아리마 온천 등을 천황이 다녀갔었다고 기술되어 있다.

에도시대(1603-1868)에는 온천을「서민 탕町人湯」과「사무라이 탕侍湯」으로 구별하여 사용했다. 그리고 온천은 일반 서민에게도 사랑을 받게 되었는데, 이 시대부터 일반서민들에게 농한기를 이용하여 치료목적이나 피로회복, 건강촉진을 도모하기 위해 온천을 찾아가는 풍습이 생기게 되었다. 이렇듯 농한기에 환자들이 방문하게 되면서 그러한 환자들을 묵게 하는 숙박시설이 온천지에 생기게 되었다. 온천치료의 형태도 장기체재부터 1박2일 단기 형태로 변화를 거듭하면서, 오늘날 목욕 형태에 가깝게 되었다. 에도시대부터 생겨난 이러한 온천 치유풍속은 현재까지도 계속 남아있다.

그리고 여러 가지 재미있는 형태의 온천들이 있는데 예를 들면 다음과 같다.

「시간탕時間湯」쿠사츠 온천(군마 현)- 고온(섭씨 42도 이상)에 뜨거운 탕 안에 사람들이 다 같이 일정시간을 정해놓고 들어가 있어야 하는 목욕법.

「모래찜질砂むし」이부스키 온천(가고시마 현)- 뜨거운 바다가 온천수가 되어 해변에서 뜨거운 모래 안에 들어가는 목욕법.

「폭포형 온천」- 폭포로부터 떨어져 내리는 뜨거운 물로 몸을 치는 목욕법과 그 외에 「진흙탕」등 다양한 온천욕이 있다.

온천지 전통여관을 방문하면 처음에 「오카미」라고 불리는 예쁜 기모노를 입은 여주인이 맞이해 준다. 방 안은 다다미로 되어있고 탁자위에는 녹차와 전통과자가 준비되어 있다. 식사를 할 때도 1인분씩 소반에 준비되어 있는 요리를 방까지 가져와 준다. 식사 후 방안에 준비되어 있는 유카타로 갈아입고 온천에 목욕하러 가면 그 사이에 방 안을 정리하고 이불을 예쁘게 깔아 놓는다.

참고로 온천수의 큰 욕조 안에서 수영장처럼 생각하여 헤엄치는 사람은 일본에서는 매너 위반으로 여겨지니 주의해야 한다.

2. 온천 순위

온천 순위温泉番付란, 온천지를 스모 대회의 순위처럼 진단해 등급을 설정한 것이다. 이 온천 순위가 처음으로 만들어진 것은 에도시대부터이다. 당시는 가부키 배우의 인기를 스모의 순위처럼 등급설정 한 것이 유행했는데 온천 순위 또한 그렇게 작성되었다. 순위표의 동팀과 서팀은 단지 동일본의 온천은 동쪽으로, 서일본의 온천은 서쪽으로 분류되고 있다. 작성된 장소에 따라서 온천 순위의 내용은 차이가 있지만, 당시 스모에는 현재 최고 순위인 요코즈나横綱는 없었고 오제키大関가 최고 순위이었

다. 어느 순위표에서도 오제키^{大関}는 쿠사츠 온천과 아리마 온천으로 기록
되어 있다.

「제국온천공능감(諸国温泉功能鑑)(스미야코베에墨屋小兵衛 판)」

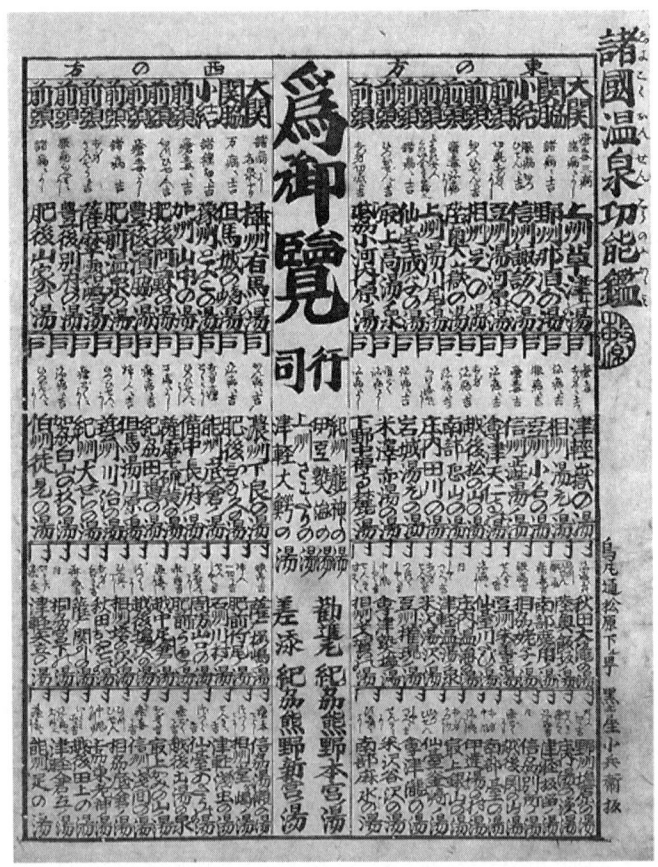

출전 : 고구레킨다유 편『니시키 화에 보는 일본의 온천』국서간행회, 2003

온천 순위의 일례로서「제국온천공능감」은 에도시대 후기 1817년(문화

14년)에 쓰여졌다고 여겨진다. 대결의 주최자는 쿠마노혼구온천熊野本宮の湯으로 되어있다.

3. 노천탕

노천탕은 온천 목욕의 처음이라고도 말할 수 있는데, 노천 상태인 온천에 욕조를 정비한 것이 시작이다.

온천에 있어서 노천탕 인기는 아주 높다. 그 이유는 경치를 바라보면서 목욕할 수 있는 것이나, 목욕 할 때 답답한 실내보다는 해방감을 맛볼 수 있다는 것, 또한 욕실 내에 열이 가득 차는 일이 없는 등 여러 가지 요인 때문이다. 그 때문에 많은 여관, 목욕 시설에는 실내 목욕탕뿐만 아니라 노천탕도 함께 만들어져 있다.

요즈음에는 노천탕이 온천에만 한정되지 않고, 많은 건강 랜드나 슈퍼 목욕탕에도 설치되어 멀리까지 가지 않고 가까운 건강 랜드나 슈퍼 목욕탕에서 노천탕이 주는 즐거움을 맛볼 수 있다. 그리고 노천탕 또한 온천처럼 순위가 있는데 1981년에 여행작가인 노구치후유토라는 사람에 의해 편집되었던 노천탕 순위露天風呂番付를 보면 서쪽의 요코즈나는 유바라 온천의 「스나유砂湯」, 동쪽의 요코즈나는 다카라가와 온천이다.

나에게도 기억에 남는 노천 온천 경험이 있다.

1985년 7월에 약 30일간 혼자 오토바이를 타고 일본 일주를 했던 경험이 있다. 혼자서 밥도 해 먹고 때로는 텐트나 침낭에서 잤다. 그 여정에서 만난 많은 사람의 정은 지금도 잊을 수가 없다.

일정은 오카야마 현 쿠라시키시를 출발해 일본 최북단 홋카이도 소야미사키宗谷岬와 최동단 홋카이도 놋사푸미사키納沙布岬에 도달하고, 배를 타

고 사람이 갈 수 있는 최북 섬 레분도礼文島에 도달했다. 홋카이도 여러 곳
을 돌면서 대자연 안에서 책을 읽고 사색에 빠지기도 하면서 감성이 풍
부해지는 시간을 가졌었다.

그 때의 추억 속에서 기억에 남는 노천 온천이 하나 있다.

2005년 유네스코 세계 자연 유산으로 지정된 시레토코知床에 있는 「가무
이왓카 탕의 폭포カムイワッカ湯の滝」다. 그 곳은 원시림에 둘러싸인 노천 온천
으로 활화산에 영향으로 뜨거운 온천수가 솟아오르는 곳이다. 「마지막 비
경 온천」이라고도 불리는 지금은 시레토코 8경의 하나로 일본 노천 온천
을 대표하는 곳이다.

「가무이왓카 탕의 폭포(カムイワッカ湯の滝)」

비포장도로를 따라 들
어가면 홋카이도 여우나
다람쥐가 돌아다니는 깊
은 계곡이 나온다. 그곳
은 산 위로부터 흘러내려
오는 계곡 물 전체가 뜨
거운 물이며 주위는 온통
천연의 숲으로 둘러싸인
야생의 온천이다.

깊은 산골에 내가 도
착했을 때는 아무도 없었
다. 안내판을 읽고 상류
에 올라가서 천연 노천
온천을 만끽하는데 활화
산의 영향으로 인한 유황

때문인지 온천 특유의 독특한 냄새가 났다. 피부가 점점 윤기가 나고 매
끄러워 지는 것을 느꼈다. 대자연을 만끽하며 즐기는 온천은 나에게 큰
감동을 주었고 많은 사색을 할 수 있는 시간이었다.

그런데 돌연, 버스가 멈추며 떠들썩하더니 여성관광객들이 노천탕 안
으로 들어왔다. 여기는 남녀 혼탕이기 때문에 여성이 오면 어떻게 하나
생각하고 있었는데 여성들은 모두 수영복을 입고 목욕 타월로 감싸고 있
었다.

그 때가 노천 온천에서의 유일한 혼탕 체험이었다. 그 때 나는 수건으
로 가리고 떨어져 있었지만 그래도 조금 부끄러워서 그 여성들이 나갈
때까지 움직이지 않고 계속 앉아서 기다렸던 추억이 있다. 그 당시는 그
곳이 그렇게 사람이 많지 않았지만 지금은 너무나 유명해졌기 때문에 사
람들이 많고 남녀 모두 수영복과 샌들 모습으로 입욕을 한다. 최근 「가
무이왓카 탕의 폭포」 안내 사이트에는 「수영복이나 등산용 샌들을 지참
할 것」이라고 쓰여 있다. 한국의 온수 풀에서 수영복을 입고, 더운 물에
들어가는 것과 비슷한 감각일 것이다.

4. 대중목욕탕인 센토

일본 센토錢湯의 시작은 가마쿠라 시대(1192-1333)이다. 그 시대에 승려
들이 몸을 맑게 하기 위해 절에 설치되어 있던 「욕당浴堂」을 일반인에게
개방하면서 목욕 비를 받게 되었던 것이 본격적인 센토의 시작이라고 할
수 있다.

메이지 시대(1868-)가 되어서 센토는 도시화의 진전이나 근대의 위생
관념의 향상과 함께 융성하게 됐는데 특히 전후戰後, 본격적으로 도시 인

구가 증가하면서 여러 곳에서 센토가 건축되었다.

센토의 목욕 비는 각 지방에서 결정한다. 그 때문에 각 지방마다 요금은 조금씩 다르다. 어느 지방이든지 「어른(중학생 이상)」「중인(초등학생)」「소인(미취학 유아)」으로 요금을 나누며 어떤 지방은 머리를 감는 경우에 추가해서 요금을 내는 곳도 있다.

전통적인 센토는 안에 들어가면 접수대番台가 있다. 접수대는 남탕과 여탕을 모두 바라볼 수 있는 위치에 있어서 접수대에 앉아 있는 사람은 남탕과 여탕을 모두 볼 수도 있었다. 그리고 전통 센토에서는 남탕의 청소를 아주머니들이 하는 경우가 있었는데 남탕에 목욕하는 사람들이 있어도 아주머니들을 아무렇지도 않게 청소를 하였다. 학생이었던 나에게는 조금 쑥쓰럽던 기억이지만 다른 아저씨들은 전혀 개의치 않고 태연하게 목욕하는 모습을 전통적인 일본 센토에서는 볼 수 있었다.

일본에서는 소위 "장인정신"이라고 하여 프로의식을 가지고 일 해온 사람들이 많은데 남탕에서 청소하는 이런 분들도 하나의 프로의식을 가지고 열심히 자신의 일을 하기 때문에 다른 생각은 별로 하지 않았던 것 같았다.

그리고 센토 욕실 벽면에는 대부분 후지 산을 주제로 한 그림이 그려져 있고 그것이 일본전통 센토의 상징이기도 했다. 그래서 많은 사람들이 「센토」라고 하면 후지 산의 벽화를 떠올리게 된다.

1990년대 이후 「슈퍼 목욕탕スーパー銭湯」이라고 불리는 목욕 시설이 차례차례로 개업하면서 일본 전통 센토는 이용객과 그 수가 급속도로 줄고 있다.

5. 건강 랜드

건강 랜드는 특수 공중탕으로 물가 통제 령에 의해 목욕비를 규제 받지 않는 공중탕으로 독일어에 유래한 「쿠어하우스」라고도 한다.

원래 1950년대 이후, 목욕탕이나 온천 여관 등과는 다른 「헬스 센터ヘルスセンター」라고 불리는 오락성을 갖춘 대규모 목욕 시설이 나타났는데 「헬스 센터」는 사극공연을 실시하는 등 중 노년층이 주로 이용하고 있었다. 그러다가 1980년대 이후, 「건강 랜드」라고 불리는 시설이 나타났다. 건강 랜드는 공중 사우나와 비슷하면서 온 가족이 함께 즐길 수 있는 특성을 지니고 있다.

이곳은 일반 목욕탕과 달리, 타월이나 비누, 샴푸, 면도칼 등 목욕 도구가 마련되어 있고, 관내용 가운을 빌려준다. 이 때문에 아무런 준비가 없이 가도 불편 없이 이용할 수 있다. 하지만 이용요금은 어른 한 명 1,000~2,500엔 정도로 일반 목욕탕(대체로 어른 한 명 400엔 전후)보다 비싸며 2~6시간 정도의 시간 요금제로 하는 곳도 있다. 안에는 약탕, 뜨거운 폭포탕, 전기탕 등 다양한 탕과, 건식 사우나, 습식 사우나 등 다양한 사우나 시설을 갖추고 있다. 그 외 대 연회장, 마사지 코너, 휴게실, 게임 코너, 식당 등을 가지고 있다. 나는 특히 전기탕을 재미있게 느꼈다. 마사지 코너에 있는 여러 가지 마사지기가 몸을 시원하게 풀어주었다.

건강 랜드 중에 24시간 영업을 하고 있는 시설의 경우는 큰 가면실仮眠室이 있는데 숙박시설 대신으로 이용된다. 24시간이라고 말해도 청소나 계속 머무는 경우를 막기 위해 아침 10시경까지는 일단 모두 나가야하고 정오경에 영업을 재개하는 곳이 많다. 또 입장 시간부터 24시간 경과한 시점에는 일단 정산해야 하고 그 외 심야, 이른 아침의 시간대에 할인을 실시하고 있는 곳도 있다.

6. 슈퍼 목욕탕

1990년대 이후 「슈퍼 목욕탕スーパー銭湯」이라고 불리는 목욕 시설이 차례차례로 개업했다. 슈퍼 목욕탕은 특수 공중탕으로 물가 통제 령에 의해 목욕 비를 규제 받지 않는 공중탕이다. 이곳은 본래 목욕탕의 기능 외, 온천, 노천탕, 각종 아이템 탕, 사우나 등 부가적인 목욕탕 설비를 갖추고 있으며 식당을 비롯해 각종 시설 및 점포를 갖추고 있다.

건강 랜드가 널리 퍼지는 가운데 슈퍼 목욕탕은 보다 저가로 부대설비와 설치비용이 비교적 들지 않는 시설로 만들어졌다. 건강 랜드에 비해 규모는 작고 대 연회장, 마사지 코너, 휴게실, 가면 실 등은 기본적으로 갖추어져 있지 않다. 그래서 목욕탕과 동일한 기본요금으로 사우나 이용료 등 부가적 요금을 더해도 목욕 비는 700~800엔의 저렴한 가격으로 누구나 간편하게 근처에서 온천기분을 맛볼 수 있다.

단, 타월 등을 빌릴 경우는 별도요금을 내야하고 건강 랜드에 있는 관내용 가운은 보통 준비되어 있지 않다. 그리고 샴푸나 비누 등이 없는 점포도 있다.

건강 랜드를 이용하는 사람은 반나절~만 하루를 거기서 보내지만 슈퍼 목욕탕은 2~3시간 정도로 짧게 이용한다. 그리고 24시간 영업을 하는 곳은 별로 없다.

나는 슈퍼 목욕탕에 많다고 하는 소금 사우나를 특히 좋아한다. 일본에 소금 사우나에서는 한국에 굵은 소금과 달리 해변에 모래처럼 부드러운 소금으로 찜질을 하는데 그 부드러운 소금 느낌이 좋기 때문이다.

7. 집안 욕실과 목욕

목욕이라고 하면 평범한 일상이지만 한국과 일본의 목욕에는 문화차이가 있어 재미있다.

현재 한국에서 가정 내 욕실이라고 하면 화장실과 욕실이 일체가 된 것이 대부분이다. 원래는 욕실이 없었지만 나중에 화장실과 욕실이 일체가 되어 보급이 되었다.

일본의 경우도 에도시대(1603-1868)에는 집안욕실을 가질 수 있는 사람이 계급이 높은 사무라이로 한정되어 있었다. 화재가 많았던 에도(도쿄)의 화재예방을 위해서 보통사람이 욕실을 가지는 것은 기본적으로 금지되어 있었던 것이다. 그러다가 에도시대 말기에 큰 상인들이 욕실을 가지게 되긴 했었지만, 본격적으로 욕실이 보급 된 것은 제2차 세계대전 이후 고도 성장기이다.

일본은 고도 경제성장기 이후, 욕실이 있는 주택이 보편화 되면서 욕실과 화장실이 따로 분리되어 만들어 졌다. 한국과 달리 누가 목욕을 하고 있어도 화장실을 갈 수 있고, 화장실이나 욕실을 사용하고 있어도 양치질을 할 수 있는 구조이다.

여기서 잠깐 한국과 일본의 다른 목욕문화를 살펴보자.

일본가정에서 목욕을 권유받은 한국인은 일본목욕문화를 몰라서 실수하게 되는 경우가 종종 있다. 일본주택에서 목욕할 때 꼭 알아야 할 내용은 욕조의 더운 물을 가족 전원이 차례로 사용한다는 것이다. 그래서 욕조에 들어가기 전에 욕조 밖에서 몸을 깨끗하게 씻고 나서 목욕을 해야 하며 일본에서는 가족 전원이 다 이용할 때까지 욕조 물을 버리면 안 된다. 그런 일본목욕문화를 몰라서 욕조 물을 빼버리면 일본인을 당황케 하는 결과가 된다. 유학생들이 욕조 물을 빼버려서 실수했다는 체험담은 자주 듣는 이야기다. 그리고 다음 사람을 위해 욕실을 깨끗하게 정돈하고 나오는 것이 예의이다.

나는 처음 한국에 와서 욕조가 없는 집에 살 때 욕조를 직접 사서 목욕을 즐겼다. 일본인은 샤워만 하기보다는 역시 더운 물 안에서 느긋하게 목욕을 즐기고 싶어 한다. 특히 나는 콧노래를 부르면서 목욕을 즐긴다.

그런데 한국인은 보통 사람을 만나거나 뭔가 일을 하기 전에 깨끗하게 하기 위해 목욕을 하는 경우가 많다. 그래서 아침 출근 전이나 낮에 샤워나 목욕을 하는 경우가 많은데 일본에서는 "뜨거운 탕에 들어가서 하루의 피로를 푼다."는 개념이 있어서 주로 저녁에 목욕하며, 일본 센토에서는 오후나 저녁부터 심야 12시 전후까지 일반적으로 영업한다.

어학연수로 한국학생을 인솔해서 갔을 때, 아침에 샤워하고 싶은 한국학생들이 숙박시설의 목욕시간이 왜 저녁밖에 안 되냐고 항의하는 경우가 있었는데 이것은 바로 한국과 일본의 목욕에 대한 관습에서 오는 차이이다.

또한 일본인이 처음으로 한국 목욕탕에 간 경우에도 일본인은 문화적인 차이를 느낀다. 예를 들어 목욕탕에서 일본인은 목욕 타월을 감거나 앞을 가리지만, 한국 사람은 전혀 가리지 않는 모습을 보게 된다. 그리고 한국에 와서 처음 목욕탕에 갔을 때 옆에서 목욕하는 전혀 낯선 사람이 갑자기 등을 밀어주겠다고 하면서 등을 밀어주거나 자신도 밀어 달라고 등을 돌리고 앉았던 경험 등은 한국과 일본의 문화적 차이가 느껴지는 일들이었다.

8. 기억에 남는 목욕체험

나에게는 기억에 남는 목욕 체험 두 가지가 있다.

첫 번째는 대학시절의 일이다. 나는 교사를 목표로 하는 교사 지망생이었다. 공부는 물론 여러 가지 경험을 하는 것이 중요하다고 생각하고 실천을 했다. 아침에는 4시에 일어나서 중고등학교 때부터 하고 있던 배구부도 하고, 오후에는 기타 앙상블 부에서 연주를 하고, 주말에는 자원봉사로, 장해를 가진 아이들을 돌보고 있었다. 아르바이트도 가정교사, 식당에서의 일 등 여러 가지 활동을 열정적으로 하고 있었다. 그러던 중 여름방학 때 자원봉사로서 장해가 있는 초등학생 들을 인솔 하여 일본에서 제일 고도가 높은 것으로 유명한, 쿠르베 댐黑部ダム이 있는 「다테야마 쿠르베 알펜루트」에 가서, 고도 3000미터 급 「다테야마 등산」을 경험시켜 주기로 하였다.

다테야마立山는 예부터 산악신앙의 대상이었다. 옛날 이 지방에서는 어른이 되기 위한 증거로 다테야마에 오르는 습관이 있었다.

지금도 토야마지방의 많은 초등학교에서 학교 행사로 다테야마 등산을 실시하고 있다. 지금은 스포츠 감각으로 「다테야마 등산」이라고 하는 말이 사용되지만 본래는 다테야마 신에 참배하러 가는 것이 본래의 입산 목적으로 「다테야마 등배立山登拜」라고 말했다. 지금도 도야마 지방의 사람들에게는 마음의 고향이며 버팀목이기도 하다. 장애아들이 거기에 도전하는 것도 그러한 정신적 의미가 있었던 것이다.

내가 돌본 학생은 아키라군(초등3학년 남학생 : 가명)이며, 3박 4일 일정으로 아버지 역할이 되어 돌봐 주는 것이었다. 밤에는 같이 잠도 자고 목욕도 시켜 주었다. 아키라군은 정신박약아이지만, 다테야마 등산을 하는 동안 한 번도 나약한 소리를 하지 않고 노력해 정상까지 도달했다. 감동적이었다. 비록 장해를 가지고 있지만 힘들다는 소리도 없이 포기하지 않고 끝까지 등반하는 그들로부터 오히려 배운 것이 많았다.

하산하고 나서 아키라군과 함께 욕실에 들어가서 머리를 감겨주고 몸을 시켜준 뒤 탕에 들어갔을 때 그는 매우 기뻐했다. 목욕이라는 것이 이렇게까지 기쁜 것이구나 하는 것을 새삼 느꼈다.

두 번째는 1987년 3월 20일에 일어난 사고 때의 일이다.

신칸센 사고로 왼쪽 허벅지가 골절 되면서 뼈 조각이 대정맥을 찌르고 밖으로 나오는 사고를 당했다. 부모님이 달려 왔을 때, 출혈 과다로 「생명의 보증은 할 수 없다.」라고 의사가 말하였다.

긴 시간의 수술 끝에 다행히 목숨은 건졌지만 의사는 "수혈이 5분만 늦었으면 생명은 구할 수 없었다." "공기 중의 세균에 감염하고 있을 가능성이 있으므로, 최악의 경우 왼발을 절단해야 할지도 모른다."고 하는 것이었다.

수술 후 3일 동안 다리가 움직이지 않았다. 신경이 절단 되고 있을지도 모른다고 하였기 때문에 심각한 3일을 보냈다. 그런데 4일 째 되던 날 왼발의 새끼발가락이 조금 움찔하였다. 그 후부터 다리가 조금씩 움직이기 시작했다.

다리는 절단 하지 않아도 되었지만, 부서진 뼈를 원래대로 붙이기 위해서, 40일정도 침대에 고정되었고 침대에서 일어 날 수가 없어서 화장실에도 가지 못하였다. 누운 채로 있었기 때문에 등, 허리가 아픈 것은 물론이고 목욕조차도 할 수 없었다.

40일이 지나고, 고정되어 있던 금속 장치를 제거하면서 처음으로 침대에서 일어날 수 있었다. 침대를 잡고 천천히 조심조심 일어섰다. 왼발에

체중을 실을 수 없기 때문에, 침대를 꽉 잡고 창밖을 보았다. 40일간, 방 안의 천정 밖에 볼 수 없었는데 40일 만에 창을 통해 바라본 풍경은 평범한 도시의 풍경이 나에게 있어서는 '이 세상에 이렇게 아름다운 경치가 있었던가.' 하고 느낄 정도로 빛나게 보였다. 자신의 다리로, 설 수 있다는 것이 얼마나 감사한 일이며 살아 있다는 것이 얼마나 훌륭한 일인가, 이 일을 통해서 우리가 살아가면서 너무나 평범하고 당연하다 여기며 특별한 가치를 느끼지 못 했던 하나하나도 사실은 대단한 가치가 있는 것이라는 것을 생각하지 않을 수 없었다.

입원하고 나서 40일 만에 처음으로 목욕탕에 들어갈 수 있었던 그 날의 감동은 지금도 잊을 수 없다. 나는 어렸을 때부터 매일매일 목욕을 하고 있었다. 일본인에게는 매일 식사를 하듯이 목욕 또한 빠뜨릴 수 없는 하루의 필수 일과이다. 그런데 긴 동안 목욕을 못하게 됐을 때 정신적인 고통은 아주 큰 것이었다. 그 병원의 목욕탕은 결코 크고 좋은 목욕탕은 아니었지만, 뜨거운 물에 몸을 담그는 순간 그 따뜻함으로 혈액이 순환하는 감각이 온 몸으로 느껴졌을 때 이루 말 할 수 없는 행복감을 느꼈다.

입원 하는 동안은 결코 마이너스적인 생각은 하지 않고 이런 때야말로 내 자신을 시험할 수 있는 기회라고 생각했다. 그래서 책을 많이 읽었고, 재활훈련도 보통사람의 2,3배 이상의 메뉴를 해냈다. 의사나 간호사들이 놀랄 정도로 빨리 회복하였고, 1년 정도 입원이 예상되었지만 6개월 만에 퇴원할 수 있었다. 대학의 교수님으로부터 「자네야말로 현대의 불사조다」라는 말씀을 받았고 나의 체험담이 그 교수님의 교재에도 사용되어 후배들이 배우고 있었다.

나 자신도 그때를 생각하면 아무리 힘들어도 반드시 할 수 있다는 힘을 얻는다. 요즘도 나는 목욕 탕 안에서 때로는 콧노래를 흥얼거리며 피로를 풀거나 때로는 사색을 하면서 내가 아는 모든 사람이 어려움을 이겨내고 잘되어지기를 바라고 있다.

참고문헌

스기우라요이치『일본문화를 영어로 소개하는 사전』나쓰메샤, 1997(원서)
고구레킨다유 편『니시키 화에 보는 일본의 온천』국서간행회, 2003(원서)
정형『일본, 일본인, 일본문화』다락원, 2004
도미닉・라티 저, 다카오카히로미 역『목욕탕의 역사』하쿠스이샤, 2006(원서)
정형『일본어로 읽는 일본문화』다락원, 2007(원서)

나라 유리에

일본의 현재를 알 수 있는 신조어

1. 머리말

일본, 그리고 한국에서도 '젊은이들의 언어', '신조어'라고 불리는 언어 표현이 급속하게 증가하고 있다. 신조어의 증가는 갑작스런 현상이 아니고 어느 시대에도 있었지만, 최근에는 인터넷의 발달이나 출판물의 다양화에 따라 가속화되고 있다. 인터넷의 발달에 따라 친구와 이야기를 나누다가 생겨난 신조어를 인터넷에 올려놓거나 게시판이나 블로그에서 사용된 새로운 표현을 발견한 사람이 다시 그 표현을 퍼뜨리게 되면, 텔레비전 등을 통해 소개되면서 젊은이들의 언어로 전파되는 것이다. 또한 잡지 등에서 감각적이고 창조적인 표현을 사용하는 일이 허용되면서, 문자화된 텍스트 중에서도 문장체 표현이 아니라 회화체 표현에 가까운 단어를 문자화하여 출판하려는 경향이 강해지고 있다.

1990년대까지의 상황을 살펴보면 일본 국내에서 '신조어'나 '젊은이들의 언어'가 바로 해외로 전파되는 경우는 많지 않았던 반면에 최근에는 인터넷을 통해 실시간으로 정보와 함께 일본어 표현까지도 세계를 향하여 발신되고 있다. 신문과 같은 매체와는 달리, 개인이 쓴 글이 바로바로 많은 사람들에게 공개되고 있는 셈이다. 또 한국에서도 최근에는 일본의 패션 잡지가 정식으로 수입되게 되어 대형 서점에 가면 최신 일본 잡지를 쉽게 손에 넣을 수도 있다.

이 같은 상황은 일본어 학습자에게도 영향을 주고 있다. 특히 한국 청소년의 일본어 학습 동기에는 '일본 만화영화에 관심이 있다', '일본 음악이 좋아서', '일본 게임을 하고 싶어서'와 같은 의견이 있는데 이는 일본 젊은이들의 취향과도 일치하는 것이다. 그 정보를 얻기 위해 바로 일본 웹사이트에도 접속하게 된다. 관심 있는 내용이 쓰여져 있는 살아있는 일본어를 접하면서 일본어 능력의 향상을 기대할 수 있고 또 신조어를 접할 수도 있게 되는 것이다.

신조어와 일상 생활은 밀접한 관련이 있다. 이는 류큐어琉球語에는 '눈雪'에 해당하는 어휘가 없다는 사실만 보더라도 알 수 있을 것이다. 최근 들어 컴퓨터가 일상 생활의 필수품이 되면서 많은 신조어가 생겨나고 있다. 여기서는 일본 젊은이들이 많이 사용하고 있는 신조어를 소개하고 이를 통해 현재 일본의 모습을 살펴보고자 한다.

2. 본론

2-1. 컴퓨터와 인터넷의 보급에 따른 신조어

1990년대 후반부터 일반 가정에도 보급된 컴퓨터와 인터넷을 사용하는 사람이 증가하면서 이에 관련된 신조어가 생겨났다. 이와 관련된 신조어는 한국과 차이가 큰 편이기 때문에 교육 현장에서도 반드시 살펴볼 필요가 있다.

(1) **パソコン**(파소콘)

「파소콘パソコン」은 「파소나루 콤퓨타パーソナルコンピュータ」의 줄임말이다. 그러나 현재는 줄임말만 사용된다. 「콤퓨타コンピュータ」라는 단어도 있지만 「파소콘パソコン」이 더 일반적이다. IT관련용어는 단어 끝부분에 장음 부호 「ー」를 사용하지 않는 경향이 있지만 사용해도 틀린 것은 아니다. 최근에는 장음 부호를 붙이지 않은 「コンピュータ」의 사용이 더 우세하다.

(2) **メアド**(메아도)

「메-루아도레스メールアドレス」→ 「메루아도メルアド」→ 「메아도メアド」의 순으로 줄어들었다. 비즈니스 장면 등에서는 「메-루아도레스メールアドレス」를 사용하지만 젊은이들이 또래와 이야기할 경우에는 「메아도メアド」를 많이 사용한다.

(3) **レス**(레스)

「레스폰스レスポンス」의 줄임말로 인터넷 게시판에서 자주 사용된다. 한국에서는 「리플라이リプライ」의 줄임말인 「리플リプル」이 초기에 사용되었는데 국립국어원의 언어순화 활동에 따라 최근에는 「댓글デックル」이라는 표현이 많이 사용되고 있다.

(4) **炎上**(엔죠)

원래는 "사고로 차가 「엔조(炎上 : 불타오른다는 뜻)」하다"와 같이 사용되었으나 "게시판이 「엔죠炎上」한다"라고 하면 빠른 속도로 댓글, 그 중에서도 항의나 비난조의 댓글이 달리게 되는 상황을 말한다.

(5) **ググる**(구구루)

'구글로 검색한다^{グーグルで検索する}'의 줄임말이다. 일본에서는 검색 사이트로 야후와 구글이 유명하다. 간단한 질문을 게시판에 올리면 「구글해라^{ググれ}」, 「구글해, 임마^{ググレカス}」와 같은 댓글이 많이 올라온다.

(6) **デジカメ**(데지카메)

「데지타루 카메라^{デジタルカメラ}」의 줄임말로 「デジタルカメラ」와 「デジカメ」의 양자 모두 자주 사용된다. 최근에는 「카메라^{カメラ}」라는 단어는 디지털 카메라, 필름을 넣어 사용하는 카메라는 「필름 카메라^{フィルムカメラ}」라고 하여 서로 구별하여 사용한다. 그리고 전문 사진작가가 일반적으로 사용하는 대형 사이즈의 카메라를 가리키는 용어로 「이치간레후^{一眼レフ}」가 많이 사용된다.

(7) **自分撮り**(지분도리)

카메라로 자신의 모습을 찍는 것으로, 한국어의 「셀카^{セルカ}」에 해당한다.

(8) **ネカフェ**(네카훼)

「인타넷토 카훼^{インターネットカフェ}」→ 「넷토카훼^{ネットカフェ}」→ 「네카훼^{ネカフェ}」의 순으로 줄어든 말이다. 최근에는 「망키츠(^{マン喫}): 망가킷사(^{マンガ喫茶} : 만화도 보고 차도 마실 수 있는 공간)의 줄임말)」을 리모델링하여 「네카훼^{ネカフェ}」를 함께 경영하고 있는 곳이 많다. 이러한 공간을 찾는 사람들 중 하나인 「넷토카훼 난민^{ネットカフェ難民}」문제는 신문에서 여러 차례 기사로 다룬 바 있다.

2-2. 휴대전화의 발달에 따른 신조어

1990년대부터 본격적으로 일반에 사용되기 시작한 휴대전화는 이제
「케츄(ケ-中 : 携帯電話中毒의 줄임말로 휴대전화 중독이라는 뜻)」라는 신조어가
등장할 정도로 널리 보급되었으며, 그만큼 휴대전화에 의존하는 학생이
많이 있는 것이 현실이다.

(1) **写メ**(샤메)

'샤신츠키메-루(写真付きメール : 사진첨부메일)'의 줄임말. 동사로 쓰일 때
는 「샤메루写メる」라고 한다. 혹은 휴대전화로 찍은 사진 자체를 '샤메'라
고 부르는 경우도 있다. 화질도 비교적 좋은 편이라 최근에는 휴대전화
로 찍은 사진을 그대로 블로그에 올리는 사람도 많다.

(2) **デコ電**(데코뎅)

「데코레이션」을 한 「뎅와電話」를 줄여서 사용하는 말이다. 여러 무늬의
장식품을 휴대전화 본체에 붙이는 경우가 많다. 「데코뎅デコ電」이란 말이
생겨난 후에는 「데코 파츠(デコパーツ : 데코 부품)」나 「데코 고모노(デコ小物
: 데코 소품)」라는 말도 유행어가 되었다. 「데코루デコる」처럼 동사로 사용되
기도 한다. 「데코메デコメ」, 「데코메-루デコメール」는 움직이는 동영상 등을
사용하여 본문을 장식한 메일(문자메시지 포함)을 말한다.

(3) **バリ 3** (바리상)

휴대폰의 전파 상태가 매우 좋은 경우를 말한다. 일본의 휴대전화 화
면에는 송수신 정도를 표시하는 안테나의 막대그래프 기호가 최대 3개까
지 나오기 때문에 「바리바리 삼봉バリバリ3本」이라는 단어가 생겨났는데 이

를 줄여서 말할 때에 사용한다.

(4) **待ち受け**(마치우케)

「마치우케가멩待ち受け画面」, 또는 「마치우케가조待ち受け画像」라고도 한다. 휴대전화의 기본 화면, 또는 그 화면에 나오는 영상을 말한다.

(5) **ケータイ小説**(게이타이 쇼세츠)

휴대전화 사이트에만 발표되는 소설로, 휴대전화에 입력하여 쓰이는 경우가 많다. 휴대전화로 읽기 편하도록 행간 분리가 자주 이루어지고 문장이 심플하여 젊은 세대를 중심으로 인기가 높다.

(6) **ワンギリ**(왕기리)

휴대폰 착신음을 한 번만 울리게 한 후 끊는 것을 말한다. 상대방에게 부재중 전화 메시지가 남는 것을 이용하여 상대방이 다시 자신에게 전화를 걸도록 하는 것이다. 또 친구 사이에 서로 모종의 신호를 보내기 위해 사용하는 경우도 있다.

(7) **指恋**(ゆびこい)(유비코이)

좋아하는 사람과 휴대폰으로 메일을 주고 받는 것을 말한다. '중학생이 사전에 싣고 싶은 어휘' 중 최우수작으로 뽑히면서 널리 보급되었다.

(8) **メル告**(메루코쿠)

「메-루데 고쿠하쿠스루 고토(メールで告白すること : 메일로 사랑 고백하기)」의 줄임말이다. 「뎅와데 고쿠하쿠스루 고토(電話で告白すること : 전화로 사랑

고백하기)」는 「뎅코쿠電告」, 「도모다치(友達 : 친구)를 통하여 고쿠하쿠스루
고토(告白すること : 고백하기)」는 「도모코쿠友告」라고 한다.

2-3. 성격 묘사의 카테고리화에 관한 신조어

그 사람이 어떠한 성격의 소유자인가를 카테고리화해서 표현하는 신조
어도 많이 볼 수 있다. 사람의 특징을 언어화함에 따라 그 특징을 더 확
실하게 파악하고자 하는 한편 심적인 안정도 얻을 수 있기 때문이다.

(1) **癒し系**(이야시케)

가녀린 분위기의 다정해 보이는 인상을 말하고, 남녀 모두에게 사용할
수 있다. 「～계(系)」라는 표현을 사용한 신조어는 이 밖에도 많이 있다.
예를 들어 「섹시한데～(セクシーだよね)」라는 표현은 너무 직접적이기 때문
에 「섹시계인데～(セクシー系だよね)」라고 보다 부드러운 표현을 사용하는
경우와 같이 유사한 신조어 표현이 많이 사용되고 있다.

(2) **草食男子 · 肉食女子**(소쇼쿠단시 · 니쿠쇼쿠죠시)

가정적이고 부드러운 성격이지만 연애에는 적극적이지 못한 유형의 남
성을 「소쇼쿠케 단시(草食系男子 : 초식계 남자)」라고 한다. 반대로 연애에 적
극적인 여성은 「니쿠쇼쿠케 죠시(肉食系女子 : 육식계 여자)」라고 한다.

(3) **乙男**(オトメン)(오토멘)

과자 굽기나 다도 등 여성스러운 취미를 가진 남성을 가리키는 말이
다. 육아(育児 : 이쿠지)를 좋아하는 남자를 가리키는 신조어인 「이쿠멘イク
メン」과 스스로 만든 도시락(弁当 : 벤토)를 갖고 와서 먹는 「벤토단시弁当男子」

라는 신조어도 있는데, 이와 같은 어휘를 보면 이런 유형의 남성이 일본
여성에게 인기가 높다는 사실을 엿볼 수 있다.

(4) **犬派**(이누하)

보통 「~하(~派 : ~파)」라고 하면 정치의 「보수파」나 미술의 「인상파」등
과 같은 표현에서 사용되는 경우가 많은데 「이누하(犬派 : 개파)」, 「네코하
(猫派 : 고양이파)」, 「와쇼쿠하(和食派 : 일식요리파)」와 같이, 좋아하는 대상이
무엇인지를 나타내는 가벼운 느낌으로도 사용된다.

(5) **アラサー・アラフォー・アラフフィフ・アラ還**(아라사・아라훠・아라휘
후・아라칸(還))

나이를 명확하게 밝히는 것이 실례라고 생각하여 「아라사(아라운도・사티
around thirty의 줄임말)」, 「아라훠(아라운도・휘티around fourty의 줄임말)」, 「아
라휘후(아라운도・휘후티around fifty의 줄임말)」, 「아라칸(아라운도 칸레키around
還曆(환갑)의 줄임말)」과 같은 어휘를 사용하기도 하는데, 특히 여성에 대해
서 많이 사용한다.

(6) **ギャル男、モテ子**(갸루오, 모테코)

남성에게는 「男(오)」를 붙이고 여성에게는 「코(子)」를 붙여서 마치 이름
처럼 부르는 신조어 카테고리이다. 「갸루오ギャル男」는 화려하고 유흥을
즐기며 패션 감각이 뛰어난 남성을 가리키고 「모테코モテ子」는 인기가 많
은 여성을 가리킨다.

2-4. 애매한 답변이나 맞장구로 변화된 표현

일본어 회화에서 맞장구치기는 중요한 역할을 하기 때문에 일본어 교육에서도 맞장구치기 연습은 교육 내용의 많은 장면에서 활용된다. 그런데 이 맞장구치기 표현도 그 의미가 불분명하게 변화되고 있다.

(1) **微妙**(비묘)

가벼운 혐오감을 나타내고, '미묘하게 맘에 안 든다'는 의미로 사용된다.

(2) **うける**(우케루)

실제로는 그렇게 관심이 없는 경우의, 맞장구 표현으로 사용된다.

(3) **うそ**(우소)

「うそ(우소 : 거짓말)」와 「ほんと(혼또 : 정말?)」는 의미에 거의 차이가 없으며 화자의 가벼운 놀라움을 나타낸다.

(4) **マジ**(마지)

「真面目(마지메 : 성실함)」에서 만들어진 신조어로, 가벼운 놀라움이나 강조를 나타내는 정도의 의미로 변질되었다.

(5) **どんだけ**(돈다케)

2년 전에 대대적으로 유행한 신조어로 현재도 사용되고 있다. 「どんだけ言うの？(그렇게까지 말하나?)」와 같은 식으로 자주 사용되는데 상당히 다양한 상황에서 쓰인다.

(6) **ありえない**(아리에나이)

어떤 사항에 대해 있을 수 없다고 부정하는 표현으로 혐오감을 나타내고 있다.

2-5. KY語

크게 아래의 (1)과 (2)처럼 말하기 어려운 내용을 알파벳으로 표현하는 경우와, (3)이나(4)처럼 메일이나 채팅에서 간단하게 줄여 말하고 싶을 때 사용하는 경우가 있다.

(1) K Y(케이와이 : 空気読め : 분위기 파악 못함)

「空気(쿠키 : 공기)」란 주위의 분위기를 의미하는 말이고 「読む(요무 : 읽는다)」는 파악한다는 의미의 말이다. 분위기 파악을 못하고 행동하는 사람에 대해서 「K Y」라고 말하거나, 또 그렇게 분위기를 파악하지 못하는 사람이라는 의미로 사용된다.

(2) H P(엣치피 : ハミパン : 하미판)

팬티가 옷 밖으로 보이는 상황을 말한다.

(3) k w s k(쿠와시쿠 : 詳しく : 자세하게)

일본어를 키보드로 입력할 때 모음이 들어가면 히라가나가 표시되지만 자음만을 입력하면 알파벳만이 표시된다. 「k w s k」는 알파벳만 표시되는 경우이며 「お k(OK)」나 「う p(up)」과 같은 단어는 히라가나로 변환된 상태 그대로 인터넷 용어로 사용되는 경우이다.

(4) HK(하나시 카와루 : 話変わる : 화제 전환)

화제를 바꾸고 싶을 때 사용한다. 메일에서 특히 자주 사용되는 표현이다.

2-6. 그 밖의 흥미로운 표현

(1) **安カワ**(야스카와)

두 개의 형용사를 연결하여 생략한 표현으로「安い(야수이 : 싸다)」와「可愛い(가와이이 : 귀엽다)」가 합쳐진 신조어이다. 그 밖에도「エロカッコイイ(에로캇코이이 : 섹시하고 멋지다)」「キモカワイイ(기모가와이이 : 약간 묘한 느낌으로 귀엽다)」와 같은 표현이 있다.

(2) **チンする**(친스루)

동사가 아닌 명사에「する」나「る」를 붙여서 동사로 만드는 형태이다.「친チン」은 전자레인지에 넣은 음식이 다 되었을 때 울리는 소리를 지칭하는 음성어인데, 여기서「チンする」라고 하면 전자레인지로 음식을 데운다는 의미가 된다.

(3) **義理チョコ**(기리초코)

문화적 요소가 반영된 예로서「義理チョコ(기리초코 : 의리 초콜릿)」,「本命チョコ(혼메이초코 : 진짜 초콜릿)」,「ごほうびチョコ(고호비초코(상으로 주는 초콜릿)」등이 있다. 발렌타인 데이에「義理チョコ」는 같은 반 친구들에게 의리상 주는 초콜릿,「本命チョコ」는 정말로 좋아하는 사람에게 주는 초콜릿,「ごほうびチョコ」는 자기가 먹으려고 만드는 초콜릿을 말한다.

2-7. 정식 직업을 갖지 않은 젊은이를 가리키는 말

뉴스에서도 자주 보도되는 정식 직업을 갖지 않은 젊은이들의 라이프 스타일을 엿볼 수 있는 표현이다.

(1) プー太郎(푸 타로)

예전부터 사용되는 표현으로, 일을 하지 않고 노는 이미지의 사람을 나타낸다.

(2) フリーター(후리터)

「프리 아르바이터」의 줄임말이다. 아르바이트로 생계를 유지하며 쉬고 싶을 때 쉬고, 책임감이 수반되는 일은 하고 싶지 않아 하는 유형의 젊은 이들을 가리킨다.

(3) ニート(니토)

부모가 마련해 준 방에서 살며 생활비도 부모에게 받고 직장에도 나가 지 않는 젊은이를 말한다.

(4) ひきこもり(히키코모리)

사교성도 사회성도 없어 집에서만 지내는 생활을 하는 사람을 말한다. 물론 일도 하지 않는다. 최근에 「準(준)ひきこもり」가 화제가 된 적이 있는 데 이는 학교나 회사에는 가지만 사교성이나 사회성이 없어서 학교나 회 사가 끝나자마자 집으로 돌아와서 집안에서만 지내는 사람들을 뜻한다.

（5）**外こもり**(소토코모리)

프리터나 파견사원으로 3개월 정도 일을 하고 나서 집안에 틀어박히려고 해도 일본은 물가가 비싸기 때문에 다시 직업 전선에 나서야만 한다. 따라서 태국과 같이 물가가 싼 나라에 가서 3개월 정도 지내면서 호텔에 틀어박혀 지내는 사람을 가리키는 용어이다.

（6）**家事てつ**(가지테츠)

직장에 다니지 않는 여성이지만 가사일 돕기(家事手伝い)를 하고 있다고 하며, 아무튼 뭔가를 하고 있다는 듯이 표현하는 말이다.

（7）**自宅警備員**(지타쿠케이비인)

직장에 다니지 않는 남성이지만 「家事てつ」처럼 자기 집을 경비하고 있다는 말로, 뭔가 직업 비슷한 일을 하고 있다고 표현하는 말이다.

（8）**ネカフェ難民、マック難民**(네카훼난민, 맛쿠난민)

경제적 이유로 집이 없어 넷카페나 24시간 영업중인 맥도날드에서 생활하는 사람을 말한다. 일본의 넷카페에는 샤워나 간이 침대가 갖추어져 있는 곳도 있다.

3. 맺음말

이상에서는 일본의 현재 사회를 엿볼 수 있는 신조어들을 살펴보았다. 컴퓨터나 휴대전화는 예전에는 없었기 때문에 이와 관련된 신조어가 생겨날 수밖에 없고, 그 종류도 상당히 많다. 앞으로 컴퓨터와 휴대전화의 기능이 기능이 발전하면 그에 따라 신조어 역시 계속 증가할 것이다. 그리고 이 어휘들은 젊은이들의 생활에 깊이 관여하고 있다는 사실도 알수 있었다.

한편 대인관계를 유지하기 위해 그 사람의 성질이나 성격을 카테고리화하여 이를 지칭하는 신조어도 증가 추세에 있고, 상대방 말에 맞장구를 칠 때에는 신조어를 사용하여 그 의미를 애매모호하게 만들어서라도 자신의 감정을 표현하는 경향이 있음을 볼 수 있었다. 또한 정식 직업이 없는 젊은이들을 표현하는 어휘도 다양하게 사용되고 있는 점에서 이 부분에 대한 사회적 관심이 높다는 사실도 알 수 있었다.

들어가며 부분에서 말한 바와 같이 신조어가 만들어지고 널리 사용되는 이유는 그것이 커뮤니케이션에 필요하기 때문이라고 할 수 있다. 그 정착 여부를 알 수 없는 신조어도 존재하고 있으나, 이 현상을 문화적 측면과 언어적 측면에서 함께 고찰해보는 것은 흥미로운 작업이다.

참고문헌

기타하라 야스오 편 『銃弾! 문제인 일본어』 다이슈칸서점, 2005(원서)
긴스이 사토시 『버츄얼 일본어－역할어의 수수께끼』 이와나미서점, 2003(원서)
나카니시 신타로 「현대일본 청소년들의 언어문화의 특징」 한국일본어교육연구회 2009.
　8. 13 발표 요지문(원어)
강영부 「일본의 젊은 세대의 언어 －혼란이냐 변화냐」 한국일어교육학회 2007. 12. 8 발
　표 요지문
나라유리에 『좋은 일본말 나쁜 일본말 신기한 일본말』 성안당, 2009

이시카와 요시카즈

10 40년 전의 '한일 친선대사'
- 프로레슬러 김일 -

1. 국민의 스타 '김일'

현재 한국에서 '슈퍼스타'라고 할 만한 인물은 과연 몇 명이나 있을까? 어린아이부터 성인에 이르기까지 그 이름을 알고 '영웅'이라 부를 만한 인물…. 이승엽, 박지성, 김연아…. 시대의 총아는 각양각색의 장르에 존재하기 마련이지만, 정보가 넘쳐나는 현대사회에서는 그들마저도 국민의 이목을 독점하기 어렵다.

그러나 1960년대부터 1970년대까지 한국에는 '정말로' 전 국민을 열광시킨 한 남자가 있었다. 그 이름은 '김일', 프로레슬러다. 오락이 적은 시대였지만, 그의 경기가 텔레비전에 나올 때면 온 국민은 열광했고, 당시 보급 대수가 많지 않았던 텔레비전 앞에 그의 '박치기'를 보기 위해 많은 사람이 모였다.

2. '원조' 한류 스타

또한, 김일 선수는 '원조 한류스타'였다.

'한류'는 중국에서 시작되어 2004년에 일본에서 큰 열풍을 일으켰지만, 김일 선수는 그보다 30년도 더 전에 일본에서 '오키 긴타로(大木金太郎)'라는 링네임으로 아주 유명했다.

일본과 한국의 민간교류가 활발해지기 시작한 것은 서울올림픽 전후인 1980년대 후반부터다. 이미 1965년에 양국의 관계는 정상화되었지만, 그로부터 20년 동안 대부분의 민간교류는 아직 문이 닫힌 상태였기 때문에 '가깝고도 먼 나라'라는 말 그 자체였다. 일본 서민들의 한국에 대한 시선도 따뜻하지 않았고, 정보부족으로 인해 '군인 독재자가 통치하는 가난한 나라'라는 부정적인 이미지밖에 없던 시대였다.

이러한 가운데 김일 선수는 1950년대에 일본으로 밀항을 한 후, 당시 슈퍼스타였던 프로레슬러 역도산力道山의 제자가 되어 프로 레슬러로 데뷔하였고, 처음부터 자신이 한국인 이라는 것을 공개하고, 한국인으로서 일본의 링에서 활약하였던 것이다.

정보가 적었던 60년대와 70년대, 대부분의 일본인은 한국이라는 나라에 관해 거의 관심이 없었다. 신문에는 한반도에 관한 기사가 실려 있었으나, 서민들은 그런 것에 관심을 두려고 하지 않았다. 취미가 다양화되어 있지 않았던 그 시대에는, 텔레비전의 오락 프로그램이나 스포츠 프로그램에 나오지 않는 '대한민국'은 바로 '가깝고도 먼 나라' 그대로였다.

그러한 현실 속에서 김일 선수는 일본의 텔레비전에 매주 출연하는 유일한 한국인이었다. 게다가 일본인 선수들과 같이 미국인 악역 레슬러들과 싸운 정통파 레슬러였기 때문에, '한국의 맹호'라 불리며 많은 인기를 누렸다. 한국에서는 악역 일본인 레슬러를 해치우는 역의 김일 선수였지만, 그가 일본에서 일본인과 손을 잡고 있었다는 것을 알고 있는 한국인은 그다지 많지 않다.

김일 선수는 1965년에 귀국하여 그 이후 한국을 본거지로 활동했다고 알려져 있지만, 실제로는 1965년 이후에도 선수 생활의 대부분을 일본에서 보냈다. 사실상 은퇴한 1982년까지 김일 선수의 경기 수는 압도적으로 한국보다 일본이 많았는데, 이것은 한국 프로레슬링에서 일어난 한 사건 때문이다.

1965년 11월28일, 서울에서 개최된 프로레슬링 대회에서 그 사건이 일어났다. 링 위에 있는 일본인 선수가 경기 전에 연출로 정해져 있었던 각본과 다르게 한국 측 에이스인 장영철이라는 선수에게 갑자기 기술을 건 것이다. 장영철 선수는 일본인 선수가 자신이 생각했던 것과 다른 행동을 하자 갑자기 고함을 질렀고, 그것을 본 한국인 선수 몇 명이 링 위로 올라와 일본인 선수를 집단으로 폭행했다. 링 위는 삽시간에 아수라장으로 변했다. 보통 프로레슬링 경기 중 난투가 일어나는 것은 관객들에게 보여주기 위한 것이지만, 이 날의 난투는 도저히 관객들에게 보여

줄 만한 것이 아니었다. 결국, 신고를 받은 경찰이 한국인 선수들을 경찰
서로 연행했다.

　연행된 레슬러들은 그 당시 한국 국내에서 인기가 많았던 장영철 선수
의 제자들이었다. 일본인 선수가 지나치게 공격을 했기 때문에 화가 나
폭행했다고 진술했으나, 경찰수사 중에 스승인 장영철 선수가 "일본인
선수가 각본대로 경기를 진행하지 않았기 때문에, 제자들이 나를 지키기
위해 한 짓."이라고 설명하였다. 결국, 그 다음날 신문에는 '프로레슬링
은 쇼'라는 기사가 실렸고, 그 이후 프로레슬링의 인기는 급속히 떨어졌
다. 게다가 폭행당한 일본인 선수는 김일 선수가 일본에서 데려온 선수
였기 때문에, 이 일은 장영철 선수 파벌과 김일 선수 파벌의 대립이라는
스캔들로 국민들 사이에 퍼지게 되었다.

　또한, 이 소동에 대하여 다음과 같은 기사가 나왔고, 국민적인 인기
스포츠였던 프로레슬링은 '각본대로 움직이는 가짜 격투기'라는 낙인이
찍히고 말았다.

「프로레슬링에도 보다 조화된 각본으로 관객들을 대할 수 있는 양심이 절실히
요구되고 있다」　　　　　　　　　　　　　　(1965년 11월 30일 동아일보)

　그 이후에도 한국의 프로레슬링 흥행은 이어지기는 했지만, 60년대 전
반과 같은 열광적인 인기를 얻을 수는 없었고, 레슬링 팬이었던 박정희

전 대통령이 암살된 이후 한국의 레슬링 시장은 미국이나 일본에서와 같은 열기는 사라졌다.

한편, 일본에서는 '프로레슬링 = 각본이 있는 쇼'라는 인식이 있어도, 그것을 일부러 끄집어내 비판하고자 하는 사람은 별로 많지 않았다. 각본이 있든 없든 레슬러들의 훌륭한 기술이나 퍼포먼스를 즐기고자 하는 팬들이 증가하여, 역도산 사망 이후에도 인기 스포츠의 하나로 자리 잡을 수 있었다.

이러한 상황 속에서 김일 선수는 프로레슬링의 인기가 급락한 한국에서의 활동보다는 일본에서의 활동을 우선시하게 되었다. 한국에서 김일 선수의 인기는 절대적이었기 때문에 국내 선수 활동도 계속하고는 있었지만, 경기 수가 많고 경제적으로도 안정적인 일본 활동에 중점을 두는 것은 필연적이었을지도 모른다.

김일 선수는 1966년 이후 일본을 본거지로 활동하였고 일본 서민들에게 '가장 유명한 한국인'으로 꼽히게 된 것이다.

1960 · 70년대의 프로레슬링의 인기는 지금과는 비교할 수 없을 정도로 대단했다. 시청률이 30%를 넘는 것은 당연했고, 1963년 5월에는 64%를 기록하기도 했다.

21세기에 들어 일본도 한국과 마찬가지로 이종격투기의 인기가 높아
지면서 상대적으로 프로레슬링의 인기는 떨어졌다. 다만, 한국과 다르게
일본은 프로레슬링 전문 잡지를 전국 서점에서 팔고 있고, 스포츠 신문
에도 매일 프로레슬링 관련기사나 경기 결과가 나오며, 단체 또한 60개
이상 있다. 김일 선수의 경기 기록이나 사진 역시 한국보다는 일본에 많
이 남아 있다.

그 당시 일본 서민에게 얼굴이 알려져 있는 한국인이라고 하면, 장훈張
勳과 같은 재일교포 야구 선수를 제외하면, 김일 선수 한 명이라고 해도
과언이 아니었다.(김일 선수의 스승인 역도산도 한국계 일본인이었으나, 그는 마지막
까지 자기 민족정체성을 숨기고 일본인으로서 생을 마감했다.)

한국과 일본의 민간교류가 별로 없어서 서로 오해와 불신이 존재했던
시대에, 시청자들은 김일 선수에게 긍정적인 시선을 보냈다. 정치인 몇
십 명이 모여도 할 수 없었던 한일 친선대사의 역할을 60년대와 70년대
에 김일 선수가 했던 것이다. 그 당시 나도 프로레슬링에 열광하는 한 초
등학생이었는데, 김일 선수의 경기를 계속 보고 있었기 때문인지, 한국
에 대해 부정적인 생각을 한 적은 없었던 것 같다.

물론 김일 선수가 일본에서 가장 인기가 있는 스타였던 것은 아니다.
당시 일본 프로레슬링의 슈퍼스타는 김일 선수의 스승인 역도산이었고,
역도산 사망 이후에는 자이언트 바바(Giant Baba)와 안토니오 이노키
(Antonio Inoki)가 그 뒤를 이었다. 김일 선수는 넘버3 혹은 넘버4의 정도

의 위치였다. 또한, 현역생활의 마지막에는 일본인과도 미국인과도 거리를 둔 고독한 파이터로 활동했기 때문에, 결코 주인공의 입장은 아니었다.

1980년에 국제프로레슬링(I.W.E.)이라는 일본 단체가 김일 선수를 에이스로 입단시켜 마니아 팬들의 인기를 얻었다. 하지만, 아쉽게도 옛 후배였던 자이언트 바바(Giant Baba)가 이끄는 전 일본 프로레슬링(A.J.P.W.)이나 안토니오 이노키(Antonio Inoki)가 사장을 맡은 신 일본 프로레슬링(N.J.P.W.)의 인기를 따라잡지 못하여, 결국 같은 해 11월에 김일 선수는 I.W.E.를 탈퇴하였고, 일본에서는 또다시 무소속 선수가 되고 만다. 그리고 1982년을 마지막으로 김일 선수는 사실상 은퇴했다.

3. 이겨도 져도 오로지 박치기

그러나 일본의 프로레슬링 팬들은 1990년대가 되어도 김일 선수를 잊지 않았다. 현대의 프로레슬링은 큰 기술을 난발하면서 임팩트를 지나치게 추구하고 있어, 관객은 점점 더 과격한 기술을 요구하는 악순환이 되풀이 되고 있다. 하지만 옛날 레슬러의 비디오를 보면 오직 필살기 하나로

시합이 끝난다. 그것이 팬들에게는 오히려 신선하게 보인다는 것이다. 그러한 기술 중에 김일 선수의 박치기가 있었다.

지금의 프로레슬링과 비교하면, 그 당시의 경기에서 승패를 결정하는 스타일은 아주 단순하다. 화려하지도 않고 약동감도 없다. 그러나 박치기로 머리와 머리가 부딪칠 때, 마치 '툭' 하는 소리가 들리는 것 같은 설득력이 있었던 것이다. 물론 프로레슬링에는 '쇼맨십(showmanship)'이라는 것이 있고, 승패 그 자체보다 관객들에게 보일 어필을 우선 생각하는 경향이 있다. 그렇다고 해도 김일 선수가 박치기하는 것을 보면 그 아픔이 전해지면서 상쾌한 기분이 된다. 무게감 있는 기술이다.

김일 선수가 I.W.E.소속 레슬러였던 1980년 4월, 당시 '미국의 3대 챔피언' 중 한 명인 A.W.A. 세계챔피언 닉 복윙클(Nick Bockwinkel)이라는 미국 선수에게 도전한 적이 있는데, 그 경기에서 김일 선수는 박치기만 사용해 챔피언을 압도하는 모습을 팬들에게 보여주었다.

며칠 후, 어느 프로레슬링 전문 잡지에서 그 경기를 컬러 사진으로 게재했는데, 그 기사의 표제가 '이겨도 져도 오로지 박치기'라는 말로, 많은 팬의 관심을 끈 것이다. 그 당시 벌써 나이가 52살이었던 김일 선수는 전성기 때처럼 빠른 동작은 못했지만, 자신의 특기인 박치기만으로 미국인 챔피언에 맞서 많은 팬을 감동시켰다.

50살을 넘겨도 현역으로 활약할 수 있는 격투기는 프로레슬링밖에 없을 것이다. 그러한 점을 내세우며 "프로레슬링은 진짜가 아니다."라고 야유하는 사람들이 많다. 하지만, 나는 김일 선수의 경기를 보면서 '사람이 가야 하는 길'을 보았다.

　나이를 먹어도, 몸과 마음이 약해져도, 사람은 가야 하는 길이 있다. 자신의 능력을 믿으면서 앞으로 나아가야 하는 사람의 모습을, 김일 선수의 경기를 통해서 나는 느낄 수 있었다. 프로레슬링의 각본이 있다고 하더라도, 레슬러와 관객은 항상 '진검승부'다. 김일 선수는 그날 관객들이나 시청자들과의 '진검승부'에서 이긴 것이다. 그러한 '레슬러와 관객의 승부'를 일본 레슬러나 팬들은 항상 생각해왔기 때문에 지금도 일본에서 프로레슬링이 하나의 '문화'로 정착할 수 있었던 것이 아닐까 하는 생각이 든다. 단순히 "저것은 각본대로 움직이는 쇼다."라고 해서 무시하게 되면, 영원히 프로레슬링의 재미를 깨닫지 못할 것이다. 프로레슬링의 묘미는 그 '쇼'의 뒷면에 보이는 관객들과의 승부이기 때문이다.

　그러던 중, 김일 선수를 기억했던 일본인 관계자나 팬들의 성의는 은퇴 후 13년 후에 결실을 보았다.

　1995년4월, 일본의 도쿄돔에서 프로레슬링 대회가 열렸고, 그곳에는 6만 명의 관중이 모였다. 그때 그 대회의 주최자는 일본에서 어느새 인가 모습을 감춘 김일 선수에게 감사의 뜻을 표하고자 그의 은퇴식을 거행할 것을 기획하였고, 한국에 있었던 김일 선수를 도쿄로 초대하였다. 은퇴식은 시합과 시합의 사이에 행해졌는데, 6만 명의 관중 모두가 따뜻한 시선으로 김일 선수를 맞이했던 것을, 나는 지금까지도 확실히 기억하고 있다. 하지만, 프로레슬러 생활의 후유증 때문에 건강이 좋지 않아 휠체어를 타고 있는 김일 선수를 보고, 나는 어쩐지 쓸쓸한 느낌이 들었다.

4. 나와 김일 선수

가끔, "김일 선수랑 친했다."
라고 말하면, 40대 이상의 한
국인들은 대개 놀란 표정을 보
인다. "어떻게 알게 된 거야?"
라며 호기심으로 묻는 사람들
도 있다. 지금 생각해 봐도, 나
같은 일반인이 영웅이었던 사

람을 알고 있다는 것은 조금 이상한 것 같기도 하지만, 이 장소를 빌려
그 일화를 말하고자 한다. 또한, 여기서는 고인을 존중하는 의미로 '김일
선생님'이라고 부르겠다.

1999년 겨울, 경기도 수원시에서 행해진 프로레슬링 경기장에서 나는
김일 선생님과 처음으로 대화를 주고받았다. 알다시피, 요즘 한국의 프
로레슬링은 침체 상태이며, 일부 예외적인 경우를 제외하면 레슬링 경기
장에 관객들은 그리 많지 않다. 이 날도 경기장은 매우 한산했고, 나는
일본 프로레슬링의 상황과는 너무나도 대조적인 한국 프로레슬링의 상태
에 대해 놀라지 않을 수 없었다.

시합 전에 객석 뒤에 앉아 있던 한 노인 앞에 사람들이 모여서 사인을
받고 있었다. 노인이 있는 그 일각만 분위기가 달랐다. 사람들의 반응도
보통이 아니었다. 그 노인이 있는 곳으로 발을 옮기니, 일반적인 70대
노인보다도 몸이 훨씬 크고, 상처 탓으로 귀가 부풀어 올라 있는 상태의
한 남자가 보였다.

"오키 긴타로? 진짜?"

나는 일본어로 작게 중얼댔다. 어쨌든 나도 줄을 서고, 사인을 받기로 했다. 내가 사인을 받는 순서가 되고, 나는 과감하게,

"저 일본인인데, 레슬링 팬이에요. 어렸을 때부터 경기를 봤었어요."라고 한국어로 말을 걸었더니, 김일 선생님은 깜짝 놀라며 나한테 일본어로 이런 말을 했다.

"아이고, 일본 분이세요? 한국에서도 레슬링을 봐 주다니, 고맙네요."

김일 선생님이 일본어를 잘한다는 것은 옛날부터 텔레비전을 통해서 알고 있었지만, 실제로 들어보니, 완전히 70대의 일본의 노인 그대로였다.

김일 선생님은 1929년생으로, 일제 강점기 때 일본어를 배웠기 때문에 일본어를 잘하는 것은 당연하다. 그러나 단지 '잘한다.'라고 하기에는 차원이 다르다. 해방 후에 일본어를 쓰지 않게 된 대부분의 한국인은 아무리 잘한다고 해도 일본인이 들어보면, '앗, 일본인이 아니다.'라며 곧 들켜버리고 만다. 김일 선생님의 일본어는 그러한 '한국적인' 발음이 하나도 없는 완벽한 것이었기 때문에 내가 한국어를 사용하는 것이 부끄러워질 정도였다.

잠시 잡담을 하는 동안, 김일 선생님이 현재 어느 병원에 입원해 있고, 평소에는 부인과 함께 그 병원에서 생활하고 있다는 것을 알 수 있었다. 뜻밖에도, '한번 놀러 와 주세요.'라고 말해주셔서 나는 몇 주일 후 실제

로 문병을 가게 되었다.

5. 김일 선생님과의 추억

서울 시내에 있는 한 병원의 1인실에 영웅은 조용히 앉아 있었다. 레슬링으로 말미암아 변형된 귀와 보통 70대 노인보다 훨씬 큰 몸은, 병으로 입원해 있다고 하기에는 믿어지지 않을 정도로 인상적이었다. 텔레비전으로 자주 봤던 스타가 지금 눈앞에 있다. 이렇게 생각하면 몸이 떨렸다. 김일 선생님은 나를 환영해 주었고, 일본의 프로레슬링에 대해서 여러 가지를 질문해 왔다. 현재 어떤 레슬러가 인기가 있는지, 자신이 현역 시절에 있던 선수들은 지금 무엇을 하고 있는지 등….

내 이야기를 듣는 김일 선생님은 정말로 기뻐 보였다. 아마 일본의 프로레슬링의 정보를 들을 수 있었기 때문에 그런 것이 아닐까 생각한다. 나도 한 명의 팬으로서 정말 행복한 시간이었다.

그로부터 몇 년간, 나는 정기적으로 김일 선생님이 계신 병원으로 문병을 갔다. 김일 선생님은 프로레슬링 활동의 후유증 때문에 몸을 생각대로 움직일 수 없는 상태였지만, 정신은 완전히 '프로레슬러'였다. 신인 선수 시절의 이야기를 하시던 김일 선생님은 정말로 더할 나위 없이 즐거워 보였다.

스승인 역도산에게 주먹으로 많이 맞아도, "내가 너를 때리지 않게 되면 끝이라고 생각해."라는 말을 듣고, 맞을 때마다 오히려 고마웠다는 이

야기…. 한국계 일본인인데도 불구하고, 김일 선생님한테도 전혀 한국어를 말하지 않았던 역도산이 어느 날 일본의 '기쿄ききょう'라는 꽃 이야기를 했을 때, 그 일본어를 몰랐던 김일 선생님이 역도산한테 의미를 물어봤더니, "아~ 그거 도라지야, 도라지."라고 한국어로 대답해 줬는데, 그것이 김일 선생님이 들었던 역도산의 유일한 한국어였다는 이야기…. "나는 예전에 W.W.A. 세계 챔피언이었지만, 그 선수권보다 역도산 선생님이 가지고 계셨던 (일본의)인터내셔널 헤비급 챔피언이 되었을 때가 더 기뻤다."라고 말했던 이야기…. 역도산 사망 직후, 김일 선생님은 일본 거주 비자가 없어진 적이 있었다고 하는데, 그 당시의 심경은 "선생님이 돌아가셨을 때 이미 나는 꿈도 희망도 없어졌다."였다고 한다.

프로레슬링 팬들은 물론, 한국인조차 모르는 일화를 얘기하고 있는 김일 선생님은 왠지 무척 즐거워 보였다. 외롭게 입원 생활을 하는 것보다 자신이 활약했던 일본 시절을 실제로 아는 팬이 이렇게 곁에 있고, 또한 그가 자신의 이야기기를 들어주는 것이 김일 선생님에게는 기쁨을 느끼게 해 주는 원동력이 아니었을까 하는 생각이 든다. 생각보다 일반 한국인들이 김일 선생님의 업적을 구체적으로 모른다는 것도 그때 알게 되었다.

김일 선생님이 돌아가시기 1년 전, 한국에서 개봉된 영화 '역도산'의 내용에 불만이 있다며, "저런 영화는 진짜 역도산 선생님의 모습이 아니다. 죄다 거짓말이다. 정말로 불쾌하다."라며, 75세 노인이라고는 생각되지 않는 박력으로 열변을 토했다. 현역 시절 때는 제자들에게 매우 무서운 분이었다고 들은 적이 있었는데, 그때의 김일 선생님 또한 현역 시절과 같은 박력이 있어서 나는 단지 그 이야기를 듣고 있을 수밖에 없었다. 그 때의 김일 선생님은 바로 일류 레슬러 그대로였다.

김일 선생님은 자신의 몸이 아파도 프로레슬링 대회가 있으면 반드시 선수들과 같은 버스를 타고 경기장까지 가서 링 위에서 인사를 했다. 아마 스폰서 측에서 '김일 선생님이 온다면 대회를 하겠다.'라는 조건을 붙이지 않았을까 하는 생각도 든다. 그만큼 김일 선생님은 21세기에 들어서도 변함없는 유명인이었다. 특히 40대 이상의 한국인 중에서 그의 이름을 모르는 한국인은 없을 것이다.

6. 이별

그러한 김일 선생님과 나의 관계도 2006년 10월에 갑자기 막을 내렸다. 김일 선생님이 돌아가신 것이다. 점심시간에 아는 신문 기자로부터 '김일 선생님이 위독한 상태'라는 연락이 왔다. 그날 아침에 갑자기 용태가 악화되었다고 했다. 인터넷에 접속해 확인해 보니, 이미 속보가 갱신되고 있었다. 그날 아침부터 의식 불명의 상태로 중환자실로 옮겨진 것. 지금 병원에서는 관계자나 친족이 많이 왔다 갔다 하는 상태이기 때문에, '그냥 아는 사이인 내가 병원에 가도 방해만 될 뿐'이라는 생각이 들어, 당분간은 기자나 관계자와 연락을 취하며 상황을 지켜보는 게 좋겠다고 생각했다. 그런데 어느 친한 레슬러에게 전화를 했더니, "병원에 갈 생각이라면 빨리 가는 게 낫다."라며 심각한 말투로 말했다. 즉, 【그런 상태】 라는 것이다.

일을 일찍 끝내고 김일 선생님이 입원해 있는 병원으로 향했다. 대기실에서는 다른 레슬러나 관계자가 심각하게 이야기를 하고 있었다. 그들에게 김일 선생님이 누워 있는 방의 위치를 듣고, 중환자실의 엘리베이터에서 내리니, 김일 선생님의 제자인 이왕표 선수가 방송국의 취재를 받고 있었다. 이왕표 선수의 얼굴에 표정이 없다. 여윔이나 슬픔 같은 그러한 감정이 보이지 않았기 때문에 나도 얼굴이 굳어졌다. 나는 방송국 카메라 뒤에서 인터뷰를 듣고 있었지만, 정리하면 이런 내용이었다.

· 어젯밤까지는 대화를 할 수 있는 상태이었다.
· 오늘 아침 갑자기 용태가 악화되고, 의식 불명이 계속되고 있다.
· 산소마스크 없이는 유지할 수 없는 상태이다.
· 대장에서 상당한 출혈이 보여, 예측을 불허한다.

인터뷰가 끝나고 기자들이 철수한 뒤, 김일 선생님의 부인을 만났다. 완전히 여위어 있어서 나도 할 말이 없었다.

관계자의 허락을 받아 김일 선생님이 누워 있는 침대 쪽으로 갔다. 선생님은 이미 의식이 없이, 산소마스크를 쓴 채 호흡만 하고 있는 상태였다. 마지막으로 이야기를 한 1개월 전보다도 더 살이 빠져 있었다.

다음 날 오후, 한국의 언론이 속보로 서거를 전했다. 돌아가시고 3분 후이다. 그 후 바로, 아사히신문(朝日新聞), 마이니치신문(每日新聞), 교도통

신(共同通信) 등 일본 언론이 속보로 보도하기 시작했다. 은퇴하고 25년이 지나도, 일본인들은 아직까지 김일 선생님을 잊지 않고 있었다. 그는 일본에서 정말로 유명한 한국인이었던 것이다.

7. 마지막으로

한국에서 김일 선생님은 '미국인이나 일본인 레슬러에게 승리해 온 조국의 영웅'이라는 인식이 강하지만, 실제로는 그것뿐만이 아니다.

현재, 수많은 한류 스타가 일본을 방문하고, 일본 팬들이 그것에 열광하고 있지만, 그것은 서울올림픽 이후의 한일관계 개선이라는 정치적 요인에 기인하고 있는 부분이 많다고 할 수 있다. 만약 한국과 일본이 옛날과 같이 험악한 관계였다면, '한류 스타'가 몇 명이나 있었을까. 그렇게 생각하니, 아직 한국과 일본의 민간교류가 적었던 1960·70년대, 자신의 스승인 역도산마저 한국계 일본인이라는 사실을 감출 수밖에 없었던 그 시대에, 일본에서 '한국인'으로 활약하며 일본인에게 사랑받았던 김일 선생님은 진정한 '한일 친선대사'가 아니었을까 하는 생각이 든다.

참고문헌

고두현 『번역의 레슬러 역도산(하)』 도서출판한나래, 1994(원서)

마쓰모토 신스케

11 일본 애니메이션·만화와 '종말 사상', '과학' 그리고 '끝이 없는 일상'

1. 들어가며

본고는 1980년대라는 이른바 냉전기에 일본에서 인기를 얻었던 애니메이션·만화를 '종말 사상', '과학', '끝이 없는 일상'이라는 측면에서 해독하는 것을 목적으로 한다.

전후 일본 문화를 생각할 때 애니메이션이나 만화가 차지한 부분은 결코 적지 않다. 이것은 일본 문화를 말할 때 상식이라고 해도 좋을 것이다. 이 점에 대해서는 이미 많은 설명·해설이 이루어져 왔고 인터넷 공간은 애니메이션·만화에 관한 많은 의견으로 가득 차 있다.

애니메이션이나 만화를 논할 때 사람들은 말이 많아진다. 학교나 직장에서는 과묵한 사람도 좋아하는 애니메이션·만화가 화제가 되면 끝이 없이 이야기를 이어간다. 물론 나 또한 예외가 아니다. 많은 일본 사람들과 마찬가지로 나도 어려서부터 많은 애니메이션이나 만화를 보아 왔다. 그래서 '말할 것'은 산더미처럼 쌓였다. (그래서 학자로서 애니메이션이나 만화를 연구하는 사람은 항상 공포와 싸움을 할 수 밖에 없다. 연구자보다 훨씬 날카로운 분석력을 가지고, 지식이 풍부한 아마추어가 수없이 많기 때문이다.)

따라서 본고에서 내가 즐겨 봤던 1980년대의 애니메이션과 만화가 어떤 시대 배경(분위기)속에서 만들어졌는지, 나의 개인적인 체험을 기초로 해서 그 일단을 소개하고자 한다.

2. 1980년대란?

본론에 들어가기 전에 글쓴이인 내가 자랐던 시대 배경을 설명해 두고자 한다. 내가 태어난 것은 1969년, 탄생 직후에 케네디가 암살당하고 아폴로는 달에 갔다. 다음 해는 최근에 히트 한 '20 세기 소년'의 출발점이기도 한 오사카 만국 박람회가 개최되었다. 일본의 고도 경제 성장이 거의 끝날 무렵이었다.

일본의 애니메이션과 만화에 관해서 말하자면, 나와 비슷한 때 태어난 아이들이 철이 들 무렵, 즉 1980년대는 현대의 주류를 이루는 작품이나 작가가 집중적으로 등장한 황금시대였다.

물론 이 '황금시대'라는 평가는 객관적인 분석에서 나온 것이 아닐지도 모른다. 누구나 그렇듯이 나도 자신이 태어나서 자란 세대에 대한 애착은 강하기 때문이다.

그러나 현재에서 되돌아봐도 이 시대에는 애니메이션·만화를 논할 때 언급할 수밖에 없는 중요한 작품이 등장했다. 아마 일본 애니메이션 사상 최대의 콘텐츠인 『기동전사 건담』이 방영된 것이 1979년이고, 1980년대 건담 열풍을 일으켜서 많은 아이들을 '오타쿠'의 길로 끌어들인 작품이다. 그리고 지금은 구로자와 아키라처럼 영화계의 거장으로 군림하는 미야자키 하야오가 작가로서의 명성을 얻은 『미래 소년 코난』(1978년)

이나 『바람의 계곡의 나우시카』(1984년)가 발표된 것도 이 시기이다. 만화를 보면 단행본 초판 100만부 시대를 개척한 『북두신권』(1983년)도 이 시대에 등장했다. 그리고 도리야마 아키라 『Dr슬럼프』(1980년)와 『드래곤 볼』(1984년)의 만화 연재가 역시 이 시기에 시작되었다. 물론 그 전후에도 히트한 작품은 많았지만 현대까지 그 영향이 계속 되고 있다는 점에서 『드래곤 볼』은 특별하다. (아마 지금도 세상에서 가장 많이 감상된 일본 애니메이션은 『드래곤 볼』일 것이다.)

다행히 나는 이러한 열기를 동시대적으로 느끼면서 사춘기를 지내 왔다. 그렇기 때문에 나뿐만 아니라 이 세대의 사람들은 애니메이션이나 만화에 대한 애착이 강하다. 게다가 애니메이션을 보기위한 환경도 매우 좋았다. 왜냐하면 자신이 태어나기 전에 방영되었던 작품이 지금보다 자주 재방송되고 있었기 때문이다. 윗세대가 봤던 명작을 접하면서 동시에 새롭게 일어난 물결도 탈 수 있었다. 물론 만화에 관해서도 단행본으로 상당히 오래된 작품을 접할 수 있었다. (물론 한계는 있었지만)

한편 이 세대는 동시에 애니메이션·만화에 관한 '어두운 기억'도 가지고 있다. 그것은 1989년에 일어난 '미야자키 쓰토무' 사건이다. 어린소녀가 잇따라 살해되는 가운데, 여성을 자칭하는 범인이 보도 기관에 편지를 보내어 큰 소란이 일어났다. 그러나 범인을 체포했더니 자택에 많은 애니메이션이나 만화를 보관하고 있던 청년이었다. 이것을 계기로 이른바 '오타쿠(매니아)'에 대한 비난이 높아졌고, 오타쿠들은 단번에 나쁜 이미지를 가진 존재가 되었다. (오타쿠라는 말이 등장하고 보급된 것도 1980년대다.)

이 사건 이후 애니메이션·만화를 애호하는 사람들에게 차가운 시선을 보내는 풍조가 강해졌다. (물론 이전부터 있었지만) 이런한 상황에도 불구하고 이 사건을 계기로 작품의 공급량이 줄어들기 보다는 오히려 매체가 증가하는 등 젊은 세대의 지지를 얻은 것은 다시 설명할 필요도 없다.

3. 종말 사상과 애니메이션 · 만화

여기에서는 본격적으로 1980년대의 애니메이션 · 만화 분석에 들어가
고자 한다. 우선 논하고 싶은 것은 종말 사상과 애니메이션 · 만화의 관
계이다. 물론 여기서의 종말 사상은 성서의 이야기가 아니라, 대량 파괴
무기에 의해서 인류가 멸망할지도 모른다는 공포를 가리킨다.

아래에 제시한 연표는 1980년대를 중심으로 대히트 한 애니메이션 ·
만화 가운데 종말 사상을 배경으로 한 작품들이다.

우주전함 야마토(1974년)/미래소년 코난(1978년)/북두신권(1983년)/AKIRA(1982년)/바
람 계곡의 나우시카(영화1984년)

『AKIRA』는 약간 지명도가 떨어지지만 다른 것들은 그 시대를 대표하
는 인기 작품이다. 그러면 구체적으로 내용을 보고자 한다.

『우주전함 야마토』는 마쓰모토 레이지 원작의 만화를 애니메이션으로
방송해서 큰 인기를 얻은 작품이다. 지금까지 계속되는 '오타쿠(메니아)'를
낳은 기념비적인 존재이다. 내용은 우주인의 핵 공격에 의해서 멸망의
위기에 직면한 인류가 방사능을 제거하는 기능을 가진 장치를 우주인에
게 받기 위해서 우주 전함 야마토를 제조하고 지구에서 멀어진 이스칸달
이라는 혹성까지 여행한다는 이야기다. 애니메이션이 시작할 때 핵 공격
으로 자연환경이 파괴된 지구가 그려지고, "인류 멸망까지 앞으로 **일"
이라는 나레이션이 삽입되어 위기감을 고조시킨다.

『미래 소년 코난』은 한국에서도 방송된 적이 있기 때문에 아는 사람이 많을 것이다. 현재는 완전히 거장으로서 군림하는 미야자키 하야오가 아직 중견 작가였던 시기에 만든 TV애니메이션이다. 그런데 이 작품이 어떻게 시작되는지 기억하고 있을까?

서기 2008년 7월, 인류는 멸망의 위기에 직면하고 있었다. 핵무기를 훨씬 능가하는 초자력 병기가 세계의 반을 단번에 소멸시켜 버렸다.

이러한 설명과 함께 전쟁으로 불길에 휩싸이는 지구의 모습이 그려져 있다. 그리고 멸망의 위기에 직면한 세계 속에서 씩씩하게 사는 소년의 모습을 묘사한 것이『미래 소년 코난』이다. 참고로 작품의 무대인 2008년은 우리에게는 벌써 '과거'이며 다행히 이 작품이 예언한 미래는 적중하지 않았다.

『북두신권』은 1984년에 만화 연재가 시작되어 그 후 애니메이션으로 방송되었고 일세를 풍미한 작품이다.『북두신권』이라는 무술을 사용하는 주인공이 적을 향해 말하는 "너는 이미 죽었다."는 대사는 유행어가 되기도 했다. 이 작품의 무대도 역시 핵전쟁이 일어나 지구가 괴멸 상태가 된 199X년(이것도 이미 과거의 일)이후의 세계이다.

『AKIRA』는 오오토모 가쓰히로가 만화로 발표한 다음에 그것을 애니메이션 영화로 만든 작품이다. 1986년 원인을 알 수 없는 폭발 사건으로 붕괴한 도쿄를 무대로 초능력을 가진 소년과 그 힘을 어떻게 봉쇄하는가 하는 내용으로 폐허가 된 도쿄의 모습이 인상적인 작품이다. 그림에 탁월한 능력을 가진 오오토모 가쓰히로가 만든 작품인 만큼 도쿄가 붕괴하는 장면은 보는 사람을 압도한다.

마지막에 소개할 『바람 계곡의 나우시카』는 미야자키 하야오가 원작 만화를 그리고 영화로 만든 작품이다. 미야자키 하야오의 명성을 확립시켜 준 작품으로 영화 역사에서도 놓칠 수 없는 명작이다. 이 작품의 무대는 마스크 없이는 호흡도 할 수 없을 정도로 오염되어 버린 지구. '불의 7일간'이라고 불리는 대전쟁이 끝난 후 그 오염에 의해서 비대해진 곤충에 대한 공포로 두려움에 떨면서 멸종의 위기에 직면한 사람들의 모습을 그린 작품이다.

여기까지 몇 가지 작품을 소개했는데, 각각의 작품에 공통점이 있다는 것은 쉽게 이해할 수 있다. 모든 작품이 핵무기 내지는 비슷한 성격이 있는 대량 살상 무기에 의해서 파괴되어 오염된 지구를 무대로 이야기가 전개되고 있다는 점이다.

이러한 종말 사상을 배경으로 삼은 작품이 반복해서 만들어져, 대히트를 기록하고 명작으로 그 이름을 남기고 있다. 이것이 1980년대에 히트한 작품의 특징이다.

4. 핵전쟁의 공포

왜 1980년대(정확히 말하면 『우주전함 야마토』는 1979년)의 애니메이션에 이러한 종말 사상이 활발히 이용되었을까? 이 질문에 답하는 일은 특별히 어렵지 않다.

1980년대는 동서냉전의 마지막 장면이었다. 그리고 핵전쟁의 공포가 가장 선전된 시대이기도 했다. 사회주의 국가로서 군림하고 있던 소련과 자본주의를 대표하는 미국이라는 두 대국이 끝없는 군비 확장을 계속하면서 대치했을 무렵이다. 로켓 기술이 발달해 기술적으로는 상호간의 핵

공격이 가능해진 시기였다. 각지에서 일어나는 분쟁은 미국과 소련의 전면 전쟁으로 이어질까 하는 상황이 걱정거리로 우려되고 있었다. 당시 사람들은 양국이 전쟁에 돌입하면 돌이킬 수 없는 핵무기 보복 전투가 될 거라고 믿고 있었다. 즉 핵무기로 인한 인류 멸망이 실제로 일어나는 것이 아닌가 하는 현실감이 이 시대에는 확실히 존재하고 있었다. 냉전이 종결된 현재로서는 생각할 수 없는 긴장감이 있었던 것이다.

이러한 공포감을 소재로 한 TV 드라마가 1983년에 미국에서 제작되었다. 미국 ABC가 만든 『The Day After』라고 하는 작품이다. 특수 효과를 이용하여 핵무기가 투하되어 미국의 도시가 파괴되는 모습을 그려낸 작품이다. 영상이 가진 생생함이 화제가 되어서 일본에서도 방송되었다.

또한 1983년에 미국에서 개봉된 『War Games』라는 영화는 컴퓨터 제어 시스템에 침입한 소년의 장난이 미국과 소련의 전면핵전쟁을 일으키기 직전까지 사태를 악화시켰다는 내용이다. 이 영화에서는 결국 현실에서 전쟁은 일어나지 않았지만 동서냉전이라는 「현실감」이 관객의 반응을 자극하여 대히트를 기록했다.

이 두 작품은 모두 현실성을 가지고 있는 핵전쟁의 공포를 배경으로 만들어진 것이고 앞에서 소개한 일본의 작품들도 이러한 시대적의 분위기를 반영하여 제작한 것은 말할 필요도 없을 것이다.

또한 앞에서 본 일본의 작품에서는 핵전쟁 '후'의 지구의 모습이 반복해서 그려져 있다. 그러한 부분에는 실제로 원폭이 투하된 히로시마나 나가사키의 풍경을 반복해서 봐 온 기억이 틀림없이 작용했을 것이다. 혹은 공습을 당해 초토화 된 도쿄의 모습도 거기에 겹쳐 있을 것이다.

이전에 번영하고 있던 대도시가 대량 파괴 무기로 폐허가 된 모습은 정치적인 의도를 떠나서 표현자의 상상력을 자극한다. 폐허를 그리는 일

은 화가가 가지는 하나의 욕망이기도 하기 때문이다. 그리고 그 폐허에
서 새로운 세계 질서를 구축해가는 작업은, 현실 세계든 공상 세계든, 광
대한 이야기의 소재가 된다.

물론 이렇게 이야기를 하면 일본인의 '가해자 의식'의 부재와 '피해자
의식'의 강조를 지적하고 싶어진다. 이 지적은 확실히 올바르지만 아마
제작자에게는 '피해자 의식'이라는 문제의식은 별로 없을 것이다. 대량
파괴 무기에 대한 '공포'를 이용해서 표현자로서의 욕망을 표출하고 있다
고 보는 것이 실상에 가까울 것이다.

5. '과학' 신화의 붕괴

핵병기로 대표되는 대량 파괴 무기에 대한 공포는 이 시대에 힘을 가
진 과학에 대한 불신감과도 깊은 관련이 있다.

과학의 발달은 인간의 생활을 한없이 편리하게 만들어 왔다. 이것은
부정할 수 없는 사실이다. 20세기가 과학의 시대, 그것도 영광의 시대인
것은 의심의 여지가 없다.

그러나 한편에서는 과학이 인간에게 해를 가져온 것도 사실이다. 그리
고 그 폐해는 자주 창작의 소재로 이용되어 왔다. 과학에 대한 불신감을
소재로 한 문학으로 바로 상기되는 작품이 있다. 1818년에 발표된 소설
『프랑켄슈타인(Frankenstein : or The Modern Prometheus)』이다. 이 공포
영화는 많이 제작되었고 반복해서 스크린에 등장해 왔기 때문에 모르는
사람이 없을 것이다. 자주 언급되는 일이지만 이 작품의 배후에는 과학
의 발전이 신의 영역에 속하는 생물 창조에 이르지 않는가 하는 공포가
있다. 그 공포를 구체화한 존재가 프랑켄슈타인이 만들어 낸 괴물이다.

(자주 혼동되지만 괴물의 이름은 후란켄슈타인이 아니다.) 이러한 과학에 대한 불신감은, 예를 들면 데즈카 오사무의 『불의 새』에서도 반복되어 그려져 있고, 『아톰』도 역시 단순한 과학 예찬의 만화는 아니다. 핵무기에 대해서는 언급할 필요도 없지만 20세기에 벌어진 전쟁이 과학의 발전과 더불어 대량 파괴의 길로 걸어 온 것은, 제1차, 제2차 세계대전을 통해 많은 사람들이 체험해 온 사실이다.

일본에서 이러한 과학에 대한 회의적 시점이 힘을 가지기 시작한 것은 1970년대였다. 소위 말하는 '공해 소송'이 빈번하게 발생하면서 과학의 진보에 따른 경제발전은 인간을 손상시킨다는 반작용은 누가 봐도 확실한 상황이 되었던 것이다. '미나마타병'을 비롯한 일본의 공해 사례는 교과서에도 등장하고 있고, 나도 어린 시절에 공포를 느꼈다. 과학은 확실히 인간의 생활을 극적으로 향상시켰지만, 한편으로 과학으로는 해결할 수 없는 부작용을 표면화 시켰다. 이러한 사례를 전제로 일본의 환경보호 운동은 발달하고 그 흐름은 현재까지 이어지고 있다.

그리고 이러한 주제를 전면으로 다룬 작품이 앞에서 소개한 『바람의 계곡의 나우시카』이다. 이 작품 속에서는 전쟁으로 세계가 오염되어 버리고 인간의 힘으로는 전혀 제어할 수 없는 세균에 덮여 있다. 그리고 거대화 된 곤충을 무서워하면서 살 수 밖에 없는 인간들이 등장한다. 인간이 그러한 생물들과 '공생'할 수 없는 세계를 만들었다. 그리고 오염의 원인이 된 과학의 힘이 비유적으로 표현되어 있다. 직접적으로 그려지지 않지만 핵무기로 오염된 세계를 전제로 하고 있는 것은 분명하다.(비유적으로 '불의 7일간'이라는 전쟁이 그려진다.) 미야자키 하야오가 뛰어난 실력을 보여준 것은 이처럼 오염된 세계를 상당히 '아름다운' 색채로 그려낸 점이다. 벌써 20년 이상 이전의 작품이지만 현재 제작되는 애니메이션과 비교해도 손색이 없는 작품이다.

그리고 더욱 흥미로운 것은 『바람의 계곡의 나우시카』가 과학의 발전에 대해 과도한 기대를 표현하지 않은 점이다. 이것은 1970년대에 만들어진 『우주전함 야마토』와 비교하면 명확하다. 『우주전함 야마토』의 경우 방사능으로 오염된 지구는 최종적으로 '방사능 제거 장치'에 의해서 회복된다. 과학의 힘이 승리한 이야기이다. 그러나 『바람의 계곡의 나우시카』에서는 오염에 대해 인간은 무력하다. 작품 속에서는 자연이 자신의 힘으로 치유하지 않으면 회복의 길은 없다고 그려진다. 과학의 발전이 모든 문제를 해결한다고 하는 생각은 사라지고, 과학으로는 해결할 수 없는 문제가 있다는 전제에 입각하고 있다. 과학의 발전이 그리는 빛나는 미래의 모습은 거기에는 없다.

6. 끝이 없는 일상

마지막으로 1980년대의 애니메이션·만화를 둘러싸는 또 하나의 문제, 즉 '끝이 없는 일상'을 논하고자 한다. 1998년 미야다이 신지라는 사회학자가 출판한 책의 제목에서 인용한 말이다. 그 배경을 설명하면 다음과 같다.

1980년대는 거품 경제라고 불리는 호황 시대였다. 학생 운동이나 노동운동도 기세가 죽고 사회가 안정되어 모두가 들떠있던 시대였다. 세련된 옷을 입고 놀러가는 등 즐겁게 사는 것이 지상의 목적으로 여겨진 행복한 시대였다. 핵전쟁의 공포와는 대조적인 또 하나의 '현실'도 있었다.

이러한 시대의 분위기를 잘 나타내는 말이 '끝이 없는 일상'이다. 바꿔 말하자면 우리에게는 변화가 없는 일상생활 이외에 남아있는 것이 없다는 의미다.

이렇게 쓰면 현대는 변화가 격렬한 시대가 아니냐고 의문을 가지는 사람도 많을 것이다. 그러나 생각해보면 그렇지도 않다. 한국도 일본도 마찬가지지만, 우리 할아버지나 할머니가 경험한 시대 변화를 전제로 하면 현대 사회는 정말로 변화가 없다.

나의 할아버지는 1911년에 태어났다. 한일 병합의 다음 해다. 40대 중반까지는 전쟁의 시대였다. 그리고 전쟁이 끝난 후 고도 경제 성장을 경험하고 1980년대의 거품 경제와 그것이 붕괴하는 과정을 지켜보고 돌아가셨다. 그 동안 여러 가지 변화를 경험했을 것이다. 정치 체제의 변화, '일본'영토의 확대와 축소 등 정치적인 변화는 물론이고 생활에서도 많은 변화를 경험했다. 전기도, 전화도, 수도도, 라디오도 없는 세계에서 현대 사회까지 봐 왔다. 냉장고도 없었는데, 집에서 회를 먹기 시작한 것도 최근의 일이다.

그러나 나는 위와 같은 '변화'를 체험한 적이 없다. 전기 제품도 약간 편리해진 부분이 있기는 하지만, 기본적으로 같은 것을 쓰고 있다. 전화가 유선에서 무선으로 바뀌었다든가, PC를 사용하게 되었다고 하는 정도이다. 그것도 변화이기는 하지만, 전화 자체가 없었던 것은 아니다. 완전히 새로운 기술이 도입된 것과 약간 편리해졌다는 것과는 천지 차이다.

그러한 상황은 정치적인 부분에서도 마찬가지다. 현행 헌법 하에서 실시되는 민주주의 이외는 경험한 적이 없다. F. Fukuyama가 『The End of History and the Last Man』에서 말했듯이 의회제 민주주의가 도입되면 다음은 없을 것이다.(나이 먹은 사람들이 퇴장할 뿐)

인생 설계도 마찬가지다. 나와 다음 세대와는 차이가 없다. 초등학교, 중학교, 고등학교, 대학교, 대학원으로 진학하는데, 그 중 어떤 단계에서 취업하거나 사업을 시작하는 길 이외에는 선택의 여지가 없다. 사정은 한국도 마찬가지다. 차세대의 인간들도 초등학교부터 이어지는 같은 길을 걸어갈 뿐이다. 일제시대부터 6.25, 그리고 민주화 운동을 경험한 할아버지와 할머니가 걸어온 세계 변화는 우리에게는 없다. (북한 사람들에게는 아직 '변화'가 있을지도 모르지만)

이런 상황이 바로 '끝이 없는 일상'이다. 학생 운동 등 뜨거운 계절이 완전하게 끝난 1980년대, 일본인들의 눈앞에 나타난 세계가 바로 '끝이 없는 일상'였다.

이러한 시대적 분위기를 잘 나타낸 작품이 있다. 다카하시 루미코 원작, 오시이 마모루 감독 『Beautiful Dreamer』이다. 원작은 우주인 소녀와 지구인의 소년의 연애를 그린 코메디다. 최근에는 별로 주목 받지 못하지만 80년대의 오타쿠들이 가장 열광했던 작품이다. 『Beautiful Dreamer』는 이 만화를 영화로 만든 작품이다. 『바람의 계곡의 나우시카』와 같이 1984년에 개봉되었는데, 나중에 일본 애니메이션을 선도하는 감독이 된 두 사람이 동시에 기념비적인 작품을 만든 셈이다.

『Beautiful Dreamer』의 무대는 축제 전날의 고등학교로 이야기는 이 '전날'만이 반복되는 형식으로 진행된다. 그리고 최종적으로는 이 세계가 축제 전날을 영원히 즐기고 싶다는 우주인 소녀의 꿈이었다는 결말로 이어진다. 말 그대로 '끝이 없는 일상' 자체를 주제로 삼은 영화임을 알 수 있다. 원작도 역시 등장인물들이 나이를 먹지 않은 형식으로 진행되는데, 그것을 역전시켜서 영화로 표현한 것이 『Beautiful Dreamer』이다. 참고로 오시이 마모루는 2008년에 개봉된 영화 『The Sky Crawlers』에서도 같은 주제를 쓰고 있다. (원래 '끝이 없는 일상'이라는 말 자체가 어느 정도 『Beautiful Dreamer』를 참고로 했을 것이다.)

확실하게 의식하지 않아도 우리는 '끝이 없는 일상'을 살 수밖에 없다. 그러한 상황이 창작에 미친 영향은 적지 않다.

여기에서는 최근에 나온 작품의 사례로 만화 『DEATH NOTE』(2003년)에 대해서 논하고자 한다. 의외로 느끼는 분도 있을지도 모르지만 이 작품도 역시 '끝이 없는 일상'을 목표로 하는 사례의 하나이다.

21 세기가 되어서 최대의 히트를 기록한 이 만화는 이름을 쓰이면 죽는다는 노트를 둘러싼 이야기이다. 애니메이션과 영화로도 만들어졌기 때문에 아는 사람이 많을 것이다. 이 작품에서 흥미로운 것은 다른 인간을 자유롭게 죽일 수 있는 노트를 입수한 주인공의 행동이다. 그는 하려고 하면 세계를 지배하거나 혁명을 일으키거나 할 수도 있었다. 그러나 그는 그런 일에 관심이 없었다. 오히려 그가 원한 것은 '현재 질서의 유지'였다. 그는 주로 경찰이 잡을 수 없는 흉악범을 죽였다. 그리고 마침내 경찰관이 되었다. 경찰의 최대의 사명은 무엇일까? 답은 현재 질서의 유지이다. 경찰은 혁명을 일으키지는 않는다. 사회를 바꾸는 일도 하지 않는다. 하는 일은 바로 '끝이 없는 일상'의 유지이다.

7. 맺음말

이상 1980년대의 애니메이션 · 만화를 소재로 거기에 보이는 '종말 사상', '과학', '끝이 없는 일상'과의 관계를 논해 왔다. 실은 다음에는 '전후 민주주의'라는 큰 테마가 남아 있는데, 이것은 다른 기회에 논해 보고자 한다.

참
고
문
헌

Francis Fukuyama 『The end of history and the last man』 New York : Free Press,
1992년
미야다이 신지 『끝이 없는 일상을 살아』 치쿠마쇼보, 1995(원서)

와카츠키 사치코

12 일본의 기독교
- 한국 교회와의 차이점과 그 역사적 배경을 중심으로 -

한국 기독교인들에게서 "일본에 복음을 전하고 싶다", "일본에 선교여행을 가고 싶다"는 말을 들을 때가 가끔 있다. 그 때마다 나는 내심 불안감을 느낀다. 한국 기독교인의 열정과 믿음에는 경탄을 금할 수 없으나, 그들이 일본에 대해서 잘 모르면서 열정만을 가지고 일본에 가면 오히려 일본인의 마음을 더 완고하게 할 수도 있기 때문이다. 내가 아는 일본인 목사는 "한국인이 일본에 전도하러 오고 싶다는 말을 하면 솔직히 오지 않았으면 좋겠다는 생각이 든다."라고 말했다. 갑자기 나타나 한국식 전도를 하고 가는 '뜨거운' 목회자나 신자들은 오랫동안 일본에서 꾸준히 목회를 해왔던 일본 목사들에게는 오히려 방해가 된다는 것이다.

나는 일본에서 교회생활을 했고 현재는 한국에서 신앙생활을 하고 있다. 사실 한국에서 살기 시작하고 지금의 교회를 찾기까지 여러 교회의 예배에 참석했었다. 그 중 몇몇 한국 교회에서는 위화감도 많이 느꼈었다.

'기독교'의 본질이나 믿음의 대상은 하나더라도, 그 표현방법이나 형태는 그 나라 상황이나 문화에 따라 변화되는 부분도 있다. 본고에서는 한국 교회에서 느낀 위화감과 일본과 한국 기독교의 차이점에 대해, 내 자신의 경험을 중심으로 서술하고자 한다. 그리고 차이를 발생하게 한, 일본 기독교의 역사적 배경에 대해서도 고찰해 보고자 한다.

이 글은 일본의 기독교가 한국의 그것과 다르다는 점을 말하는 데에 초점을 두었으나, 한국 교회를 비판하기 위한 것은 결코 아니라는 것과 또 개인의 경험을 바탕으로 한 것이기 때문에 주관적일 수도 있음을 미리 밝힌다.

또한 본고에서 '기독교'라고 말할 때는 개신교를 뜻하며, 특별한 설명이 없는 경우에는 천주교는 포함되어 있지 않다.

1. 일본과 한국의 기독교 비교

1-1. 기독교인 인구

일본 문부과학성의 종교통계 조사에 따르면 2006년 12월21일을 기준으로, 일본의 종교 신자 수는 약 2억885만 명이고 그 중, 신도神道계열 약1억680만 명, 불교계열 약 8900만 명, 기독교(천주교 포함)계열 약 300만 명, 기타 약 980만 명이다. 2009년 3월 31일 현재, 일본 총인구가 약 1억 2700만 명이는 것을 생각하면 통계상 한 사람 당 두 가지 정도 종교를 가지고 있다는 계산이 된다.

그런데 실제로 일본인에게 "종교가 뭡니까?"라고 물어보면 "무교" 또는 "불교"라는 답을 하는 경우가 많다. 불교라고 해도 특정한 절의 단가檀家가 되어 있는 경우는 드물다. 이 통계는 각 종교단체가 신자 수를 신고하는 형식으로 조사하기 때문에 실제보다 많게 보고 하는 경우가 있다고 한다. 그래서 전체 신자 수가 일본의 인구보다 많아지는 것이다. 그 중에 기독교 계열 신자 수는 여기에 나오는 300만 명이라고 해도 총인구의 2%에 불과하다. 그러나 실제로는 기독교와 천주교를 합쳐도 신자 수는 총인구의 1%미만이라고 한다.

일본에 기독교인이 적은 이유에 대해서는 일본에서는 八百万の神(야오 요로즈노 카미 = 수 많은 신들)이 있기 때문에 일신교를 받아들을 수 없는 것이 아닐까? 라고 하는 사람도 있다. 일리가 있는 말일지도 모르지만, 확실한 근거는 없다. 개인적으로는 일본인은 '기독교'나 '신(하나님)'을 안 믿는 것이 아니라 '종교'를 갖지 않는 것이 아닐까 생각한다. 흔히 말하는 이야기지만 일본인은 새해에는 신사神社에 참배하고 결혼식은 기독교식으로 하고 죽으면 장례식은 불교식으로 지낸다. 이런 것은 실제로 자주 보는 일이고 일본인은 그것에 대해서 특별히 의문을 가지지 않는다. 일본인은 신앙심이 없는 것이 아니라 특정한 종교에 입교하는 것에 대한 경계심이 있는 것이다. 한국에서 믿음이 있다는 것은 특별한 일은 아니다. 그러나 일본에서는 "종교에 빠져버렸다."는 식의 나쁜 이미지로 받아드리는 경우가 있다.

그래서 일본에서 자신의 종교나 신앙에 대해서 말하는 것은 용기가 필요한 일이다. 특히 기독교인은 총인구의 1%미만인 소수자이다. 일본에서는 "교회에 가면(종교를 가지고 있는 사실이 방해되어) 결혼 못 한다." "가족과 같은 무덤에 못 들어가게 된다." 등의 이유로 가족들이 교회에 다니는 것을 반대하는 일도 있었다고 한다. 그래서 교회에 다니는 사실을 가족에게 비밀로 하는 경우도 있다. 이런 점은 한국과는 전혀 다른 부분이라고 생각한다.

1-2. 교회

1990년 초 처음 한국에 왔을 때에 풍경을 지금도 잊을 수가 없다. 밤에 김포공항에 도착하여 서울 시내로 가는 버스 안에서 보았던 것은 하늘에 빛나는 수많은 붉은 십자가였다. 한국에 교회가 많은 것을 실감하고 일본과의 차이를 느꼈다. 그러나 아이러니하지만 까만 하늘에 빨간 십자가가 마치 무덤처럼 보여 으스스한 느낌이 들었다. 한국에서 십자가의 색깔은 대부분 빨간색이다. 이에 반해 일본에서의 십자가는 거의 흰색이다. 한국에서는 빨간 십자가가 예수의 피(보혈)를 상징하는 것 같지만 일본에서의 하얀 십자가는 붉은 죄가 눈처럼 희게 된 것을 상징하는지도 모른다.

또 한국은 일본에서는 상상할 수 없을 만큼 교회가 많다. 서울에서는 걸어서 5분 이내 거리에 10군데 정도 있지 않을까 싶다. 옆 건물에 교회가 나란히 있는 경우도 있고, 같은 빌딩 1층과 3층에 다른 교회가 있는 것도 보았다.

일본에서는 걸어서 5분 거리에 교회가 있는 경우는 드물다. 같은 동네에 교회가 2개 이상 있는 경우는 거의 없는 것 같다. 내 고향을 보면 1丁目(○○1동)에 성결교회가 하나 있고 2,3,4丁目에는 없고, 5丁目에는 복음파 교회가 있는 것이 다 이다. 가장 가까운 교회까지 버스나 전철을 타야 하는 경우도 많다. 만약 일본 여행을 가서 교회를 방문하고자 한다

면 목적지 근처에 교회가 있는지 미리 조사해 놓을 필요가 있다. 일본에서 교회를 찾는다는 것은 한국처럼 용이한 것이 아니기 때문이다.

그래서 한국에 와서 교회가 너무나 많은 것에 대해 이해하기 어려웠다. 기독교인이 많다고 해도 왜 교회 옆에 교회를 지었을까? 교파가 다르더라도 정말 전도를 하고 싶다면 교회가 없는 지역에 교회를 세워야 하는 것이 아닐까? 같은 지역에 교회가 몇 군데 있어도 주민 수에는 제한이 있다. 그렇다면 순수한 기독교 전도가 아니라 '우리 교회'만을 전도하게 되어 '신자획득경쟁'이 되어버리지는 않을까 하는 생각이 든다. 일본에서 선교를 시작하는 한국인 선교사중에도 이미 한국인이 많이 살고, 다른 한국인교회가 있는 지역에서 새로 목회를 시작하는 경우가 있다. 그것은 원래 거기서 전도를 해왔던 목사나 선교사를 무시하는 아주 무례한 행동으로 비치고 일본인들에게는 교회끼리 대립하는 것 처럼 보인다.

한국에서 "교회에 다닙니다." 라고 해도 "어느 교회 다니세요? 우리 교회에 꼭 와보세요." 라는 말을 몇 번 들었다. 교회에 다니는 사람에게 '우리 교회'에 오라고 하는 말에는 이기적인 뉘앙스가 있고, 이것은 종교에 대한 경계심이 많은 일본인에게는 사이비 종교나 컬트(cult)로 비추어질 위험이 있다. 이런 식의 이기적 선교 때문에 일본 교회에 한국인 목사가 들어와서 원래 있던 교회를 분열시킬 때도 있다. 실제로 도쿄에 있는 한국인 교회는 너무나 열정적으로 전도활동을 해서 주변에 있는 일본어 학원이나 유학생들이 많은 대학교에서 컬트로 인정되어 경계를 받고 있다. 일본어 학원 앞에서 학생을 기다리거나 학원이나 기숙사에 들어가 전도하는 등 일본인의 상식으로서는 이해 못하는 행동을 취했기 때문이다. 주변 사람이나 전도를 받는 사람의 입장을 전혀 고려하지 않은 이런 행동들은 그것이 아무리 신앙심에서 나왔다고 해도 일본인의 종교에 대

한 거부감을 더욱 더 강하게 만드는 결과를 초래 한다. 일본인들에게
'한국인 교회 = 컬트' 라고 보인다면 그것은 너무나 안타까운 일이 될
것이다.

1-3. 예배

한국 교회에서 놀랐던 것은 내가 일본에서 다녔던 교회 이미지와 너무
나 달랐던 것이다. 처음에 큰 교회 예배에 출석했을 때에는 마치 록 콘서
트에 온 것 같았다. 의자에서 일어나 양손을 들고 찬양을 하는 사람, 눈
물을 흘리면서 기도하는 사람, 큰 소리로 외치는 사람…. 그런 것은 일본
에서 본 적이 없는 모습들이었다. 목사의 설교 중간 중간에 사람들이 큰
소리로 미리 약속한 듯이 "아멘"이라고 말하는 것이나, 목사가 기도문이
나 성경 구절 아닌 말을 따라 말하도록 시키는 것에도 억지스러움을 느
끼곤 했다. 뭔가 들뜨고 흥분한 분위기 속에서 세뇌당할 것 같은 느낌이
들었던 것이다. 일본에서는 '기독교', '교회', '예배'라는 말에는 엄숙한 분
위기속에서 하나님 앞에 나와 조용히 기도한다는 이미지가 있다. 물론
일본 교회 모두가 조용한 분위기인 것은 아니다. 복음파 교회에서는 밴
드 연주에 맞춰 찬양하기도 한다. 그러나 대부분 교회는 아주 조용하고
엄숙한 분위기에서 예배를 진행하는 것으로 알고 있다.

그리고 일본 교회의 설교는 약간 신학적이다. 일본 교회에서 나는 "모
세 5경은 모세가 쓴 것은 아니다." 든지 "(예레미야)애가 는 예레미야가 쓴
것이 아니다."는 이야기를 신학적인 이유와 함께 들었던 적이 있었다. 설
교 중에서 "이 성경 구절에 나오는 ○○라는 단어는 히브리어로는 △△
라는 말이고…" 등등 원어의 뜻에 충실하게 설교를 하는 목사도 많다.
성경의 구절을 번역된 일본어로 그대로 믿는다기보다는 성경이 쓰인 배

경이나 번역된 배경까지 상세하게 해설을 한다. 또 일본 목사는 물 흐르듯이 차분하게 설교를 하는 스타일이 많다. 설교가 신학적이고 논리적이기 때문에 가끔 대학교 강의를 듣는 것처럼 느껴진다. 게다가 설교가 너무 어려우면 당연히 졸릴 수도 있다. 그래서 일본 교회에서는 설교를 듣고 있는지, 기도하는지, 졸고 있는지 구별 할 수 없는 사람도 때때로 보인다. 일본에서는 처음에 교회에 가는 사람에게는 문턱이 높을 것이고 또 교회에 다니고 싶어서 가 봐도 계속 다니기에는 인내심이 필요할 수도 있다.

한편 한국인 목사들에게는 대부분 듣는 사람을 끌어당기는 카리스마가 있다. 때로는 외치기도 하면서 강약을 가하면서 회중에게 싫증을 주지 않도록 하는 것 같다. 그리고 설교할 때 예로써 일상생활에서 나온 구체적인 이야기를 많이 하기 때문에 설교가 어려워서 이해 못하는 일도 일본에 비하면 적다. 그러나 너무 실생활과 적용내지는 연관 지으면서 "하나님을 믿으면 ○○을 해 주신다."는 식으로 설교를 하는 목사도 있어 기복신앙에 치우친다는 느낌을 줄 때도 있다. 또 예화는 즐겁게 들었지만 그것 때문에 정작 성경의 구절과 설교 요점이 뭐였는지 기억을 못하는 경우도 있다.

한국 교회 설교는 즐겁게 이야기를 들을 수 있기 때문에 믿지 않는 사람도 그렇게 부담을 느끼지 않을지도 모른다. 반면에 일본 교회의 설교는 어려운 경우가 많아서 계속 가겠다는 결심이 없으면 쉽게 교회로 걸음이 옮겨지지 않는다. 요컨대 한국 목회자 설교는 감정에 호소하고, 일본 목회자들은 이성에 호소하는 것 같다. 일본인은 감정을 나타내는 것은 부끄러운 일이라는 의식이 있어서 조용히 설교 하는지도 모른다. 그래서 아주 뜨겁게 설교하는 모습을 보면 오히려 마음이 썰렁해지는 일본인도 적지 않을 것이다. 반대로 한국인 눈으로 보면 표면적으로 드러내지 않는 일본 기독교인들이 믿음이 있는지 없는지 알 수 없어서 답답하게 느껴질지도 모른다.

이렇듯 한국의 예배와 일본의 예배의 모습은 상당히 다르다고 할 수 있다.

1-4. 교인의 직분

일본에서는 교회를 옮기는 일은 쉽지 않다. 무엇보다도 교회 수가 적기 때문에 가까이에서 교회를 찾는 것 자체가 힘들기 때문이다. 그래서 세례를 받은 교인이 다른 교회에 옮기기 위해서는 '전회轉會신고서'가 필요하고 또 새로운 교회에서는 '입회식入會式'이 열리는 경우가 많다. 마치 이사 갈 때 동사무소에 이전신고를 하는 것과 비슷하다.

일본 교회는 교인수도 적다. 한국은 규모가 큰 교회는 몇 만 명 교인이 있다고 하지만 일본에서는 교인 수 100~200명 정도만 되어도 큰 교회라고 할 수 있다. 그러나 교회도 기독교인도 적은 일본에서는 모여서 예배를 드릴 수 있는 것 뿐이라도 감사한 일일지도 모른다.

한국 교회에서는 등록한 후 일정기간을 지나면 '집사'라는 직분이 주어지고 소위 '평신도'와 구별이 되어 교회 운영에 조금씩 관여하게 된다. 그러나 일본에는 한국에서 말하는 '서리집사'에 해당되는 것은 없다. 세례를 받거나 전회轉會를 통해서 교회에 등록된 교인 모두가 서리집사 역할을 하게 된다. 그 외에 임원(집사, 장로 등)은 교인의 선거로 인해 선출되지만, 그것은 교회를 위해 수고를 하는 존재에 불과하다. 그래서 서리집사가 안수집사가 되고, 그 다음에 장로가 된다는 승진코스(?)는 없다. 한국 교회에서 위화감을 느끼는 것은 "그 사람은 아직 집사가 되지 못하는 평신도다." "그 분은 장로니까 지위가 높다."등 계급의식이 있는 것처럼 보이는 것이다.

또 한국 교회에서 위화감을 느끼는 단어에 '순종'이라는 말이 있다. 교인은 목사나 장로의 말에 무조건 따라야 한다는 인상을 받을 때가 있다. 기독교인은 목사를 따르는 것이 아니라 하나님을 따르는 것이다. 그런데 담임목사가 부목사에게 반말을 쓰거나 장로가 평신도에게 교만한 태도를 보이는 것을 보면 '제자의 발을 씻은 예수'의 모습과 너무 동떨어진 느낌이 든다. 전에 아는 일본인 목회자에게 천주교와 개신교의 차이점에 대해서 질문을 했을 때 그 중에 하나가 천주교에는 교황을 으뜸에 둔 위계체제가 있는데 개신교에는 없다는 것이었다. 그런데 한국 교회에는 목사를 제일 위에 두고 장로, 안수집사로 내려가는 위계질서가 있는 것처럼 보인다.

일본은 '○○집사'라는 직분이 아니라, 남자이면 '○○兄(형제)', 여자이면 '○○姉(자매)'라고 표기되어 부를 때는 '○○さん(~씨)'라고 한다. 목회자일 경우에만 '○○선생님'이라고 부르지만 교인 사이에서 특별히 상하관계를 느끼지는 않는다.

직분이라는 것이 교회에서 각자 맡은 역할의 차이일 뿐이다. 그런데 그 직분이 한국 교회에서는 마치 직위의 고하를 드러내는 현상처럼 보이는 것은 물론 유감스러운 일일 것이다. 이런 면에서 일본의 교회는 평등한 것 처럼 보이지만, 사실은 그런 위계체제가 생길 만큼 교인이 없다는 것이 현실이 아닐까 싶다. 교인의 대부분이 '평신도'이기 때문에 위계질서가 생길 여지가 없는 것이다. 일본에서는 그런 직분보다 세례를 받은 '敎會員(=교인)'과 세례를 아직 안 받은 '求道者(구도자)'의 구별이 더 크다. 세례를 원해도 가족들이 반대해서 못 받는 경우가 있기 때문이다. 그래서 일본에서는 신앙의 유무와 세례의 유무가 반드시 일치하지는 않는다.

그러나 세례를 못 받으면 성찬식 등 참석을 못하는 일이 있기 때문에 '구도자'의 소외감은 큰 것 같다.

한국에서는 어떤 교회에 교인이 되는 것은 아주 쉬운 일일지도 모른다. 그래서 겉으로 보이는 직분을 원하는지도 모른다. 그러나 일본은 교인이 되는 것 자체가 어려운 일일 수 있고 그것자체가 기쁜 일이라고 할수 있다. 그래서 그 교회에 소속되어 있는 것에 감사해서 서로가 동등하게 형제자매라고 부르는 것 같다.

2. 일본 기독교의 역사적 배경

앞에서 일본과 한국의 기독교에 차이에 대해서 개인적인 경험과 느낌을 중심으로 말하였다. 이런 차이점이 있는 것은 양국의 문화 차이나 국민정서 차이도 있겠지만 일본 기독교가 겪고 왔던 근대사에도 큰 영향을 받았을 것이라는 생각이 든다. 현재 기독교는 제2차 세계대전 후에 그

체계가 많이 바뀌었다. 그래서 여기에서는 일본의 근현대사가 기독교의 어떠한 영향을 주었는지를 간략하게 살펴보고 고찰하고자 한다.

2-1. 일본 근대사와 기독교

일본에서 기독교 금지령이 해제된 것은 1873년이고 최초의 개신교 교회가 성립된 것은 금지령이 해제된 전년인 1872년이다. 그러나 실제로 개신교가 들어온 것은 더 전인 1859년이다. 그 전년인 1858년에 日米修好通商条約(일ㆍ미수호통상조약)이 체결되어 미국인의 종교 활동이 자유화됨으로서 많은 선교사들이 일본에 들어왔다. 그러나 오랫동안 쇄국 상태에 있었던 일본에는 외래종교인 기독교에 거부감이 있어서 많은 선교사들은 의료 활동이나, 영어 교육을 통해서 선교를 하였다. 이것은 한국에 기독교가 들어왔을 때와 비슷한 상황이었다.

일본의 기독교회가 국가체제와 충돌한 것은 천황숭배와 신사참배 문제 등 일본의 천황이 통치하는 '신의 나라'라는 사상에서 나온 것들이었다. 무교회파를 창립한 기독교인 内村鑑三(우치무라 간조)가 1891년 교육칙어敎育勅語에 경례하지 않았던 '不敬事件'은 잘 알려져 있는 사건이다. 또 1942년에는 치안유지법 위반으로 호리네스(Holiness)교회가 일제 검거되었다. 이것은 재림 신앙이 '국체'國體에 반하는 것이라는 이유이었는데 같은 계통인 한국 성결교회도 탄압을 받았다. 반면 일본 교회는 일본의 파시즘 체제에 타협하였다.

1940년에 종교단체법이 시행되어 국가에 의한 종교의 보호를 말하고 있으나 그것은 천황제 국가 이데올로기인 '국체'에 충실하고 국가 정책에 봉사하는 것에 한해서 허용되었다. 황기皇紀 2600년이라고 하는 그 해에는 봉축전국기독교신도대회奉祝全國基督敎信徒大会가 행해졌다. 1941년에는 국

가의 정책에 의해 천주교를 포함한 기독교 각파는 '일본기독교단日本基督教
団'으로 통합이 되었는데 그 창립총회에서는 君が代(기미가요＝일본 국가)제
창, 宮城遥拝(궁성요배＝ 황거를 향해 경례하는 것), 천황에 충성하는 맹세 등의
국민의례가 행하여졌다. 일본기독교단 규칙 제7조에는 '황국의 도에 따
라 신앙에 철저하여 각기의 분을 다하며 황운을 부익扶翼하여 봉행
할 것'이라는 문항도 있었다.

일본 교회들은 자기들이 국체에 타협할 뿐만 아니라 한국을 비롯한
아시아 기독교인들에게 일본 정책에 따르라는 강요까지 하였다. 일본
기독교 교단통리자統理者였던 富田満(도미타 미츠루)목사는 1938년에 한국에
가서 주기철 목사에게 신사참배를 권하면서 "여러분의 순교정신은 훌륭
하다. 그러나 우리 정부가 (여러분에게)기독교를 버리고 신도神道로 개종하
라고 강요한 적이 있는가? (중략) 국가는 국가제사를 (일본)국민으로서의
여러분에게 요구한 것에 불과하다'라고 말하였다.

일본기독교단이 행하였던 '죄'중에 가장 큰 것은 '일본기독교단으로부
터 대동아공영권大東亞共榮圈에 있는 기독교도에 보낸 서한'이라는 문서이
다. 이것은 1944년 부활절에 일본기독교단 교단통리자 富田満(도미타 미
츠루)이름으로 일본 통치하에 있던 아시아 교회들에게 보내진 것이다. 그
것은 사도 바울이 쓴 서간과 비슷한 형식으로 제4장까지 있고, 마치 자
신이 사도의 사명을 가진 것처럼 생각했던 교만함을 볼 수 있다. 그 서
간 제1장에서는

"일본은 이 적성국가군(＝여기서는 백인 국가들)의 불의에 대해 모든 평화적 수
단을 강구하였지만 그들의 오만傲慢은 끝까지 이것을 수용하지 않았으므로 일본
은 자존자위의 필요상 감연히 간과干戈를 가지고 일어섰다. (중략) 그들의 부정

과 불의로 부터 동아제민족東亜諸民族이 해방되는 것은 하나님의 성스러운 의지이다. "하나님은 교만한 자를 물리치시고 겸손한자에게 은혜를 주신다." (야고보서4 : 6) 그리하면 미·영(美·英)의 교만함은 무엇으로 배격되었던 것인가? 황군의 장병에 의해서이고, 또 지상의 정의를 위해 일어난 동아제민족의 손에 의한 것이었다."

라는 수치스러운 문장이 계속된다. 여기서는 주로 이번 전쟁은 아시아 민족을 서양국가에서 해방시키기 위한 것이고 하나님의 거룩한 뜻이라고 주장한 것이다. 그러나 이 문서에 나온 것과 달리 일본에 정의가 없었던 것은 자명한 일이었다.

2-2. 현대사와 기독교

1945년 8월15일에 전쟁이 끝나고 각 교파들은 새로운 교파를 만들기도 했으나 일본기독교단에 그대로 소속한 교회도 많았다. 원래 서로 다른 교파였던 교회가 모인 단체로서 일본기독교단은 세상에서도 예가 없는 에큐메니즘(ecumenism)을 모색하는 형태가 되었다.

1967년 일본기독교단은 '제2차세계대전하에 있어서의 일본기독교단 책임에 대한 고백'(이하 전책고백)이라는 문서를 발표하였다. 거기서

"(전략)

우리들은 이 교단의 성립과 존속에 있어서 우리들의 연약함과 잘못에도 불구하고 일하시는 역사의 주이신 하나님의 섭리를 기억하고, 깊은 감사와 함께 경외와 책임을 통감합니다.

'세상의 빛과 소금'인 교회는 그 전쟁에 동조하지 말아야 했습니다. 바로 나라

를 사랑하는 까닭에 기독교인의 양심적 판단으로 조국의 걸음에 대하여 올바른 판단을 해야 했습니다.

그럼에도 우리들은 교단이라는 이름 아래서 그 전쟁을 시인하고 지지하고 그 승리를 위해 기도에 힘쓸 것을 내외에 천명 하였습니다.

참으로 우리 조국이 죄를 범하였을 때 우리들의 교회도 그 죄에 빠졌습니다. 우리들은 파수꾼의 사명을 업신여겼습니다. 마음의 깊은 아픔을 가지고 이 죄를 참회하고 주님께 용서를 비는 것과 아울러 세계, 특히 아시아의 각 나라, 거기에 있는 교회와 형제자매 또 우리나라 동포들에게 마음속으로 부터 용서를 빕니다.

(후략)'

라며 전쟁 때 교단 성립 과정에 있었던 잘못과 전쟁협력에 대한 죄를 고백하며 다시는 같은 죄를 범하지 않을 것을 표명하였다.

그러나 이 문서 성립과정에서도 여러 가지 의논들이 있었고, 또 이 '전책고백'이 공표됨에 따라 교단 내부에 혼란을 일으켰다. 특히 전쟁 때 교회 내에서 지도적인 입장에 있었던 사람들은 이 문서에 반대를 표명 하였고 이 문서에 대한 찬성파와 반대파는 서로 의견의 일치를 보지 못 하였다.

한국 교회에서는 '전책고백' 내용에 구체적인 주장이나 결의가 없었기에 그 의의에 회의적이었고 고백에 대해 무관심한 태도를 보였다. 그러나 '전책고백' 보다 그 후에 나타난 반대 반응에 더 큰 충격을 받아 오히려 '전책고백' 입장에 서는 사람들을 다시 평가하게 되었고 주목을 하였다. '전책고백'이후에는 한국 교회와 선교협력을 맺게 되었다.

이런 역사를 겪은 일본 기독교회(개신교)와 기독교인들은 전쟁 후에는 계속 '日の丸(히노마루=일장기)'와 '君が代(기미가요=일본 국가)'에 반대해왔다.

그 반대는 1999년 8월에 국기 · 국가법이 제정한 후에도 계속되었다. (그 전까지 일본에는 국기 · 국가에 관한 법이 없었다.)일장기를 반대하는 것은 그 깃발 아래에서 침략전쟁을 일으켰다는 사실에 대한 반성 때문이고, 기미가요를 반대하는 것은 그 가사가 천황의 시대가 오래오래 이어지길 바라는 내용이기 때문이다. 그러므로 기독교 학교에서는 입학식, 졸업식 등 식장에 국기를 절대 걸지 않을 뿐 아니라 국가도 부르지 않는다. 또 공식 문서에도 천황을 기준으로 한 원호(元號 = 천황이 바뀔 때마다 변경되는 연호)를 사용하지 않고 서기西紀를 사용한다. 이것은 전쟁에 대한 회개도 없이 일본 제국시대의 상징이었던 국기와 국가가 그대로 사용되고 불리어진다는 것은 기독교 입장에서는 인정할 수 없는 일이기 때문이다.

3. 결론

한국은 기독교와 천주교를 포함에서 인구의 25%가 기독교인이라고 한다. 그것에 비해 일본은 개신교와 천주교 합쳐도 1%도 되지 않는다. 그것은 앞에서 말한 바와 같이 국민 정서의 차이도 있겠지만, 근현대사에서도 그 원인을 찾아볼 수 있다.

한국의 근현대사는 여러 면에서 탄압과 그것에 대한 저항의 역사라고 볼 수 있다. 일본 제국주의, 미군정, 군사독재정권, 지배하는 측은 변하였지만 민주화가 된지 겨우 20년에 불과하다. 반면, 일본은 침략한 측이고 일부 기독교인들은 개인적인 피해를 당했지만 일본 기독교회로서는 국가 정책에 타협하고 가담했다는 역사를 가지고 있다.

일본에서는 제2차 세계대전 패전을 계기로 완전히 세상이 바뀌었다. '신의 나라'고 그 때까지 한 번도 전쟁에서 진 적이 없었던 일본이 폐허가 되어버리고 現人神(아라히토가미 = 사람의 모습으로 세상에 나타난 신)이라고 믿었던 천황이 1946년에 '인간선언'을 했다. 오랫동안 믿었던 것이 순식간에 다 뒤집혀버렸던 것이다. 그 때까지 '국체'를 위해 희생해 왔던 사람일수록 그 허무감과 상실감이 컸을 것이며, 또 한 대상을 의지하고 맹종하는 것에 대한 위험을 많이 느꼈을 것이다.

그런 역사적인 배경 때문인지 단언할 순 없지만, 나는 일본 교회에서 "전도해라"는 말을 한국만큼 듣지 못했다. 사람에게 어떤 사상이든지 종교든지 강요하는 것에 대한 거부감이 일본인에 몸에 배어있기 때문일지도 모른다.

한국의 기독교 선교가 성공한 것은 틀림없는 사실이다. 그러나 일본과 한국이 종교를 받아들이는 모습은 상당히 다르다고 할 수 있다. 그래서 한국인이 일본에 들어와 한국 국내에서 효과적이라고 믿는 전도방법과 전략을 그대로 적용하면 오히려 역효과를 불러일으킬 수도 있는 것이다. 다시 말하면, 한국이 아닌데도 '우리'라는 한국적 의식을 역사적 배경과 문화와 정서가 다른 일본에 그대로 가져와서 맞추려고 함으로써 일어나는 부작용이 적지 않다는 것이다.

위 글에서 일본의 기독교에 대해 이야기하기 위해 한국의 기독교와 어떻게 다른가를 살펴보았다. 기독교인의 수에서부터 교회의 모습, 예배 분위기, 교회의 직분 등에 대한 차이점을 극히 개인적인 시각에서 진술하였다. 그리고 이렇게 서로 다른 모습을 형성하기까지 영향력을 끼친 여러 요인들 중, 특히 근현대사가 교회와 교인들의 신앙에 어떻게 함께 했는지를 간략하게 고찰하였다. 이것이 차후 일본의 기독교에 대한 더 깊은 이해를 갖게 하는 동기를 줄 수 있는 글이 되었으면 한다. 나아가 앞으로 한국교회가 일본선교를 위해 어떻게 접근하고 동화되어야 하는지에 대한 이해와 공감대를 형성하는데 작은 도움이 되기를 바란다.

참
고
문
헌

김문길 「일제통치하에서의 신사참배와 조선 기독교」 『아시아·기독교·다원성』1, 2003(원어)

김윤경 「야나이하라타다오의 기독교사상과 조선」 히토츠바시대학 박사논문, 2007(원어)

쿠라타 마사히코 「일본통치하 조선에 있어서의 신사참배문제와 성결교회탄압사건」 『모
모야마가쿠인대학 기독교교논집』26, 1990(원어)

타케노시타 히로히사 「일본의 기독교교회와 전쟁책임」 『해방사회학연구』11, 1996(원어)

타케다 타케히사 「천황제와 기독교 : 전시하의 독일 기독교와 일본 기독교의 동시대 역
사적 고찰」 『야마나시에이와단기대학 기요』30, 1996(원어)

온즈카 치요

13 일본인과 술

　일본사람은 뜻밖에 맥주를 좋아한다.　일본　맥주주조조합麥酒酒造組合의 통계 자료에 의하면 일본의 맥주 생산량과 소비량이 중국과 미국, 러시아 그리고 맥주 왕국 독일에 이어 세계에서 6번째라고 한다.

　나는 한국의 소주를 좋아하지만, 여기서 이야기하고자 하는 것은 "일본술", 일본사람과 술 그리고 술자리에서의 행동에 대해서 이다.

1. 술의 역사

　일본인은 언제부터 술을 마시게 되었을까?

　3 세기말의 『三国志』 위지왜인전魏志倭人伝에 의하면, 일본인은 「人性嗜酒」(술을 즐기다)라고 쓰여져 있고, 사람이 사망하면 조문객은 「歌舞飲酒」(노래부르고 춤추고 술을 마신다)라는 풍습이 있다고 기술되어 있다.

또 『日本書紀』에는 須佐之男命(수사노오노미코토)가 八岐大蛇(야마타노오로치)[1]를 퇴치하기 위하여 八塩折之酒(야시오오리노사케)라고 하는 술을 빚었다는 기록이 있다. 지금도 대주가를 「우와바미」(이무기)라며 무엇이든지 먹어 치우는 큰 뱀에 비유하지만, 八岐大蛇가 이 술로 완전히 뻗었으니, 아주 독한 술임에는 틀림없을 것이다. 이 술은 한번 빚은 술(술 찌꺼기를 제거한)에 원료를 또 넣어 빚고, 거기서 다시 술 찌꺼기를 제거하고, 또 다시 원료를 넣어 빚고, 이 과정을 여러번 되풀이 한 술이다. 뒤에 기술할 귀양주貴醸酒의 한 종류이다. 이 술의 원료는 쌀이 아니고 아마도 나무의 열매나 과실이라고 추측된다. 과실 원료를 몇 번 되 빚기 때문에 알코올 발효가 도중에서 멈추어 당도가 높아지고 아주 단술이 되었다고 추측된다. 아마도 여성들이 좋아할 만한 술일 것이다.

고고학적으로도, 죠몽시대縄文時代의 유적에서 주조酒造의 원료로 뽕이나 산딸기 같은 열매가 발견되고 있다. 이때는 아직 쌀을 원료로 하는 일본 술은 나타나지 않았다. 일본에서 가장 먼저 쌀을 원료로 하여 술을 빚은 사람은 木花咲耶姫(코노하나사크야히메)라고 한다. 『日本書紀』에서는 "狹名田(사나다)[2]의 벼를 가지고 天甜酒(아마노타무자케)를 빚어서 맛보다. 淳浪田(누나타)의 벼를 가지고 밥을 지어 맛보다"라고 기술되어 있다. "天甜酒"는 하늘의 美酒라는 뜻으로, 입으로 쌀을 씹어서 빚은 술이라 하는데 이는 사실과 좀 다른 것 같다.

『風土記』(서기700년경)라는 고서에는 미코巫女와 같은 젊은 여성이 생쌀을

---

1) 머리가 8개 꼬리가 8개 있는 마성의 큰 뱀
2) 「狹名田」은 神稲을 作農 하기 위해 점을 쳐서 정한 논, 「淳浪田」은 水田을 뜻함.

입에 물었다가 뱉어 내어 침에 포함된 아밀라제와 지아스타제라는 효소로 발효시킨 "크치카미노 사케"와 휴대용 마른 밥干飯이 물에 적셔 곰팡이(누룩)가 생긴 것을 원료로 사용하여 빚은 "곰팡이술", 두 가지가 기록에 남아 있다. 그러나 대강 지금과 같은 술의 제조는 후자 쪽이 일반적이라 생각되며 여기서 씹다(카무)와 곰팡이(카비)가 술을 빚는다는 뜻의 빚다(醸す카모스)의 어원이 된 것 같다.

이렇게 시작된 쌀과 곰팡이(누룩)에 의한 일본 발효주의 역사는 그 제조 방법이 한반도에서 전해졌다는 설도 있다. 그러나 일본술에 사용된 누룩 곰팡이는 순수한 쌀 누룩이며, 일본에는 한국의 막걸리에 사용되는 보리 누룩을 사용한 술에 대한 기록이 없으므로, 일본술은 일본 고유의 술이라고 봐도 틀림이 없을 것이다.

서기 900년경의 헤이안시대平安時代에는 귀족들을 위해, 「시오리」라는 귀양주貴醸酒3)가 만들어졌다. 위에 기록된 八塩折之酒(야시오오리노사케)처럼 몇 번 빚어서 여기에 또 술을 더하여 빚는 사치스러운 술이다.

가마쿠라시대鎌倉時代, 무로마치시대室町時代에 이르러서는, 전문적으로 술을 빚는 술집(술도가)이 생겨서 술이 시중에 판매 되었으며 또 이 술을 판매하는 판매상도 생겼다.

무로마치시대室町時代의『御酒之日記(고슈노닛기)』(1489)에는 일본술의 유산균 발효와 목탄(炭)에 의한 여과 방법 등이 상세히 기록되어 있다. 이에

---

3) 일반적으로 일본 술은 쌀과 물의 비율을 100 : 130 으로 빚는데 귀양주(貴醸酒)는 쌀과 물과 술의 비율을 100 : 70 : 60으로 하여 만든다. 즉 담그는 물 대신에 술을 사용하는 사치스러운 제조법에 의한 술이다.

따라 이 당시의 술 맛을 상상해 보면 단맛과 쓴맛이 강하고 잡맛이 나는 알코올 17~18도 정도의 술이 빚어 졌을 것으로 생각된다. 그러나 이 때의 술은 아직 탁주였다.

16세기 중반에는 증류 기술이 전해져, 소주도 생산하게 되었는데 중세 말경에 일본술은 탁주에서 청주[4]로 이행하여 정착된 것으로 보인다. 이 시기에 일본에 있던 선교사 루이스 후로이스가 1581년에 "우리는 술을 차게 하는데, 일본에서는 술을 따뜻하게 한다"등의 정보를 본국에 보냈다는 기록이 있다. 즉 이 시대의 일본인들은 데운 술(칸자케)을 마시고 있었던 것 같다.

1890년 이후 약 80년에 걸쳐, 일본술은 "芳醇辛口(호준카라쿠치 : 향이 짙은 쌉쌀한 술)"에서 "淡麗甘口(단레이아마쿠치 : 은은한 단맛의 술)로 변화하였다. 그 후 약 20년 동안 쌉쌀한 향미의 술이 유행 하였다. 이렇게 일본술은 사람들의 취향에 따라 쌉쌀하거나 달콤한 맛의 술 등이 만들어 졌고 동시에 이를 생산하고 판매하는 주조 회사와 술집 등이 생겨났다.

그러나 현대에 이르러 1980년경부터 폭발적인 붐을 일으킨「사와류」가 술의 저 알코올화에 박차를 가하여 젊은이들의 알코올 이탈을 부추겼다. 이러한 저 알코올화 음료의 대중화로 인해 일본의 주조 산업은 침체기를 맞이한다.

1990년대의 일본의 버블 경제기에는「긴조슈吟醸酒」「단레이카라쿠치淡

---

4) 平安時代中期부터 室町時代末期에 이르러『菩提泉』(보다이생)라는 고급주의 명품주 이름이 남겨져 있다. 이『菩提泉』은 일본 최초의 청주라는 설도 있다.

麗辛口」,「준마이 다이긴조純米大吟釀酒」등의 고급주에 대한 소비 붐이 일어

일종의 투기꾼들이 매수 목적으로 예의 희소주希少酒를 대량으로 매수하기

시작하였다. 이들은 오로지 투자 목적으로 숙성에 적합하지 않는 생술生酒

까지 매석하였고, 이 과정에서 술의 보존기간(보통 이러한 고급 술의 보존기간

은 그 신선도를 유지하기 위해 아주 짧다)이 무시된 채 시장에 유통되었고 그 결

과 변질 되거나 본래의 맛과는 동떨어진 술이 소비자에게 건네져 오히려

이러한 고급주의 소비를 격감시키게 되었다.

이에 일본의 주조업자들은 일본술의 다양화로 술 소비 침체기를 벗어

나려고 노력하고 있다. 최근에는 외국의 와인과 브랜디에 맞설 수 있는

색상과 맛 등을 추가하고, 디자인을 서양화 하거나 양의 소형화(1.8 리터에

서 720ml, 300ml로 전환)등을 도모하고 있다.

2. 술 마시는 방법

전 부터 특급주, 일급주 등의 등급구분5)으로 일본술을 데워서 마신 일

본 사람들도 지금은 吟釀酒(긴조슈), 大吟釀(다이긴조)란 술을 차게 해서 마

신다. 현재 일본 국내에서는 일본술의 소비량이 전성기 때의 절반 정도

이지만, 차게 해서 마시는 술, 즉 吟釀酒는 일본 국내 소비와 외국 수출

량이 증가하고 있다. 서구에서는 吟釀酒가 식전 술로 애용되기 때문이다.

이제 吟釀酒는 일본술의 구세주가 되고 있다.

5) 1940년에 시작된 일본 주급별제도(酒級別制度)는 1992년에 철폐되었다. 현재의 구분은 「普通
種・本釀造酒・純米酒・吟釀酒・純米吟釀酒・大吟釀酒・純米大吟釀酒」로 되어 있다.

1900년 전후에 일본 술은 유리 병(1.8 리터)으로 시장에 유통되어 이때까지는 서민에게 경사스러운 날에만 접대 술로서 마실 수 있었던 청주가 직접 사서 마실 수 있는 대중적인 술로 변하게 되었다. 이 후, 역의 자동판매기 등에서도 간단히 사서 마실 수 있는 잔 술6) 또는 우유팩 같은 용기에 넣은 것들이 나타나, 청주는 일반인도 쉽게 접할 수 있는 대중적인 술로 정착하게 되었다. 또한 술은 단지 취하기 위한 재료가 되었고, 잘 알려진 것처럼 대학생들 사이에서 "잇키"(원샷)등이 유행했다.

나를 포함한 1960년 대 이전에 태어난 사람들에게 술은 "일본술은 술좌석의 흥과 분위기 또는 옆 사람의 강요에 의해 마시고, 다음 날 두통과 메슥거림이 남는 음료"라는 인상이 있다. 당시의 젊은이들은 "잇키! 잇키!"라고 흥을 띄우며 밤새도록 술을 마셨다. 그 무리 중에는 반드시 화장실로 업혀 들어가거나, 의식을 잃고 길가에서 쓰러져 잠들기도 하는 멤버가 있었다. 부끄럽지만 나도 몇 번이나 먹자골목의 길가 또는 기차역 벤치에서 의식을 되찾은 경험이 있다. 또한 술값을 줄이기 위해 대학교 학생들은, 보통 학생 모임에 "○○세미나"라고 이름을 붙이고 마치 학술 행사인 것처럼 교수들로부터 지원금을 타내거나, 술집 몰래 가게에서 술을 사 가지고 들어가 술집에서 내 온 술병에 따라 마시곤 했다. 참으로 어이없기도 하고 즐겁기도 한 그리운 추억이다.

그러나 "급성 알코올 중독"으로 사망자가 나올 정도로 술을 폭음하는 당시의 사회현상과, 전통적으로 음주를 너그럽게 용인하는 당시의 풍조

6) 「One Cup 오제키」한되 병(一合=180ml)이 판매된 것은 1964년이고, 1967년에는 자판기에서 판매가 시작되었다.

에 대한 일종의 반동으로 그 후의 젊은이들은 서서히 알코올에서 멀어져 갔다. 거기에 더해 낮은 알코올 도수의 마시기 편한 "추하이"(소주 칵테일)7) 붐이 일었고 술을 마시는 방법은 한 종류의 술을 주문하여 잔에 따라서 마시는 것이 아닌 개개인이 취향에 따라 다른 종류의 술을 잔 단위로 주문하는 것으로 바뀌었다. 그 결과 물이나 다른 음료와 섞어 마실 수 없는 청주 같은 일본 술은 서서히 그 인기가 줄어들게 되었다.

여기서 일본술을 마시는 방법을 알아보자.

일본술을 마시는 방법은 보통 데워서 마시는 방법이 잘 알려져 있다. "爛(칸)"이라 하여 술에 더운 물을 섞는 것이 아니라 직접 술을 데우는 방법을 말한다. 중국의 소흥주紹興酒처럼 설탕을 넣어 따뜻하게 해서 마시는 술도 있지만 아무것도 첨가하지 않은 술을 그 자체로 따뜻하게 데워서 마시는 것은 세계적으로도 희귀한 경우라 할 수 있다. "爛酒(칸자케)"의 온도는 일반적으로 50도 이상을 "아쯔칸"(뜨겁게 데우는 것), 40도 전후로 데우는 것을 "누루칸"(미지근하게 데우는 것), 37도 정도를 "히토하다칸"(체온 정도로 데우는 것)등 이라고 말한다. 그리고 소위 "히야자케"(차가운 술)은 차갑게 한 것이 아니라, 상온(20도 정도)의 상태를 말한다.

술을 데우는 것에 대한 가장 오래된 기록은 헤이안시대의 법령의 하나인 『延喜式』(927년경)에 "暖酒料炭一斛"(따뜻한 술을 숯 한 덩이로 데운다)라는 설명이 있고, 헤이안시대의 많은 책에서도 술을 따뜻하게 마셨다는 기록

---

7) 1983~1985년경에 선술집 등에서 유행하였다. 甲類 소주를 여러가지 맛의 시럽이나 炭酸水를 섞는 것으로 위스키를 물 또는 콜라 탄산수를 섞어 마시는 일본사람의 구미에 맞는다고 할 수 있다.

이 있다. 이 시기에는 그릇(잔)에 술을 넣고 직접 불에 데운 것으로 보여진다. 술을 데워서 마시는 첫째 이유는, 겨울에는 별다른 난방 시설이 없고, 통풍이 잘 되는 일본 가옥 구조 때문에 보온을 위해서 였다고 한다. 爛酒(칸자케)는 "국화의 계절에서 복사꽃의 계절까지"의 즐거움이 였던 것 같다. 그 후 에도시대江戸時代에 爛德利(아쯔칸 또꼬리)(술 데우는데 쓰이는 병)가 보급되어 서민들도 爛酒를 즐길 수 있게 되었다.

그러나 역시 爛酒의 진수는 추운 겨울에 포장 마차나 선술집에서 따뜻한 오뎅을 안주로 한 잔 하는데 있다. 나도 학생(대학원생)시절에 학교 앞의 허름한 술집에서 교수와 학문적 토론을 하던 때에 항상 술이 동반 되었는데 여름에는 병맥주에 에다마메(풋콩), 히야얏코(찬 두부) 그리고 추운 겨울 밤에는 역시 오뎅과 爛酒가 제격이었다. 爛酒의 안주로는 더운 요리가 좋지만 爛酒가 요리의 비린내를 없애기도 함으로 생선회나 어란 젓갈 또는 고노와타(해삼내장)같은 것도 어울린다. 다만 마른 안주 보다는 역시 국물이 있는 쪽이 좋다.

소주에는 "爛"대신 소주에 직접 뜨거운 물을 부어서 마시는 경우가 있다. 또한 앞서 언급한 차가운 술 吟醸酒와 大吟醸酒는 그 향기를 즐기기 위하여 보통 데우지 않고 차가운 상태 그대로 마시는데 데우는 것을 좋아하는 일부 애주가들은 吟醸酒와 大吟醸酒까지도 데워서 먹기도 한다.

이러한 爛酒는 일홉, 이홉 등 도쿠리로 주문 하는 경우가 보통이고 최근 유행하는 吟醸酒·大吟醸酒, 그리고 지자케地酒의 경우는 되升 또는 잔으로 주문한다. 잔 아래에는 받침 접시가 있고 상품명에 따라 손님이 주문한 술은 흔히 댓 병이라고 하는 1.8리터의 병을 가지고 와 주인이나 종업원에 의해 직접 손님의 잔에 부어진다. 이때 조금 넘치게 흐르도록 따르는 것이 술집의 상도로서, 손님도 좀 더 넘쳐 흐르도록 "서비스 고마워요"라고 하면서 넘쳐 흐르는 정도를 곁눈질 한다. 여하튼 술꾼은 술에 관해서는 대단히 게걸스럽다.

앞에서도 언급했지만 차가운 술 吟釀酒・大吟釀酒는 술에 열을 가하면 술에 포함 되어있는 구연산이 열에 의해 균형의 깨짐으로 맛이 변하게 되는데 이를 방지하기 위해 데우지 않은 상태, 즉 맥주와 같은 정도의 7~10도 에서 최상의 맛을 낸다. 주질酒質의 정도에 따라서는 10도 ~ 15도 정도가 적당한 경우도 있다.

데우는 술이나 차가운 술 이외에도 갓 빚은 술, 혹은 숙성되지 않은 상태의 술 등 숙성이 필요 하지 않은 술 등도 있다. 이 같은 종류의 술은 미묘한 온도 차에도 술 맛이 변하기 때문에 출하량이 적어 뒤에서 기술하는 "환상의 술"등으로 불리기도 한다. 이렇게 예전에 비해 전체적인 술의 소비량은 줄어들었지만, 최근에는 여러 종류의 술을 맛 볼 수 있는 기회가 많아진 것이다.

하지만 술은 어디까지나 기호 식품이다. 결국은 개인이 맛있다고 생각하는 온도, 맛있게 마시는 방법이 제일일 것이다. 덧붙여서, 나는 소주같은 술은 차게 해서 마시는 것을 좋아해서 한국에서 소주를 주문할 때는 한꺼번에 2,3병을 주문해 두고, 지금 마시는 1병 이외는 냉동고에 보관해 달라고 말하거나 아니면 와인 쿨러와 같은 물통에 얼음을 넣어 거기에 소주를 넣어 달라고 한다. 내가 가장 싫어하는 것은 고기를 굽는 뜨거운 철판이나 냄비 옆에 소주병을 놓아두는 것이다. 술을 먹을 줄 모르는 사람이나 술을 마시지 않는 사람은 술잔에 술을 따른 후 보통 소주병을 불판 옆에 놓아두는데 이런 것은 절대 권하고 싶지 않다. 그리고 겨울에 온돌방에서 술을 마실 때 특히 조심해야 하는 것은 술병을 따뜻한 온돌 바닥에 놓아두는 것이다. 이렇게 되면 차가운 술 소주는 저절로 燗酒(칸자케)로 완성되는 것이다. 이것도 결코 권하고 싶지 않은 일이다.

3. 술자리

일본술의 침체만이 아니라 게임기 화면과 휴대 전화, 메일의 홍수 속에서 자란 현대의 젊은이들은 이른바 양방향 커뮤니케이션 능력(사교의 능력)의 저하에 따라, 일본에서는 최근 "술자리", "친목회"는 그 인기가 점차 하락하고 있다. 1990년대 내가 일본에 있었을 때 내가 소속된 대학교의 "신칸콤파"[8]가 열렸는데 이때 신입생이 아무도 오지 않아서, 교수들과 대학원생만 있는 신입생 환영회를 한 적도 있었다. 참으로 씁쓸한 경우였다. 후에 신입생들에게 "친구들과 함께 놀지 않는가" 라고 물었더니, "노래방에는 가곤 해요"라고 답하였다. 그러나 누군가가 먼저 노래를 하면 모두가 하나가 되어 노래하고 춤추는 한국의 노래방과 달리, 일본의 노래방은 한 사람이 노래하는 동안, 다음 사람들이 자신이 부를 노래를 찾기 위해 오로지 노래 책자만을 뒤적인다. 아무도 다른 사람 노래를 듣지 않는 개인의 세계인 것이다.

---

8) 「신입생 환영 친목회」의 약칭 통상 음식대금은 선배 또는 교수들이 부담하기 때문에 신입생은 무료이다.

　일본에도 전통적인 "주도酒道"가 있다. 이것은 다도茶道나 화도華道에 필적하는 대단히 엄격한 일종의 道이다. 즉 일정하게 정해진 방식에 의한 의례적인 음주 방법이다. 그 방법은 다음과 같다.

① 착석 : 주인(초대한 사람)는 윗자리에 앉고 그 아래 자리에 손님이 두 줄로 서로 마주 보고 앉는다. 각자의 앞에는 미리 술상이 차려져 있다. 손님들은 가까운 손님들과 인사를 하고 자리에 앉는다. 바로 앞에 젓가락이 놓여 있고 젓가락과 평행하여 안주가 놓여 있고 젓가락 옆에 "쵸코9)"가 놓여 있다.

② 시작 : 먼저 주인이 인사를 한다. 이어 주인 또는 그를 대리한 사람으로부터 오늘의 술에 대한 설명이 있다. 술 종류뿐만 아니라 吟醸酒, 純酒, 本醸造酒 등의 차이, 술 원료인 쌀의 종류, 정미보합精米步合, 술의 도수日本酒度, 술의 산도酸度, 아미노산도 등의 내력과 그 술과 궁합이 좋은 그 날의 안주에 대해 설명한다.

③ 잔 돌림 : 처음에 큰 술잔(사카즈키)에 술을 따른다. 먼저 주인이 술잔에 입을 댄 뒤 오른쪽의 손님에게 전달한다. 그 손님은 자신도 술잔에 입을 대었다가 맞은 편의 손님에게, 다음 손님은 맞은편 옆에 있는 손님에게로, 윗자리에서 아랫자리로 술잔을 돌려서 마신다. 술잔이 마지막 사람까지 가면 다시 한 번 아랫자리서 윗자리로 돌렸다. 이것이 "메그리사카즈키"(돌림잔의 의식)라고 한다.

④ 건배 : "메그리사카즈키"가 끝나면 술을 마시는 본 궤도에 들어간다. 여기서 술병(또끄리)과 전채前菜가 들어오고 주인으로부터 지명을 받은 사람

9) 술을 마시기 위한 작은 그릇 '잔'

이 건배를 제의하고 드디어 주연이 시작된다.

⑤ 술 따름 : 주연이 시작되면, 주인은 먼저 손님 한 사람 한 사람의 술잔에 술을 따르고, 손님이 다 마신 그 잔에 술을 받아 주인이 한숨에 그 잔을 비우는 것을 반복한다. 소위 "返杯(헨파이)"(반배)라고 하는 것이다.

많은 손님의 반배를 받으려면 주인은 큰 고역이므로 가끔 대리를 하는 사람을 쓰는 경우도 있다. 한국에서 학생들이 말하는 "흑기사"와 같은 것이다. 그 사이에 안주와 무희가 들어온다. 그 다음은 손님끼리 서로 술을 마시면서 주연이 계속된다. 보통 오른손을 쓰는 사람이 많기 때문에 술병은 오른손에, 왼손에 "쵸코"잔을 드는 것이 보통이다. 손님끼리 술을 따를 경우 왼쪽 사람에게 따른다.

일본에서 본래는, 아랫사람이 상사에게 술을 따르는 것이 예의이다. 이에 아랫사람이 술을 받을 때에 여성은 물론 남성도 오른 손으로 잔을 쥐고 왼손을 가볍게 대고 술을 받는다.

이때 중요한 것은 상대의 술상 위에서 술을 받지 않는 것이다. 반드시 술상을 피해 술을 받는다. 만에 하나 술이 넘쳤을 때 요리 위에 술이 떨어지지 않도록 하는 배려라고 생각된다. 이 잔을 되 돌릴 때도 "盃洗하이센"(잔 씻는 물)이 있으면 술잔을 씻은 후, 상대방에게 술잔 그림이 있는 정면을 돌려 건네준다. 일본어로 "물이 필요 없는 사이(매우 친한 사이)"라고 하는 표현은 이 盃洗(잔 씻는 물)이 필요 없는 사이라고 하는 설도 있다.

최근 일본 드라마를 본 한국 학생이 놀랐다고 들었다. 사위인 젊은 남성이 장인에게 한 손으로 맥주를 따르고, 받고 하였기 때문이다. 사실 일본에서 초청되어 한국의 술자리에 참가하는 일본인 연구자들이 연상의 한국선생님과 처음 보는 자리에서 선생님에게서 술잔을 한 손으로 받고 있는 장면을 가끔 본다. 같은 일본인으로서 보기가 멋쩍다. 나는 일본에서도 술잔을 받을 때나 따를 때 본래 왼손을 곁들이는 것이 예의라고 생각하기 때문이다. 또한 건배할 때도 한국처럼 아랫사람이 잔을 윗사람의 잔보다 아래로 내리는 것이나, 대학생들이 선생님 앞에서 돌아서서 술잔을 마시는 모습이 보기 좋다.

여하튼 술자리에서도 개인주의(술의 주문에 있어 각자가 마시고 싶은 술을 주문하는 서양식)가 만연한 지금, 주도酒道의 의식에서 유래한 "오나가레 쵸다이"(윗사람에게서 술을 받음), "헨파이"(받은 술을 비우고 또 상대방에 답례함)라는 말들이 사라진 것은 못내 씁쓸하다.

그래도 최근 젊은이들이 사람들 간의 커뮤니케이션이 서투르며, 모임을 잘 갖지 않고 회식에 참석을 하지 않는다고는 하지만 아직도 일부 젊은이들이 "아까운 주법", 즉 "토하기 위한 술 마심"을 하는 친구들도 있어 나는 그저 이들이 믿음직하다고(?) 느낀다. 즉 예전과 같은 술 문화가 많이 사라진 현재에도 매일매일 술을 먹는 부류들은 존재하고 있는 것이다. 술을 못하시는 여러분, 시끄럽게 해서 죄송합니다.

4. 한국과 다른 점

일본도 비슷하지만 한국에서도 일본 이상으로 술과 안주의 궁합에 대한 전통적인 습관이 있는 것 같다. 한국의 경우 음식점에 단품 안주10)가 있는 경우가 많고, 1차 회식에서 병 맥주와 소주를 마셨다 하더라도, 2차 회식의 경우 술집에서 생맥주를 마시거나 또는 소주, 막걸리, 위스키 어느 종류의 술을 마시느냐에 따라 그에 어울리는 안주가 정해진다. 그러므로 먼저 무슨 술을 마실 것인가가 술집을 결정하는데 있어 중요한 결정 사항인 것이다. "오늘 무엇을 먹을까? 어느 술집으로 갈까?"에 대한 응답은 "먼저 무엇을 마실 것 인가를 결정한 후"가 될 것이다. 즉, 빈대떡 집 갔다면, 안주에 맞게 막걸리를 주문 할 수 밖에 없는 것처럼, "무슨 술을 마시고 싶은가"가 술집을 결정하는 중요한 요인이 되는 것이다. 나는 이런 한국식 "술과 음식의 궁합"의 전통적인 도식圖式이 아주 좋다.

그러나 일본에서는 어떤 음식에 어떤 술을 마실 것인가는 전적으로 개인의 기호嗜好에 달려있다. 일본에서는 1차 회식하는 일반 음식점에서도 꼭 올마이티(almighty) 생맥주가 있다. 그래서 사람들은 "일단 生中(나마추)"[11]를 주문한다. 그러나 이에 반해 한국에서는 생맥주를 HOF, 즉 생맥주 전문점에서만 판매한다고 생각하는 것 같다. 따라서, 1차 회식에서 20도 전후의 소주를 마시며, 2차에서는 그것보다 낮은 알코올의 생맥주를 마시는 것이 보통이다. 술자리가 거듭될수록 점점 도수가 높아지는 일본과는 반대다.

그러나 요즘은 일본의 술집에서도 그냥 술안주가 아니라 제대로 된 창작 요리가 안주로 나오고, 술집의 형태도 독방(個室)[12]으로 바뀌면서, 일

---

10) 일본식으로 한마디로 고기구이(燒肉 : 야키니쿠)라고 하여도 뼈붙은 갈비(등심,안심 포함), 갈비살, 안찬살, 곱장, 돼지갈비, 해물구이 등 모두가 전문화 되어 한 음식점에서 먹을 수 없는 경우가 많다. 일본에서 오는 손님을 안내할 때 「우선 고기를..」이라고 듣는 것이 제일 곤란하다.
11) "나마추"라는 "생맥주 500cc"의 줄인 말, 지방에 따라서는 「中生(추나마)」이라고도 함.

본의 회식은 처음부터 주점에서 단품 요리들을 주문하고 동시에 각자가
좋아하는 술을 마시는 스타일로 변했다. 그리고 이러한 술자리는 1차 회
식에서 끝나는 경우도 대부분이다.

한가지 더 부연하자면 술 좌석에서의 태도이다. 한국의 여행 가이드북
이나 한국 문화를 소개하는 서적을 보면 반드시 "한국에서는 윗사람이
젓가락을 먼저 들기 전까지는 먹기 시작해서는 안 된다"라는 항목이 있
다. 하지만 나는 한국에서 그것을 지키는 한국사람을 본 적이 없다. 주최
자 또는 그 모임의 제일 어른이 아직 자리에 착석하지 않았는데도 참석
자들은 이미 상 위에 있는 음식을 먹기 시작한다. 이것은 오히려 일본의
술자리에서 엄격하게 지켜지고 있다. 일본에서는 모두가 모일 때까지 아
무도 젓가락을 대지 않고 서로 담소하면서 기다리는 경우가 많다. 그런
데도 아직 일본인에게 한국 문화를 소개하는 책에 「한국에서는 …」이라
고, 지켜지지도 않는 관습을 쓸 이유는 무엇인가? 쓰는 사람들이 실제는
한국에서의 술자리에 참가한 적이 없기 때문일 것이다.

5. 환상의 술

존재하지 않는 것을 "환상"이라고 하는데 실제로 눈앞에 놓고 마시는 술
을 "幻の酒"(마보로시노 사케)"환상의 술"이라 하는 것은 어찌된 일일까. 하
물며 술집 또는 술도가에서 빚은 술을 함부로 "환상의 술"이라고 하며

---

12) 이와 같은 선술집은 숨어사는 집(隠れ家)이라고도 불리고, 드물게 토주(土酒)나 소주를
장식장 등에 소장한다. 잡지에도 은신처 같은 분위기가 있는 선술집을 소개하는 기사가
많다.

판매하는 것은 비논리적이라며 화를 내는 분들도 있을 것 같다. 소위 "환상의 술"이란 "수요와 공급의 균형이 맞지 않아, 일반적으로 구입하기 어려운 종류의 술" 또는 "쉽게 구입할 수 없는 희소주希少酒"란 의미로 사용된다. 이 "환상의 술" 붐에 불을 붙인 것은 "越乃寒梅(코시노 칸바이)"이다. 이 술은 니가타현新潟県에 있는 메이지시대明治時代에 창업한 이시모토주조石本酒造 가 빚은 단레이카라쿠치淡麗辛口의 명주銘酒이며, 당시 진한 단맛濃厚甘口이 주류였던 1960년대 초반 수필가 사사키히사코佐々木久子씨가 희소주希少酒="환상의 술"로 취급하면서 유행에 불을 붙이게 되었다고 전해진다.

그러나 현재는 이 희소주가 일본 곳곳에 넘쳐나서 인터넷 쇼핑몰이나 통신 판매로 소위 "환상의 술"을 얼마든지 살 수 있다. 이 글에서 "환상의 술" 이라는 것을 몇 가지 소개하려고 하였지만 그 종류가 너무 많아서 도저히 언급할 수가 없다. 관심 있는 분들은 인터넷에 "환상의 술"을 찾아 보기 바란다. "환상의 술"로 인터넷 사이트를 검색해 보면 약 20,000개 정도가 검색되는데, 그 대부분은 각종 "환상의 술" 판매 사이트이다. 이렇게 많은 종류가 있고, 게다가 인터넷에서 부담 없이 살 수 있는 경우라면 이미 "환상의 술" 이 아닌 것이다. 그 이유는 이렇다. 본래 술 제조업자들이 자신들만의 비법으로 제조 출하한 일반 술이 판매가 2,000엔(円)정도로 출하되는데 만일 이것이 "환상의 술"로 표시만 된다면 그 가격은 단번에 다섯 배인 10,000엔(円)정도로 팔리기 때문이다. 여기서 지방의 군소 술 제조업자들이 제조, 판매하는 모든 술은 당연히 "환상의 술"이라고 표시되고 고가에 이를 구입하여 맛본 사람들은 곧 일반적인 술맛에 실망하게 된다.

결국, "환상의 술"이라고 하는 광고에 현혹되지 말고 진정으로 자신이 맛있다고 생각하는 술을, 가장 맛있는 방법으로 마시는 것이 중요한 것이다. 앞에서 언급했듯이, 생주生酒는 포도주처럼 시간이 걸리는 투자와 저장에는 적합하지 않다. 술은 마시고 취하기 위한 것으로 자신에게 맞는 술과의 만남을 소중히 여기는 것이야말로 애주가라고 할 수 있다.

그래도 "환상의 술"을 마셔보고 싶은 분이 있다면 내가 즐기는 것으로 하나만 소개하고자 한다. 유감스럽게도 청주는 아니고 찹쌀이 원료인 37도의 을류乙類 소주이다.

그 이름도 "노우사기노 하시리(산토끼의 주행)"이다. 찹쌀 소주와 비장의 옛 소주가 혼합되어, 항아리에서 빚어지고 나무 통에서 증류시킨 명주다. 얼음과 함께 스트레이트로 마시는 것을 장려한다고 하는데 원산지 미야자키현宮崎県에서는 600ml 한 병에 2,000엔(円) 정도인데 토쿄에서는 한 병에 10,000엔(円)이며, 만약 여러분이 칵테일 바에서 마시면 한 잔에 2,000엔(円) 정도이다.

"타이코노 쿠로 우사기(태고의 검은 토끼)"는 이름에 끌려 주문하게 되는데, 정말 맛이 있는지는 독자 여러분의 판단에 맡긴다. 어쨌든 "환상의 술"이라고 하는 것이 이렇다는 것이다.

이상 술에 대하여 여러 가지를 언급했지만, 나와 같은 "술꾼"에게 있어 한국은 천국 같은 나라다. 일본에 있는 차분한 개별 주점도 좋아하지만, 왁자지껄한 한국의 술집도 참 좋다. 앞으로도 나의 취향에 맞는 멋진 술을 마시고, 취하고 싶다.

참고문헌

저자불명『술의일기(御酒之日記)』 1489(원서)
시노다 지로『음양주(吟釀酒)가 온 길』 주코슛판, 1999(원서)
유노키 마나부『술 빚기(酒造り)의 역사』 유잔칵, 2005(초판 1987)(원서)
우에다 세이노스케『일본술의 기원-곰팡이·누룩·술의 계보』 야사카쇼보, 1999(원서)
기쿠스이(菊水) 홈페이지「슈도」http://www. kikusui-sake. com/home/syudo_1.html

제 2 부
현대일본 속의 변화와 연속

제2부 현대일본 속의 변화와 연속

최장근

 # 일본의 정당

1. 2대정당체제의 자민당 장기집권의 시작

세계 제2차대전의 종전으로 1945년 말 일본에는 많은 정당이 생겨났다. 전전의 정당들은 종전이후 새로 제정된 일본국헌법 체제에 의해 정당정치를 표방하고 보수계와 진보계의 정당들이 잇달아 창당되었다. 보수계 정당으로는 일본자유당, 일본진보당, 일본협동당이 있고, 1951년 재건된 창가학회를 바탕으로 1964년 12월에 창당된 공명당이 있다. 혁신계 정당으로는 전전의 혁신계 정당들이 각각 일본사회당, 일본공산당, 사회혁신당, 노동자농민당을 창당했다.

1955년 먼저 사회당 좌파와 사회당 우파가 연합하여 사회당을 창당했고, 이에 대항하여 자유당과 일본민주당이 합당하여 자유민주당이 되었다. 이렇게 해서 1955년 이후 일본은 자민당과 사회당 2대 정당체제가 되었다. 일본정치에서는 이와 같은 자민당과 사회당 2대 정당체제를 55년체제라고 부른다. 그러나 사실상 사회당의 의석수는 자민당 의석의 반에도 미치지 못했다. 그래서 「1과 1/2정당」이라고도 했다.

일반적으로 55년체제라고 하면 1955년 자민당과 사회당이 창당된 이후 줄곧 자민당이 단독으로 집권하고 사회당이 이를 견제하는 체제를 두고 말한다. 그 후 일본사회당은 민주사회당과 사회민주연합으로 나누어졌다. 자유민주당에서는 신자유구락부가 독립되었다. 1964년 창가학회를 지지하는 공명당이 창당되어 다시 다수당 시대가 되었다.

자민당은 보수정당으로서 일본의 과거를 지키려는 이념을 갖고 있고, 민주당은 진보정당으로서 과거의 일본에서 탈피하여 새롭게 개혁하려는 이념을 갖고 있는 정당이다. 여기서 말하는 과거라는 것은 근대의 일본을 두고 말한다. 55년체제에서 자민당은 근대의 일본을 그리워하는 정당이었고, 민주당은 근대의 일본에서 탈피하려는 정당이었다. 근대의 일본은 군국주의, 제국주의, 천황중심주의, 국가주의, 대일본제국헌법, 천황주권 등을 대표한다.

1955년 시점의 일본은 미국의 점령통치에 의해 1947년「일본국헌법」이 제정되어 근대일본으로부터 단절을 시도했다. 보수는 헌법 개정과 일미안보를 찬성하는 진영이었고, 혁신은 헌법유지와 일미 안보를 반대하는 진영이었다. 자민당은 1947년「일본국헌법」을 제정하였으나,「대일본제국헌법」체제로 돌아가려고 하는 경향이 강했고, 사회당은「일본국헌법」을 최대한 고수하여「대일본제국헌법」체제에서 완전히 탈피하려는 경향이 강했다. 자민당과 사회당은 이러한 이념의 차이로 항상 대립관계에 있었다. 자민당 중심의 정권은 정치·경제정책에 있어서 정계, 관계, 재계, 노동계, 각 지방의 다양한 산업계, 각 지방자치체 등의 각 섹터의 엘리트가 각각의 섹터 기득이익을 지키려 하는 시스템에 의해 형성되었다.

구체적으로 대립되었던 사안으로는 사회당은「일본국헌법」의「평화헌

법」을 지켜서 전쟁이 없는 국가를 만들어야한다고 주장하였고, 자민당은
「일본국헌법」의 「평화헌법」을 개정하여 안보의 자립을 위한 군대를 갖
는다는 것이었다.

종전 이후 자민당정권은 제2차 대전에서 패전한 것은 일본이 유럽열강
의 아시아침략에 대항하여 아시아해방을 위해 희생되었던 것이고, 이러
한 선의의 대동아전쟁에 대해 미국이 일본을 침략했다고 교육시켰다. 이
렇게 교육된 일본국민들은 자민당을 지지했다. 이러한 구조적인 체제에
의해 사회당은 소수정당의 지위를 벗어날 수 없었다. 자민당은 관료와
밀접한 관계를 형성하고 있었기 때문에 정치적 자원 면에서도 야당에 비
해 훨씬 풍부했기 때문에 다수당의 지위를 유지하여 단독정권을 수립하
는데 유리한 환경에 있었다.

국회의 의석으로 보면 자민당은 총선에서 헌법을 개정할 수 있는 2/3
이상의 의석을 넘지 못했지만, 항상 과반수를 넘는 의석을 차지하고 있
었기 때문에 헌법개정 등의 중요한 사안을 제외하고는 자민당이 원하는
법률을 제정할 수 있었다.

하지만, 자민당이 장기집권을 담당해왔지만, 사실상 사회당이 자민당
의 2/3 이상의 의석 획득을 저지하여 「일본국헌법」을 개정하여 「대일본
제국헌법」체제로 돌아가는 것을 막는 중요한 역할을 해내었다. 즉 다시
말하면 전후 일본은 사회당이 일본의 군사대국화를 견제하여 오늘날 일
본이 군국주의 국가로 전환되지 않았던 것이다. 바로 사회당의 역할이
지대하였다고 할 수 있겠다.

2. 만년 정당 「자민당정부」의 붕괴

　자민당은 55년체제 이후 총선거에서 과반수이상의 의석을 획득하여 장기집권을 계속해 왔다. 자민당 출신의 국회의원 중에서 총리가 되었고, 자민당 출신이 각 성청의 각료가 되었다. 자민당 출신의 각 성청 수장들은 고위직 관료들의 자문을 받아서 정책을 입안했다. 고위직 관료에서 은퇴를 하면 자민당의 지지를 받아 무소속으로 국회의원에 당선되고, 이들은 자민당에 입당했다. 결과적으로 고위직 관료는 자민당의원을 양성하는 기관으로서 역할을 담당했다. 때로는 고위직 관료출신 중에는 낙하산 인사로 기업의 수장이 되기도 했다. 관료출신의 기업의 수장은 관료출신의 자민당 국회의원과 유착하여 정치자금을 지원하는 대신에 자민당 국회의원은 특정 기업에 특혜를 주기도 했다. 이렇게 해서 관료와 기업 그리고 자민당이 서로 연결되는 유착관계가 형성되었던 것이다.

· 자유민주당본부, 출처 :フリ一百科事典 『ウィキペディア(wikipedia)』

결국 이는 관료와 자민당 출신의 국회의원 그리고 기업이 서로 유착되는 시스템을 만들어갔다. 이러한 시스템에 의해 형성된 자민당의 장기집권을 저지할 수 있는 정당은 아무데도 없었다.

우리 속담에 고인물이 섞는다는 말이 있는 것처럼, 만년정부 자민당의 내부는 서서히 부패되어 갔다. 기업과 유착하여 비자금을 조성하였는데, 대표적인 사건으로서, 1976년 록히드사 제품의 여객기 트라이스타를 일본이 매입하는 과정에서 자민당의 일부요인이 뇌물을 받아 발각된 록히드사건, 1985-6년 나카소네中曾根 전 수상을 비롯한 자민당의 유력자와 야당 국회의원, 고위관료가 리쿠르트 코스모스의 미공개주식을 양도하여 점두가 공개된 후에 큰 매각이익을 챙긴 리쿠르트사건, 1991년 도쿄 사가와 큐빈佐川急便이 폭력단 이나가와카이稲川会의 이시이 스스무石井進 회장에게 거액을 지불할 때 자민당이 채무보증을 한 사실이 발각된 사가와큐빈사건, 가네마루 신金丸信 전 자민당부총재의 거액 탈세사건 등이 있었다. 국민들은 자민당을 부패정당으로 간주하여 부패한 정권을 교체하는 것만이 부패를 없애는 유일한 방법이라고 판단하기에 이르렀다.

자민당 단독정권은 국제적으로 규제완화와 시장개방 등 경제정책의 전환을 위한 압력을 받았다. 그러면서도 농협, 건설, 유통업계 등 자민당을 지지하던 각종 이해집단은 기득권을 지지키 위해 정책전환에 반대하였다. 자민당은 이러한 구조적인 문제 때문에 중의원에서 안정된 다수 의식을 차지하고 있었음에도 불구하고 유연한 정책결정이 불가능했다.

야당들은 이러한 자민당의 섹터 권익을 수호하는 정책을 비판하는 정치개혁과 행정개혁을 요구하면서 자민당을 공격했다.

1990년 일본은 냉전구조의 붕괴, 사회주의체제의 종언으로 그후 10년간 장기불황에 접어들었다. 과거 냉전시대의 자민당은 부패정당으로서 신망을 잃고 있었음에도 불구하고 안정을 기대하는 국민들의 여망으로 사회주의에 대응하기 위해서라도 지지세력을 갖고 있었다.

그런데 냉전체제가 붕괴된 이후 이들 지지층은 서서히 부패정당인 자민당을 이탈하기 시작했다. 도시생활자의 불만으로 신당 붐과 신당 기대론으로 자민당 타도를 외쳤다. 대표적인 신당은 호소카와 모리히로細川護熙가 주도하는 일본신당이었다.

3. 연립정부시대의 도래

야당들은 중의원 선거제도에서 중선거구제를 소선거구비례대표병렬제로 개혁해야한다는 목소리로 연합하였다. 1993년 6월 중의원은 정치개혁의 약속을 어긴 미야자와宮沢 내각에 대해 불신임안을 가결했다. 1993년 6월 23일 자민당의 다케시타竹下파에서 이탈한 하타羽田파가 하타 츠토무羽田孜를 당수, 오자와 이치로小沢一郎를 대표간사로 신생당을 결당했다. 결국 자민당은 일부 세력이 이탈함으로써 중의원 해산으로 7월 중의원선거에서 과반수를 획득하지 못했다.

일본신당이 중심이 되어 1993년 총선에서 공산당을 제외한 야당의 8개 당파들은 하나같이 자민당 타도를 외쳤다. 자민당에서 분열된 신생당은 총선거 이전 중의원의원 36명, 참의원의원 8명으로 44명이었는데, 1993년 7월 중의원 선거에서 55의석을 획득하여 자민당, 일본사회당에 이어 제3당이 되었다.

일본국민들은 야당의 목소리를 배반하지 않았다. 결국 만년정부 자민당이 과반수를 획득하지 못하는 초유의 사건이 벌어지고 말았다. 야당들은 이 기회를 놓치지 않고 비자민, 비공산당 연합의 8개 당파가 연립하여 자민당정권을 붕괴시켰다.

일본역사상 획기적인 사건이었다. 자민당 타도를 이끌었던 일본신당의 호소카와가 총리로서 임명되어 55년체제 이후 처음으로 자민당이 아닌 정당이 일본정치를 리드하게 되었던 것이다. 이렇게 해서 55년체제가 붕괴되었다.

호소카와 정부는 정치개혁에 대한 기대를 가지고 있었던 국민들로부터 높은 지지를 받았다. 그러나 자유시장 개방이 국제사회의 흐름이었던 상황에서 농촌기반형, 생활자 중시형의 일본정치를 상징했던 갓트의 우루구아이 라운드 교섭에서 쌀시장 개방을 피했고, 또한 야당이 희망했던 선거제도개혁은 호소카와 수상과 자민당 고노 요헤이河野洋平 총재 사이의 정상회담에서 소선거구 300석, 비례대표 200석으로 수정했다. 이러한 정책으로 호소카와 수상은 국민들로부터 평가를 받았다. 그런데 1994년 2월 3일 소득세 감세에 대한 재원 마련을 위해 여당 내에서 소비세 증세를 결정하였음에도 불구하고, 호소카와 수상이 갑자기 「소비세 증세」를 포기하고 독자적으로 세율 7%의 「국민복지세」를 발표함으로써 연립여당의 구심력이 급격히 저하되었다. 오자와 그룹, 사회당, 사키가케그룹이 항변하여 일본신당의 호소카와정권이 사의를 표명하였다. 그후 하타 츠토무羽田孜가 제2대 총리로서 비자민의 연립을 발족하였다. 그런데 사회당 이외의 연립여당이 통일회파 「개신改新」을 결성하였다. 사회당이 여기에 반발하여 사키가케와 함께 자민당과 연립하게 되었다. 이로 인해 하타羽田 정부가 퇴진하게 됨으로써 비자민 연립정부가 막을 내리게 되었다.

4. 연립정부체제로서 자민당 중심정부의 회복

4-1. 무라야마 연립정부

1993년 총선에서 과반수를 획득하지 못하여 1955년 이래 처음으로 정권을 잃게 되었다. 정권 창출을 시도한 자민당은 1994년 12월 사회당과 사키가케와의 연립을 제안하면서 총리자리를 사회당 위원장 무라야마 도미이치村山富市에게 양도하여 연립정부를 조각하였다. 자민당이 다시 정부 여당의 지위를 회복했다. 이에 대항하여 비자민·비공산세력이었던 호소카와細川護熙내각과 하타羽田孜내각에 참가한 신생당, 공명당, 민사당, 일본신당, 민주개혁연합 등이 가담하여 2대 정당체제를 위한 신진당을 결성했다. 신진당은 1996년 중의원의원 총선거에서 패배하여 당내 대립이 격화됨으로써 1997년 공명당 출신의원들이 이탈함과 더불어 해체되었다.

자민당과 사회당은 55년체제에서 서로 이념적으로 대립하던 정당이었다. 사회당과 자민당은 이념적으로 봐서는 사실상 연립이 불가능한 정당들이었다. 그럼에도 불구하고 자민당과 사회당의 연립을 가능하게 했던 것은 선거구제 개혁에 반대했던 소극적인 일부 사회당 세력들이 과거 정치구조를 지키겠다는 점에서 자민당과 이해관계가 공통되었기 때문이다. 그래서 양당은 이념적으로 다소 서로가 양보하여 정치 전환과 제도개혁을 내세웠다. 여기서 사회당은 총리직을 받으면서 원래의 정책에서 많은 부분을 후퇴하여 자민당의 요구를 수용했다. 결과적으로 사회당은 자민당과 공유하는 이념으로 점진적으로 변모되어 갔다. 하지만 자민당은 연립정부에서 사회당을 배려하는 입장에서 과거 사회당이 주장했던 피폭자원호법, 수족병 미인정환자의 구제, 종군위안부의 보상, 지방분권추진법 제정, NPO법 제정, 환경문제의 리사이클정책 실현, 정보공개법안 준비 등에 대한 행정개혁을 시도했으나, 관료들의 저항으로 적극적으로 추진

하지는 못했다. 또한 1997년 소득세 감세에 대한 대체재원으로서 소비세
5%증세를 추진했다. 한편 사회당도 과거 반대했지만 자민당과의 타협으
로 양보하여 의료보험이나 연금에서 자기부담의 증가나 수급연령의 연장
등의 제도를 개혁했다.

　무라야마 정부에서는 경제, 제정, 사회보장 면에서 소수를 배려하는
정책으로 국민 대다수가 부담해야하는 정책에 그치므로써 미래지향적인
개혁이 되지 못했다. 사회당은 자민당에 양보하여 세제나 방위 면에서
종래의 이념을 완전히 버리고 미래 비전을 상실했다. 자민당은 정권을
안착시킴에 따라 종래의 정치를 부활하였지만 새로운 정치개혁은 단행하
지 못했다.

　결국 사회당은 내부에서 자민당에 양보한 것을 비난하는 세력이 등장
하여 내분을 겪게 되었다. 이러한 상황 속에서 치러진 총선거에서 자민
당은 선전했고, 사회당은 소수정당으로 추락하여 몰락의 길을 걷게 되었
다. 그 결과, 사회당은 자민당과 사키가케와의 연립정부에서 탈퇴했다.
자민당은 그 이후에도 과반수를 회복하지 못하여 자민당-자유당-공명당
연립정권, 자민당-공명당-보수당 연립정권을 창출하여 계속해서 집권정
당으로서 남게 되었다. 자민당은 과거처럼 만년정부 여당이라는 확신을
갖지 못하여 연이어 연립정부를 조직했던 것이다.

4-2. 고이즈미정부

　고이즈미小泉純一郎정부에서는 구조적으로 고착화된 자민당의 고질적인
문제를 개혁하려고 했다. 우정성의 민영화와 더불어 기업들은 시장경제
하의 경쟁체제로 강화했다. 고이즈미의 개혁정책은 국민들로부터 큰 지
지를 받았다. 중의원선거에서 선전하여 이전 자민당의 국민적 지지를 회

복했다. 한편 고이즈미정부는 외교적으로 야스쿠니신사 참배를 강행하여 한국을 비롯한 동아시아 각국으로부터 비난을 받았다.

고이즈미 내각은 3번에 걸쳐 내각을 구성했다. 자민당, 공명당, 보수 당을 여당으로 하는 3당 연립정권이었다.

고이즈미 수상는 북일 국교정상화를 추진하기 위해 북한을 방문했다. 2002년 9월 19일 정상회담에서 김정일 국방위원장은 북일 화해를 위해 "부하의 지시로 일본인 납치가 일부 이루어졌다"고 시인했다. 그런데 이 것이 일본국민을 분노하게 하여 북일 관계정상화의 의제는 납치문제에 가려지고 말았다.

제1차 고이즈미 개조내각은 중의원 해산 총선거를 의식하여 젊고 인기 위주의 내각을 구성했다. 그 결과 세습의원, 매파의원이 중심이 되었다. 「2세내각」이라고 비난받기도 했다. 그러나 인기 중시내각은 2001년 참 의원 총선거에서 패배하고 민주당이 약진했다. 2009년 11월 9일 중의원 해산 총선거를 실시했다. 480의석 중에 여당인 자민당 237, 공명당 34 석, 민주당이 177석을 획득하여 55년체제 이후 1야당 단독으로 최대 의 석을 확보했던 것이다.

제2차 고이즈미내각에서는 아베 신죠가 자민당 간사장, 후쿠다 야스오 福田康夫는 내각 관방장관, 아소 타로麻生太郎를 총무대신으로 임명되었다. 이들 3명은 모두 후일 연달아 후임총리가 되었다. 총선거에서는 매니 패 스트를 내걸고 임하여 승리를 거두었다. 고이즈미 수상은 제2차 내각에서 제2차 개조내각을 「우정민영화 실현내각」, 「구조개혁 실현내각」이라고 불 렀다.

제3차 고이즈미 내각에서는 우정민영화 관련법안이 참의원에서 부결 됨에 따라 8월 8일 중의원 해산을 선언했고, 그 결과 2005년 9월 11일

중의원 의원 총선거를 실시하여 안정된 의석을 확보했다. 2번에 걸쳐 내각을 개조했는데 마지막으로 내각을 개조했을 때는 이듬해 9월 자민당 총재 임기 만료 후 퇴진을 염두에 두고 「포스트 고이즈미 인사」를 위해 「개혁속행내각」으로서 「개혁 의욕이 있는 인물」로 단행했다. 당시 여론조사에서 고이즈미의 지지율은 60%였고, 요구되는 최우선과제로서는 「사회보장제도의 개선」이었다. 고이즈미 후임으로는 아베 신죠가 51.8%로 1위를 차지했다. 2006년 9월 20일 고이즈미 수상은 자유민주당 총재의 임기만료에 따라 9월 26일 총사직했다.

헌법에 총리의 임기는 정해져 있지 않지만, 자민당 총재의 임기는 현재 3년이다. 고이즈미 총재가 재임 중에 2년에서 3년으로 임기를 변경하여 원칙적으로 2기까지 재임할 수 있도록 했다. 따라서 당신 자민당정부의 총리임기는 자민당 총재가 총리가 되었으므로 총리의 임기는 전임자의 잔임 기간에 6년을 합한 기간이 되었다.

5. 연립정부로서의 자민당의 추락

5-1. 아베정부

아베 신죠安倍晋三는 고이즈미 정권말기에 자민당 내에서 「포스트 고이즈미」의 가장 유력한 후보였다. 고이즈미의 임기만료에 따라 2006년 9월 20일 총재선거에서 자민당 총재로 선출되어 임시국회에서 내각총리대신으로 지명되었다.

아베 수상은 국내적으로는 「아름다운 나라」를 주제로 하여 교육기본법 개정과 방위청의 성省승격을 실현했다. 대외적으로는 고이즈미의 정치노선을 대체로 그대로 받아들여 야스쿠니신사 참배를 강행하여 한국을 비롯한 동아시아 각국으로부터 비난을 받았다.

아베내각에서는 많은 스캔들이 발생했다. 혼마 마사아키本間正明 세제회장의 공무원 숙사 입거와 애인문제 발생, 사다 겐이치로佐田玄一郎 행정개혁 담당대신은 가공 사무소비 계상문제로 사임했고, 아베 수상은 위안부 발언을 하여 「한입에 두말 한다.」라고 구미 각국의 매스컴으로부터 비난을 받았다. 이전부터 많은 의혹을 갖고 있었던 마츠오카 도시카츠松岡利勝 농림수산대신이 의원숙사 내에서 목을 매고 자살했고, 또 연금기록 누설문제가 크게 부각되었다. 이러한 상황에서 내각의 지지율이 고이즈미정권 이래 최저가 되었다. 2007년 7월 3일 큐마 후미오久間章生 방위대신이 원폭투하를 둘러싸고 「할 수 없는 일이었다.」라고 발언하여 거센 여론의 비판을 받고 사임했다.

또한 2007년 7월 자살한 마츠오카 후임으로 내정된 아카키 노리히코赤城德彦 농림수산대신의 사무소비 문제가 발각되었음에도 불구하고 경질이 늦어서 여론의 비난을 받았다. 엎친 데 덮친 격으로 참의원선거 중에 니이가타현新潟県 츄에츠오키中越沖지진이 발생했다. 2007년 참의원 의원선거에서 자민당 37의석과 연립의 공명당 9의석으로서 과반수를 훨씬 못 미치는 역사적인 대참패를 겪었다.

참의원 의원선거 직후 2007년 7월 31일 자민당 총무회가 아베수상의 퇴진을 촉구하기도 했다. 그날 미국 하원에서 위안부 비난 결의가 가결되었다. 이 시점에 아베 수상은 식욕부진 등 건강상태가 악화되기 시작했다. 선거결과에 대해 비판을 받았고, 8월 27일 아베내각을 개조하여 당의 임원인사를 착수하였으나, 조각 직후부터 각료의 불상사가 계속되어 구심력을 잃게 되었다. 2007년 9월 24일 건강악화로 내각 총리대신 및 자유민주당 총재를 사임한다고 표명했다. 표명의 실제 이유는 각료들의 연이은 스캔들 발생과 더불어 테러특조법特措法의 재연장을 둘러싸고 민주당 오자와 대표에게 당수회담을 제안했으나 거절당하여 더 이상 내각을 운영할 여력이 없었기 때문이었다. 이에 대해 야당 측은 「무책임의 극치」라고 비난했다.

5-2. 후쿠다정부

후쿠다 야스오福田康夫는 2007년 9월 23일 자민당 총재선거에서 당내 8파벌 영수로부터 전폭적인 지지를 받고 아소 타로麻生太郎 후보를 133표 차로 누르고 당선되었다. 9월 25일 국회의 내각 총리대신 지명선거에서 중의원에서는 후쿠다, 참의원에서는 오자와가 지명되었으나, 중의원 우선이라는 헌법규정에 의거하여 후쿠다 자민당총재가 내각 총리대신으로 지명되었다.

후쿠다 수상은 취임직후 전 각료에게 정치자금에 대해 「엄격히 대응할 것」을 촉구했다. 내각의 기본방침으로서, 「야당과 성실하게 협의·협조한다. 정치와 돈의 문제를 근절한다. 연금기록 누설문제를 착실히 해결한다. 격차문제에 대해 구체적으로 대응한다. 농업정책을 공격적으로 실시한다. 지구온난화문제에 대응책을 마련하고, 해상자위대에 의한 급유활동을 계속한다. 아시아외교를 중시하고, 자립과 공생, 희망과 안심할 수 있는 국가를 건설한다.」고 하는 목표를 설정했다.

후쿠다 수상은 정치후원금문제로 비난을 받고 있던 이시바 시게루石破茂 방위대신과 도카이 기사부로渡海紀三朗 문부대신 등의 「정치와 돈」문제에 대해 「분명하게 솔직히 설명하라.」고 지시했다.

후쿠다 수상의 이러한 노력에도 불구하고 여론의 비난을 피할 수 었었다. 하토야마 쿠니오鳩山邦夫 법무대신은 일본외국특파원협회의 강연에서

2002년 「바리도 폭탄테러사건」에 관련하여 「친구의 친구가 알카에다이다. 바리도의 중심부는 폭파할 테니까 접근하지 말도록 충고를 받았다.」고 발언하여 여론의 비난을 받았다.

후쿠다 수상은 납치문제와 국교정상화문제를 해결하겠다고 표명했다. 그러나 2007년 12월 시점에서 경제적인 면에서 강경한 자세로 북한으로부터 양보를 끌어내야한다고 주장했지만, 북한에게 빌려준 경수로건설비 448억엔을 세금(일본국)으로 채운다고 동의했다.

후쿠다수상은 민주당·오자와 대표와 당수회담에서 대연립정부 구성을 제안하여 오자와 대표는 동의했지만, 다른 민주당 간부의 반대로 좌절되었다. 그후 내각 개조를 하면서 자신의 파벌 출신회장인 마치무라町村 관방장관을 처우하기 위해 전원을 유임시켰다. 또한 오타 세이이치太田誠一 농상이 NHK 프로의 「일요토론」에 출연하여 식생활의 안전대책에 대한 질문에 「소비자가 시끄러우니까 하지 않을 수 없다」라고 대답하여 국민의 비난을 받았다.

처음 맞이한 종전기념일에 후쿠다 수상은 사전에 참배하지 않는다고 명언하여 참배하지 않았지만, 장관 3명이 야스쿠니靖国신사에 참배했다.

결국 후쿠다 수상도 연달아 발생한 여론의 비난에 더이상 견디지 못하고, 9월 1일 갑자기 「지금 국민생활을 생각하면 새로운 인물로 정책실현을 도모해야한다」고 하여 사임을 표명했다. 스스로 총리로서의 리드십 부재로 향후의 정치를 위해서 그만두는 것이 좋겠다고 판단하였던 것이다. 2008년 9월 24일 내각총사임을 하고 후쿠다 내각은 막을 내렸다.

2007년 9월 내각발족 초기의 지지율은 57%(毎日新聞)로서 역대 5위였으나, 12월에 30%~20%대로 내려갔다. 헌정사상 부자가 총리가 된 것은 후쿠다 타케오福田赳夫, 후쿠다 야스오福田康夫가 처음이었다.

5-3. 아소정부

아소타로麻生太郎는 망언제조기라는 별명이 붙을 정도로 일본의 전쟁책임을 회피하고 식민지지배를 정당화하는 인물이었다. 총리가 된 이후에는 공인으로서 망언을 자제했다.

2008년 9월 24일 아소는 내각 총리대신 후쿠다가 사임하고 자민당 내의 압도적인 인기를 얻어 중의원해산 총선거를 실시하는 것을 전제로 '선거를 위한 얼굴'로서 수상이 되었다. 젊은 층과 무당파층에 인기가 높아서 조각 직후의 지지율은 50%내외였다.

후쿠다 개조내각에서는 「세습정치인」이 9명이었으나, 아소내각에서는 11명이었다. 매스컴과 야당은 이를 「세습내각」이라고 비난했다. 내각이 발족하여 1년도 지나기도 전에 요직자들이 연달아 사임했다. 조각 후 5일 만에 실언문제로 국토교통대신 나카야마 나리아키中山成彬가 사임했다. 2009년 1월 내각부 대신정무관 마츠나미 켄타松浪健太가 정액급부금제도에 반대하여 제2차 추가補正예산안채결을 기권하여 파면당했다. 2월에는 재무대신과 내각부 특명담당대신(금융담당) 나카가와 쇼이치中川昭一가 선진 7개국 재무대신·중앙은행총재회의에서 만취상태로 회견하여 사임했다. 3월에는 재무부대신 히라타 코이치平田耕一가 국무대신, 부대신 및 대신정무관규범 위반이 발각되어 사임했다. 5월에는 내각 관방부장관 코노이케 요시타다鴻池祥肇가 여성문제와 의원세비법 저촉이 발각되어 사임했다. 6월 12일에는 총무대신과 내각부 특명담당대신(지방분권개혁단당) 하토야마 쿠니오鳩山邦夫가 일본우정사장 니시카와 요시후미西川善文의 속투에 항의하여 사임했다. 그날 후생노동대신 정무관 도이다 토오루戸井田徹가 하토야마

대신의 경질에 항의하여 사임했다.

아소 수상은 외교정책에서 대외유화정책을 적극적으로 추진했다. 특히, 러시아대통령 드미트리 메드베제프의 초청을 받고 사할린 남부(南樺太 -일본명)를 방문했다. 전후 역대 내각총리대신 중에서 러시아측의 출입국 절차를 밟고 처음으로 사할린 남부를 방문했다. 이 때문에 사실상 사할린 남부를 러시아령으로 인정한 것이라고 비판받았다. 아소 수상은 북방 영토문제에 대해도 「면적이등분론」을 언급하여 종래의 「4도일괄반환론」을 방기했다고 비난받았다.

아소 수상의 지지율이 하락한 것은 아베, 후쿠다 이전 수상들이 연이어 정권을 포기하여 자민당의 지지율이 하락한 부분도 일조하였지만, 미국발 금융위기 상황 속에서 일관성 없는 경제정책, 그리고 여러 곳에서의 아소 수상의 발언문제, 한자를 잘못 읽은 것 등 계속적으로 여론의 비판을 받았기 때문이었다.

아소 수상이 중의원을 해산하고 총선거 실시를 표명한 직후 있었던 도쿄 도의원선거에서 자민당이 대참패를 당했다. 이어서 2009년 중의원의원 해산 총선거에서 자민당은 기록적인 참패를 당했다. 결국 총선거 참패로 아소 수상은 2009년 9월 16일 임기 중에 총리를 그만두게 되어 유감이라는 말을 남기며 사임했다.

6. 민주당 중심의 연립정부 탄생

민주당 대표 오자와 이치로小沢一郎는 비서의 선거자금 문제로 당대표에서 사퇴하여 당대표대리가 되었다. 하토야마가 당대표로서 중의원해산 총선거를 실시하여 480의석 중에 308의석이라는 과반수 이상의 의석을 차지하여 민주당정부를 창출하게 되었다.

　민주당은 총선거에 임하면서 다른 야당과의 약속을 이행하여 사민당과 국민신당 3당의 연립정권을 수립했다. 당대표 하토야마는 총리가 되었고, 민주당의 실질적인 권력자 오자와는 간사장을 맡게 되었다.

민주당본부, 출처 : フリー百科事典 『ウィキペディア(wikipedia)』

　민주당은 중도좌파 사회자유주의를 표방하여 1998년에 창당되었다. 사실 민주당은 보수와 중도와도 연대할 수 있다는 입장을 취하고 있기 때문에 보수와 중도, 그리고 진보세력 등 다양한 성향의 이념을 가진 구성원으로 이루어져 있다.

　민주당의 주된 정책 중에 대내적으로는 재일외국인의 참정권을 부여할 것, 대외적으로는 미일동맹을 기축으로 하면서도 특히 동아시아외교를 중시하여 「동아시아공동체」를 구성한다는 것을 표방했다. 영토문제에 있어서도 동아시아외교를 중시하기 때문에 종전의 자민당 정부처럼 일부러 분쟁을 야기하는 발언이나 행동을 자제하여 최대한 우호적인 관계를 유지하려고 노력할 것으로 보인다.

참고문헌

호리우치 노부히로『[도해] 알기! 정치구조』다이아몬드사, 2001(원서)
오이가와 쇼이치편『알기쉬운 정당과 내각의 이야기』(개정판) 법학서원, 1997(원서)
다카야나기 미츠토시・다케우치리죠편『일본사 사전』카도가와 제2판, 1991(원서)
야마구치 지로『현대일본의 정치변동』재단법인 방송대학교육진흥회, 1999(원서)
우치가와 미츠루『현대일본정치 소사전』프랜출판, 1999(원서)

김현성

02 일본의 종신고용제는 소멸하였는가?

1. 종신고용제란?

도요타의 렉서스나 혼다의 어코드와 같은 일본 자동차가 한국 대도시에서 달리는 모습을 보는 것은 어렵지 않다. 한국을 벗어나 동남아나 북미에 가면 일본 자동차는 더욱 많이 눈에 들어온다.(일본산日本産 자동차라 하지 않고 일본 자동차라고 하는 이유는 일본 자동차의 절반 정도는 일본에 있는 공장에서 생산된 자동차가 아니기 때문이다.) 태국의 경우 자동차 시장의 80%를 일본 자동차가 점유하고 있을 정도이다. 자동차를 비롯한 일본 제품이 시장을 휩쓸고 있는 모습을 보고 있으면 일본 기업은 과연 어떤 특징을 가지고 있는가 하는 궁금증이 생긴다. 전세계적으로 일본 자동차는 잔고장이 별로 없다는 평판이 많다. 고장이나 불량률이 낮은 자동차를 생산하는 일본 기업의 특징을 노동자들의 고용구조에서 찾을 때, 3가지가 일반적으로 주장되어 왔다. 정년까지 고용을 보장하는 종신고용제終身雇用制, 임금과 승진이 일하는 기간과 나이에 따라 증가하는 연공서열年功序列, 산업단위의 노동조합보다는 기업단위의 노동조합이 대부분이라는 기업별노동조합企業別勞組 이 바로 그것이다.

　그러나 1991년 버블 붕괴 이후 일본 경제는 장기불황을 경험했고 2008년에 세계를 강타한 글로벌 금융위기로 인해 불황의 그림자가 다시 다가오고 있다. 이 과정에서 적지 않은 비정규직 노동자가 발생하고 대졸자 취업난이 심화되는 것은 한국과 비슷하다고 볼 수 있다. 이에 따라 일본 기업의 노동자들은 더 이상 자신의 직장이 제공하는 종신고용제라는 보호막의 테두리에 있을 수 없다는 것으로 생각되기 쉽다.

　여기서 일본 기업의 고용시스템에서 과연 종신고용제가 소멸되고 있는지를 현대 일본의 변화와 연속이라는 관점에서 생각해 볼 필요가 있다. 그리고 이에 앞서 일본에서 모든 노동자들이 종신고용제의 혜택을 누렸는지에 관해 다시 한번 살펴 볼 필요가 있다. 결론은 일본에서 종신고용제는 원래부터 모든 노동자에게 적용되는 것은 아니었고, 또한 현대 일본에서도 소멸되고 있지는 않고 있다고 할 수 있다.

　여기서 종신고용제란 용어에 대해 자세히 살펴보기로 하자. 일반적으로 종신고용제란 노동자 자신이 일하는 곳에서 죽을 때까지 일하는 것이라고 생각한다. 그러나 근로 능력이 상실된 노동자를 고용하는 천사 같은 기업은 이 세상에 존재하지 않을 것이다. 실제로는 정년까지만 일정 기업에서 장기간 노동을 제공하는 것이기 때문에 정확한 용어는 장기고용長期雇用 이라고 할 수 있다. 장기고용은 국가나 사회가 마련한 제도가 아니라 하나의 경향을 나타내는 관행慣行에 불과하며 정규직 노동자를 장기적으로 고용하지 않는 기업도 일본에 다수 존재한다. 따라서 이하에서는 종신고용제가 아닌 장기고용관행이란 용어를 사용하기로 한다. 일본에서 종신고용제란 용어를 정착시켰다고 평가받는 1958년 아베글렌 (Abegglen, James C)의 *The Japanese Factory: Aspects of its Social*

Organization 에서는 "lifetime commitment" 혹은 "permanent employment"란 단어를 사용했고, 일본에서 이를 종신고용제란 용어로 번역한 것에 불과하다.

그러면 장기고용관행을 어떻게 정의할 수 있을까? 간단하게는 노동자가 최종학교 졸업 후 취업한 기업에서 정년까지 고용되는 것이라고는 정의할 수 있다. 보다 정확하게는 두 가지 조건을 만족시키는 경우가 장기고용관행이 존재한다고 할 수 있다. 첫째는, 기업이 학교를 막 졸업한 인재를 채용하여 정년까지 고용을 보장하는 경우로, 기업이 해고나 희망퇴직과 같은 고용조정을 행하지 않는 것이다. 기업이 노동계약이나 노조와의 협약에 의해 고용을 보장하는 것이 아니기 때문에 하나의 관행이라고 볼 수 있다. 둘째는, 학교를 졸업한 노동자가 졸업과 동시에 입사하여 정년까지 그 기업에서 지속적으로 일을 하는 경우이다. 노동자 스스로도 입사한 기업에 대한 신뢰를 가지고 장기적으로 일하려는 의사가 있어야 한다. 즉 기업의 장기고용 의사와 노동자의 장기 근로의사가 일치하여야 비로소 장기고용 관행의 존재를 긍정할 수 있다.

2. 장기고용관행의 장단점

장기고용관행의 장점으로 많이 주장되는 것은 이 관행이 일본 장인정신의 원천이 되었다는 것으로, 소속 기업에 대한 귀속의식을 형성하는데 기여한다고 한다. 장기고용관행 하에서는 중고등학교든 대학교든 최종학교를 졸업하고 입사하게 되면 정년까지 그 회사에서 생애를 보내는 것이므로 노동자 각자가 회사와 일체감을 느끼고 자신의 일생을 회사와 운명을 같이 할 정도로 회사에 헌신한다. 또한 기업측에서도 회사와 노동자

244 일본의 이해 : 체험과 분석

를 한 가족처럼 생각해서 노동자 가족을 위한 부양수당, 주택수당 등을 제공하는 한편 가급적 정년까지 고용을 보장하여야 하는 것이다. 이러한 상호간의 신뢰 혹은 약속(commitment)이 존재하는 경우 노동자는 장기간의 수련을 통해 독자적 기술을 축적시킬 수 있다. 이는 다시 노동자의 소속 회사에 대한 충성심을 유발하여 일본 노동자의 소위 회사주의會社主義로 나타나기 쉬운 것이다.

2003년 필자가 도일하였을 때 대형서점의 경제·경영 코너에서 가장 많이 발견할 수 있었던 기업 사례를 분석한 서적은 도요타와 캐논과 관련된 것들 이었다. 도요타 관련 서적은 대부분 간반 방식으로 대표되는 생산관리 측면의 분석이 많았던 데 비해, 캐논 관련 서적은 연구개발의 중요성과 장기고용관행의 유지와 관련한 것들이 대부분이었다. 2004년 기준으로 세계 복사기 시장점유율 26%로 1위를 기록하고 있던 캐논이 당시의 장기고용관행에 대한 비판에도 불구하고 이를 실력종신고용제라는 형태로 변형시켜 유지하였다. 뿐만 아니라 캐논의 장기 성장에 안정적인 장기고용은 중요한 역할을 한다고 천명하였기 때문에 주목받았으며, 이를 분석한 대표적인 책이 그림 1과 같은 서적이었다. 캐논의 사훈은 공생共生으로써 미타라이 후지오御手洗富士夫 사장은 사람을 중시하는 경영을 강조하였다. 그 핵심은 종업원과 기업간 관계를 가족구성원의 관계로 생각하여 고용은 장기적으로 유지하되 임금은 부분적으로 실력주의를 기초로 산정하자는 것이었다. 연구개발을 중심하는 경영과 사람을 중시하는 경영은 일맥상통한다. 연구개발을 수행하는 주체는 결국 기계나 자본이 아닌 사람이기 때문이다. 이러한 측면에서 캐논과 같은 일본 기업의 장기고용관행은 노동자의 기술 축적에 유리한 것으로 판단되었다는 것을 의미한다.

그림 1 캐논사의 고용관행 서적

그러나 장기고용관행에 장점만 있는 것은 아니다. 대표적으로 지적되는 것은 노동시장의 경직화와 비능률화이다. 첫째, 노동시장의 경직화는 불황기에 더욱 심각하게 나타나는 단점이라고 할 수 있다. 그 이유는 신규로 사회에 진출하는 사람과 능력 개발을 위해 전직을 원하는 사람들에게는 기존의 장기근속 노동자의 존재가 큰 장벽으로 존재하기 쉽기 때문이다. 둘째, 기업 비용 측면에서 잉여 인력에 대한 임금을 지급하여야 하기 때문에 비능률의 원인이 될 수 있다. 일본 기업들은 1955년부터 1973년까지 고도성장기의 호황을 거친 이후 1970년대 오일쇼크와 1980년대 후반의 엔고円高 라는 도전을 비용절감에 의한 경영합리화로 극복해 왔다. 이 과정에서 강조된 것이 고용은 가급적 유지하되 기타 비용을 줄이자는 모토였다. 그러나 1990년대부터 한국을 위시한 여타 신흥국과 중국 등의 추격국들은 일본형 생산 방식을 많이 학습하여 적용하기 시작하면서 일본기업들이 더 이상 가격으로는 경쟁국 기업들과 경쟁할 수 없는 상황에 직면했다. 일례로 도요타 생산방식이 한국의 현대자동차는 물론 중국의 자동차 공장에서도 많이 학습되어 이제는 도요타만의 방식이라고 할 수 없을 정도이다. 이 경우 생산비용 측면에서 장기고용관행은 스스로의 재갈로 작용할 수도 있고 총체적으로 비능률의 요인이라고 보이기 쉬운 것이다.

3. 일본 장기고용관행의 정착과 조건

동전의 양면과도 같은 장단점을 가진 장기고용관행이 일본이 경제성장 과정에 있을 때에는 각광 받았고 미국과 유럽의 벤치마킹의 대상까지 되었으나, 1990년대 이후 일본의 불황이 장기화되면서 비효율적인 일본시스템의 원흉으로 지적되기 시작한다. 그러나 이는 결과에 불과하고 현대 일본의 변화와 연속이라는 관점에서 장기고용이 어떻게 관행으로 되었는지와 어떠한 기업 혹은 노동자에게 적용되는지를 먼저 살펴 볼 필요가 있다.

앞서 말한 1958년 아베글렌의 저작에 입각하여 OECD가 1960년대 일본 노동시장의 특성을 조사한 결과물이 1972년『OECD대일노동보고서』를 통해 일본노동협회에서 간행되었다. 이 보고서가 주장하는 것은 일본의 고용구조를 특징짓는 요소가 3종의 신기神器라고 일컬어지는 장기고용관행, 연공서열, 기업별노조라는 점이었다. 그 중에서 장기고용관행은 연공서열과 기업별노조 존립의 전제조건이었기 때문에 더욱 필수적인 요소라고 볼 수 있다. 예를 들어 연공서열은 기본적으로 장기고용의 척도라고 할 수 있는 근속연수에 입각한 임금과 승진체계로 구성되어 있다. 기업별로 노동조합이 조직되면서 노동조건에 대한 개선요구는 해당 기업의 성과 내에서 이루어지고 노동조합의 방향은 임금인상보다는 고용 안정을 중시하는 방향으로 흐르게 되었다. 이처럼 일본 기업의 고용시스템을 이해하기 위해서는 연공서열과 기업별 노조의 전제조건이 되었던 장기고용관행에 대한 고찰이 중요한 것이다. 물론 1990년대 이후 전 세계적 신자유주의 물결의 여파와 장기불황과 함께 일본에서는 성과주의에 입각한 임금체계가 확산되고 연봉제가 도입되면서 연공서열적 요소가 희석되고 있음을 부인할 수 없다. 그러나 연공서열이 약화된다고 해서 곧 바로 장기고용 관행이 소멸하고 있다고 단정 지을 수는 없다. 장기고용 관행이 연공서열의 전제조건이지 후자가 전자의 전제조건은 아니기 때문이다. 장기고용관행을 약속하면서 성과주의 임금체계를 도입하는 것은 가능하고 그 대표적인 예가 앞의 캐논 사례이다.

장기고용관행은 제2차 세계대전 이후에 일본에서 새롭게 발생한 것이 아니다. 이미 1920년대 근대 공업화 과정에서 대기업의 화이트칼라층 일부에게 적용되고 있었다. 그러나 그 적용대상은 극소수에 불과했다. 교육받은 인재 자체가 극소수에 불과하던 시절에 이들은 처음부터 관리자로 성장할 것을 전제로 채용되었고 당시 존재하던 직공간職工間 신분제하에서는 상위계층이었다. 즉 노동자의 대다수를 차지하는 블루칼라층에게는 지금으로 말하자면 계약기간이 없고, 언제든지 해고를 할 수 있었다. 또한 블루칼라들도 농한기를 이용해서 대도시에 존재하던 공장에서 한시적으로 일하기를 원하는 경우가 많았다. 따라서 1920년대 후반 일본을 강타한 소화대공황昭和大恐慌과 연이은 노동쟁의의 확산에도 불구하고 해고 자체에 대한 큰 거부감은 없었던 것이다.

제2차 세계대전을 준비 중이던 1938년에는 국가총동원법國家總動員法이 제정되면서 고용시장 자체가 정부의 통제하에 놓이게 되었다. 해고와 노동조건에 대한 정부 규제가 각종 공장에 적용되면서 장기고용 자체가 의미가 없어지게 되고 오로지 전시물자의 공급에 중점을 두게 되었다. 제2차 세계대전 이후에도 실질적으로 미국 점령군의 통치하에 놓이고 인플레이션 및 디플레이션을 경험하면서 일본 기업들은 수시로 고용조정을 단행하였다.

일본에서 장기고용관행이 본격적으로 형성되기 시작한 것은 1950년 한국전쟁에 편승한 특수特需와 이어진 고도성장의 출발기 부터이다. 1955

년부터 연 10%에 가까운 경제성장률을 기록하면서 일본 기업들은 공장을 최대한 가동하기 위해 새롭게 사회에 배출되는 인재를 둘러싸고 경쟁하였다. 이들을 기업에 유치하기 위해서는 임금을 여타 기업에 비해 올려주는 방법이 있다. 그러나 한도없는 임금경쟁은 공정경쟁에 위배되는 것으로 인식되었고, 더욱 매력적인 방법은 장기고용을 보장해 주는 것이었다. 이는 에도시대까지 일본에 존재하던 막부幕府 혹은 번藩 과 무사武士간의 종신적 주종관계의 연장으로 해석할 수 있다. 종신적 주종관계에서 주군의 변경은 곧 엄청난 희생을 요구하기 때문에 차라리 그 사회에서 존재를 감추는 방법을 택하는 경우가 많았다. 그 대가로 막부나 번은 충성하는 영역 범위내의 무사와 그 가족들의 생계를 종신적으로 보장해 주었다. 이러한 관계를 고용주인 일본 기업과 피고용자인 노동자간의 관계에 적용시키면 장기고용 관행이 일본인들에게 더욱 용이하게 받아들여지게 된 원인을 설명할 수 있을 것이다

이상이 일본에서 장기고용관행이 정착되기 시작한 이유라고 한다면, 그 관행의 확산은 1945년 제2차 세계대전 패전 직후의 경제민주화 조치의 일환으로 단행된 직공간 신분차별의 철폐에서 찾을 수 있다. 신분제에 따른 차별 철폐에 의해 화이트칼라와 블루칼라 사이에 실질적 차별이 금기시되었기 때문에 임금이나 기업복리에 있어서도 차별을 두기 힘들게 되었다. 이는 블루칼라층의 신분이 상대적으로 상승되었다는 것을 의미한다. 메이지 유신 이후 공업화기에 있었던 관리자 후보층에 블루칼라층이 포함될 수 있는 가능성이 높아진 것이고, 곧 장기적으로 고용될 자격을 가진 노동자층이 두터워진 것이다.

그러면 과연 대다수 일본기업에서, 그리고 대다수 노동자에게 장기고용관행이 적용되고 있다고 말할 수 있는가? 그 답은 "no"이다. 현재 일

본 기업에서 존재하는 장기고용관행은 원래부터 모든 노동자에게 적용되던 것은 아니었다. 상당히 한정된 기업과 노동자층에게 적용되고 있었고 지금도 그러하다. 물론 화이트칼라와 블루칼라간의 신분제에 의한 차별이 제2차 세계대전이후에 감소한 것은 사실이나, 그렇다고 대다수 기업에서 장기고용관행이 존재한다고는 말하기 힘들다. 결국, 일본에서 장기고용관행은 주로 대기업에게 많이 보여 지고 있으며, 그것도 남성의 정규직 노동자에게 존재한다. 중소기업에 근무하는 노동자와 여성 및 비정규직 노동자에게는 적용되지 않는 것이다.

대기업과 달리 일본 중소기업에서는 한국과 마찬가지로 사장과 그 친인척이 경영을 주도하는 경우가 상당히 많다. 종업원 규모가 작기 때문에 사장의 영향력이 말단 노동자에게 직접적으로 미칠 수 있으며, 중간 관리자층이 두터울 수 없는 구조이다. 이에 반해 대기업은 상대적으로 장기고용관행이 많이 나타난다. 물론 대기업도 경기가 좋지 않을 때에는 구조조정을 단행하기도 하지만, 대기업에게는 자회사를 비롯한 많은 계열기업들이 있다. 즉 소위 출항出向이라고 하는 형태로 계열기업, 심지어는 하청회사에까지 순환근무를 시킬 수 있는 것이다. 일본의 자동차, 기계 등과 같은 비교우위산업에서 대기업들은 제1차, 제2차, 제3차 하청업체들과 밀접한 관계를 가지면서 피라미드형 산업구조의 핵심에 놓여 있는 경우가 많다. 본사는 보증과 같은 형태로 하청업체들의 자금 조달을 원조해 주고, 공동개발을 수행하는 대신에 약자인 하청업체들은 대기업의 출항 요구를 들어줄 수밖에 없다. 일본의 대기업들은 본사 바깥에 완충 역할을 하는 계열기업을 가지고 있기 때문에 장기고용관행을 유지할 수 있는 것이다. 이는 그림 2의 기업규모별 평균근속년수의 변화를 보면 명백히 나타난다. 일본 노동자들이 한 기업에서 평균적으로 몇 년을 근무하는지를 알 수 있다. 일본 경제가 제2차 석유위기를 맞이하던 1981년의 경우 1000명이상 대기업, 100~999명 중견기업, 99명 이하의 소규모 기업의 평균 근속년수勤続年数가 각각 14.1년, 10.5년, 8.7년이었다. 2007년의 경우에도 각각 16.2년, 12.7년, 10.9년으로 나타났다. 이는 중소기업보다 대기업에서 장기고용관행이 강하다는 것을 의미한다.

또한, 장기고용관행은 여성 노동자가 아닌 남성노동자에게, 남성노동자 중에서도 정규직 노동자에게 강하게 나타난다. 그림 2에서 1981년의 남성과 여성의 평균 근속년수가 각각 11년, 6.2년이었고, 2007년에는 13.3년, 8.7년으로 양자 모두 증가하고 있으나, 그 차이는 크게 나타나고 있다. 일본에서도 여성 노동자가 결혼을 하면 회사를 사직하는 경우가 과거에는 적지 않았다. 또한 정규직 여성 노동자라도 육아를 위해 스스로 시간을 탄력적으로 사용할 수 있는 파트타임으로 전환하는 경우가 적지 않았고, 그 관행이 아직도 깊게 남아 있다. 그리고 계약직, 파트타임 및 아르바이트와 같은 비정규직 노동자는 원래부터 장기고용과는 관련성이 낮다. 그 이유는 앞에서 말한 것과 같이 일본 기업에서의 장기고용관행은 관리자 후보층에게 적용되던 것이었고, 비정규직 노동자는 후보층에 속하지 않기 때문이다.

그림 2 성별, 기업규모별 일본 노동자의 평균근속년수 추이

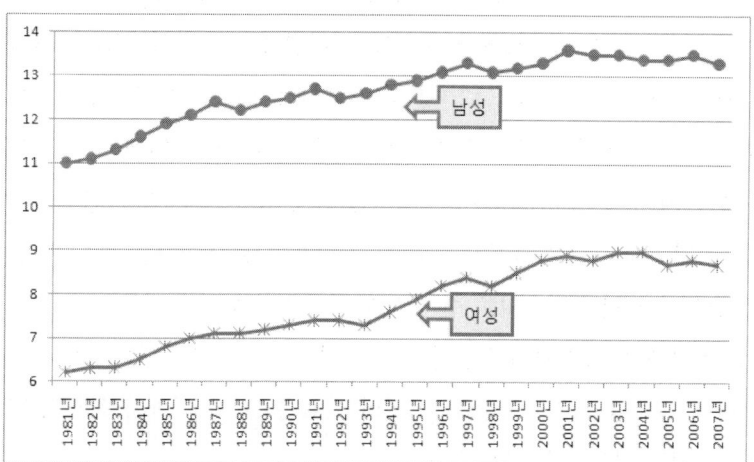

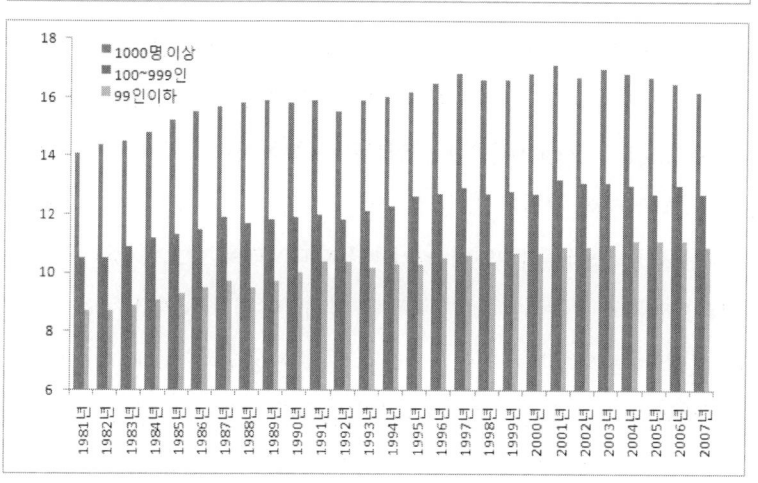

자료 : 일본 후생노동성 『임금구조기본통계조사』에서 작성

4. 장기고용관행은 지속되고 있다!

여기서 일본 기업에 장기고용관행이 존재한다는 사실은 국제비교를 통

해 한정적으로 알 수 있다. 국제비료자료인 『데이터북 국제노동비교 2009(データブック国際労働比較 2009)』에 의하면 2007년 일본 노동자들의 평균 근속년수가 11.8년으로 나타난데 비해 2008년 미국의 평균근속년수는 4.1년이었다. 평균적으로 일본 노동자들이 한 기업에서 11.8년간 일하는 데 비해 미국 노동자들은 4.1년 밖에 일하지 않는다는 것을 의미한다. 약 3배 가까운 장기간 동안 한 직장에서 일을 한다는 것은 미국인의 눈에서 보면 일본인들은 한 곳에서 일하기를 원하고, 일본 기업도 장기고용을 원한다고 보여지기 쉽다. 그러나 이는 일본만의 현상은 아니다. 영국을 제외한 독일, 프랑스, 이태리와 같은 유럽대륙에서 보편적으로 볼 수 있는 현상이다. 예를 들어 근속년수가 20년이 넘는 노동자 비율이 미국과 영국에서는 10.8%, 10.0%에 지나지 않는다. 이에 비해 일본은 21.3%를 차지하고 있고, 독일은 17.0%이며, 프랑스와 이태리는 이 보다 더 높은 23.5%, 23.0%나 된다. 일본을 포함한 선진국들의 공통적인 현상인 고령화 사회 진입에 따른 결과라는 것은 그 설득력이 낮다. 프랑스의 경우 평균 출생률이 2인이 넘기 때문이다. 더욱 중요한 것은 프랑스, 이태리, 일본의 공통적은 각기 특정된 산업분야에서 장기간 동안 장인정신이 강조되는 사회라는 점이다. 일본의 경우 상대적으로 기계공업에 강한 경쟁력을 가지고 있으며, 기계공업의 근간이 되는 금형 산업에서 정밀성으로 높은 품질의 상품을 생산해 내고 있다. 도쿄의 오오타 太田 지역과. 오사카의 히가시오사카東大阪 지역에는 많은 정밀기계공장들이 있다. 소위 일본의 모노즈쿠리ものづくり의 기반으로 인식되는 대표적인 장소들이다. 그곳에는 장기간 일을 한 장년의 노동자들을 쉽게 볼 수 있고, 그들이 주도적으로 불량률이 낮은 정밀한 금형 제품을 생산해 내고 있다. 기계나 전자부품을 정밀하게 가공하기 위해서는 장기간의 기술 습득 시

간이 요구된다. 이들이 오랜 기간 동안 자신에게 익숙한 곳에서 일했기 때문에 더욱 정밀한 제품이 나오는 것이다. 물론 최근에는 소위 3D 업종으로 생각되어져 이 지역에서 일하는 젊은이들이 서서히 사라지고 있어 장신정신의 맥을 이어줄 후세가 부족하다는 문제도 발생하고 있는 점은 부인할 수 없다.

여기서 일본의 장기고용관행이 소멸되고 있는지를 생각해 보기로 한다. 소멸하고 있다는 주장의 근거는 앞의 비용 측면에서의 비능률성과 비정규직의 증가가 대부분이다. 그러나 비정규직이 증가한다고 해서 장기고용관행이 소멸되고 있다고 말하기는 어렵다. 그 이유는 일본 기업에서 비정규직은 처음부터 장기고용의 대상이 되지 않았기 때문이다.

한국보다는 낮으나 1990년대 이후 일본에서도 비정규직 노동자가 증가하고 있는 것은 사실이다. 일본 후생노동성의 노동력조사에 의하면 남성의 비정규직 비율이 1990년, 2000년, 2009년에 각각 8.7%, 11.7%, 17.7%로 급격히 증가하고 있는 것으로 나타나고 있다. 여성의 경우 비정규직 비율은 원래부터 높았다. 1990년, 2000년, 2009년에 각각 37.9%, 46.2%, 53.6%이다. 이는 2009년 현재 남성 노동자 10명 중 1.7명이 비정규직인데 비해 여성 노동자 10명 중 5명 이상이 비정규직이라는 것이다. 즉 원래부터 계약기간을 정하여 고용되는 비정규직 비율이 높아졌다는 이유로 일본 기업의 장기고용관행이 소멸되었다고 할 수 없다. 오히려 1990년대 장기 불황 이후에도 일본 노동자들의 평균 근속년수는 증가하고 있는 것을 그림 2에서 쉽게 알 수 있다. 일본 남성들의 평균 근속년수가 1981년에는 11년, 1990년에는 12.5년이었고, 2007년에는 13.3년까지 증가하고 있다. 더구나 대기업의 경우는 이보다 월등히 높다. 1981년에 14.1년, 1990년에 15.8년, 2007년에는 16.2년까지 높아졌다.

1981년부터 2007년까지 27년 동안 비정규직 비율은 높아졌으나 일본 노동자들이 평균적으로 한 직장에서 일하는 기간은 길어졌다. 물론 이는 대부분 대기업에 근무하는 남성에 한정하는 것이지만, 적어도 이러한 범위 내에서는 장기고용관행은 유지되고 있다는 것을 의미한다. 나아가서 현대 일본의 변화와 연속이라는 관점에서 보면 일본 기업의 장기고용관행은 연속선상에 존재하고 있다고 할 수 있다.

그 이유는 과거부터 현대 일본 사회에 이르기까지 존재해 오고 있는 주종관계의 영향과 더불어 새로운 기업과 노동자간 가족주의 경향에서 찾을 수 있다. 기업과 노동자의 관계가 단기간에 쓰고 버리는 하나의 용품이 아니라 가족 혹은 주종과 같은 관계이기 때문에 쉽게 관계가 단절되기는 어렵다. 또한 이는 인간 중심의 경영이 확산되고 있다는 점과도 관련성이 적지 않다. 일본 기업들이 더 이상 한국이나 중국 기업과 가격 측면에서 경쟁하기는 어렵다. 이에 따라 많은 일본 기업들은 유사한 제품이라도 보다 높은 부가가치를 창출할 수 있는 분야로 전환할 수밖에 없다. 예를 들어 한국의 삼성전자나 하이닉스가 D램 시장을 압도하고 있으나, D램을 만드는 기계설비나 웨이퍼는 일본의 기계 전문기업에서 만드는 제품을 쓰는 경우가 많은 것이 현실이고 그 가격 또한 상당히 높다. 여기서 많은 자금을 투자한다고 해서, 높은 부가가치를 창출할 수 있는 제품을 하루아침에 생산할 수 있는 것은 아니다. 장기간의 기술 축적과 더불어 지속적인 연구개발에 대한 투자가 필요하다. 그런데 연구개발은 돈으로 살 수 있는 기계가 아닌, 사람의 아이디어에서 나올 수밖에 없다. 따라서 인간 중심의 경영이 일본 기업에서 확산되고 있으며 인간을 중시하는 경영의 한 방법이 소속된 노동자가 안심하고 장기적으로 일할 수 있도록 하는 것이다.

한편 일본 노동자들도 장기고용을 원하고 있다. 일본 노동자를 대상으로 한 후생노동성의 조사에 의하면 일본적 고용관행 중 장기고용관행의 지지파 비율이 1999년에 남성이 71.2%, 여성이 72.3%였고, 2004년에는 각각 77.2%, 78.8%로 상당히 높고, 비율도 5년 동안 증가했다. 반면에 연공서열적 임금 체계에 대한 지지파 비율이 2004년에 남성이 65.3%, 여성이 68.0%로 나타나고 있다. 즉 일본 노동자들은 연공서열보다는 장기고용에 더욱 큰 매력을 느끼고 있다는 것이다.

주류 경제이론에 의하면 생산요소는 노동과 자본으로 크게 구분할 수 있고, 노동에 대한 대가가 임금이고 자본에 대한 대가가 이자라고 설명한다. 인간을 자본과 동일한 선상에서 취급하고 자본으로 살 수 있다는 것을 전제하고 있다. 그러나 자본으로 살 수 없는 인간의 능력은 무한히 존재한다. 일본 노동자들은 돈보다는 가족주의적 테두리 안에서 보호해 줄 주체를 원하고 이것이 장기고용관행으로 나타났다고 볼 수 있다. 일본 사회에 전통적으로 침투해 있던 가족주의적 주종관계가 현대 일본 기업에서도 연속성을 가지고 존재하는 것이다.

참고문헌

Abegglen, James C, *The Japanese Factory: Aspects of its Social Organization*, The Free Press, 1958
OECD/노동성 번역 『OECD대일노동보고서』 일본노동협회, 1972(원서)
노무라마사미 『종신고용』 이와나미서점, 1994(원서)
이이다후미히코 『일본적 경영의 논점』 PHP신서, 1998(원서)
이종윤・김현성 『전환기의 한일경제』 도서출판 이채, 2007

최우영

일본 하청시스템과 중소기업의 전개와 변화

1980년대부터 '일본식 생산시스템'으로 세계적인 경쟁력을 자랑해온 일본의 제조업은 현재에도 자동차, 고급 공작기계, 반도체설비와 같은 기계 및 설비분야에서 제1급의 수준을 유지하고 있다. 그리고 일본 제조업의 이 같은 경쟁력에는 강력한 하청시스템(서플라이어 시스템 : サプライヤー・システム)이 커다란 공헌을 하고 있음은 널리 알려진 사실이다. 특히 일본 하청시스템 최상층의 업체는 이미 중소기업의 규모를 벗어나 세계 1, 2위의 시장 점유율과 기술력으로 일본하청제의 경쟁력을 뒷받침하고 있다. 이 때문에 이미 1970년대부터 일본 중소기업이 이룩한 공헌에 관한 연구가 수없이 발표되었으며, 발주기업과 하청기업의 밀접한 거래 관계를 바탕으로 한 '계열'이 커다란 공헌을 하였음을 밝힌 연구도 방대한 양이 축적되어 있다.

그러나 일본의 하청제가 처음부터 위와 같이 화려한 역할을 했던 것은 아니었다. 일본의 하청시스템과 이를 구성한 중소기업의 역사는 100년에 걸친 장대한 것이었으나, 중소하청기업은 사실은 고도경제성장시기에 이르기까지 후진적인 일본 경제 시스템을 설명하는 요인이자 사회적 약자로 여겨져 왔었으며, 하청제의 본격적인 '계열'이 형성된 것은 1960년대 이후였다. 또한 현재에도 일본의 중소기업과 하청시스템은 급변하는 세계화의 흐름에서 커다란 변신과 경쟁을 강요받고 있다.

본고는 이상과 같은 일본의 하청시스템과 중소기업의 역사와 앞으로의 발전 방향에 대해 일본식 하청제가 전형적으로 형성된 기계공업을 중심으로 생각하고자 작성되었다. 일본의 하청시스템과 중소기업이 어떻게 많은 난관을 극복하여 현재의 모습에 도달했으며, 어떻게 현재의 모습에 도달했으며, 앞으로 어떻게 될 것인가를 살펴보면서 일본 경제의 어제와 오늘을 생각해 볼 수 있는 기회로 삼고자 한다.

1. 중소기업과 하청제의 탄생

일본에서 중소기업이 '탄생'한 구체적인 시기는 알 수 없으나, 1870년대의 식산흥업殖産興業과 1880-90년대의 기업발흥企業勃興시기에 다수의 소규모 기업이 탄생한 것은 확실하다. 이러한 소기업들은 주로 지방 특산물, 문방구, 완구, 생필품, 식료품등 경공업 계열의 제품을 생산하였는데, 점차 과당경쟁에 의한 가격경쟁에 빠져 들면서 제품의 질이 급속히 악화되어 특히 수출시장에서 문제를 일으키게 되었다. 이를 시정하기 위해 1885년부터 동업조합준칙同業組合準則등의 정부 시책이 발표되었는데, 여기서 비록 무역 문제가 발단이기는 하나 비교적 이른 시기부터 일본정부도 중소기업문제에 관심을 기울인 것을 알 수 있다. 한편 '하청' 출현의 정확한 시기도 알 수 없으나, 1890년대 중반에 '하기下機'라는 용어가 방직업에서 보이고 있다. 따라서 중소기업과 하청제에 대한 인식은 이미 19세기부

터 있었던 셈이지만, 이에 대한 본격적인 연구가 시작된 것은 1930년대
였으며, 일본 하청제의 대표격인 기계공업 하청제가 본격적으로 성장한
것도 이때이다. 제1차 세계대전중 일본의 기계공업은 내수시장에서 서구제
품이 사라지면서 성장하였고, 군수품이 필요한 참전국에게 수출까지 하는
호황을 맞았다. 이때는 아직 일본 기계공업의 전체적 수준이 높지 않아 주
로 대기업들이 자공장내에서 제품의 거의 모든 공정을 소화했는데, 이렇
게 나름대로 일정 수준이상의 공장에서 만들어진 제품조차 극히 조악하여
수출시장에서의 평판은 좋지 않았다. 이윽고 대전이 끝나자 서구 열강의

우수한 기계제품이 다시 일본
과 아시아 시장에 밀려드는 가
운데 때마침 불어 닥친 불황으
로 위기에 봉착한 기계공업의
대공당은 대량해고로 이를 넘
기려 하였다. 이 과정에서 해고
된 기술자들은 결국 자신이 직
접 소규모 공장을 차려 생계를
유지할 수밖에 없게 되었는데,
이로 인해 중소규모의 기계공

그림 1 전전 일본의 중소공장

* 위의 사진은 명치(1968-1912)시기의 면직물공장
의 사진이다. 동력장치는 천장에 달린 수레바퀴
와 장축(長軸)으로 개별적인 동력조절장치가
없었다. 이러한 상황은 1930년대 초기의 기계공
장에서도 별다른 차이가 없었다.

장이 급증하게 되었던 것이다. 그러나 당시 대기업의 기술력조차 세계수
준에 뒤처지던 상황에서 이들 중소공장들이 우수한 제품을 생산할 수는
없었다. 자전거나 라디오와 같이 비교적 제조가 용이한 분야에서는 중소
공장들이 성과를 올리기도 했으나 전체적으로 중소공장의 제품은 조악할
수밖에 없었고, 결국 이러한 제품의 경쟁력은 '저렴한 가격'으로 귀결되었
다. 이 때문에 1880년대에 있었던 염가 저질품의 과당경쟁이 재현되면서

중소기계공장의 경영은 크게 압박을 받았다. 과당경쟁으로 업계전체가
어려운 상황에 빠지자, 대다수의 중소기계공장은 생존을 위해서 이윤이
극히 적었던 하청수주라도 환영할 수밖에 없게 되었다. 이러한 상황은
1920년대부터 시작되어 30년대에 접어들자 도쿄, 오사카, 나고야, 히로시
마, 쿠레와 같은 대도시는 물론 전국으로 확산되었다. 현 경제산업성의
전신인 상공성商工省의 관방통계과官房統計課가 최초의 본격적인 하청상황조
사인『機械器具工業外注狀況調』(1936년 간행. 조사대상은 1932-34년)를
발표한 것이 이 무렵이었다. 본조사에 의하면 당시 전국에서 하청을 이용
하지 않는 대공장은 거의 없으나 하청공장의 대부분이 종업원 100인이하
의 중소공장이며 과당경쟁과 열악한 설비로 인한 낮은 기술력으로 대단
히 불리한 조건하에 하청수주를 하고 있었음을 알 수 있다. 훗날 일본식
하청시스템의 특징으로 불리는 장기적 거래, 발주기업의 기술 및 자본원
조등은 이 시기에는 거의 찾아 볼 수 없었으며, 열악한 거래조건으로 인
한 불안정한 경영상태는 전후 고도경제성장시기까지 연결되는 일본 중
소기계공업(및 중소공업 전반)의 특징이 되며, 후술하는 '이중구조'문제를
만들게 되었다.

2. 전시경제하의 하청제 확대와 일본식 하청제의 맹아萌芽

1930년대 후반, 국제정세의 급변속에서 일본은 점차 군국주의 노선
을 강화시켰고, 종국에는 태평양전쟁에 참여하게 되었다. 이 때문에 대량
의 무기가 필요하게 되었고, 금속과 기계를 중심으로 한 중화학공업은 비
약적인 발전을 이루었음은 주지의 사실이다.(표1 참조) 이 과정에서 방대
한 병기수요를 소화하기 위해 대공장들은 하청이용을 비약적으로 늘리게

되었는데, 이 때문에 그전까지 중소공장들이 하청수주를 위해 필사적으로 경쟁하던 상황은 급변하여, 대공장들이 중소공장을 하청공장으로 삼기 위해 보다 유리한 거래 조건을 내걸고 경쟁하게 되었다. 그러나 막상 중소공장을 하청공장으로 확보해도 그 중에서 기술적으로 신뢰할 수 있는 공장은 지극히 적었다. 오랜 기간 열악한 환경에서 오로지 저렴한 가격만을 무기로 생존해 오던 중소공장들이 설비나 기술 모든 면에서 첨단 기술이 필요한 고급 부품 및 공정을 담당하기에 역부족이었던 것이다. 일례로 이 무렵(1936년) 설립된 도요타 자동차는 자사 근처의 나고야는 물론, 동경과 오사카에서도 중요부품을 제대로 생산해내는 공장이 거의 없다는 사실을 발견했다. 결국 중요부품을 직접 제작하기로 결정하여 내제율(內製率:제품을 자사공장에서 생산하는 비율)이 무려 80%에 달했지만(현재 자동차 업계의 내재율은 30%미만), 불량 부품이 속출하여 크랭크 샤프트와 같은 핵심 부품이 주행중 파손되는 일조차 있었다. 중소기업은 물론 도요타와 같은 대공장의 기술력에도 문제점이 많았던 것이다. 따라서 중소기업의 기술력에는 더욱 한계가 있을 수밖에 없었다. 이러한 가운데에서도 전쟁의 확대로 병기수요는 확장일로를 걷고 있었다.

이와 같은 상황을 타개하기 위하여 일부 대기업은 하청공

표 1 1923-41년의 기계공업 성장률

(5人이상)		공장	종업원	생산액
100人이하	23-31 기계공업	4.6%	2.1%	
	그 외	3.7%	1.6%	
	32-41 기계공업	**15.9%**	**19.9%**	**31.1%**
	그 외	7.0%	16.0%	16.0%
100人이상	23-31 기계공업	-2.0%	-6.9%	
	그 외	2.3%	-0.3%	
	32-41 기계공업	**23.0%**	**28.0%**	**36.9%**
	그 외	1.9%	4.4%	17.6%

* 通商産業省大臣官房調査統計部(1961) 『工業統計50年史』, pp. 180-181, 196-197에서 작성

장에의 기술지도, 장기적인 주문발주, 자본원조등을 통해 중소하청공장을 육성하기 시작하였다. 늘어난 주문량에 자신의 능력만으로 대응할 수는 없었고, 기존의 하청공장을 그대로 이용해도 큰 도움이 되지 않았기 때문에 생각해낸 고육지책이었다. 한편 이러한 시스템에서 하청공장은 발주기업의 주문과 원조가 끊기면 즉시 파산의 위험에 처해지게 되어 발주처의 의향에 민감할 수밖에 없는 존재가 되었다. 전후 하청제의 특징이 1930년대말에 기계공업의 일각에서 나타나기 시작했던 것이다. 그리고 이처럼 새롭게 나타난 하청제에 주목한 것이 일본정부였다. 총체적인 기술적 후진성으로 병기증산이 늦어지자 전쟁수행에 부담을 느끼고 있던 일본정부는 새로운 하청시스템을 정착시키면 대기업으로부터의 급속한 기술력이전을 통해 중소공장의 생산력을 육성하고, 이를 통해 궁극적으로 병기생산 증대가 가능하다고 판단한 것이다. 이 때문에 일본정부는 공식적으로 새로운 하청시스템의 보급을 추진하기 시작하였다. 이것이 1941년부터 패전까지 전국적으로 실시된 '전속하청제專屬下請制정책'으로, 궁극적으로 하나의 대공장을 중심으로 다수의 하청공장이 중층적인 피라미드 형태로 배열되는 '기업집단'을 통해 전국의 생산력을 재편성하고자 하고자 하였다. 이 때 하청공장은 보유한 기술력이 유치한 관계로 극력 단일종류의 부품생산에만 전념하도록 지도되었다. 빈약한 설비와 기술력을 전문화와 경험을 통해 보강하여 생산량을 늘리도록 계획한 것이다. 이를 위해 하청공장은 원칙적으로 하나의 발주공장하고만 거래관계를 가지도록 정하여졌다. 부품종류를 단일화하기 위해서는 복수의 발주공장으로부터 상이한 종류의 주문을 받는 것은 피해야 했기 때문이다. 일본정부는 이와 같은 전속하청시스템의 보급으로 생산력 향상을 꾀함과 함께 기계공업전체를 통제하에 두고자 하였다. 그러나 현실은 일본 정부의 희망과

는 다르게 전개되었다. 기계공업전체의 생산력을 훨씬 넘어서는 병기주
문에 중소공장의 지도육성을 통해 응하는 것은 시간적으로 무리이고, 이
윤획득에 있어서도 불리하다고 판단한 대공장들이 하청공장의 양성보다
는 양질의 중소공장의 확보와 쟁탈에 더 힘을 기울였기 때문이었다. 당시
하청공장을 육성하기 위해서는 대공장의 우수한 노동력, 즉 숙련노동자
가 지도를 위해 업무에서 빠져야 했는데, 이것은 노동력부족으로 주문소
화에 힘겨워하던 대공장들에는 치명적인 손실을 입힐 수 있었다. 따라서
대공장들은 지도와 육성에 필요한 노동력을 자사를 위해 투입하고, 하청
공장의 부족한 생산력은 우수공장의 발굴과 탈취로 맞서려 했던 것이다.
그 결과 지도육성을 통해 밀접한 관계를 가지는 하청관계는 정착하지 못
했고, 중소공장들도 이윤동기에 따라 빈번히 발주공장을 변경하게 되면
서 전속하청제는 파탄을 맞이한다. 이렇게 일본식 하청제를 만들기 위한
첫 시도는 실패한 셈이 되었으나, 발주공장과 하청공장의 밀접한 관계를
만들어 전체의 생산력을 높이려한 아이디어는 정책의 힘을 입어 전국적
으로 알려지게 되었다. 이러한 경험이 전후에 어떻게 활용되었는가는 아
직 구체적으로 밝혀지지 않았으나, 적어도 이윤동기에만 주목한 일반적
인 하청관계와는 다른 하청관계가 처음으로 알려진 것은 사실이었다. 전
시중 하청정책은 정책 본연의 목표-생산력 증강-에는 실패했으나, 전후
일본의 하청시스템에 하나의 아이디어를 제공했던 것이다.

3. 전후경제성장과 일본식 하청시스템의 출현

3-1. 이중구조 문제의 출현과 일본 경제의 발전

패전에 의해 군수산업이 해체되고, 해외 전장戰場에서 수백만의 군인이

귀국하면서 일본에는 추정 1,300만에 달하는 방대한 과잉노동력이 발생하게 되었다. 한편 전쟁중 유례가 없는 내핍생활을 강요받던 일본 사회는 전쟁이 끝나자 식료품, 의류, 조리기구등의 기초적인 생필품시장이 폭발적으로 확대되었다. 이러한 제품들의 특징은 고가의 설비나 기술개발이 없어도 노동력의 대량 투입을 통해 생산량을 늘릴 수 있다는 점이었다. 이러한 상황에서 노동력이 대폭 늘었으므로, 저가의 상품생산에 다수의 노동자가 동원되게 되어, 1인당 임금은 낮아 질 수밖에 없었다. 이 때문에 너무나도 낮은 임금에 불만을 가지게 된 노동자들이 약간이라도 저금이 생기면 자신의 공장을 차리게 되자, 소규모 공장이 폭발적으로 늘었다. 또다시 과당경쟁이 재개되어, 소규모 공장 노동자들의 임금은 한층 하락하게 되는 악순환이 일어났다. 한편 상대적으로 우수한 설비를 보유한 대공장들은 대량해고 등의 경영정상화 노력과 한국전쟁의 특수를 거쳐 점차 경영을 안정시키면서 부가가치가 높은 제품의 시장을 독점해나갔다. 이 때문에 대기업의 이윤은 중소공장과 매년 격차를 벌여나갔고, 대기업 직원과 중소기업 직원사이의 임금격차도 커져갔다. 결국 대기업과 중소기업사이에는 선진 자본주의 국가에서는 볼 수 없는 커다란 임금격차가 생겨나면서 양측의 종업원의 생활수준도 큰 차이를 보이게 되었다. 이와 같이 커다란 수준차를 가지는 경제 섹터가 공존하던 당시 상황을 이중구조二重構造라 하였는데, 이것은 일본의 커다란 사회문제로 부상하게 되었다.

한편 이중구조 문제가 1950년대를 거쳐 60년대 중반에 이르기까지 확대되던 사이에, 대기업들은 급속한 성장을 이루면서 중소기업의 경영을 한층 곤란하게 하였다. '착취'라고까지 묘사될 정도 불리한 거래조건(대금체납, 단가인상요구)을 중소하청기업에 강요하면서, 한편으로 자신들이 판매하는 원재료의 가격은 사실상 독과점적인 위치를 이용하여 지속적으로 인상하였던 것이다. 또한 압도적인 경쟁력과 브랜드 이미지의 우위를 바탕으로 최종 소비자시장에서 중소기업을 축출하였다. 이러한 경향은 특히 경공업 제품보다는 기계공업과 같은 중화학 공업분야에서 두드러졌다. 게다가 대기업들은 국가 시책의 가장 직접적인 수혜자로, 금융조달과 무역업무에서도 특혜를 입으며 급성장하였다. 급성장한 대기업들은 정부의 지원에 힘입어 대대적으로 신규 설비투자를 반복하였는데, 이것이 일본 제품의 품질을 높임과 동시에 고도경제성장을 견인한 것은 사실이나 중소기업과의 격차를 더욱 크게 한 것도 사실이었다.

3-2. 일본식 하청시스템의 성립과 이중구조의 약화

50~60년대의 고도경제성장을 거쳐 일본 경제가 발전하자, 기계공업을 중심으로 20년전과 유사한 상황이 전개되었다. 우선 대기업에 의해 최종 소비제품시장에서 밀려난 중소기업은, 직간접적으로 대기업에의 판매의 존도를 높이게 되었다. 이것은 중소기업은 생존을 위해 장차 대기업의 하청기업으로 편입될 가능성이 높아진 것을 의미했다. 둘째로, 비록 급성장 하였다고는 하나 아직 구미의 대기업에 비해 자본력이 떨어지는 일본의 대기업들은 세계시장을 놓고 효율적인 대량생산체제를 구축해야만 했는데, 이때 자신의 생산시스템을 보완할 파트너로 중소기업을 이용해야 했다. 우수한 부품을 보다 저렴하게 확보하고, 설비투자의 부담을 넘길 수 있으며, 불황이 다가오면 손해를 전가할 수 있는 존재가 필요했던 것이다. 그러나 이것은 동시에 필요적절한 부품의 공급이 가능하고, 불황에도 버티어 내면서 상황이 호전되면 다시 자신들을 보좌할 만큼의 체력을 지닌 중소기업이 필요하다는 의미이기도 하였다. 전절에서 본 전쟁중의 상

황, 즉 하청시장의 확대와 후진적인 부품공급자의 동원이 다시 필요해진 것이나, 모든 조건이 같은 것은 아니었다. 우선 전시처럼 정부가 거의 무제한으로 예산을 편성하여 비정상적으로 확대된 시장이 있는 것이 아니었다. 분명 일본경제의 재기에 의해 확대된 내수시장과 수출시장이 있었지만, 이것은 전시경제와는 다르게 끊임없이 치열한 경쟁을 통해서만 살아남을 수 있는 시장이었다. 따라서 중소공장이 보다 나은 미래의 거래조건을 예상하여 현재의 발주공장을 경시하는 일은 쉽게 있을 수가 없었다. '보다 나은 미래'가 오기 전에 자신이 도산할 가능성이 높았던 것이다. 따라서 중소기업은 발주공장의 의향을 중시해야만 했다. 한편, 대기업도 '보다 나은 조건'으로 우수 하청공장을 다른 대기업으로부터 '탈취'해오는 쟁탈전을 쉽게 벌일 수는 없었다. '보다 나은 조건'의 제시가 경제적인 부담으로 연결될 가능성이 있었기 때문이다. 오히려 이보다는 가망이 있는 하청기업을 선별하여 발주량 증가를 통해 경영적으로 안정화시키고, 적극적인 기술 지도를 통해 자사의 요구, 즉 단가인하와 성능향상을 이루어낼 기업으로 육성하는 것이 현실적인 선택이었다. 이 때문에 자동차산업을 중심으로 대기업들은 적극적으로 하청공장에 기술지도 및 원조를 실시함과 동시에, 요구에 응하지 못하는 하청공장은 탈락시켜 나갔다. 결국 점차 정예화된 하청공장들이 특정한 발주공장과 주된 거래를 이루며 긴밀한 관계를 맺는 '계열'을 형성하였는데, 이것이 훗날 일본식 하청시스템으로 불리게 된 것이다. 한 가지 주의할 점은, 새로운 일본식 하청시스템이 전속하청제처럼 하나의 부품에 하나의 하청공장을 할당하거나, 하청공장이 전적으로 단일한 발주공장하고만 거래하는 시스템은 아니라는 점이다. 하나의 제품을 놓고도 발주공장은 의도적으로 2-3개의 하청공장에 분산 발주하는 경우가 많았는데, 이것은 상호 경쟁을 유발하여 이득을 얻고자한 조치였다. 또한 하청기업이 다른 계열과의 거래를 통해 경쟁사에 대한 지식을 축적하도록 계열 외부와의 거래도 허용하였다. 이러한 시스템이 가능했던 것은 전쟁 때와는 달리 기업간 거래관계의 고정을 강요한 정책이 없었기 때문이었다.

이러한 가운데 수주량이 늘어난 하청공장중에는 불황시에 대기업으로부터 손해를 전가 받으면서도 자본을 축적, 중견기업으로 성장하게 되는 기업도 나타났다. 지속적인 경제성장으로 인한 시장확대가 중소하청기업에게도 성장의 기회를 제공했던 것이다. 이 때문에 오랜 기간 문제시되었던 이중구조가 60년대후반부터 약화되기 시작했다. 특히 1960년대 중반 이후 노동력 부족현상이 본격화되자 더 이상 저임금에만 의존하는 방식으로는 중소기업도 살아남기 어렵게 되었다. 비록 대기업과의 임금격차는 여전하나, 이중구조와 같이 강도 높은 저임금 노동을 강요받는 중소기업의 노동자는 현저히 감소하게 되었다. 이것으로 중소기업문제가 전부 해결된 것은 아니었으나, 이중구조가 더 이상 일본경제를 설명하는 주요한 요인이 아니게 된 것이다.

4. 일본식 하청시스템의 성숙과 앞으로의 전망

60년대, 즉 고도경제성장시기를 걸쳐 점차 확립된 '일본식 하청제'는 1973년 오일쇼크이후 일본 제조업의 경쟁력이 세계적인 주목을 끌게 되면서 각광을 받게 되었다. 학계에서도 '착취당하여 보호받아야 할 존재', '일본 자본주의의 후진성을 대표하는 존재'로서 중소기업을 다루는 것이 아니라, 일본 제조업의 경쟁력을 이루는 중요한 일각이며 경제성장을 지탱하는 존재로 여기는 '중소기업 유용론'이 등장하였다. 오일쇼크이후 '감

속경제'성장의 시기에 접어들어
대기업의 손해전가가 다시금 중
소하청기업을 괴롭힌 시기도 있
었으나, 80년대에 들면서 일본
경제의 수출이 확대되면서 자동
차 산업등에서 대기업의 성장과
함께 중견은 물론, 세계적인 수
준으로 성장하는 하청업체도 나
타나기 시작하였다. 비록 하청
시스템의 안에 있으나, 더 이상
'하청'으로 부르기 곤란한 존재
들이 나타난 것이다. 이러한 기
업들은 90년대 이후 주로 하청
이 아니라 '서플라이어'라고 칭
해지게 되는 데, 승인도제도承認
圖制度와 모듈발주(일괄발주)로 불
리는 특징을 가지고 있었다. 승

그림 2 야자키소교(矢崎総業)의 전전과 전후

* 현재에는 자동차 배선분야에서 세계 1, 2위를 다투는 야자키소교도 전전에는 작은 중소공장에 불과했다. 사진의 위쪽은 1939년의 히사오 久尾공장, 아래쪽은 2000년 준공한 호도자와 (保土沢)공장.

인도제도는 더 이상 발주기업이 발주품목의 상세한 사양, 형상, 치수등을
제시한 설계도를 제시하면서 주문을 내는 것이 아니라, 하청기업이 대략
적인 사양을 통보받고 가장 적합한 설계도를 작성·제출하여 대기업의
승인을 받으면 생산을 시작하는 제도이다. 생산과정에 대한 자율적인 연
구와 결정으로 하청기업이 보다 높은 이윤을 획득할 가능성과 함께, 대기
업이 제품개발에 필요한 자본을 절약할 수 있게 된 것이다. 이것은 일본
식 하청시스템에 이미 개발단계부터 동참할 만큼의 기업역량을 가진 중

견이상의 기업이 다수 포진하게 되었음을 의미하는 일이었다. 또한 중견
기업이상의 하청기업에게는 세분화된 공정이나 부품이 아니라, 하나의
완결된 기능이나 형태를 가지는 부품단위, 모듈(module)을 발주하는 일이
많아졌다. 예를 들어 자동차의 인스트루멘트 판넬(instrument panel)에 들
어가는 속도계, 주량계, 기타 계기, 공기조정장치, 오디오등을 따로 발주
하는 것이 아니라, 이 모든 것들이 다 포함된 상태의 계기 판넬을 주문하
는 것이다. 이 역시 하청-서플라이어-기업의 높은 개발 및 생산역량이 없
이는 있을 수 없었다. 80년대의 엔고 불황을 이겨내고 수출시장에서 막대
한 판매를 달성하던 자동차 산업이 일본적 생산시스템과 일본식 하청시
스템으로 각광을 받자, 이러한 승인도방식과 모듈식 발주도 널리 알려지
게 되었다. 일본의 하청시스템은 고도경제성장이래 발전을 거듭하여 국
제적으로도 주목을 받을 만큼 성장한 것이다.

그러나 90년대 이후 버블붕괴의 여파로 일본경제의 부진이 계속되자,
일본식 하청시스템도 변화를 강요받게 되었다. 그 전까지 일본식 하청시
스템을 지탱해온 지속적인 경제성장과 개발, 재료, 설비, 부품, 조립까지
전부를 일본 국내에서 해결하던 '국내완결형'의 생산스타일에 변화가 생
겼기 때문이다. 자동차산업의 예를 보면 버블붕괴로 인해 내수시장이 축
소되면서 경쟁이 치열해진 가운데, 더 이상 국내의 하청시스템(계열)안의
거래만으로는 수익성이 보장되는 부품조달을 할 수 없게 되었다. 또한 90
년대 이래 늘어난 해외 직접투자로 구미의 부품기업과의 거래량을 늘려
가는 가운데, 엔고円高등의 이유로 국내의 계열 부품업체로부터 부품을 공
급받는 것이 반드시 유리한 것이 아님을 일본의 자동차 기업들도 알게
되었다. 더군다나 세계시장을 상대로 경쟁하는 해외 부품기업들의 개발

표 2 자동차 주요부품의 세계시장 상위3사(1999년 기준)

부품종류	세계 상위 3사			시장점유율
	1위	2위	3위	(%)
시트	JCI	리어	마그나	50
인스트루 파넬	델파이	텍스트롱	비스테온	30
미타계	덴소	비스테온	만네스만VDO	40
브레이크	콘티넨탈디비스	TRW	보슈	50
에어백	오토립	TRW	도요타합성	50
연료분사장치	보슈	델파이	덴소	60
파워스티어링	TRW	고요세이코	델파이	50
와이어 하네스	야자키소교	델파이	스미토모덴코	50
피스톤	말레	라인메탈	페더럴 모글	50
피스톤 링	페더럴 모글	디나	리켄	50
공기조절장치	덴소	델파이	비스테온	50
램프	고이토제작소	발레오	스탄레 덴키	40
쇼크 압소바	델파이	테네코	만네스만 작스	60
클러치	루크	발레오	만네스만 작스	60
타이어	굿이어	브리지스톤	미쉐린	50

1. 藤樹邦彦(2002) 『変わる自動車部品取引-系列解体』, エコノミスト社, p.24로부터. 원전은 日本工業新聞 2000.7.13.
2. 덴소 : デンソー, 도요타합성 : 豊田合成, 고요세이코 : 光洋精工, 야카키소교 : 矢崎総業, 스미토모 덴코 : 住友電工, 리켄 : リケン, 고이토제작소 : 小糸製作所, 스탄레 덴카 : スタンレ−電気, 브리지스톤 : ブリジストン.

능력이나 코스트다운능력이 일본내 하청기업을 능가하거나, 세계시장의 조류에 더 적합한 경우가 많아지게 되었다. 비록 일본의 부품기업중에 세계규모의 업체가 다수 있다고는 하나, 수많은 자동차 부품의 전부를 다 커버하는 것은 아니기 때문이다(표2참조). 따라서 일본의 자동차 업계도 불황을 이겨내기 위해 계열내의 업체가 아니라도 해외소재의 글로벌 서플라이어(グローバル・サプライヤー)와의 제휴를 시작하게 되었다. 이것은 국

내완결형 생산시스템이 위협받는 것을 의미했는데, 보다 유리한 글로벌
서플라이어가 있으면 얼마든지 기존의 하청계열사 대신에 이들을 편입할
수 있기 때문이다. 안정적 거래보장이나 공동 개발, 계열내부만의 경쟁이
특징이었던 일본식 하청시스템은 실효성을 잃고, 하청기업들의 국제적인
경쟁이 강요받는 시대가 온 것이다. 이러한 시대에 있어서 하청시스템내
의 기업들에게 필요한 것은 자립을 위한 기업역량의 증대이며, 이것은 단
순히 설비투자와 같은 양적인 측면만 아니라, 제품개발능력, 원가관리능
력, 시장분석능력과 같은 기업 본연의 능력은 물론, 신제품 개발 및 새로
운 시장의 창출능력과 같은 창의적인 아이디어에 기초한 질적인 측면을
의미하는 것으로 이야기되고 있다. 이미 고도경제성장의 시기처럼 발주
기업과의 긴밀한 관계만으로 성장할 수 있는 시대는 막을 내리고 있기
때문이다. 2009년 중소기업백서는 서두에 '이노베이션'과 '인재'에의 적극
적인 투자를 중소기업에게 호소하고 있다. 이것은 앞으로 창의적인 인재
의 혁신적인 경영에 의해서만이 중소기업이 생존할 수 있음을 고백한 것
과 다름없다. 그러나 창의와 혁신적인 아이디어만큼 고통스럽고 위험한
자산도 없을 것이다. 이전과 달리 시장상황에 창의적으로 대응해야 하는
일본 하청시스템과 중소기업의 변화가 주목되는 것은, 바로 이렇게 어려
운 과제를 만났기 때문이다.

참고문헌

중소기업청 『중소기업백서 2009년판』, 2009(원서)
와타나베 아키오 외 『21세기 중소기업론』 유히카쿠 아르코, 2006(원서)
우에다 히로후미 『현대 일본의 중소기업』 이와나미 쇼텐, 2004(원서)
후지키 쿠니오 『변화하는 자동차 부품거래-계열해체』 에코노미스트샤, 2002(원서)
키요나리 아키오 『중소기업독본』 제3판 도요케이자이신포샤, 2000(원서)
통상산업성대신 관방조사통계부 『공업통계 50년사』, 1961(원서)

정기룡

인구구조의 변화와 일본형 복지사회

1. 가족구성의 변화

현대일본의 가족구성의 형태는 이전의 대가족에서 핵가족核家族으로 변화하였다고 하겠다. 핵가족이란 일상생활의 단위가 부부와 미혼의 자녀만으로 구성되는 가족형태를 말한다. 그런데 일본에서는 산업화가 진행되면서 우리와 마찬가지로 자녀수가 점차 줄어들어 합계특수출생률이 전후의 4.5수준에서 지속적으로 줄어들어 이미 1989년에 평균 1.57명으로 떨어져 인구치환수준인 2.08을 크게 밑도는 상태가 계속되어 정부차원에서 쇼크로 받아들여졌다. 나아가 2006년에는 무려 1.26까지 최저수준으로 떨어져 일본정부는 아동수당제도의 개정과 육아휴업법 등의 각종대책을 시행하게 되었다. 그 후 2007년에는 1.34, 그리고 그 다음해인 2008년에는 1.37정도로 출생률을 회복시키고는 있지만, 이러한 저 출산추세가 지속되면 일본의 총인구수(2009년4월1일 현재 약1억2,757만 명)는 향후 한층 감소될 것으로 보인다.

<일본의 출생수와 합계특수출생률의 추이>

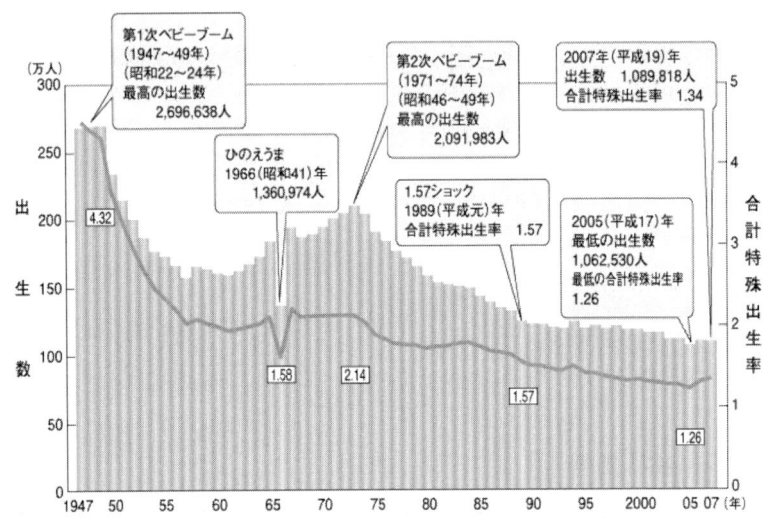

자료 : 일본 후생노동성 「인구동태통계(2008)」

　그와 더불어 가족의 변화추이를 보면, 가구 수는 늘어나는데 반해 가족구성원 수는 지속적으로 줄어들고 있음을 알 수 있다. 즉, 일반가구 수는 1960년에는 약2,223만 가구였는데 45년이 경과한 2005년에는 약4,902만 가구로 증가하였고, 가구당 인원은 1960년 4.16명에서 2005년에는 2.55명으로 감소하였다. 나아가 핵가족가구는 1960년 약1,179가구에서 2005년에는 약2,839만가구로 2.4배가량 증가하였다. 그 밖에 65세 이상의 고령자가 외롭게 혼자 사는 고령자단독가구가 무려 386만 가구, 65세 이상의 고령자가 포함된 핵가족가구는 무려 814만가구나 된다. 이러한 단독가구의 증가추세는 결혼을 하지 않는 미혼화와 결혼연령이 늦어지는 만혼화 그리고 고령자 단독가구의 증가가 주된 요인이라고 하겠다. 이처럼 핵가족가구와 단독가구의 증가는 일본의 가족형태의 변화 뿐만 아니라 가족기능에도 큰 영향을 미치고 있다.

그와 관련하여 일본의 결혼연령을 살펴보면, 초혼 연령이 남·여 모두 높아지고 있는데 그 가운데 평균 초혼연령의 추이를 보면, 1950년에는 남성25.9세, 여성23.0세였는데, 그 후 계속 상승하여 2006년에는 남성 30.0세, 여성28.2세로 약4-5세가 높아졌다. 또한 초혼연령의 상승과 결혼에 대한 의식변화로 미혼이 급속하게 늘어나고 있는데 남성의 경우, 30미만의 미혼율이 1970년에는 12%에서 2000년에는 43%로, 여성의 경우에는 20대 후반에서 동시기에 3배 이상 늘어났다. 또한 50세까지의 미혼 비율을 나타내는 생애미혼율도 2000년에는 남성의 경우 12.4%달 하고 있으며, 여성의 경우에도 1970년대 이후 줄곧 미혼율이 상승하여 2000년에는 25-30세 여성의 미혼율이 무려 54.0%, 생애미혼율은 5.8% 에 달하고 있다.

이렇듯 일본의 사회 환경은 매우 빠르게 변화하고 있으며 핵가족화와 소자화少子化, 만혼화 등에 의한 생활양식의 변화는 이제 산업화의 산물로 인식되기에 이르렀다. 이러한 변화는 고령자의 노후생활보장과도 관련이 있다. 일본에서는 제2차 세계대전 이전까지는 노인의 노후생활보장을 주 로 자녀부양에 의한 것이 암묵적인 관례였는데 핵가족화의 진전과 전후 의 민법개정에 의해 일본인의 부양의식이 크게 변했다. 이처럼 가족의 부양의식 약화는 일본의 고령자가 일정수준의 소득능력이 있음을 반영한 영향도 있지만 현역세대의 도시근로자가 겪는 주택난, 생활비의 증가 등 의 의해 부모에 대한 생활원조를 적극적으로 지원하지 못하고 있음을 의 미한다.

이는 노인의 수입원조사에서 나타난 결과에서도 자녀의 원조에 의한 수입원이 우리나라(40%선)보다 낮아 2007년에는 10%대에도 못 미치는 것만 보더라도 자명하다. 물론 고령세대의 소득은 세대유형과 세대구조에 따라 다르게 나타나고 있다. 후생노동성의 감수자료 「국민생활기초조사(2007)」에 따르면 전세대의 세대 당 연평균 소득금액은 약556.2만 엔인데 비해 고령자세대의 평균 소득금액은 298.9만 엔이었고, 특히 고령자세대에서는 공적연금 등의 연금소득이 전체소득의 70.8%를 차지하고 있으며 근로소득이 16.9%로 나타나 고령자의 생활보장은 사회보장과 노동이 주요 재원이 되고 있음을 알 수 있다. 그와 관련하여 저 출산과 인구의 고령화의 사회문제를 살펴보기로 하자.

2. 여성취업과 저 출산대책

전후 일본사회에서 가족과 여성을 둘러싼 전반적인 경향으로는 고도성장기의 남성이 주로 샐러리맨으로 취업한 반면 여성은 전업주부가 주류였는데 1970년대 후반 이후의 안정성장기에 접어들자 여성의 직장진출이 급속하게 진행되었다. 여성의 연령층에 따른 취업형태의 변화를 보면, 20대까지는 70% 이상이 정규직인데 반해 35세 이상의 정규직 비율은 50%를 밑돌아 파트타임이나 아르바이트로 일하는 비율이 늘어나고 있다. 파트타임 등 비정규직을 선택한 이유로는 자녀가 있는 기혼여성의 경우, 가사·육아로 인한 시간적 제약이 취업형태를 좌우하는 결정적 요인으로 작용하고 있음을 알 수 있다.

여성의 초혼연령이 상승하여 결혼연령이 높아져 비교적 나이가 많은 독신자가 증가하고 있는 것 또한 사실이다. 여성이 활발히 사회활동을 하게 된 배경의 하나로서 여성의 고학력화를 들 수 있는데 전문대학 이상의 진학률을 보면, 1985년에는 34.5%이던 것이 2008년에는 54.1%로 늘어났다. 또한 1980년대 후반의 노동력 부족과 더불어 서비스경제화로 인하여 여성이 일하기 좋은 여건이 조성되었고 작업환경과 유연한 근무체제가 갖추어졌다. 즉, 산업구조의 재편으로 서비스업, 정보·컴퓨터, 유통·금융 등의 3차산업 분야에서 경제의 소프트화가 진전됨으로서 여성과 고령자의 고용이 늘어나게 되어 주부와 중·고 연령층의 파트타임 취업이 증가하였다. 특히 결혼, 출산, 육아, 가사의 일을 맡게 되는 여성은 M자 형태의 생애취업주기에 따라 취업과 비 취업 사이를 이동하고 있다.

여성의 진출분야도 확대되어 근로자뿐만 아니라 관리직, 전문직, 경영자 등 직장 일선에서 일하는 여성이 급증하였고, 국회의원, 공무원, 연구·교육부문에서의 활동도 늘어나고 있는 추세이다. 여성의 사회진출이 활발해진 반면, 결혼 적령기가 늦어지고 출산율이 떨어지고 있으며 결혼을 하지 않는 여성도 늘고 있다. 결혼을 하면 가사노동을 주로 여성이 담당하게 되는데, 전자제품의 보급으로 가사가 상당히 편리해지긴 했으나 아직도 여성의 노동 부담이 큰 편이다. 또한 일본사회가 고령화됨으로써 노령 층에 대한 간병·수발 문제에 있어서도 대부분 여성이 그와 관련된 일을 맡고 있어서 이러한 문제도 사회적으로 해결해야 할 과제가 되고 있다.

한편 앞에서 살펴본 것처럼 출생률이 급격히 낮아지는 것은 향후 생산인구가 줄어들게 되어 인구고령화를 가속화시킬 뿐만 아니라 사회보장부담 측면에서도 후세대에게 부담을 주는 요인이 되고 있다. 또한 산업사회의 발달에 의해 핵가족화와 여성의 사회진출이 두드러져 가족기능이 약화되는 동시에 자녀의 양육기능이 무엇보다 떨어지고 있다. 이러한 사회적 분위기 속에서 발표된 육아지원정책의 내용을 보면, 출생률의 회복을 위한 인구구조의 문제를 주로 취업여성에 대한 지원을 통해 해결하려 하고 있다. 그 일련의 조치로서 후생노동성에서는 1990년대 이후의 엔젤플랜과 신엔젤플랜 등의 대책을 지속적으로 시행하고 있는데, 이는 향후 공공측면의 사회적 부양을 더욱 확대시키는 계기가 될 것으로 보인다.

일본의 자녀양육 관련정책으로는 먼저, 보육을 실질적으로 지원하기 위하여 보육서비스를 제공하고, 소득에 따라서 양육비의 일부를 분담하는 것이 주류를 이룬다. 구체적인 지원책으로는 보육원운영, 아동수당, 육아휴직이 중심적인 내용이다. 보육원운영은 보육서비스를 제공하는 것으로써 아동복지 시설을 이용하는 현물서비스를 일컫는다. 가족의 양육기능 저하가 사회문제로 대두되면서 보육원운영은 그동안 가족(주로 모친)이 맡아왔던 자녀양육을 사회적 책임으로 인식하는 계기가 되었다.

또한 아동수당은 자녀양육의 경제적 부담을 경감시키기 위한 현금급부이기는 하지만, 아동을 양육하는 보호자의 노동에 대한 지원이 아니라 직접 아동을 지원 대상으로 하는 자녀양육 지원제도이다. 나아가 육아휴직은 육아휴업법에 근거하여 근로자가 보육을 위해 휴직을 청구하여 양육권을 보장받는 제도로서 육아의 남녀 공동책임을 규정하고 있다.

<일본정부의 가족과 지역사회 연대를 위한 포스터>

그럼에도 불구하고 계속 출생률이 떨어지자 일본정부는 기존의 자녀양육지원책만으로는 출생률의 저하를 저지할 수 없다는 인식과 더불어 후세대에 부담이 가중되는 문제를 방치할 수 없다는 판단에서 「신엔젤플랜

(1999년)」에 이어서 「소자화사회간담회(2002년3월)」를 구성하여 정부차원의 자녀양육과 교육문제에 대한 지원을 확충하게 되었다. 그와 동시에 후생노동성은「소자화대책플러스원」을 발표하는 등 다각적인 대책을 제시하였는데, 그 중심적 내용은 ①남성을 포함한 근무형태의 재검토, ② 지역사회에서의 자녀양육지원, ③사회보장에 의한 차세대지원, ④젊은 세대의 자립지원 등이다.

이러한 대책은 자녀를 양육하는 삶이 가능한 사회, 자녀를 양육하고 싶고, 젊은 층이 자립하여 자녀를 낳아 잘 기를 수 있는 활기찬 사회를 지향하고자 하는 취지에 입각한다고 하겠다. 이러한 대책을 통해 가족기능 약화와 양육기능의 저하를 회복하기 위하여 가족과 지역사회의 연대를 조성하는 분위기를 형성하고 있다.

3. 고령사회와 사회문제

전후 일본의 급속한 고령화는 베이비붐 이후에 출생률이 급속하게 저하하고 다산에서 소산으로 출생구조가 급격하게 전환된 것과 1960년대 중반 이후에 중·장년층의 사망률 저하에 의한 평균수명의 연장에 의해 고령세대가 증가한 것이 주요 원인이라고 하겠다. 앞에서도 지적한 바와 같이 1980년대 중반 이후에 현저해진 출생률의 저하는 고령화의 속도를 한층 가속화하는 요인이 되고 있다. 특히 최근의 노인문제는 인구의 고령화, 세대규모의 축소, 여성의 고용기회 확대, 가족의 부양의식 변화, 가정의 개호능력 저하 등의 원인으로 인하여 사회문제가 되고 있다.

일본의 인구고령화 추세는 65세 이상 고령자인구가 1950년에는 총인구의 4.9%(약 416만 명)에 불과했으나, 1994년에 고령화비율이 14%에 달

해 고령사회에 진입하였고, 2006년에는 20.8%(약2,660만 명)대를 넘어서
초고령사회가 되었으며, 향후 2025년에는 30%로 늘어날 것으로 보인다.
또한 후생노동생의 「간이생명표」와 「완전생명표」에 의하면 65세의 평균
여명이 1950년에는 남성이 11.5년, 여성이 13.9년이었던 것이 점차 늘
어나 2007에는 남성이 18.56년, 여성은 23.59년으로 신장되었다. 이처
럼 인구의 고령화가 빠르게 진행됨에 따라 고령사회의 사회문제는 연금,
의료, 취업, 주택, 복지서비스 등의 측면에서 더욱 복잡하고 심각하게 대
두되었다.

이러한 사회문제를 대처하기 위해 일본에서는 고령화사회로 진입한
1970년대부터 고령자를 단순히 약자로서의 보호에 머무르지 않고, 어떤
방법으로 여유 있고 의미 있는 노후생활을 보낼 수 있을까? 하는 과제에
각계각층의 관심이 모아졌다. 즉, 노인문제에 관한 종합시책으로서 연금,
의료, 취업, 주택, 복지서비스 나아가 노인홈과 관련된 제안이 집중되었
다. 그 후 1989년12월의 「골드플랜」 책정을 계기로 하여 고령자의 보건
·복지서비스에 관한 목표를 정하고 법률적 개정과 실시기반의 정비를
추진하였고, 1990년대에 이르러 「고령자보건복지추진10개년전략」이 실
시됨에 따라 노인홈을 둘러싼 환경이 혁신적으로 변화하였다. 이 시기에
거품경제 붕괴의 경기침체에도 불구하고 골드플랜에 입각한 다양한 노인
시설이 여기저기에서 생겨났다. 아이러니하게도 일본의 경기침체기인 '잃
어버린 10년' 동안에 내수확대 효과로 볼 수 있는 일련의 성과가 노인복
지부문에서 나타난 것이다.

그와 더불어 1994년에는 고령자보건복지추진 10개년전략을 전면적으
로 재고하여 「신골드플랜」을 책정하였으며 고령층의 간병·수발을 위해
서는 2000년4월부터 독일모형을 벤치마킹하여 사회보험제도의 하나로

서 이른바 「개호보험」을 시행하였다. 또한 고령자의 보건과 복지서비스 부문에서는 시·정·촌이 중심적 역할을 수행하도록 하고, 노인방문간 호, 의료형 병상을 제도화하면서 복지·간호 인력을 확보하기 위한 조치 도 강구하였다. 이러한 대책수립과 환경정비는 고령화 비율이 빠른 속도 로 증가됨으로써 향후 더욱 급증하게 될 개호서비스 욕구에 적절하게 대 응하기 위해 고령자개호시스템을 유연하게 시행하기 위한 정책적 노력에 의해 정책적 노력에 의해 추진되고 있다고 하겠다.

한편, 인구의 고령화는 노인들의 가치관에도 변화를 주게 되었다. 즉, 고령자의 학력상승, 소득상승, 자기실현 욕구의 표출 등 고령자의 생활 상이 변화하여 노인들의 의식이 다양화되는 한편, 고령층 집단의 공통된 행동양식과 노인을 중심으로 한 생활문화가 형성되고 있다. 따라서 일본 의 고령사회에 관한 논의는 고령자 개개인의 생활과 경험 등으로 내재된 자기존재의 가치 및 이념을 비롯하여 최근에는 생활문화, 복지문화 등으 로 까지 확대되고 있다. 즉, 가정의 간병·수발 능력 저하와 더불어 고령 자의 사회활동 참가가 늘어나는 가운데, 거동이 불편한 고령자를 위한 고령자보건·복지 분야에 관한 서비스를 종합적으로 정비하는 동시에 간 병·수발에 관한 사회전반의 이해와 원조기술의 개선 등이 문화적 측면 에서도 구축되고 있다.

그럼에도 불구하고 일본의 복지환경은 고부담의 고복지라기보다는 중 간정도의 부담에 중간정도의 복지혜택을 목표로 하고 있으며, 그 근저에 는 「개호보험법」과 「사회보장구조개혁」이라는 사회정책이 작용하고 있 음을 알 수 있다. 따라서 개호보험제도의 서비스이용의 확대로 인하여 민간기업의 개호 비즈니스 사업으로의 진출과 의료지원 사업이 성장추세 이다. 이른바 정책견인과 함께 민간기업의 시장참가 나아가 고령자들이 자발적으로 조직 활동에 참여하는 등 노인문제 해결을 위한 대책이 복지문화로서 형성되고 있는 것이다.

이렇듯 최근 일본은 경기침체로 인해 정치, 경제, 사회의 일상생활 등 모든 분야가 불투명한 전환기에 처해있으나 노인복지와 관련된 문제해결을 위한 고령자대책은 연대의식에 입각하여 정부와 국민 모두가 환경변화의 위기로 인식하여 활력 있는 고령사회 구축을 시도하고 있다. 이는 고령사회의 생활양식 변화가 다음 세대에도 확실히 이어질 것이라는 국민의 공통된 인식이 저변에 확산되어 있기 때문에 가능한 것일 것이다.

노인문제에 대한 생활정책의 효율적인 대응으로 복지욕구가 이루어지면, 삶의 질의 향상과 문화생활을 영위할 수 있을 것이라는 기대와 더불어 노인의 생활과 실태조사에 입각하여 일본정부가 발표한 「활력 있는 고령사회」처럼 미지의 세계인 고령사회에서도 활기차고 안심할 수 있는 사회시스템을 구축하여 삶의 질과 문화생활을 향상시킬 수도 있을 것이다. 물론 삶의 질은 상대적이고 가치지향적인 개념이기 때문에 일률적으로 정의하기는 곤란하다. 또한 그와 관련한 문화형성도 아직은 주관적인 개념이기에 연구자에 따라 견해가 다르게 나타날 수 있다. 그러나 일반적으로 고령층의 위협요인은 빈곤, 질병, 고독이므로 이러한 노인문제를 건강, 경제력, 가족관계, 인간관계, 사회참여에 관한 생활정책의 지원체계로서 해결해 나간다면 일상생활 속에서 고령자를 중심으로 한 공통 행동양식이 노인문화로서 새롭게 형성될 수 있을 것이다.

노인은 그 동안 존경의 대상이었으나 공업화·산업화·핵가족화가 진전되면서 점차 경로사상은 외형적인 형식만 강조되는 반면, 노인을 사회적 생산 능력이 떨어지고 의존성이 높은 존재로 여기는 시각이 늘어나고 있다. 그러나 보다 적극적으로 노인을 위한 환경조성을 도모한다면 활동적인 고령자는 가정뿐만 아니라 지역사회에서도 능력을 발휘할 수 있는 기회가 늘어날 것이다. 이미 일본의 사회문제로 대두된 노인문제는 이제 정책적 차원의 대처에서 진일보하여 일상생활 속에서 노인문화로 형성되고 있으며 보다 광범위한 복지문화의 구축에도 영향을 미치게 될 것으로 보인다.

4. 일본형 복지사회

사회는 가족을 가장 기초적인 핵심단위로 삼아 존속하고 발전하기 때문에 국가와 사회는 가족자체의 생존과 복지를 보장해 주는 기능을 수행하게 된다. 따라서 국가와 사회가 가족의 기능과 구조를 바람직한 방향으로 이끌고 가족복지를 증진시키는 활동에 나서는 것은 사회의 존속과 발전을 위해서 필요한 일이다. 그러나 사회변화에 따라 가족기능이 원활하지 못할 경우에는 국가가 가족의 복지기능을 강화하거나 보완하기 위한 제도를 운영하게 되었는데 이러한 노력이 복지국가를 성립시켰다고 하겠다.

복지국가의 발전은 가족 구성원 개개인의 복지를 위해서 가족과 국가 간의 역할을 사회적으로 규명하고 사회문제를 해결하기 위해 사회정책을 추진한데서 기인한다. 복지국가(사회복지분야에 정부가 적극 관여하는 국가)가 처음 등장한 것은 18세기 후반의 영국이었고, 1940년대 영국에서 복지국가가 비약적으로 발전하여 풍요로운 사회를 경험했다. 그러나 1970년대의 저성장과 고실업을 겪게 되면서 복지국가 성장에 대한 반작용이 일어났다. 시장은 임금노동과 가사노동이 결합하여 가족기능을 충족시켜 왔는데, 산업화로 인해 종래의 가사노동은 부분적으로 임금노동으로 전환되기도 하고, 가사노동으로 취급해야 할 영역이 축소되면서 정부는 사회정책을 통해 비시장적인 필요를 충족시키게 된 것이다. 이러한 분야의 확대는 결국 비시장적 필요영역을 정부주도의 사회정책이 공급하거나 부분적으로 자원봉사에 의해서 제공되게 된다.

그럼, 일본의 경우는 어떠한가? 일본이 본격적인 복지국가로의 변화가 시작된 것은 오일쇼크가 발생했던 1970년대인데 아이러니하게도 이때에는 일본이 고도성장을 거쳐 안정성장기에 들어선 시기로서 경제위기와 병행하여 복지국가를 추진하게 되었다. 따라서 서구 선진국에 비해 복지국가로서의 제도정착은 약 30년 정도 늦어졌으나 1980년대에 걸쳐 전반적인 복지제도가 정착되어갔다. 그러나 1990년대에 들어서자 거품경제의 붕괴로 인하여 다른 선진국과 마찬가지로 복지재고의 위기를 맞게 되었다.

사실 1960년대까지 일본에서는 「복지사회」란 용어가 생소했었으나, 1972년의 경제백서에서 성장우선 사회의 반대개념으로 쓰인 것을 알 수 있다. 1973년을 복지원년으로 삼고 있는 일본으로서는 「경제사회기본계획」에서 '활력 있는 복지사회를 위하여'라는 테마로 국민의 복리증진과 균형 있는 경제사회를 지향하는 의미로 쓰였다. 그 후 1979년 「신경제5개년계획」에서 일본형 복지사회의 선언을 하였고, 이는 일정수준의 적당한 공적복리(중간수준의 부담으로 준가수준의 복지혜택)를 중점적으로 보장하는 형태로서 서구의 복지국가와는 다른 형태로 발전하였다.

따라서 일본에 걸맞은 복지사회란 진정한 약자에게 일정수준의 복지혜택의 수준을 견지하면서도, 국민의 자립, 자조활동, 자기책임의 풍토를 최대한 존중하면서 정부는 과잉개입을 지양한다는 것이었다. 그러나 1980년대에는 일본에 맞는 복지국가론에 입각한 일본사회 구조의 급격한 변화가 일어나면서 성별역할 분업, 여성역할 증대, 가족역할의 강조, 기업복지역할 강조, 기업중심사회, 정부의 기업복지 의존이란 형태로서 「일본형복지사회」가 형성되게 된 것이다.

어쨌든 이전처럼 가족에 의해 인간적인 기본생활을 영위할 수 없게 되거나 외적환경에 의해 '복지욕구의 충족기능'이 원활하게 이루어지지 못했을 경우에는 사회문제가 발생하며 이러한 사회문제는 개인과 가족의 원만한 생활을 유지할 수 없게 되어 가족이 해체되거나 구성원 상호간의 관계를 붕괴시키고 만다. 따라서 이러한 저출산과 고령화의 사회문제는 경제대국 일본에서도 현재 일어나고 있는 사회정책의 대상이 되고 있는 것이다.

일본의 생활보장시스템의 특징은 집단적 조직, 다원화, 환경의 변화(고령화, 유동화)에 따라 변화하고 있으며 개인생활을 위협하는 리스크는 존재했으나 실제로 출현확률은 극히 적었다. 그러나 고령화의 도래는 장수리스크 또한 동반하게 되었다. 수명이 연장되면 퇴직 후의 무소득기간이 연장되는 것을 의미하며 평균수명의 연장으로 질병이나 장애를 얻을 가능성 또한 늘어나는 것이다. 그럴 경우, 의료비와 간병수발을 가족에게만 부담시키는 것은 문제가 있다. 즉 사회문제의 중압을 가족만이 아니라 사회적으로 생활보장의 인프라를 구축하여 해결해나가려는 시도가 필요한 것이다.

결국 고령화의 진전과 저 출생에 의해 초래되는 생산인구의 감소는 노인을 부양하는 현역 층의 조세부담과 사회보험부담을 증가시켜 후세대에 상당한 부담이 되어 형평성 측면에서 위기를 초래할 수 있다. 이러한 요인은 이제 저 출산과 노인문제가 일가족 혹은 노인만의 문제가 아니라 사회를 구성하는 모든 구성원의 사회문제임을 암시하고 있다. 따라서 일본은 이러한 요인에 따른 사회적 환경변화에 대해 가치관과 사회인식을 근본적으로 재고할 필요가 있다는 공통인식에 입각해서 사회문제의 다양성에 관한 사회정책을 광범위하게 펼치고 있다.

참고문헌

마스코 가쓰요시 『복지문화의 창조』 호쿠죠출판, 2006(원서)
사회복지동향편집위원회 『사회복지의 동향』 쥬오호키, 2009(원서)
내각부 『고령사회백서』 교세이, 2007(원서)
아토 마코토 『인구감소시대의 일본사회』 하라쇼보, 2007(원서)
정기룡 『일본사회의 이해』 제이엔씨, 2006

박진우

O5 일본의 상징천황제를 어떻게 볼 것인가?

1. 천황제와 국민통합

천황제는 일본사회의 우경화를 이야기할 때 중요한 키워드가 된다. 더구나 90년대 이래 네오내셔널리즘 운동이 활기를 띄우고 있는 일본 사회의 배경을 근원적으로 이해하기 위해서는 무엇보다도 천황제 문제에 대해서 한번쯤은 집고 넘어갈 필요가 있다.

물론 최근 일본의 우경화 동향 속에서 천황의 존재가 전면에 부각되고 있는 것은 아니지만 그것이 곧 천황·천황제의 존재가치가 약화되었다는 것을 의미하는 것은 아니다. 근대 이후 일본 내셔널리즘의 중핵에는 항상 천황제가 자리해 왔으며 천황의 존재에 대신하거나 또는 이를 초월하는 국민통합의 구심점을 발견하기는 어려운 것이 현실이다. 특히 냉전체제 붕괴 이후 국민통합의 강화가 절실히 요구되는 오늘날의 상황에서 천황·천황제의 존재는 어떤 형태로든 그 일익을 담당하지 않을 수 없을 것이다. 비록 오늘날 천황의 역할이 권력의 직접적인 갈등과는 동떨어진 환경문제나 국민복지, 또는 국제친선 등에 집중되고 있다고 하더라도 근대 천황제로 인하여 야기된 갖가지 역사적 쟁점과의 관계가 간단하게 단절되는 것은 아니다. 예들 들면 21세기로 넘어오는 길목에서 성립된 히노마루·기미가요의 법제화는 패전 전 천황에 대한 충성을 표상하는 상징적인 기호들의 복권을 의미하며, 야스쿠니신사 문제는 군국주의시대 국가와 천황을 위해 기꺼이 목숨을 바칠 수 있는 충성스러운 국민자원의 양성이라는 역사와 분리해서 생각하기 어렵다. 더구나 '새로운 역사교과서'는 국가에 대한 절대적인 귀속과 천황제의 정통성·영속성을 강조하면서 자민족 중심적인 역사관을 고집하고, 또한 이시하라 신따로石原愼太郎 등이 천황의 야스쿠니신사 참배를 주장하는 것은 여전히 천황제가 내셔널리즘에서 중요한 일익을 담당할 수 있다는 것을 시사해 주고 있다.

따라서 우리는 일본의 대국화와 우경화의 동향이 두드러지게 나타나는 오늘날에 있어서 천황제가 과연 어떤 역할과 기능을 하고 있으며 그것이 금후 어떻게 전개되어 갈 것인가에 예의 주시할 필요가 있는 것이다.

2. 일본의 패전과 상징천황제의 탄생

1945년 8월 15일 일본의 패전은 천황제의 존속에 심각한 위기감을 안겨다주었다. 근대 일본의 모든 침략전쟁이 천황에 의한 세계지배의 미명 아래 자행된 것이었기 때문에 패전으로 인한 천황의 전쟁책임은 면하기 어려운 일이었다. 그러나 당시 지배 권력의 입장에서 보면 이제까지 신적인 존재로 군림해오던 천황이 연합국에게 전쟁책임을 추궁 당한다는 것은 꿈에도 생각하기 싫은 일이었다. 나가사키와 히로시마의 원폭투하는 45년 6월 오키나와가 미군에게 함락된 단계에서 일본이 항복했다면 일어나지 않았을 인류의 비극이었다. 그러나 일본은 본토 결전까지 불사

하겠다고 버티면서 더 많은 비극과 희생을 초래했다. 이처럼 일본이 항복을 미루었던 이유는 패전 후 천황제를 유지할 수 있을 것인가를 둘러싸고 막바지까지 미국과의 사이에 막후교섭을 하고 있었기 때문이었다. 대다수 일본 국민과 아시아 민중의 희생은 아랑곳없이 오로지 '국체호지' 國體護持, 즉 천황제의 연명이 패전 당시의 천황과 지배층의 유일한 관심사였던 것이다.

또한 패전국 일본의 점령지배에서 결정적인 권한을 가지고 있던 미국은 천황의 전쟁책임 면책과 천황제 존속에 최대의 협력자였다. 당시 미국은 천황의 처벌을 주장하는 국제적인 여론에도 불구하고 천황을 도쿄 국제군사재판에 회부하지 않았다. 그것은 천황제를 정치적으로 이용하여 보다 효율적인 점령 지배를 수행하고, 또한 소련과의 대립이 격화되는 냉전체제 하에서 공산주의 세력을 저지하기 위해서였다. 결국 천황제는 동아시아에서 공산세력의 확대를 저지하려는 미국의 의도와, 천황제의 존속을 꾀하는 일본의 이해가 일치되어 그 존속이 가능하게 된 것이었다.

물론 그렇다고 해서 미국이 무작정 과거와 같은 절대적인 천황제를 남겨두려 한 것은 아니었다. 미국이 일본 점령정책에서 가장 먼저 손을 댄 것은 천황신격화를 폐지하는 일이었다. 미국은 제2차 세계대전에서 일본이 그토록 무모한 전쟁을 감행할 수 있었던 배경에 일본인들의 천황에 대한 맹목적인 숭배와 충성이 있었기 때문이라고 판단했던 것이다. 사실 일본은 태평양전쟁에서 '황군', 즉 천황의 군대는 백전불패라는 신화를 믿고 있었으며 가미가제특공대와 같은 기상천외한 발상도 이러한 신화를 굳게 신봉하도록 만들었기 때문에 가능하였다. 미국이 점령 즉시 국가신도를 폐지하고 천황이 직접 국민들에게 '인간선언'을 하도록 한 것도 천황신격화를 폐지하기 위한 조치였다.

　동시에 미국은 메이지헌법을 폐기하고 새로운 민주주의적인 헌법을 만들도록 일본에 지시했다. 미국의 주도 하에서 작성된 신헌법 제1조에서는 '천황은 일본국가와 일본 국민의 상징'이라고 규정하고 있다. 패전 전의 절대주의적인 천황제와 구분하여 패전 후의 천황제를 상징천황제라고 부르는 이유는 여기에 있다. 이 새로운 헌법에 의해 천황은 정치적인 간섭이나 정치행위가 일체 금지되었다. 천황은 국회소집, 총선거일의 공시, 수상 임명, 영전의 수여 등 형식적인 의례행위만을 하게 되었으며 모든 정치적인 책임은 내각이 가지는 것으로 되었다. 이는 패전 전에 비하여 천황의 권한이 두드러지게 축소된 것이었다.

　그러나 천황의 신격을 폐지하고 절대적인 권한을 박탈했다고 해서 천황제의 문제점이 사라진 것은 아니다. 패전 후 탄생한 상징천황제가 가지는 근본적인 문제점은 동일한 인물이 전혀 다른 시대를 연결하고 있다는 사실이다. 히로히토 천황은 1926년 즉위한 이래 패전에 이르는 20년간은 절대적이고 신성불가침한 신으로써 군림하여왔다. 그러나 패전 후 모든 정치적 실권을 상실한 채 1989년까지 '상징'적인 존재로 44년을 더 연명함으로써 전쟁책임을 비롯한 천황제가 가지는 문제점을 애매하게 희석시켜 버렸다. 일본의 불충분한 전후처리와 왜곡된 역사인식의 문제도 궁극적으로는 패전 후 히로히토 천황의 연명과 무관하지가 않는 것이다.

　결국 천황의 전쟁책임 회피와 천황제의 존속은 일본 국민들 사이에 전쟁에서 패했다는 사실이나 침략전쟁에서 가해자로서의 책임의식 보다도 역시 천황은 국민통합의 구심점이라는 인식을 확인시켜주는 결과를 가져왔다. 일본인들이 패전을 '종전'이라 하면서 좀처럼 과거의 침략행위를 반성하려 하지 않는 것도 천황제의 존속이 중요한 영향을 미친 것이라 하겠다.

1945년 9월 27일 히로히토 천황이 주일미대사관으로 맥아더 점령군사령관을 방문했을 때 찍은 사진. 승자와 패자의 관계를 확연하게 보여주고 있다.

3. 상징천황제의 정착

1952년 일본이 미국의 점령지배로부터 독립한 후 정치적인 권력과는 거리를 두고 평화주의와 민주주의의 얼굴로 분장한 상징천황상의 이미지가 정착되어 왔다. 그러나 또 다른 한편으로는 천황제의 복고적인 권위를 강화하여 이를 국민통합의 중심에 위치 지우려는 움직임은 끊이지 않고 계속되었다. 한편으로는 천황의 인자한 군주상과 함께 평화주의적인 이미지를 강조하면서 또 다른 한편으로는 천황의 전통적인 권위를 강화하려는 것은 이율배반적인 것으로 보일지도 모른다. 그러나 이 두 가지 얼굴이 교묘하게 조화를 이루면서 존속하는 것이야말로 상징천황제의 소안이다.

1989년 1월 7일 히로히토 천황의 죽음은 상징천황제가 안고 있는 문제점을 다시 확인할 수 있는 중요한 계기가 되었다. 천황제를 반대하는 측에서는 매스컴의 히로히토 천황의 업적을 찬양하는 획일적인 보도 자세를 비판하면서 천황의 전쟁책임을 추궁하였다. 그러나 히로히토의 사망 당일 전반적인 과잉자숙의 분위기 속에서 조기 게양에 반대하거나 묵

도를 거부하는 행위는 일본국민이기를 거부하는 '이분자'로 비난받을 각
오가 필요했다. 일본 국민들의 집단적인 열광은 실로 일본의 폐쇄적인
내셔널리즘을 단적으로 보여주고 있었다.

이러한 집단적인 과잉자숙 현상의 배경에는 정부와 매스컴의 이데올로
기 조작이 크게 영향을 미치고 있었다. 히로히토 사망에 즈음하여 발표
된 수상을 비롯한 각 정당의 근화는 '격동의 시대', '세계평화', '국민의
행복', '민주주의', '일본의 상징', '국민통합의 상징' 등의 공허한 언설을
남발하였으며 공산당을 제외하고는 천편일률적인 논조로 일관하는 놀라
움을 보였다. 패전 이후 지속적으로 선전되어 오던 평화주의적인 천황상
이 히로히토의 죽음을 계기로 절정에 달한 것이다.

히로히토의 장례식과 그의 아들 아키히토의 즉위식에서는 황실의례의
역사와 전통을 심미화하여 군주의 신성한 권위성을 국민들에게 부각시켰
다. 특히 천황의 대가 바뀔 때 단 한차례 거행되는 대상제大嘗祭는 천황이
조상신과 교감함으로서 그 지위에 신비감과 권위성을 부여하는 중요한
의식으로서 텔레비전 중계를 통하여 전 세계에 방영되었다.

반면 대부분의 매스컴은 히로히토 천황의 재위 64년간과 결코 분리해
서 이야기 할 수 없는 소수민족의 차별, 식민지지배와 침략전쟁, 강제연
행, 종군위안부, 원폭 투하, 731군부대 등과 같은 고통과 비극의 역사에
관해서는 마치 약속이나 한 듯이 외면하고 있었다. 그리고 식민지지배나
침략전쟁과는 무관한 아키히토 천황의 즉위는 과거의 어두운 역사를 은
폐하는 절호의 기회로 이용되고 있었다.

그러나 아키히토가 아무리 침략전쟁과는 무관하다고 하더라도 상징천
황제를 평화주의와 결부시키는 한 과거의 역사에 대한 왜곡에는 다름이
없다. 그럼에도 불구하고 아키히토의 온화하고 부드러운 이미지가 평화

주의의 선전과 부합하면서 천황제와 어두운 역사와의 관계가 애매하게 망각되어 가고 있다는데 더욱 심각한 문제점이 있다. 예컨대 90년대 이래 전쟁책임과 전후보상을 비롯하여 역사교과서문제 등의 논란 속에서 천황제의 문제가 제외되어 가는 경향을 보이고 있는 것은 그 좋은 예이다. 신 천황이 즉위한 후 20여 년이 지난 지금 천황제는 전쟁이나 침략과는 무관한 평화 일본과 민주주의의 '상징'이라는 새로운 전통을 정착시키고 있는 것이다.

영국의 일간지 THE SUN이 1988년 9월 21일자에 와병중인 천황에 대하여 "지옥이 기다린다. 이 사악한 천황을"이라는 머리글을 실어 일본과의 사이에 외교문제로 비화되었다.

4. 상징천황제의 장래

상징천황제가 평화주의와 민주주의의 '상징'이라는 새로운 전통으로 정착되고 있지만 21세기로 접어들면서 또 다른 위기에 직면하고 있다. 1989년 아키히토가 즉위한 후 천황제와 어두운 역사와의 관계를 단절하고 이제까지 '닫힌 황실'이라는 이미지를 바꾸기 위해 적극적으로 '열린 황실'의 인상을 국민들에게 심어주는데 노력해 왔다. 예를 들면 천황과 황후가 고베대지진의 재해자들을 직접 방문해서 맨손으로 악수를 청하면서 그들을 위로하는 모습은 이전에는 상상도 할 수 없는 획기적인 일이었다.

그러나 90년대 이래 황실의 두드러진 '민주화'에도 불구하고 천황·황실에 대한 국민들의 관심은 점차적으로 멀어지고 있는 경향을 보이고 있다. 각 언론사가 행한 여론조사의 데이터를 종합해 보면 1989년 아키히토가 즉위한 후 천황에 대한 존경심이 히로히토 재위 시에 비하여 감소(1986년 35.5%에서 1998년 27.2%)하는 반면 친근감은 반대로 증가하고 있다.(1986년 20.0%에서 1998년 31.4%) 그러나 이러한 수치만을 보고 천황과 국민의 거리가 가까워졌다고 보기는 어렵다. 왜냐하면 천황에 대한 무관심층이 아키히토가 즉위한 1989년의 17.5%에서 10년이 지난 1998년에는 23.8%까지 증가하고 있기 때문이다. 뿐만 아니라 천황제의 현상유지를 지지하는 층은 10년간의 사이에 75%를 전후하면서 거의 변화가 없지만 무관심층은 역시 1989년의 9.8%에서 15.6%로 증가하고 있다.

이 밖에도 매년 정월 초 국민들이 황거를 찾아가 천황과 황족들에게 신년인사를 하고 천황의 장수를 기원하는 행사인 신년참하객의 수가 점차 감소하고 있는 것도 무관심층이 감소하고 있다는 것을 말해주는 것이라 할 수 있다. 아키히토의 즉위 후 신년참하객이 10만 명을 초과한 것은 1994년 한차례뿐이며 그것도 황태자와 캐리어 우먼 오와다 마사코小和田雅子의 결혼에 대한 국민들의 관심이 반영된 것이었다. 거의 매년 10만 명을 훨씬 초과하던 히로히토의 재위 시에 비하면 두드러진 관심의 저하라 할 수 있는 것이다.

90년대 이래 우파들의 천황제에 대한 비판은 아키히토 천황 이래 추구되어 오던 '열린 황실'에 따른 천황의 권위 실추에 대한 불만이 배경에 있었다. 그들은 황실의 노출이 지나치면 그만큼 권위도 상실된다고 생각하고 있는 것이다. 그러나 황실과 국민과의 사이에 일정한 노출의 '장'이 존재하지 않는 한 망각이 시작되고 국민들의 관심이 더욱 멀어질 수도 있다. 노출이 심하면 권위가 실추되고 노출을 없애면 망각이 시작되는 미묘한 밸런스를 어떻게 극복할 것인가. 이것은 '열린 황실'에 반대하는 우파들이 가지는 최대의 딜레마일 것이다.

한편 이와는 반대로 '열린 황실'을 긍정적으로 보고 현상 유지를 지지하는 입장에서는 이를 통하여 천황제를 둘러싼 비민주적인 장치들이 서서히 제거되어 가기를 바라고 있다. 그들은 천황에 대한 국민들의 관심이나 천황제의 중요성이 감소하면 할수록, 천황이나 천황제를 신성화하거나 또는 정치적으로 이용할 가능성이 줄어든다고 보는 것이다. 그러나 단순히 천황·황실의 존재가 국민들의 관심에서 멀어진다고 해서 천황제가 안고 있는 문제점들이 해소되는 것은 아니다. 오히려 전쟁책임, 민족차별, 성차별 등과 같이 천황제가 안고 있는 근본적인 문제점들을 충분하게 논의하지 않고 망각하면서 자연 소멸되어 가고 있다는 사실에 보다 큰 문제의 심각성이 도사리고 있다고 보아야 할 것이다.

이러한 문제점은 2000년대에 들어와 여성천황을 둘러싼 논의 속에서도 확인할 수 있다. 그것은 남녀평등사회에서 여성이 천황이 될 수 있는

지, 또는 남자와 여자 가운데 누구를 먼저 황위계승자로 정할 것인지를 묻는 문제에 그치는 것이 아니라 향후 상징천황제의 진로를 모색하는 것이자 동시에 일본은 어디로 갈 것인가를 묻는 논의이기도 한 것이다.

　여기서 여성천황을 용인하는 논리는 일견 남녀평등사회에서 황실의 민주화를 반영하는 것처럼 보일지도 모르지만, 천황제의 국민통합 기능에 기대를 품고 황통 존속의 위기에 대응해서 상징천황제의 안정된 존속을 전제로 하는 것이라는 점에서는 여성천황을 반대하는 입장과 크게 다를 바가 없다. 더구나 여성·여계천황을 용인하는 논자들을 비롯하여 이를 지지하는 대다수 국민들에게 이르기까지 천황제와 과거의 어두운 역사와의 관계에 대해서는 침묵으로 일관하거나 망각하고 있다는 점에서 처음부터 그 한계를 안고 있다. 그러나 더욱 심각한 것은 대다수 보수우파들의 결집 축을 이루고 있는 여성천황 반대론에서 나타나는 자민족 중심적이며 배외주의적인 내셔널리즘이다.

　그들은 일본의 전후 민주주의 그 자체까지도 부정하면서 '만세일계'의 '황통'을 지켜야 한다고 주장하고 여성천황을 용인하는 것은 천황제 폐지로 이어지며, 천황제 폐지는 곧 일본의 멸망과 직결된다고까지 강변하고 있다. 그들이 이처럼 여성천황을 부정하면서 만세일계의 황통을 중시하는 것은 그만큼 오늘날 일본의 현실을 심각한 위기상황으로 파악하고 있으며, 그 돌파구를 천황제에서 구하고 있기 때문이라고 할 수 있을 것이다. 물론 그들이 지향하는 천황제는 과거의 군구주의적인 천황제로의 회귀가 아니다. 오히려 그들은 천황제와 군국주의와의 관계를 차단하기 위해 천황의 전통적인 요소를 지나치게 과장하고 신화와 역사를 연속성 위에서 파악하여 이를 세계에서 유래가 없는 일본의 고유한 문화로 자리매김하고 있는 것이다. 정치적 권력은 가지지 않지만 고대부터 이어져 오는 신화와 역사의 연속성을 가지는 세계에서 유일한 군주로서의 천황과 황실. 이것을 강조하는 것은 위기 상황에 빠진 일본이 '사분오열'되는 것을 막고 국민통합을 강화하기 위해서는 역시 천황제 이외에는 별다른 선택지를 발견할 수 없다는 판단을 하고 있기 때문인 것이다. 그것이 결국 여성·여계천황을 결사코 반대하고 남계를 유지해야 한다는 우파들의 결속을 강화시키는 결과를 가져왔다 이러한 우파들의 주장이 다변화하는 글로벌한 현대사회에서 얼마나 유효성을 가지고 지속할 수 있을지 의문이다. 다만 천황이 없으면 일본은 망한다고 믿는 그들에게 '황실의 위기' 상황이 눈에 보이는 형태로 확연하게 드러나게 되었을 때, 과거의 '황국사관'과 같은 황당무계한 논리가 또 다시 등장할 지도 모른다는 우려가 기우에 지나지 않기를 바랄 따름이다.

참고문헌

박진우 『21세기 천황제와 일본』 논평, 2006(원서)
아시아문화연구소 『천황과 일본문화』 한림대학교, 2004(원서)
동북아역사재단 『일본우익의 어제와 오늘』 동북아역사재단, 2008(원서)
박진우 외 『황국사관의 통시대적연구』 동북아역사재단, 2009(원서)

김영심

06 일본문화콘텐츠와 '전통'

1. 콘텐츠와 문화콘텐츠

요즘 여기저기에서 콘텐츠라는 말을 자주 들을 것이다. 콘텐츠란 무엇인가? 'Contents=내용물'이라는 1차적 의미는 사전만 찾는다면 금방 알수 있는 사실이다. 그런데 요즘 우리가 말하는 콘텐츠란 좀 더 광범위한 것을 가르킨다. 콘텐츠의 현재적 의미는 단순한 내용물이 아니라 영화, 드라마, 애니메이션, 게임, 만화와 같은 '대중문화에 담겨질 내용물(영상, 문자, 음성, 음향, 그림 등)'을 뜻한다.

21세기 디지털 시대에 디지털 고화질 TV, 핸드폰, 디카, MP3, 컴퓨터 등과 같은 디지털 매체가 다양해지면서 그것을 메울 소프트웨어(내용물, 소스)가 필요해짐에 따라 콘텐츠의 중요성도 나날이 높아져만 가고 있다. 더 나아가 대중매체가 거대한 산업으로 발전함에 따라 '문화콘텐츠'라는 신조어까지 나오기에 이른다. 문화콘텐츠란 한 마디로 문화적 요소를 담고 있거나 생성해 내는 콘텐츠를 말한다.

한국에서 '문화콘텐츠'라는 용어가 시작 된 것은 1999년부터이며 2002
년 〈문화산업진흥기본법〉에서 '문화사업이란 문화상품의 개발, 제작, 생
산, 유통, 소비 등과 관련된 서비스이며, 문화상품은 문화적 요소가 체화
되어 경제적 부가가치를 창출하는 유무형의 재화(문화관련 콘텐츠 및 디지털 문
화콘텐츠 포함)와 서비스 및 이들의 복합체'라고 규정하여 콘텐츠의 개념을
구체화했다. 이어 문화콘텐츠 진흥을 위해 한국문화콘텐츠진흥원, 한국
방송영상산업진흥원, 한국게임산업진흥원, 문화콘텐츠센터, 한국소프트
웨어진흥원, 디지털콘텐츠사업단이 활성화되었다. 그러다 이 5개의 콘
텐츠 관련 기관이 합쳐져 2009년 5월에 한국콘텐츠진흥원이 개원하게
된다.

일본의 경우는 2003년에 '지적재산전략본부'가 설치되어 디지털 콘텐
츠 육성 계획을 수립하여 각종 정책 수립 및 콘텐츠 유통, 인력양성, 기
술개발을 추진하면서 본격화된다. 그 후 2004년 경제산업성은 'J-Brand
이니셔티브구상'을 내세워 일본의 대중문화콘텐츠와 전통문화의 세계화
에 나선다. 2005년에 영화, 애니메이션 등 7대 문화 콘텐츠 사업을 선정
하였고 현재에도 세계를 겨냥한 문화콘텐츠를 생산시키기 위해 정부 차
원에서의 원조를 활발히 수행하고 있다.

일본의 문화콘텐츠 산업이 얼마나 활발히 진행되고 있는가를 단적으로
보여주는 것이 '코페스타(CoFest)'이다. 코페스타는 '일본 국제 콘텐츠 페
스티벌'(www.cofesta.jp)의 애칭이다. 매년 가을쯤 열리는 이 축제는 일본
이 세계에 자랑하는 게임, 애니메이션, 만화, 캐릭터, 방송, 음악, 영화,
패션, 디자인을 펼쳐 보이는 콘텐츠 페스티발이다. 각 분야의 우수 콘텐
츠를 수상하고 많은 이벤트를 벌이며 콘텐츠를 전시 판매하고 있다. 해
외 콘텐츠 관련자들이 다수 참가하여 명실공히 국제적인 콘텐츠 페스티

발로 자리매김하고 있다.

2. 전략으로서의 '전통'

콘텐츠가 국가의 이미지 제고와 국가산업으로서 중요한 자리를 차지한다는 사실은 이미 '한류'를 경험한 우리로서는 그 누구보다도 잘 알고 있다. 문제는 콘텐츠를 누가 더 잘 만드느냐에 있다. 콘텐츠는 주로 다음의 4단계의 과정을 걸쳐 완성된다.

첫째는 기획이다. 기획단계에서는 테마를 선정하고 자료를 수집하며 시놉시스(줄거리)를 작성한다. 그 외에 예산을 세우고 홍보와 마케팅에 대한 굵직한 방법을 세워야 한다. 기획이 얼마나 참신하느냐에 따라 콘텐츠의 생명이 좌우된다고 해도 과언이 아니다. 누구나 아는 이야기를 누구나 상상 가능한 방식으로 꾸려나가는 콘텐츠는 식상하기 쉽다. 진부함과 식상함을 주지 않기 위해 콘텐츠 기획자들은 소재 발굴에 최선을 다한다.

소재를 발굴하고 선택할 때 반드시 고려해야 할 사항은 트렌드(경향, 유행, 시대적 감각)이다. 가령, 2007년 무렵부터 최근에 이르는 한국의 트렌드는 '인간' '건강' '환경'이다. 그러기에 문화콘텐츠에서도 건강한 육체, 동안, 웰빙, 녹색성장, 저탄소, 유기농, 슬로우 푸드, 슬로우 시티를 테마로 한 것이 많다. 2008년 후반부터 2009년도를 풍미한 트렌드 중의 하나로는 '명품'을 뽑을 수 있겠다. 명품 도시, 명품 아파트, 명품 가구, 명품 화장품. 명품의 물결이다.

일본의 경우 '인간' '건강' '환경'을 둘러싼 트렌드는 이미 1990년대부터 시작되었다. 노무라종합연구소의 소비자 조사에 의하면 2006년도에는 '물건'보다는 '체험'을 중시하고 있으며 '브랜드품'을 선호하고 '안전'과 '환경'

을 제일로 생각하는 트렌드를 보이고 있다. 또한 동연구소가 2007년도에 생활자 1만 명을 상대로 일본의 사회문제와 유행에 대한 분석을 위해 실시한 앙케이트 대상도 트렌드의 일단을 파악할 수 있는 좋은 자료가 된다. 앙케이트 대상이었던 '싱글맘', '분노하는 17세', '파라사이트 싱글'은 결혼하지 않은 채 출산과 육아를 하는 젊은 여성들의 가치관, 교육제도에 반항하며 난폭해져가기만 하는 청소년들, 실업으로 인해 부모에게 얹혀사는 젊은 이들의 표상이다. 그들을 주제로 삼는 콘텐츠가 자주 등장하게 된다.

2009년에는 '환경'(하이브리드카)과 '절약'(999엔짜리 옷)등이 트렌드로 자리 잡고 있다.

소재가 정해지면 그 다음은 스토리짜기와 캐릭터를 설정하는 일이다. 스토리짜기는 이야기 방식으로서 같은 소재라도 어떻게 이야기하느냐에 따라 재미있을 수도 재미없을 수도 있다. 스토리짜기를 '스토리텔링'이라고 한다. 'story', 'tell', '~ing'의 세 요소로 짜여진 말이다. '스토리를 지금 말하고 있는' 것이다. 옛날 할아버지 할머니들이 손녀들에게 옛날 이야기(story)를 들려주시고(tell) 그걸 들으며 질문을 하는(~ing) 풍경이 디지털 시대와 디지털 매체로 자리이동했다고 생각하면 이해하기 쉽다. 구수한 목소리 대신 화려한 영상과 음악이 가미해지고 구연자와 청취자의 상호작용은 인터넷을 통해 활발히 이루어지고 있다.

세 번째 작업은 제작이고 제작이 끝나면 마지막으로 판매 및 홍보에 나선다. 일본은 이상의 4가지 단계에서 다른 나라들이 모방하기 힘들 정도의 수준과 전략을 지니고 있다. 일본의 문화콘텐츠를 보다보면 소재가 매우 다양하고 스토리가 재미있으며 영상이 좋은 경우가 많다. 게다가 캐릭터가 신선하고 구매욕구를 불러일으키는 앙증맞은 캐릭터 상품까지 나와 있는 경우가 다반사이다.

그런데 이 4가지 단계 중에서 가장 중요한 것은 무엇일가? 역시 첫 번째 작업인 기획단계의 소재발굴이다. 일본은 소재발굴을 할 때 타국보다 좀 더 신경을 쓰는 것이 있으니 바로 '전통'적인 것을 많이 도입하고 있다는 사실이다. 가령 게임 콘텐츠에서 일본의 신화나 사무라이를 소재로 하는 것이 많다는 사실은 이미 잘 알려진 사실이다.

영화에서도 많이 찾을 수 있다. 좀 오래된 것이기는 하나 〈으랏차차 스모부〉(1992)는 일본의 전통씨름인 스모를 소재로 하여 대학생들의 도전과 우애를 그리고 있다. 〈음양사〉(2001)는 아베노 세이메이라고 하는 실존했던 고대의 초능력 역술인을 소재로 하고 있다. 자신이 생각하는 것을 주위 사람들에게 읽혀버린다는 숙명을 갖고 태어난 남자의 이야기를 그린 〈사토라레〉(2001)는 일본의 히다飛驒와 미노美濃 지방의 산속에 사는, 사람의 마음을 읽을 수 있는 요괴에서 아이디어를 따온 것이다.

애니메이션의 경우도 별반 다르지 않다. 일본 애니메이션의 대명사인 지브리 애니메이션의 여러 작품에는 전통이 살아 숨 쉬고 있다고 해도 좋은 것이다.

3. 지브리 애니메이션 속의 '전통'

1960년대 '도에이 동화'에 있었던 다카하타 이사오와 미야자키 하야오는 그곳을 나와 '스튜디오 지브리'(이하 지브리)라는 애니메이션 제작소를 설립하였고 그 후 수많은 TV용, 극장용 애니메이션을 만들게 된다. 대표작을 들어보자.

〈요술공주 세리〉(1968), 〈장화신은 고양이〉(1969), 〈루팡3세〉(1971), 〈알프스 소녀 하이디〉(1974), 〈프란다스의 개〉(1975), 〈엄마찾아 삼만리〉(1976),

〈미래소년 코난〉(1978), 〈빨강머리 앤〉(1979), 〈바람 계곡의 나우시카〉(1984), 〈천공의 섬 라퓨타〉(1986), 〈반딧불이의 묘〉(1988), 〈이웃집 토토로〉(1988), 〈마녀배달부 키키〉(1989), 〈이웃의 야마다군〉(1991), 〈추억은 방울방울〉(1991), 〈붉은 돼지〉(1992), 〈폼포코 너구리 대작전〉(1994), 〈귀를 기울이면〉(1995), 〈on your mark〉(1995), 〈원령공주〉(1995), 〈센과 치히로의 행방불명〉(2001), 〈고양이의 보은〉(2002), 〈하울의 움직이는 성〉(2004), 〈게드전기〉(2006), 〈벼랑위의 포뇨〉(2008) 외 다수가 있다.

한국에 거의 알려진 작품들이다. 40여 년 간 두 사람이 만든 이 작품들은 그들을 거장으로 만들었으며 지브리는 일본에서는 물론 해외에서도 문화적 힘을 발휘하고 있는 하나의 권력이 되었다. 지브리의 성공 요소는 어디에 있을까? 여러 요인이 있으나 가장 큰 것은 '일본적인 요소'와 '보편적인 주제'를 잘 어우러지게 한 데 있을 것이다. 일본적인 요소는 일본의 전통을 가르키며, 보편적인 주제란 사랑, 환경, 인류애, 가족, 우정과 같은 것들이다. 그럼 우리가 지금 주제삼고 있는 전통적인 요소를 지브리가 어떻게 잘 활용하고 있는지 몇몇 작품을 통해 맛보기로 하자.

'도나리노 토토로♪ 토토로~♪.' 동요로 된 주제곡이 귀엽고 쉬워 금세 따라 부르게 되는 〈이웃집 토토로〉는 1950년대의 한가로운 일본 농촌을 배경으로 아이들과 요정의 따뜻한 교류를 그린다. 아이들은 물론 어른들까지 이 애니메이션을 보고 있노라면 각박한 현대의 삶으로 말미암아 잊고 있었던 정서를 되찾게 한다. 인간과 인간, 자연과 인간의 교감이 얼마나 인간의 삶을 정서적으로 풍요롭게 하고 마음을 편하게 하는지를 말이다. 이러한 보편적 진리를 이 애니메이션에서는 순수를 잃지 않은 아이들의 눈에만 정령들이 보인다는 동화적 상상력을 끌어다 쓰고 있다.

어린이들의 순수한 꿈을 그린 <이웃집 토토로>

　나무 안에서 사는 정령 토토로. 토토로는 인간을 해치기는 커녕 함께 놀아주는 익살스런 정령이다. 지진과 화산, 그리고 태풍으로 인해 언제 천재지변을 만날지 모르는 나라에서는 토속 신앙과 종교가 발달하는 만큼 일본에서도 고대부터 만물에 신과 정령이 깃들어 산다고 굳게 믿었다. <이웃집 토토로>에서 선보인 정령은 그러한 자연관에 입각해서 태어난 캐릭터이다. 정령이라는 캐릭터는 이후 <원령공주>, <센과 치히로의 행방불명>에서도 크게 활약한다. 똑같은 캐릭터가 우정 출연하는 경우를 발견할 수 있으니 눈여겨 볼 일이다.

　<폼포코 너구리 대작전>는 도쿄 근방의 타마 구릉지. 두 무리로 나뉘어 살던 너구리들은 도쿄의 개발 계획인 '뉴타운 프로젝트'로 인해 그들의 숲이 파괴되자, 이에 대항하기 위해 중지되어 있던 '변신술의 부흥'과 '인간 연구 5개년' 계획을 추진하면서 자신들의 땅을 지키려 힘쓴다. 이 작품에서 보이는 너구리들의 변신술이 가관이다.

한국의 전래동화에서는 호랑이, 까치, 사슴, 두꺼비, 토끼, 거북이가 자주 등장하는 데에 비해 너구리는 그리 자주 등장하지 않는다. 누구나 다 아는 전래 동화보다는 지방설화에 나오는 경우가 있다. 경상남도 거창군에는 천년 묵은 너구리가 사람으로 둔갑하여 서울로 들어가 정승의 사위가 되었는데 감찰선생이라는 사람이 서울의 관문을 지키는 장승의 얼굴을 씻긴 물을 마시게 해 죽였다는 「천년묵은 너구리와 감찰선생」이라는 설화가 전해진다고 한다. 이야기 보다는 다소 둔해 보이는 외모 때문에 의뭉스럽고 능청스러운 사람에 비유되는 경우가 더 많다.

이에 비해 일본에서 너구리는 지방설화나 절의 기원설화에 많이 등장한다. 사람으로 변신한 너구리가 인간을 곯려주거나 스님으로 변신해 신자들을 놀려주는 이야기가 많다. 〈폼포코 너구리 대작전〉의 너구리, 그것도 변신을 하는 너구리를 주인공으로 삼은 것은 일본에서는 자연스런 설정이다. 재미있는 것은 〈폼포코 너구리 대작전〉은 이에 머무르지 않고 하이쿠俳句, 전승, 민화, 동화를 여러 군데에 삽입해 넣어 일본의 전통문화를 곳곳에서 맛볼 수 있게 하고 있다는 점이다. 이 애니메이션의 하이라이트인 요괴대작전 씨인에서 극명히 나타난다. 다루마나 텡구는 물론이고 우키요에의 대가인 가쓰시카 호쿠사이葛飾北齋나 우타가와 구니요시歌川国芳의 그림, 무로마치 시대의 「백귀야행그림첩百鬼夜行繪卷」에 나오는 각종 요괴가 퍼레이드를 펼친다. 원작을 너무도 능숙하게 패러디해 놓아 일본의 그림이나 전설을 조금이라도 아는 사람이라면 감탄해 마지 않을 부분이다.

호쿠사이와 구니요시의 그림을 패러디한 것

 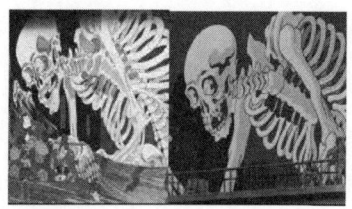

다음으로 〈센과 치히로의 행방불명〉. 지브리의 애니메이션은 거의 대부분 흥행에 성공하지만 이 작품의 성공 양상은 대단했다. 해외인 서울에서도 관객 200만 명 이상을 동원할 정도로 인기작이다. 원제인 '千と千尋の神隠し'를 직역하면 센千이라는 아이와 치히로千尋라는 아이가 어느 날 갑자기 없어지다神隠し'라는 뜻이다. 하지만 내용으로 보면 치히로라는 여자아이가 어느 날 행방불명되어 센이라는 이름으로 불리며 온천장에서 일을 하게 된다는 이야기이다. 따라서 스토리의 순차적 전개에 맞게 제목을 단다면 '치히로의 행방불명과 센'이 될 것이다. 원제의 '가미가쿠시神隠し'를 편하게 아이가 없어져 행방불명되었다고 하지만 일본에서는 신이 잠시 아이를 감춘 것이라는 표현을 쓴다. 이 작품은 그야말로 그러한 일종의 미신 내지는 속담을 애니메이션으로 구현해 놓은 것에 다름없다. 치히로가 들어간 곳이 신처럼 초능력을 발휘하고 신을 상대로 온천 장사를 하는 유바바라고 하는 마녀의 집이기 때문이다. 이 작품에서도 상대의 환심을 사려고 자기의 물건을 흔쾌히 주지만 상대로부터 거절당하면 닥치는 대로 먹어치우는 가오나시, 인간이 버린 쓰레기와 오물로 범벅이된 구사레가미, 야간 페리에서 내려 유유히 온천장으로 향하는 가면을 쓴 가스가사마, 한국의 도깨비를 닮은 우시오니와 같은 여러 신과 정령들을 만날 수 있다. 게다가 이 작품은 일본의 설화도 차용하고 있다. 「고묘光明

황후의 목욕 보시 설화」이다.

나라시대의 고묘황후가 절을 건립했을 때 하늘로부터 "공덕이 부족하니 절에 큰 욕탕을 지은 뒤 천 명에 달하는 사람의 때를 밀어주어라"하는 소리가 들려 왔다. 황후는 천명대로 목욕보시를 실천했는데 드디어 천명째 되는 사람이 나타났다. 그런데 이 사람은 온 몸이 고름투성인 나병환자였다. 황후는 환자의 고름을 직접 빨아내고 몸을 깨끗이 씻어 주고는 절대로 이 사실을 아무에게도 알리지 말라고 일렀다. 그러자 서광이 목욕탕 가득 비치는가 싶더니 환자가 벌떡 일어나 "나는 부처이니라. 황후여. 너 또한 내가 여기서 목욕을 하고 갔다는 사실을 그 누구에게도 알리지 말지어다"라고 하면서 떠나갔다는 설화이다.

황후의 신심을 시험해 보기 위해서 부처가 나병 환자로 변해 온천장에 온 이야기가 〈센과 치히로의 행방불명〉에 그대로 패러디된다. 모든 이들로부터 따돌림을 당하던 구사레가미(쓰레기범벅인 신)를 센이 정성을 다해 씻어 주는 장면이다. 몸에 붙어 있던 오물을 센이 깨끗이 닦아주자 구사레가미가 자신은 강의 신이었다며 소리높여 웃으며 한줄기 빛을 내며 천정 위로 사라져 가는 부분은 「고묘황후의 목욕보시 설화」를 방불케 한다.

「고묘황후의 목욕보시 설화」를 알기쉽게 그린 것

　마지막으로 〈고양이의 보은〉에서는 차갑고 약삭빠르기로 정평이 나
있는 고양이가 은혜를 갚는 동물로 등장한다. 원제는 〈네코노 온가에
시猫の恩返し〉이다. '온가에시'恩返し는 '보은'이라는 뜻이다. '온가에시'는 일
본문화를 잘 나타내는 주요 키워드가 될 만큼 일본인들의 정신문화에
깊이 박혀 있는 정서이기도 하다. 따라서 보은에 대한 설화도 많다.
〈고양이의 보은〉이라는 애니메이션의 제목으로 연상되는 유명한 몇 가
지 설화가 있다. 먼저 그 제목부터가 매우 유사한 「학의 보은鶴の恩返し」
이다. 가난한 젊은 남자가 날개에 화살을 맞고 울고 있는 한 마리의
학을 발견한다. 남자가 화살을 뽑아 주자 학은 고개를 숙이며 인사를
한 뒤 하늘로 날아올라 갔다. 어느 날 혼자 사는 가난한 청년 집에 아
리따운 아가씨가 찾아 와 두 사람은 부부가 되어 함께 살게 되었다. 긴
겨울 동안 먹을 것이 없자 여인은 베를 짜 생계에 보탰다. 아내는 베를
짜러 들어갈 때마다 절대 안을 들여다봐서는 안 된다고 했다. 처음에는
지켰지만 점점 베틀짜는 소리가 약해지고 신음소리까지 들리자 참지 못
하고 들여다보고 말았다. 그런데 놀랍게도 안에 있는 것은 자기 아내가
아니라 학이었다. 놀란 나머지 소리를 내자 깃털을 뽑아 베를 짜던 학
은 이내 여인으로 바뀌는 것이 아닌가. 남편 앞에 다가와 자신은 언젠
가 화살에 맞아 죽을 뻔했던 그 학인데 학이라는 것이 탄로 난 이상
인간과 함께 살 수 없다며 다시 학이 되어 하늘로 올라갔다. 아내를 잃
은 남자는 부인을 혹사시킨 것과 약속을 지키지 않은 자신을 원망하며
언제까지나 하늘만 쳐다보며 살았다는 이야기이다.
　「학의 보은」만큼이나 유명한 보은설화로서 「우라시마 타로」가 있다.
옛날 옛날에 우라시마 타로라는 청년이 있었다. 어느 날 바닷가에 있으
려니 동네 꼬마들이 조그마한 거북이를 괴롭히고 있는 것이었다. 거북이

를 불쌍히 여긴 우라시마 타로는 아이들에게 돈을 주고 거북이를 바다에 풀어주었다. 다음 날 바닷가에 나가니 커다란 거북이가 다가 와 은혜에 보답하기 위해 용궁으로 모시겠다는 것이었다. 용궁에 가니 아리따운 공주님, 물고기들의 반짝거리는 춤과 맛있는 음식에 넋이 나가 세월가는 줄도 모르고 즐겁게 지냈다. 그러하길 어언 3년. 하지만 점점 고향에 홀로 두고 온 노모가 걱정이 되어 공주에게 이만 돌아가겠다고 했다. 그러자 공주는 선물로 검은 보물상자를 주면서 어떠한 일이 있어도 열면 안된다고 했다. 거북이 등에 타고 다시 인간세계로 돌아오기는 왔는데 전에 자기가 살던 곳이 아니었다. 집도 없어지고 늙으신 어머님도 보이지 않았다. 지나가는 행인에게 묻자 그 행인은 몇 십 년 전에 이곳에 우라시마 집안이 있었다고 했다. 용궁에서의 3년은 곧 300년이었던 것이었다. 허무해진 우라시마 타로는 보물상자를 열면 다시 좋은 일이 있을지도 모른다고 믿고 상자를 열고 만다. 그 순간 흰 연기가 흘러 나오더니 타로는 눈 깜짝할 사이에 백발의 할아버지가 되었다.

설화에는 여러 가지 화형語型이 혼재하고 있다. 「학의 보은」이나 「우라시마 타로」에는 이 세상이 아닌 다른 세계에서 이방인(혹은 동물)이 찾아 왔다 다시 가거나 인간이 다른 세계로 갔다 다시 인간세계로 돌아온다는 이방방문담이 그것이다. 〈고양이의 보은〉에는 이 보은 설화와 이방방문담이 혼재해 있는데 이러한 모티브는 2008년의 〈벼랑위의 포뇨〉로 이어진다. 〈벼랑위의 포뇨〉는 일본판 인어공주이야기이기는 하나 자세히 들여다 보면 보은과 이방방문담이 다 들어가 있다. 물고기가 인간세계로 갔다 자신을 구해준 꼬마를 사랑하여 외아들이자 아빠를 그리워하는 외로운 꼬마를 즐겁게 해주는 보은적 행위와 인간세상과 용궁을 넘나드는 이방방문이 그러하다. 지브리의 일본 전통(전설, 설화, 화형, 전통문화)사용은 앞으로도 계속될 것이다.

4. 쟈포니즘에 대한 향수

전통에 대한 집착은 비단 애니메이션의 세계에 국한된 것이 아니다. 일본은 최근(2008년)까지 'Made in Japan'으로는 국제경쟁력에 한계가 있다고 자인하고, '네오 재패니스크(Neo Japanesque · 신일본양식)'라는 새 전략을 제시한 바 있다. 한국과 중국의 급속한 기술발전과 추격으로 인해 더 이상 'Made in Japan'이라는 브랜드로 계속 밀고 나가는 데는 한계가 있다고 판단하여 기존의 치밀하고 정교한 일본제품 이미지에 일본 전통공예의 장점을 가미한 '신일본 브랜드'를 만들기로 한 전략이다. 문화콘텐츠에 전통을 가미하는 것에 머무르지 않고 일본의 2차 산업 제품에도 일본의 고유양식을 투입한다는 의지이다. 가령, '신일본 양식'사이트(https://www.tepia-infocompass.jp/japanesque-modern/index.html)에 들어가 보면 「신일본양식 100선」이 나온다. 일본의 전통문화나 문양을 넣은 깔끔한 디자인의 다양한 용품들이 시선을 사로잡는다. 신사, 온천, 마쓰리, 분재, 게이샤, 가부키, 노, 분라쿠, 스모, 샤미센, 다도, 꽃꽂이, 하이쿠, 에마키(두루말이그림), 도자기, 검도, 기모노, 스시, 하나미, 신화처럼 콘텐츠에 활용될 전통소재가 무궁무진하다.

일본이 자신들의 전통을 중시하고 이를 자꾸만 문화콘텐츠에 활용하려는 노력은 갑자기 생긴 일이 아니다. 그들에게는 자신들의 전통이 세계에서 통했던, 역사적인 성공이 있기 때문이다. 바로 19세기 중엽 유럽을 풍미했던 '쟈포니즘'라는 달콤한 경험이다. 1851년 런던에서 열린 국제박람회에 일본은 우키요에나 공예품을 출품시켰는데 이것이 반향을 불러일으켰던 것이다. 유럽 사람들은 일본의 미술품 특히 우키요에를 열광적으로 수집하기에 이른다. 인상파 화가들의 주목을 끌게 되었고 심지어 그들의 작품세계에도 영향을 끼치게 되었다. 고흐는 우타가와 히로시게歌川広重의 『명소에도백경名所江戸百景』을 그대로 모사했고 모네는 기모노를 입은 소녀를 그렸으며 드가는 일본풍의 색채감각을 자신의 작품에 반영했다.

동양의 소국이었던 일본을 국제적으로 알렸고 유럽회화사에 커다란 영향을 끼쳤던 19세기 중반의 쟈포니즘은 오늘날에 와서는 현대 회화인 애니메이션계에서 그 명성을 회복하고 있다. 현재 일본의 애니메이션은 미국과 유럽사람들에게 커다란 영향을 끼치고 있다. 일본의 애니메이션은 텔레비전 애니메이션시장을 점유하고 있고 일본 애니메이션(줄여서 '저패니메이션'이라 함)을 숭배하는 오타쿠족이 증가하고 있으며, 심지어 일본 애니메이션 전용극장이 출현하기까지 했다. 애니메이션에 관한 단행본과 월간지가 경쟁적으로 출판되고 있으며 팬클럽이 형성되었다. 애니메이션을 이해하기 위해 일본어와 일본문화를 배우고 있는 젊은 층을 보면 현대판 쟈포니즘이라 할 수 있겠다.

과거와 현재의 쟈포니즘에 대한 달콤한 경험을 좀 더 이어가고, 더 나아가 문화콘텐츠를 활성화시키자는 의지와 노력이 '전통'을 살리는 능력으로 이어지고 있다. 일본문화콘텐츠의 힘은 '전통'을 중시하고 잘 다듬어 경쟁력있는 것으로 포장하는, 바로 거기에 있는 것이다.

참고문헌

김영심 『일본영화 일본문화』 보고사, 2006(원서)
인문콘텐츠학회 『문화콘텐츠입문』 북코리아, 2006(원서)
전창권 『문화콘텐츠학 강의 −깊이 이해하기』 커뮤니케이션북스, 2007(원서)
한국문화콘텐츠진흥원 『일본애니메이션은 미국에서 어떻게 성공했나?』 커뮤니케이션북스, 2007(원서)
중앙대학교 한일문화연구원 『현대일본의 문화콘텐츠21』 한누리미디어, 2008(원서)

허 곤

07 일본의 음식문화와 예절

1. 일본음식의 역사

일본열도는 전 국토의 70%가 산간지역이며 평야가 적다. 하지만 일본의 북방해역은 세계 3대 어장으로 불리고 있을 만큼 풍부한 어족자원을 가지고 있으며, 사면이 바다로 둘러싸인 섬나라인 만큼 생선회와 생선요리가 발달 하였다. 연중 다양하고도 신선한 해산물을 구할 수 있었던 일본은 이러한 재료들을 적절히 요리에 응용하는 조리기술을 갖고 있었고, 약 600여종 이상의 생선이 횟감의 재료로 사용된다는 것은 그들이 얼마나 다양한 종류의 해산물을 먹을거리로 개발하였는지를 단적으로 대변해 주는 부분이라고 할 수 있다.

그리고 고온다습한 여름과 뚜렷한 겨울 등 사계절이 뚜렷하게 구분되어 있어서 각 계절마다 다양한 농산물을 음식재료로 사용 할 수 있었고, 습도가 높은 나라이기 때문에 음식의 맛은 담백하고 개운한 것이 특징이다. 또한 육식을 금하는 불교의 영향과 정치적 이유로 인하여 육류보다는 곡물과 채소를 중심으로 한 음식문화가 발달하였다. 일본의 음식 문화는 국토가 동서로 길게 뻗어 있음으로 인해 지역적인 특성에 따라 크게 관동지방과 관서지방의 음식으로 분류할 수 있다.

최근의 일본 음식문화의 변화 양상은 글로벌화로 인해 젊은 소비자들 사이에서 세계 각국의 전통요리에 관한 관심이 급격히 확대되어 다양한 요리가 유행하고 있다. 하지만 세계 각국의 요리와 일본의 전통요리를 접목시켜서 새로운 요리를 만들어 내기보다는 일본의 전통적인 음식은 그대로 계승하면서, 각국의 전통요리에 대해서는 일본인들의 취향과 입맛에 맞게 약간씩 조리방법을 바꾸어서 소비자들의 요구에 맞추어 제공하고 있는 것이 현대 일본 음식문화의 특징이라고 할 수 있다.

1-1. 일본음식의 일반적인 특징

(1) 일본인은 '음식을 입으로 먹기 이전에 눈과 코로 먼저 먹는다'고 할 정도로 시각적, 미적 감각을 중요시한다.

(2) 주식과 부식의 구분이 명확하며, 주식은 쌀밥이고 부식으로는 생선, 채소, 콩 등이 있다.

(3) 일본은 사계절의 변화가 뚜렷하므로 모든 음식은 계절감을 대단히 중요시한다.

(4) 해산물과 같은 어패류요리 및 채소요리가 발달하였으며, 육식은 메이지유신(1868년) 이후 본격적으로 먹기 시작하였다.

(5) 콩을 활용한 음식이 많으며 두부, 유부, 미소(일본 된장), 간장, 낫토 등이 있다.

(6) 조미료를 진하게 쓰지 않으며, 주로 미소(일본 된장), 미림(조림술), 가쓰오부시(가다랭이 포), 다시마, 곤약, 와사비(고추냉이) 등을 사용

한다.

(7) '필요한 만큼만 소중하게 먹는다'는 것은 일본의 음식문화에 있어서 중요한 예법이며, 식사는 소식을 하며 남기지 않는다.

(8) 음식의 종류에 따라 식기의 재질과 모양이 다르며 음식 담는 법, 음식과 그릇의 색채와 조화까지도 고려한다.

(9) 식기는 기본적으로 1인분씩 따로 사용한다.

(10) 음식을 먹을 때는 주로 젓가락을 사용한다.

(11) 신선한 먹거리는 소재 그 자체의 맛을 최대한 즐기려고 날것으로 먹으며, 날것으로 먹을 수 있을 정도로 신선하지 못할 경우는 튀기거나, 굽거나, 끓여서 먹는다.

(12) 맑은 국과 날것, 구이, 조림으로 이루어진 일즙 삼채(一汁三菜)가 일반적인 상차림이다.

1-2. 일본음식의 지역적 특징

일본음식은 크게 관동 지방 음식과 관서 지방 음식으로 분류된다. 관동지방 음식은 도쿄의 옛 이름인 에도를 중심으로 발달한 음식을 말한다. 에도 앞바다로 불리던 도쿄만에서 잡은 어패류를 주로 사용한 초밥(스시)과 튀김 그리고 도쿄의 스미다강에서 나는 민물장어와 메밀국수(소바) 등이 관동지방의 대표적인 음식이라고 할 수 있다. 이에 비해 관서지방 음식은 관서 지방의 대표적인 도시인 교토와 오사카를 중심으로 발달한 음식을 말한다. 교토는 오랫동안 일본 역사의 중심지였고, 귀족문화가 발달한 곳으로 바다와 떨어져 있어서 담백한 야채요리와 건어물을 주로 사용한 반면, 바다에 인접해 있어서 어패류를 쉽게 접할 수 있는 오사카에서는 주로 생선요리가 발달하였다.

(1) 관동지방 음식(도쿄 중심)

관동지방의 음식을 일반적으로 에도(지금의 도쿄)요리라고도 한다. 주로 설탕과 진한 간장을 써서 음식의 맛을 진하게 낸다. 그래서 관동지방의 조림은 짭짤하고 형태를 유지하기 어려우며 국물이 거의 없다. 초밥(스시), 튀김, 민물장어, 메밀국수 등이 관동지방의 대표적인 음식이다. 그리고 면류를 주로 취급하는 음식점을 관동지방에서는 '메밀국수가게(소바야)'라고 부른다.

(2) 관서지방 음식(교토, 오사카 중심)

관서지방은 일본의 전통적인 요리가 발달한 곳으로 교토의 담백한 채소나 건어물 요리와 오사카의 실용적이고 합리적인 생선요리가 주종을 이룬다. 한국에서 맛깔 나는 대표적인 음식을 전라도에서 찾는 것과 같이 일본에서는 관서지방의 음식이 대표적이라고 할 수 있다. 음식의 맛은 연하면서 국물이 많고, 재료의 색과 형태를 최대한 살리는 것이 특징이다. 그리고 면류를 주로 취급하는 음식점을 관서지방에서는 관동지방과는 달리 '우동가게(우동야)'라고 부른다.

2. 일본음식의 종류

2-1. 생선회(사시미 刺身)

생선을 날로 회를 쳐서 먹는 음식을 일본에서는 '사시미'라고 하며, 사면이 바다로 둘러싸인 일본에서 손쉽게 구할 수 있는 재료로서 자연 그대로의 담백하고 신선함을 즐길 수 있는 대표적인 일본 음식이라고 할 수 있다.

(1) 생선회에 겨자를 약간 묻힌 후에 간장에 살짝 찍어 먹으면 생선 본래의 신선한 맛을 즐길 수 있다.
(2) 다양한 생선을 동시에 먹을 때는 흰 살 생선과 기름지지 않은 생선부터 먹고 난 후, 기름이 많은 생선과 붉은 살 생선을 먹는다.

2-2. 초밥(스시 鮨)

고슬고슬하게 지은 밥에 초밥용 식초를 섞어 새콤달콤하게 양념을 한 밥에, 각각에 쓰이는 생선 재료에 따라 초밥의 종류가 정해진다.

(1) 생선 초밥(니기리즈시 握鮨) : 주먹으로 움켜쥐어 만든 밥 위에 얇게 썬 생선을 올린 형태로서 가장 대중적인 초밥 종류이며, 사용한 생선의 종류에 따라서 각각의 명칭이 정해진다.
(2) 김 초밥(마키즈시 卷鮨) : 김을 이용한 초밥이며, 김발을 이용하여 원통형으로 둥글게 말아 서 만든 초밥이다.
(3) 유부 초밥(이나리즈시 稲鮨) : 두부를 튀겨 만든 유부를 조미하여 주머니처럼 벌려서 그 속에 조미한 밥을 넣어서 만든 초밥이다.
(4) 상자 초밥(하코즈시 箱鮨) : 상자 모양의 틀에 초밥과 여러 재료들을 넣고 눌러 판형으로 만든 후, 잘라서 먹는 초밥이다.
(5) 손말이김 초밥(데마키즈시 手卷鮨)
김발을 사용하지 않고 김을 1/4 크기로 잘라서 그 위에 초밥과 여러 가지 재료를 얹어 나팔 모양으로 만든 초밥이다.

2-3. 덮밥(돈부리)

원래 '돈부리' 라는 음식의 유래는 요리의 명칭이 아니라 음식을 담는 그릇에서 비롯하였다. 돈부리는 우리가 일상적으로 사용하는 밥그릇보다 약간 큰 그릇을 뜻하는 말인데, 돈부리에 덮밥을 주로 담아 먹었던 것에서 음식 명칭으로 유래 된 것이다. 돈부리 요리는 흰쌀밥 위에 각종 육류, 어패류, 채소류를 요리해서 얹고 진한 소스를 뿌려서 먹는 주식용 일품요리를 말한다. 음식에 쓰이는 주재료에 따라 여러 가지 음식으로 분류 되며, 주재료의 이름 뒤에 '동'을 붙여서 음식명을 부른다.

(1) 쇠고기 덮밥(규동 牛丼) : 소고기와 양파를 간장과 설탕으로 조린 뒤, 그것을 밥 위에 얹어서 먹는 음식이다. 가장 대중적인 덮밥 요리라고 할 수 있다.

(2) 닭고기계란 덮밥(오야코동 親子丼) : 볶은 닭고기와 양파를 양념하여 푼 달걀에 섞어서 밥 위에 얹고 양념소스(다시국물, 맛술, 청주, 설탕, 간장)를 끼얹어 먹는 요리로서 일본인의 점심메뉴로 인기가 많은 요리이다.

(3) 튀김 덮밥(텐동 天丼) : 다양한 종류의 튀김을 밥 위에 올려 튀김간장(진간장, 가다랭이 다시, 맛술, 생강)을 얹은 요리로서 밥 위에 얹은 튀김의 종류에 따라 요리의 명칭이 정해진다.

(4) 돈가스 덮밥(가쓰동) : 밥 위에 적당한 크기로 자른 돈가스를 얹고 그 위에 양념소스와 양파 그리고 달걀 등을 풀어서 얹어 만든 요리이다.

2-4. 면류(麵類)

(1) 메밀국수(소바 蕎麦)

메밀국수를 여러 가지 요리법으로 응용하여 먹는 일본의 음식이다. 간장 다시 국물(쓰유)을 만들어 뜨겁게 해서 메밀국수에 다양한 고명을 얹어 뜨겁게 해서 먹는 방법과 메밀을 삶아서 차갑게 한 후, 메밀을 간장 다시 국물(쓰유)에 적셔 차갑게 해서 먹는 방법이 있는데, 이 요리 방법에는 고추냉이(와사비), 무 간 것, 잔 파 등을 곁들어 먹으면 더욱 다양하고 신선한 맛을 즐길 수 있다.

① 내림 메밀국수(오로시소바 下蕎麦) : 삶아서 차게 한 메밀을 용기에 담고 수분을 제거한 후, 무즙을 얹고서 가다랭이포(가쓰오부시)와 잘게 썬 파, 달걀 노른자 등을 얹어서 국물과 곁들여 먹는 요리로서 주로 여름에 먹는 음식이다.

② 채반 메밀국수(자루소바 笊蕎麦) : 대나무 발이나 사각 채에 담아낸 메밀국수에 양념과 간장다시국물(쓰유)을 곁들여 먹는 음식이다.

③ 튀김 메밀국수(덴푸라소바 天婦羅蕎麦) : 메밀국수 위에 주로 새우튀김을 얹어서 먹는 음식이다.

④ 산채 메밀국수(야사이소바 山菜蕎麦) : 메밀국수 위에 산채나물 등을 얹어서 먹는 요리이다.

⑤ 계란 메밀국수(쓰키미소바 月見蕎麦) : 메밀국수 위에 계란을 풀어서 먹는 요리이다. 메밀국수 위에 얹은 계란의 노른자가 둥근 달을 연상하게 하고, 뜨거운 국물로 인해 하얗게 반숙이 된 흰자는 구름처럼 보이는 것에서 그 명칭이 유래하였다.

⑵ 우동

일본에서 우동은 주로 따뜻하게 해서 먹으며 여름보다는 겨울에 더 인기가 많다. 가다랭이포나 멸치로 우려낸 국물에 삶은 우동을 넣어서 여러 가지 고명을 얹어서 먹는다. 사누키 지방의 우동은 일본의 대표적인 명물 우동이라고 할 수 있다.

① 튀김 우동(덴푸라우동) : 뜨거운 국물에 우동을 넣고 그 위에 각종 튀김을 얹어서 먹는 우동이다.

② 여우 우동(기츠네우동) : 유부(얇게 썬 두부를 기름에 튀긴 식품)를 달게 조려서 우동에 넣어 먹는 음식이며, 유부는 여우가 무척 좋아하는 음식이라는 것에서 명칭이 유래했다.

③ 싯포쿠 우동 : 우동에 송이버섯, 표고버섯, 생선묵, 채소 등을 넣어서 끓여 먹는 음식을 말한다. 원래 싯포쿠 요리는 중국요리를 일본화하여 나가사키 지방에서 크게 유행했던 음식을 뜻했고, 이것은 큰 접시에 주로 육류와 어류로 만들어진 음식을 가득 담아서 덜어서 먹었던 요리이다.

④ 계란 우동(쓰키미우동) : 계란 메밀국수와 같이 계란의 노른자와 흰자가 마치 달을 연상시키는 것에서 유래했다.

(3) 라면

원래는 17세기경 중국에서 전래 되었고 이후 다양한 국물을 개발하여 지금의 일본식 라면으로 정착되었다. 일반적으로 일본인들은 인스턴트라면보다는 여러 가지 재료를 활용하여 우려낸 국물과 튀기지 않고 만든 면을 따로 넣어서 먹는 생라면을 선호한다.

① 간장 라면(소유라멘 醬油) : 맑은 갈색국물에 간장으로 조미한 라면이며, 관동지방에서 인기가 많다.

② 된장 라면(미소라멘 味噌) : 일본 된장을 넣어 국물을 만들고 거기에 면을 넣어서 먹는 라면이며, 홋카이도의 된장라면이 유명하다.

③ 돼지육수 라면(돈코쓰라멘 豚骨) : 돼지뼈를 뿌옇게 우려 낸 육수에 면을 넣어서 먹는 라면이며, 후쿠오카의 돼지육수 라면이 유명하다.

④ 소금 라면(시오라멘 塩) : 소금으로 맛을 낸 라면이며 관서지방에서 인기가 많다.

2-5. 명절음식

(1) 메밀국수(도시코시소바 年越蕎麦)

연말인 12월 31일은 각지에 흩어졌던 가족들이 모두 모여 묵은해를 보내며 새해를 맞이 하는데 이를 '도시코시 年越' 라고 한다. 대청소와 설에 먹을 음식 준비를 끝내 놓고 가족들이 둘러앉아 밤새 이야기를 나누면서 즐긴다. 새해에도 건강하고 무병장수하기를 기원하는 의미에서 새해 전날 밤 참으로 메밀국수를 먹는다. 묵은해를 보내고 새해를 맞는다는 의미에서 '도시코시소바 年越蕎麦' 라고 한다.

(2) 명절요리(오세쓰 요리 節料理)

명절에 먹는 음식으로서 특히 설에 먹는 음식을 '오세쓰 요리'라고 한
다. 원래는 공양하는 음식을 말하는데 설에 이 음식을 먹는 것은 '신에게
공양했던 음식을 여러 사람과 나누어 먹는다'는 의미와 도시가미 年神(설
에 후손들에게 찾아와서 한 해 동안의 복을 내려주고 돌아간다고 하는 신)를 맞이하고
있는 동안에 음식을 만드는 것을 삼가하기 위해서이다.

요리의 기본재료로는 무, 당근, 우엉, 두부, 토란, 다시마 등이 있으며
이들 재료를 어패류와 함께 양념을 넣고 장시간 약한 불에 조려 만든 음
식으로 조미와 요리 방법에 따라서 특색 있는 맛을 낼 수 있다. 대표적
음식으로는 어묵, 콩자반, 생선구이, 멸치조림, 찐 새우, 검은 콩조림 등
이 있으며, 한꺼번에 많이 만들어 찬합에 담아 두었다가 끼니 때마다 혹
은 손님을 접대할 때마다 꺼내서 먹는다.

(3) 떡(가가미모치 鏡餠)

도시가미 年神 에게 바치는 동그란 모양의 찹쌀떡을 신년에 가미다나
(신을 모시는 선반 神棚)에 놓아두는 떡을 말한다. 가가미모치의 모양은 옛날
에 신에게 바치던 동으로 만든 거울銅鏡을 연상하게 하며, '신년에 새로
빚은 떡을 신에게 바치면 새로운 생명력을 얻는다'는 신앙에 근거하고 있
다. 정월 11일이 되면 딱딱하게 말라서 굳어 있는 떡을 나무망치로 쪼개
어 단팥죽에 넣어 먹거나 튀겨서 먹는다.

(4) 떡국(오조니 雜煮)

우리의 떡국과 유사한 음식으로서 떡을 넣고서 여러 가지 채소와 닭고
기, 생선묵 등을 넣고 끓인 음식으로 일본 사람들도 '떡국을 먹어야 비로

소 한 살 더 나이를 먹는다'는 풍습을 가지고 있다.

2-6. 회석요리(가이세키요리 懷石料理)와 회석요리(정찬요리 會席料理)

'가이세키'라는 말은 선종에서 유래했다. 선종에서는 하루에 식사를 두 끼만을 해야 하는 엄격한 규율이 있었다. 때문에 낮 이후에는 식사를 못하게 하였으므로 춥고 긴 겨울밤을 견디기 위해 따뜻하게 데운 돌을 품속에 안고 자던 것에서 유래했다. 그것이 그 후에는 차를 들기 전에 허기를 채워 차의 맛을 돋우기 위해 내는 간단한 요리가 되었다. 회석요리(가이세키요리 懷石料理)는 대체로 밥 한 주먹, 반찬 한두 가지, 국 한 그릇 등으로 조출하게 구성 되어있다.

그에 비해 회석요리(정찬요리 會席料理)는 일본의 정식 관혼상제 요리인 정찬요리本膳料理를 간 소화한 것에서 유래했다. 일반적으로 결혼 피로연, 공식연회에 등에 가장 많이 쓰인다. 일본의 음식점, 호텔 등에서 이용되는 연회요리는 대부분 회석요리(정찬요리 會席料理)이다. 요리가 나오는 순서는 술과 전채(젠사이 前菜), 맑은 국(스이모노), 생선회(사시미), 구이(야키모노), 조림(니모노), 찜이나 튀김, 밥과 된장국(또는 면류), 침채류(쓰케모노), 후식(과일과 차, 과자) 등의 순서로 음식이 나온다.

2-7. 샤부샤부

얇게 썬 쇠고기와 적당한 크기로 자른 두부, 배추, 쑥갓, 파, 우엉, 다시마, 곤약 등을 전골냄비의 끓는 물에 살짝 데치듯이 익혀 내어, 개인 접시에 담아 양념 소스에 적셔 먹는 음식이다. 샤부샤부의 원래 의미는 얇게 썬 고기를 국에 넣을 때, '첨벙첨벙' 소리가 나는 것에서 이름이 붙여졌다.

2-8. 오코노미야키

일본식 부침개라고 할 수 있다. '철판에 자기가 좋아하는 것을 구워먹는다' 는 의미를 가진 음식이다. 양배추, 해물, 돼지고기, 면, 야채 등을 오코노미 가루와 반죽하여 철판에 구워내어 소스를 곁들어 먹는 히로시마식과 해물이나 돼지고기를 얹어 살짝 볶은 뒤, 오코노미 가루 반죽을 붓고 야채와 소스를 곁들여 구워 먹는 오사카식이 대표적이라고 할 수 있다.

2-9. 야키소바(焼蕎麦)

돼지고기를 철판에 살짝 볶은 뒤, 숙주나물과 잘게 썬 양배추, 그리고 익힌 면을 넣고 소스를 뿌려 볶고, 그 위에 가다랭이포와 파래 김가루를 뿌려서 먹는 음식이다. 일본의 축제에 가면 빠지지 않는 단골 메뉴이다.

2-10. 낫토(納豆)

메주콩을 발효시켜 만든 끈적끈적한 식품으로 청국장과 비슷한 독특한 냄새를 풍긴다. 파를 잘게 썰어 넣고 간장과 겨자를 조금 넣어 섞어 끈적끈적하게 풀어서 뜨거운 밥 위에 얹어 먹는 음식으로 건강식으로 유명하다.

3. 일본음식 문화의 예절

3-1. 일본의 식사예절

   (1) 식사 전에는 반드시 인사를 하고 젓가락을 든다.

   (2) 식사는 먼저 국을 한 모금 마시고 난 뒤 밥, 국, 반찬의 순서로

먹는다.

(3) 국을 마실 때에는 국그릇을 입에 갖다 대고 마신다.

(4) 식사를 할 때에 지나치게 먹는 소리를 내지 않도록 한다. 된장국이나 우동 등의 국물을 먹을 때는 약간 소리를 내며 먹는 것이 어느 정도 허용된다.

(5) 생선은 머리 쪽에서 꼬리 쪽으로 먹으며 뒤집지 않는데, 이것은 음식의 모양을 중시하는 일본의 식사 예절 때문이다.

(6) 보통 때는 숟가락을 쓰지 않으며, 젓가락으로 집을 수 없는 죽이나 오므라이스, 카레, 볶음밥을 먹을 때만 사용한다.

(7) 여러 음식을 섞어서 먹지 않는다. 섞어서 먹는 것은 동물이 먹는 음식물이라는 생각을 가지고 있기 때문이다.

(8) 감자나 무 등으로 만든 반찬을 젓가락으로 찔러보는 것은 실례이며, 만들어진 음식에 대해 새로 간을 맞추지 않는다.

(9) 생선회를 먹을 때는 접시의 가장자리부터 차례로 덜어서 먹는다.

(10) 음식은 되도록 작은 접시에 덜어다 먹는 것이 좋으며, 그 때에 각 개인 접시로 덜어 내는데 사용하는 전용 젓가락을 사용한다. 전용 젓가락이 없을 경우에는 개인 젓가락의 방향을 거꾸로 바꿔 사용한다. 그것은 자기 입에 닿았던 부분으로 공용음식에 손대는 것은 다른 사람에게 불쾌감을 준다고 여기기 때문이다.

(11) 밥을 더 먹고 싶을 때는 그릇을 비우지 말고 밥을 조금 남겨야하며, 깨끗이 비웠을 때는 다 먹었음을 의미 한다 .손님으로 초대 받았을 때는 밥 한 공기로 식사를 끝내는 것은 실례이기 때문에 보통 두 세 공기를 먹는다.

3-2. 젓가락 사용 법

일반적으로 대나무로 만든 젓가락을 사용하며, 가정에서는 대개 검정색은 아버지용, 빨간색은 어머니용 이런 식으로 개인의 젓가락을 지정해두고 사용하고 있다. 손님을 대접 할 때는 일반적으로 1회용 나무젓가락을 내 놓는다. 그 이유는 1회용이므로 청결 할 뿐만 아니라 설거지도 간단하기 때문이다. 그리고 아래와 같은 젓가락 사용은 절대로 금해야한다.

(1) 네바리바시(粘箸) - 젓가락을 핥아서 사용하는 것을 말한다.

(2) 마요이바시(迷箸) - 젓가락을 들고 이것저것 집으면서 망설이는 것을 말한다.

(3) 사구리바시(探箸) - 위에 있는 것을 치우고 밑에 있는 것을 골라내는 것을 말한다.

(4) 센고시노하시(線越箸) - 밥상을 가로 질러서 건너편에 있는 것을 먹는 것을 말한다.

(5) 우케스이(受吸箸) - 다른 사람이 주는 음식을 입으로 바로 받아먹는 것을 말한다.

(6) 쓰키바시(突箸) - 음식을 푹 찔러서 먹는 것을 말한다.

(7) 가라바시(空箸) - 한 번 음식을 젓가락으로 집었다가 먹지 않고 다시 놓는 것을 말한다.

(8) 고미바시(込箸) - 입안에 먼저 먹던 음식이 있는데, 다시 다른 음식을 입에 넣는 것을 말한다.

3-3. 음주 예절

(1) 일반적으로는 처음에 맥주를 가볍게 마시고 나서 자기가 좋아하는 술을 각자 선택하는 경우가 많기 때문에, 처음에 술을 권유받으면 '맥주부터 마시자'라고 하는 것이 좋다.

(2) 상대방이 잔을 다 비울 때까지 기다리지 말고, 상대방의 술잔에 술이 줄어들면 첨잔을 한다. 일본에서는 상대방의 빈 잔을 두고 그냥 방치하는 것은 상대방에 대한 무례이자 무관심한 행위로 간 주된다.

(3) 손님의 잔이 1/3이하로 줄어 있는데도 주인이 권하지 않으면 자리 를 끝내고자 하는 의사표시로 이해하기 때문에 그러한 오해를 사 지 않기 위해서는 초대했을 경우 수시로 술을 권해야 한다.

(4) 술을 받은 후 조금 입을 댄 것으로도 족하니 무리하게 마시지 않아 도 되고, 술을 따를 때나 받을 때도 한손으로 하는 것이 원칙이다.

(5) 술잔을 돌리는 행위는 매우 비위생적이며 후진적이라고 생각한다.

(6) 여성이 남성에게 술을 따르는 것에 대하여 특별한 의미 부여나 차 별적 사고를 갖고 있지 않다.

(7) 술집이나 음식점에서 친한 친구간이라도 각자가 따로 계산하는 것 이 보편적임으로 무리하게 혼자서 계산하는 것은 예의에 어긋나는 행위로 오해받을 수 있다.

(8) 양주나 소주는 주로 탄산음료나 물에 희석하여 마시는 것이 보편 적이며, 한국에서처럼 스트레이트로 마시는 경우는 거의 없다.

참고문헌

김기중 『일본요리』 교문사, 2009년(원서)
성기협 외 『최신 일본요리』 백산출판사, 2008년(원서)
유지상 『일본요리 쏙쏙 골라먹기』 한국외식정보, 2008년(원서)
안효주 『이것이 일본요리다』 여백미디어, 2001년(원서)
윤석금 『일본요리』 웅진닷컴, 1983년(원서)

편 집 위 원

일본문화총서 9 - 일본학

일본의 이해 : 체험과 분석

초판인쇄   2009년 12월 09일
초판발행   2009년 12월 17일

저자   한국일어일문학회
발행처   제이앤씨
발행인   윤석원
등록   제7-220호

주소   서울시 도봉구 창동 624-1 현대홈시티 102-1206
전화   (02) 992-3253(대)
팩스   (02) 991-1285
전자우편   jncbook@hanmail.net
홈페이지   http://www.jncbook.co.kr

ⓒ 한국일어일문학회 2009 All rights reserved. Printed in KOREA

ISBN 978-89-5668-751-3   정가 14,000원